TEERÃ
NOIR

CB044348

DANIAL HAGHIGHI
VALI KHALILI
LILY FARHADPOUR
SIMA SAEEDI
MAJED NEISI
AIDA MORADI AHANI
SALAR ABDOH
JAVAD AFHAMI
MAHSA MOHEBALI
FARHAAD HEIDARI GOORAN
AZARDOKHT BAHRAMI
YOURIK KARIM-MASIHI
HOSSEIN ABKENAR
MAHAK TAHERI
GINA B. NAHAI

TEERÃ NOIR

SALAR ABDOH
[ORG.]

TRADUTOR ADRIANO SCANDOLARA

Tabla.

À MEMÓRIA DE ALI ABDOH, O VELHO CHEFE DOS CHEFES DE TEERÃ, E AO SEU NETO, ACHIL.

ALÉM DOS ESFORÇOS E PACIÊNCIA NOTÁVEIS DOS PRÓPRIOS ESCRITORES, HÁ VÁRIOS AMIGOS QUE DEVEM SER AGRADECIDOS NESTA ANTOLOGIA, EM PARTICULAR: HOOCHYAR ANSAARIFAR, MITRA ELYATI, MARYAM HAIDARI, SOMAYEH NASIRIHA E HASSAN CHAHSAVARI. UM OBRIGADO AFETUOSO A CADA UM DE VOCÊS POR SUGESTÕES E INCENTIVOS INESTIMÁVEIS. ESTE LIVRO NÃO TERIA SE TORNADO O QUE SE TORNOU SEM VOCÊS.

9   INTRODUÇÃO

19 PARTE I: PÁGINAS POLICIAIS

20 DANIAL HAGHIGHI, A história pesadona da cidade pesada
38 VALI KHALILI, O medo é a melhor forma de guardar segredo
70 LILY FARHADPOUR, A geografia de uma mulher é sagrada

91 PARTE II: QUANDO UMA GUERRA AINDA NÃO TEVE FIM

92 SIMA SAEEDI, Data de validade da vingança
124 MAJED NEISI, O atravessador de cadáveres
146 AIDA MORADI AHANI, O dia de Lariyan ao sol
176 SALAR ABDOH, A arcada dos dentes mais brancos de Teerã

211 PARTE III: UM ENTERRO DIGNO

212 JAVAD AFHAMI, A inquietação de um assassino em série na linha de chegada
240 MAHSA MOHEBALI, Meu próprio Jesus de mármore
266 FARHAAD HEIDARI GOORAN, No albergue
284 AZARDOKHT BAHRAMI, Um apedrejamento antes do café

299 PARTE IV: A CANÇÃO DO CARRASCO

300 YOURIK KARIM-MASIHI, A ponte de Simão
324 HOSSEIN ABKENAR, Nem toda bala tem um rei como alvo
362 MAHAK TAHERI, O retorno do noivo
380 GINA B. NAHAI, O canto fúnebre do coveiro

437 GLOSSÁRIO

INTRODUÇÃO

A CIDADE SÍSMICA
SALAR ABDOH

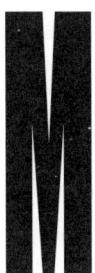inha mãe contava que na época em que meu pai a levava a um dos cabarés da velha Teerã (eram raras as vezes que isso acontecia), era hábito os caras durões — os *lutis* —, os chefões, os caras das brigas de faca, os lutadores tradicionais, esparramarem seus paletós e casacos no chão para ela andar por cima. Era um gesto de respeito supremo por um dos seus. E diz muito sobre a Teerã que não existe mais: a do cavalheirismo e da lealdade, um lugar onde a deferência significava alguma coisa, onde a amizade remetia ao mundo clássico dos guerreiros do grande épico persa, *Chahnameh* (Livro dos reis), de Ferdowsi, e à noção do islã medieval de uma irmandade *ayyar* no Irã e na Mesopotâmia, onde o bandido e o defensor do povo eram uma coisa só, e onde cada pessoa seguia um código de honra escrito em pedra.

Ou talvez tudo isso seja apenas nostalgia, anseio por algo que nunca existiu, nem naquela época. "Naquela época" significa um tempo anterior à Revolução Islâmica de 1979. Esse evento divisor de águas se instalou na mente de todos os iranianos feito um precipício, um tipo de "ano primeiro", a partir do qual tudo que é bizarro passou a ser lei. Os oito anos da guerra brutal contra o Iraque — a guerra convencional mais longa do século 20 —, as pressões persistentes dos EUA em sua própria e duradoura "guerra crepuscular" contra o Irã, a corrupção oficial da nova classe governante e a inflação descontrolada transformaram todos em "trabalhadores noturnos". Viver uma vida honesta não era mais opção. Prostituição, roubos, uma explosão no tráfico de drogas e no vício, a pilhagem de matéria-prima e de tesouros históricos nacionais — além da propina endêmica e descarada — tornaram-se um modo de vida. Ao mesmo tempo, Teerã foi crescendo mais e mais, até se tornar uma megacidade, hoje com quase quinze milhões de almas desgarradas — um leviatã que mal para em pé, um purgatório de engarrafamentos, poluição implacável, barulho, raiva e iniquidade, cercado pelas paisagens das montanhas mais belas do mundo.

Teerã é uma justaposição de feiura e beleza que parte o coração. Um lugar onde não apenas uma, mas duas dinastias ineptas chegaram a fins miseráveis e onde, pode-se dizer, a terceira revolução mais importante da história (depois da francesa e da russa) teve lugar. É também a cidade onde Churchill, Stálin e Roosevelt se reuniram para repartir o mundo, enquanto ainda ardiam as chamas da Segunda Guerra. E é onde foi posto em ação um dos primeiros golpes manipulados pela CIA (com envolvimento e apoio dos ingleses — quem mais?) contra um governo democraticamente eleito, desencadeando anos de uma ditadura que, por sua vez, foi varrida pela primeira fúria real de um islã fundamentalista, um prenúncio do mundo em que vivemos hoje e chamamos de "pós-11/9".

Em outras palavras, há algo de absolutamente espetacular e, ao mesmo tempo, definitivamente desgraçado a respeito de Teerã. Mas a maioria dos escritores do mundo, cada um em sua própria e extensa metrópole, tem a inclinação de pensar que sua cidade é a capital de todos os vícios e crimes imagináveis, de amores e ternuras impossíveis, de crueldades e perversões em graus que raramente existem em algum outro lugar. Para mim, com Teerã não é diferente, exceto que há mesmo uma diferença aqui: a cidade pode ser um antro de decadência, um covil de iniquidade, tudo isso, mas ainda assim existe, sob o olhar vigilante de uma entidade sem igual, a República Islâmica. A cidade impõe a sua própria polícia moral e o espetáculo de enforcamentos públicos de traficantes e ladrões é constante. Por conta disso, existe a intensa sensação de uma dupla personalidade nesse lugar — os ares de decoro impostos pela mesquita, esfregando-se contra os ritmos ocultos (e, com mais frequência, não tão ocultos) da cidade real. No começo de cada dia e especialmente no fim das noites, Teerã continua sendo um monstro esquizofrênico, sempre em conflito consigo mesmo, sempre tentando descobrir qual será o próximo padrão no qual a cidade não se encaixa, ou se encaixa mal.

Nada disso, claro, é atenuado pelo fato de que o Irã calha de ser um dos maiores corredores do planeta para o transporte de drogas. As vastas lavouras de ópio do Afeganistão, transformadas em heroína, precisam de rotas de trânsito para chegar aos mercados europeus, enquanto o Irã por si só continua sendo um grande fornecedor de metanfetaminas. O país e sua capital desmazelada se assentam nas encruzilhadas do mundo: ao norte paira o espectro, sempre atemorizante, da Rússia; ao oeste, há a Turquia e os portões da Europa; ao sul, ficam o Golfo Pérsico, as terras árabes e a imensidão que é a África; e ao leste e sudeste, estão a Índia e o restante do grande continente asiático. Cada um desses lugares já teve domínio sobre o Irã em algum ponto da história. Cada um deles deixou sua marca indelével. E basta atravessar o país para travar contato com uma dezena de idiomas e nuances de cores e de aparências. E tudo isso converge, inevitavelmente, para a cidade de Teerã, impregnando-a e abortando-a, dando-lhe vida e destruindo-a, por vezes também orando por sua redenção.

Era de se pensar que um terreno tão fértil tivesse fornecido, no passado, a matéria-prima para obras de ficção poderosas. Porém, não é bem assim. Vale a pena mencionar aqui o motivo de tão pouco disso tudo ter sido explorado até agora: a censura. Esse ogro que assedia os escritores iranianos desde antes da revolução e os acossa muito mais depois. Antes de 1979, havia dois tipos de censura, em pontos opostos do espectro político: a censura previsível e narcisista da corte real; e os zurros reativos dos intelectuais de esquerda/comunistas que acreditavam que qualquer obra escrita que não estivesse a serviço das "massas" era burguesa, imprestável e, por isso, alinhada à realeza. Essa situação era particularmente desfavorável para a ficção de gênero séria de qualquer tipo — e é por isso que uma pequena pérola como *Um elefante no escuro*, de Qasem Hacheminejad, foi completamente ignorada.

Em todo caso, com o advento da República Islâmica, aquilo que na maioria das vezes não passava de um incômodo para os escritores e sua vida criativa assumiu proporções absurdas e insondáveis. Considere o típico veredito, a seguir, de um censor a uma frase em um manuscrito de obra infantil. Numa conversa entre a maçã e a pera, a maçã diz: "Morda as minhas bochechas vermelhas e veja o quanto sou deliciosa". O Ministério da Cultura e Orientação determina que essa frase é: "Sexual demais. Provocativa demais. Precisa ser removida". A partir desse pequeno exemplo, dá para imaginar o que os escritores iranianos tiveram que suportar ao longo dos últimos trinta e poucos anos. Imagine ter que escrever num universo alternativo, onde deve haver pouca interioridade genuína dos personagens, nenhuma menção a sexo, nenhuma exploração de temas sociais, nada de política e nada que passe a imagem de uma sociedade com algum conflito interno. Em tal universo, se um escritor não cometer suicídio ou simplesmente desistir de tudo para se tornar taxista (já conheci ambos os casos), é possível que recorra a um destes três modos de escrita que, infelizmente, teriam alguma chance de passar pelo olhar obtuso do censor: 1) simbologias fofas e indistintas com a intenção de dizer uma coisa, mas falando outra; 2) realismo mágico derivativo e batido em que todos os personagens e as respectivas mães ganham asas e saem voando sabe-se lá para onde; e 3) textos superficiais e sem vida, de angústia e egoísmo, com pouco contexto ou referência ao mundo perturbado lá de fora.

Em tal atmosfera, só começar a tentar escrever no modo *noir* — que encontra seu melhor formato num engajamento completo, ainda que ríspido, com o mundo — já seria um ato de coragem, um ato político. E é por isso que os autores chamados para esta coletânea são aqueles que já provaram da cidade e conheceram suas feridas. Eles representam Teerã em seu estado mais cru e brutal: Sima Saeedi e Majed Neisi, com seus retratos inimitáveis do cotidiano após uma guerra ou revolução; Mahsa Mohebali e Danial Haghighi desmascarando a vida no submundo da República Islâmica; Farhaad Heidari Gooran, Yourik Karim-Masihi e Lily Farhadpour mostrando a realidade dura e multicultural de uma cidade fervilhante que transborda preconceitos; Azardokht Bahrami e Javad Afhami revelando o peso lúgubre da religião; Mahak Taheri e Aida Moradi Ahani expondo a corrupção sistêmica e inescapável dos salões do poder; e Vali Khalili e Hossein Abkenar demonstrando a dureza e a sujeira que são a quintessência da capital.

Em cada conto, os leitores encontrarão mais de um tema que mencionei acima, quando não todos. Mas a narrativa de Teerã não estaria completa se não atravessássemos oceanos em, pelo menos, um conto, para aterrissar bem no meio do sul da Califórnia. Em Los Angeles, para ser preciso. No vale de Los Angeles, para ser ainda mais preciso. Após a revolução, o êxodo de muitos iranianos os levou por todo o globo. Mas não há nenhum lugar para onde afluíram com mais verve e a sensação de ter encontrado um lar longe de casa do que uma cidade muitas vezes chamada de "Teerangeles". É para L. A., portanto, que o conto de Gina B. Nahai nos leva — esse outro Golias desajeitado que oferece ocasionalmente riquezas instantâneas, mas sonhos despedaçados na maior parte das vezes, a cidade do *noir* por excelência, onde as duas Teerãs, enfim, convergem. E é justo que o façam, já que ambas as cidades, Teerã e Los Angeles, se situam sobre grandes falhas tectônicas. O relógio está correndo para elas. Mas quem se importa com as terríveis previsões de terremotos e da aniquilação futura quando há dinheiro a ganhar hoje com a especulação imobiliária? Quem liga para o dia depois de amanhã?

    Assim, é pegar o que der quando puder. É essa sensação de impermanência a respeito de um lugar — que se espera um dia ser engolido por inteiro e desaparecer — que conduz os habitantes de Teerã, a *minha* Teerã, a "pisarem com força no acelerador" — como dizemos em persa. Há sempre um elemento de fim do mundo a respeito dessa cidade. Uma sensação de se ter sido retirado da beira do precipício. Em outros momentos, eu a chamei de "cidade sísmica" — o santuário sísmico. Tudo isso vai ter fim, um dia. Sim. Talvez mais cedo que mais tarde. E, quando acontecer, por Deus, vai deixar saudades.

Salar Abdoh
Teerã, Irã
Julho de 2014

PARTE 1:
PÁGINAS POLICIAIS

A HISTÓRIA PESADONA DA CIDADE PESADA

DANIAL HAGHIGHI
Mowlavi

Eu tinha resolvido que ia trabalhar pro Naser, o Tigrão. Já ia pra três meses que eu não tinha um serviço de verdade e começava a me enfastiar ver todo mundo subir na vida, menos eu. Além do mais, já era quase Eid, o Ano-Novo. O cálculo é simples: nessa situação, o camarada precisa de roupa nova. Precisa poder comprar coisas e dar presentes e parecer importante. Quer dizer, tudo que a gente tinha nesse mundo era o açougue na rua Mowlavi. Um muquifinho de merda, caidaço, e eu não gostava de trabalhar lá, nem da ideia de herdar o lugar do meu pai. A gente levava qualquer coisa que você pudesse imaginar pra lá: galinhas, ratos, pombos doentes — moía tudo junto e vendia pra, tipo, a sanduicheria de Akbar Amu.

Pois é, eu tava de saco cheio de tudo. Esse bairro é uma verdadeira selva. É só olhar que em todo canto tem alguém cuidando de um esquilo ou de um monte de cobras e cães miseráveis. É sério. Eles vendem animais aqui, e eu tava de saco cheio de animais. Na outra semana me apareceu alguém com um bicho maluco que parecia um crocodilo. Chamavam de dragão. Disseram que era peçonhento, por isso ficava na coleira e davam morfina pra ele ficar calminho. E aí algum velho babão com dinheiro chegou e comprou o bicho.

Dá pra imaginar, então, como o cheiro dessas feras me deixava doido. E no fim, não era pra isso acontecer? Coitado do meu irmão, Abbas, que perdi por causa dessa merda. O Abbas se fodeu. Morreu bem ali naquela fedentina, por nada.

Ainda assim, no começo, trabalhar com Naser, o Tigrão, tava me rendendo uma boa grana. Só que menos de duas semanas depois do Eid e do emprego novo, deu ruim. Na verdade, era o décimo terceiro dia do feriado, Sizdah Be Dar, o dia em que é pra você jogar fora todo o seu azar e recomeçar. Eu era o motorista de Naser, o Tigrão. Dirigia enquanto Naser fazia os negócios de fato. Por conta da sua principal mercadoria — cocaína —, ele não precisava se preocupar com muita concorrência em Teerã. Agora imagina só o sujeito: quase dois metros, um rosto de martelo, a cabeça raspada e tatuagens que cobrem os dois braços. De Janat-Abad, na ponta da cidade, até Nezam-Abad, ele já comeu todas as mulheres que passaram na sua frente. Outra coisa: fazia dois anos que ele havia fugido do exército. Tinha moído o sargento na porrada e simplesmente pulado fora. E hoje em dia tava apaixonado por alguma casada que mandava fotos das tetas pelo celular. Isso é Naser, o Tigrão, em resumo. Um bandidão. E quantos anos você acha que ele tinha? Do alto dos seus vinte anos, era um gigante júnior, amigo do meu irmão, Abbas, desde o ginásio. E eu, oito anos mais velho que eles, trabalhava de chofer do Tigrão, era seu moleque de recados.

Teerã tava quase vazia naquele dia. Todo mundo tinha saído da cidade pra comemorar e jogar fora o seu azar no décimo terceiro dia do Eid. Nada do trânsito de sempre. Eu tava no expediente com o Naser. Ele pagava dezão a hora, mais um extra pra gasolina, bebida e mulher. Em outras palavras, me tratava mais do que bem. Agora a gente tava esperando chegarem as notícias de um novo carregamento quando o Rambod Gordão ligou e perguntou se podia chegar também. Péssima ideia. Eu devia ter percebido na hora que não ia dar certo ter aquele bunda-mole de merda com a gente. Sabe, se tem uma coisa que aprendi nesta cidade pesada é que não dá pra pegar leve. Não dá pra deixar os outros chegarem muito perto. Tem que ser sujo e não dar muito na cara.

Vamos pegar o próprio Naser, o Tigrão, como exemplo. Não tem uma única parte do corpo dele que não tenha cicatriz de facada. Você acha que caras bonzinhos têm tanta cicatriz assim? Claro que não. É preciso ser um filho da puta que nem o Naser pra conseguir ser alguém neste mundo, por isso as cicatrizes. E ele tava sentado ali contando da tatuagem no braço esquerdo. Uma casa.

— É — ele suspirou como se alguma coisa o deixasse nostálgico. — Quero passar um tempo vendendo essas coisas e aí comprar uma casinha bacana ali em Damavand e ter um jardim com rosas. Sabe por quê? Porque a dona Fataneh, a minha vida, me disse que rosas são símbolo do amor.

Essa tal de Fataneh era a mesma mulher casada que mandava fotos das tetas. Aí o Rambod Gordão disse:

— Boa, certeza que dona Fataneh tem uma alma delicada, já que gosta de rosas.

Naser pareceu gostar do que ouviu.

— Sim, aquela vadia bonita do caralho, é por isso que eu amo ela. Tem a alma delicada.

Fiquei sentado ali, quietinho. Na real, eu queria deitar o Rambod na porrada. Até uns dois anos atrás, ele morava no meio do nada, perto de Azadi. Aí a avó morreu, deixou uma bolada e o gordo arrombado se mudou pro centro da cidade, com os bacanas.

Enfim chegou a mensagem de texto que a gente tava esperando: *Boa notícia. O carregamento do Ano-Novo tá aqui.*

Naser, o Tigrão, ligou de volta na hora e o cara liberou a quantidade que ele queria, então fomos até o distrito de Navab. O lugar era o antigo lar de uma família com um porão que acabou virando uma casa de chá. Fumaça por todo lado e gente sentada atrás dos seus *qalyans*, fumando e vendo TV. Tinha futebol rolando, e uns caras apostavam uma grana alta num jogo da liga europeia enquanto os telefones tocavam sem trégua.

Fomos até os fundos da casa de chá pra encontrar uma bichinha loira que também tinha sido colega de sala do meu irmão e do Naser, o Tigrão, no ginásio.

Naser disse:

— Vim buscar o recibo do carregamento do Ano-Novo.

O moleque preencheu um recibo enquanto Naser botava dez moedas de ouro do Ano-Novo na mesa.

O moleque pegou as moedas e começou a subir as escadas, depois gesticulou pra gente ir atrás. Lá em cima, tinha um velho sentado sozinho, esperando. Ele examinou o ouro e olhou pra gente de canto de olho.

— Tudo certo. Um bom ano pra vocês, rapazes.

E aí fomos de carro até Bani Hachem. Dessa vez o lugar vendia quinquilharias de banheiro. Tinha outro moleque atrás da mesa ali. Por que não admitir? Eu queria era arrancar o coração de cada maricas desses.

Parecia que eu tinha ficado muito pra trás no jogo da vida, enquanto toda a diversão e todo o lucro ficavam pra essas putinhas, com sua pose e os cabelos lambidos pra trás.

Naser disse:

— Irmão, aqui tá o meu recibo. Me passa o carregamento do Ano-Novo. Preciso começar a me mexer, o feriado tá quase acabando.

O moleque e Naser se entreolharam.

— Tá geral no mesmo barco, irmão. Se não conseguir vender, nem vem falar com a gente na próxima — e aí ele se virou pra mim. — Né, não?

Murmurei alguma coisa que era pra ser um "sim", mas o que eu queria mesmo era cortar fora o nariz daquele moleque.

Naser disse:

— Mas onde que eu vou arranjar moedas de ouro pra vocês toda vez? O resto do mundo usa dinheiro, sabia?

O sujeito deu de ombros:

— O resto do mundo que você tá falando é a América. A América tem dólar. No Irã, é ouro. Dinheiro não quer dizer nada aqui.

Não tinha como o moleque ter mais que dezesseis anos. Mas sabia das coisas. Tem gente que, mesmo com dezesseis, já é sábia. Sabe como subir na vida. Enquanto outros vão até os cinquenta sem chegar a lugar nenhum. Eu tava com nojo de mim mesmo. Parecia que eu não sabia nem metade das coisas que aquele menino afeminado sabia. Pensei nas palavras que ele tinha usado, América, dólares... palavras que cheiravam a vida e sucesso. Palavras que eu não sabia porra nenhuma a respeito.

Pesaram e separaram a mercadoria num saquinho e até colocaram uma fitinha rosa em volta. Com uns dois dedos, já dava pra levantar aquilo.

Eu conduzia o carro de volta pra Mowlavi. Meu humor tinha melhorado. Era como se a gente carregasse o mundo naquele saco de possibilidades amarrado com a fitinha rosa. De repente, me via mais perto do que nunca dos dólares, do ouro e das mulheres bonitas que passam esmalte vermelho nos lindos pés.

Eu tava correndo, mas a menos de um minuto do açougue, me apareceu uma cobra — sem brincadeira —, rastejando e mostrando as presas no para-brisa do carro. Freei e ficamos todos observando aquele monstro, deslumbrados. Era a cobra do indiano Ebrahim. Desde que conheço o sujeito era o que fazia: vender cobra. Ele veio cambaleando até o carro, chapado que nem uma maçaneta. Mesmo assim conseguiu habilmente agarrar a criatura pela cabeça.

— Amigos, minhas desculpas. Essa aqui é uma filha da puta bem da selvagem. Tô levando ela pro Javad, o Cadáver, pra dar um pouco de morfina, deixar ela mais calminha.

E aí ele sumiu e a gente estacionou o carro perto do açougue. Os quatro: eu, Naser, o Tigrão, Rambod Gordão e meu irmão, Abbas.

Abbas pegou uma toalha de mesa e abriu ela no chão, nos fundos do açougue. A gente se sentou ao redor e começou a repartir o pó do Ano-Novo, preparando ele pros negócios.

Enquanto a gente pesava na balança e embalava a cocaína, Naser mandava mensagem pra uma lista seleta de clientes, que logo começaram a responder com os pedidos.

Quando terminamos, Naser catou uma cédula do bolso e a enrolou para cheirar o restinho. Era hora de a gente se divertir um pouco e experimentar o bagulho.

E foi aí que começou. Aquele gordo bunda-mole e desgraçado do Rambod! Primeiro, comentou da sensação ótima que aquilo dava. Como queria dançar. E aí, depois da segunda ou terceira carreira, ficou com o rosto branco. De repente, sentiu um suor frio na testa e ele começou a gritar que ia morrer.

Naser riu:

— Você não vai morrer. Parece ótimo.

Naser, na verdade, tinha cheirado três vezes mais do que a gente.

Rambod começou a berrar; a plenos pulmões, aliás:

— Meu saco tá pegando fogo!

Então saiu correndo, gritando e arrancando as roupas até que finalmente consegui derrubar ele. Abbas me jogou um pequeno travesseiro que enfiei na boca do Rambod.

— Cala a boca, porra!

A gente teve sorte que tanta gente tinha saído da cidade naquele dia, incluindo o meu pai, rumo a Karaj, a fim de puxar o saco do irmão mais velho e mais rico, como sempre, para pegar dinheiro emprestado daquele pau no cu.

Em todo caso, era como se Rambod, em sua nudez, tivesse desenvolvido poderes sobrenaturais. Ele me empurrou e começou a gritaria de novo. Todo mundo ficou com medo. Sei que eu fiquei. A gente não sabia o que fazer com aquele paspalho.

Abbas e eu ficamos olhando, horrorizados, quando Rambod pegou uma sandália, jogou na cara do Naser e começou a praguejar. Ficamos perplexos. O maluco tava xingando um dos caras mais barra-pesada da cidade e arremessando coisas nele. A cara do Naser clamava por sangue. Nisso, Rambod correu até o banheiro e ligou a torneira, sem parar de gritar e praguejar contra o Naser.

Naser se levantou devagar e foi até onde o meu pai guardava as facas de açougueiro. Voltou com o maior cutelo do açougue, um negócio com uma mancha marrom sinistra de sangue seco na lâmina.

Fui correndo até ele:

— Tigrão, que que você vai fazer?

— Vou meter a faca nele.

— Deixa disso, irmão. Ele cheirou demais. Tá fora de si.

O pó que tinha subido no nariz de Rambod também tinha subido no meu. Minha cabeça já começava a rodopiar. Eu falava com o Naser, mas no fundo ainda pensava como fui parar nessa posição tão retardatária na vida.

Rambod gritava:

— Traz gelo! Meu saco tá pegando fogo!

— Vou esganar ele — Naser rosnou.

Me virei pra Abbas:

— Me ajuda aqui, por favor?

Abbas deu de ombros.

— Quando Naser, o Tigrão, se decide, quem somos nós pra ficar no caminho?

Me mantive firme:

— Naser *jaan*, esse idiota aí o pessoal chama de Rambod Gordão. É um filhinho da mamãe. Não deixa ele te emputecer com essa palhaçada.

— Abbas, tá pegando fogo! Socorro! — gritava Rambod.

Abbas murmurou:

— Não te preocupa, filho. Naser, o Tigrão, vai acabar com teu sofrimento já, já.

Naser me tirou do caminho com um empurrão e deu dois passos gigantes na direção do banheiro. Segurei a mão dele, mas ele puxou de volta.

Rambod tava na porta do banheiro agora, a longa mangueira do bidê na mão.

— Naser, que que você vai fazer comigo?

— Vou arrancar seu coração. Não existe homem nascido que ouse mexer com Naser, o Tigrão. Vai me xingar agora? — Ele deu mais um passo e levantou o cutelo.

Rambod ergueu o chuveirinho e espirrou água na cara do Naser.

— Vai se foder! Se você fosse um traficante de verdade, isso não tava acontecendo. Tô com os olhos saindo das órbitas. Isso aqui não é coca, não. Sei lá o que é. Mas passaram a perna em você — ele disse, gemendo. — Tudo tá ficando roxo. Eu juro. Alguém me dá gelo! — E começou a pular.

Naser se virou pro meu irmão:

— Isso aqui não é cocaína?

— Ele tá de sacanagem, *aqa* Naser. É cocaína, sim — disse Abbas, engolindo seco.

Rambod começou a chorar alto.

— Tá tudo roxo. Que porra é essa?

— Cala a boca! — Naser ergueu o cutelo de novo, e de novo Rambod jogou água nele.

— Naser, pau no cu da tua mãe! Naser, o Tigrão, é Naser, o Jumento. Isso não é coca. Tô te falando: não é!

— Mais um grito e esgano você com minhas próprias mãos.

Os olhos de Rambod se fecharam. O chuveirinho caiu da sua mão. Começou a tremer e se estatelou no piso. Fui correndo até ele, peguei água da pia e joguei na sua cara. Naser tava vermelho feito um pimentão. Continuava ali, com o cutelo meio erguido e o rosto encharcado, sem saber o que fazer.

Chamei o Abbas, que trouxe um copo de água com açúcar. Abrimos a boca do Rambod Gordão e metemos água goela abaixo. Rambod se afogou e começou a não falar coisa com coisa — algo sobre o alfabeto e como todo mundo ali devia aprender nossas lições do primeiro ano.

Demos mais água com açúcar pra ele.

Ele me chamou e agarrou meu pulso.

— Mahmud, sou um cara pesadão, né? Sou melhor que vocês todos, né?

— Sim, você é, meu amigo. Você é o melhor de todos — segurei a cabeça dele e fui secando seu rosto.

— Você aprendeu tudo que sabe comigo, né? Fui eu quem fez de você um homem. Não é a verdade?

— Isso mesmo, se for pra você melhorar.

Aí ele se virou pro Naser.

— Você é um cafetão de fato, né não?

Naser parecia que ia matar a gente ali mesmo. Mas manteve a calma.

— Sim, eu sou. Sou um cafetão de verdade.

E ele se voltou pra mim de novo:

— Tudo que vocês fazem, eu faço melhor. Vocês têm inveja de mim...

Abbas interrompeu.

— Rambod *joon*, você tá passando mal mesmo ou tá só usando a oportunidade pra dizer o que pensa?

Rambod parecia que ia apagar de novo. Fiquei com medo de acabar com um cadáver na mão e não sabia o que fazer. Então veio um ruído lá de fora. Parecia que o indiano Ebrahim tava brigando com uma cobra.

Dei um sacode no Rambod.

— Você tem razão, todos temos inveja de você. Você é o número um. É o mais pesadão de todos os pesadões da cidade. Fica com a gente — vi uma corzinha voltar pro rosto dele.

Ele abriu os olhos um pouco.

— Naser, você promete demitir o Mahmud e deixar eu ser o motorista? Promete me perdoar por ter xingado você?

Eu queria esmagar a cabeça dele. Disse:

— Olha, Rambod *joon*, é verdade que você não tá se sentindo bem. Mas não tente explorar a situação.

Ele começou a gritar mais do que antes, mas eu não queria arriscar que o filho da puta morresse na minha mão.

— Tudo que você quiser, Rambod *joon*. Você tem razão. Vou parar de atrapalhar e aí você pode trabalhar com Naser. — Então me virei pro Naser. — Não é?

Naser fez uma careta.

— Claro. Vamos trabalhar juntos. Sabe de uma coisa? Você pode pegar o meu trabalho também. Você vai ser o chefe e eu vou dirigir pra você. Que tal? Só não invente de morrer agora. Beleza?

Isso serviu pra acalmar Rambod. Ele olhou na direção de Naser e disse:

— Tem muito o que fazer. A gente tem que gerar rios de dinheiro. Na Achura, vamos ter que alimentar a cidade inteira. Durante Nim-e Chaban, toda a cidade de Teerã vai ter que comer doces e sorvetes das mãos de Rambod e Naser. Precisamos fazer tanto dinheiro que vamos ter uma casa só pra nós. De acordo?

— De acordo.

Rambod apoiou metade do rosto na minha coxa, sorrindo:

— Vamos arranjar um lugarzinho bacana atrás do parque Niavaran. Sabe, ali na área que os americanos construíram anos atrás. Qualquer menina que pisar no nosso canto vai se apaixonar pela gente na hora.

Naser disse:

— Isso, Rambod *joon*. O que você quiser, contanto que seja um dúplex. Um para você e outro pra mim e pra dona Fataneh.

Eu já tava me sentindo excluído da conversa. De repente me veio que nunca tinha ido ao parque Niavaran.

Rambod prosseguiu:

— Vamos esquiar no Dizin. Vamos usar os celulares pra tirar um monte de fotos. E aí postar na internet. Cada foto nossa vai ter mil visualizações.

Eu tinha ficado de fora, e meus olhos marejavam.

Abbas, meu irmão, coitado, perguntou onde ficava o Dizin.

Falei:

— Amigos, e quanto a Abbas e eu?

— Não se preocupem. — Naser piscou. — Vocês tão com a gente. A gente só quer que o nosso negócio cresça. Queremos a nata como clientela.

Rambod:

— Vamos transformar todas as áreas ao redor de Tajrich na terra da cocaína. Toda a região de Darrous e Ferechteh. Onde tiver ricos, vamos lá dar pó pra eles.

Abbas:

— Não esquece que tem também Chahrak-e Gharb.

Eu:

— E Saadat-Abad. Tem muito rico lá só esperando o nosso pó.

Abbas:

— Isso. Em torno da praça Kaj lá em cima. Vão babar com a nossa mercadoria.

Rambod:

— E aí vamos conquistar outras cidades também. Isfahan, Xiraz, Dubai, Istambul.

Naser:

— E aí vamos numa peregrinação até Machhad pra visitar o imã Reza. Não esqueça disso.

Rambod:

— Sem dúvida. A gente tem que ir numa peregrinação. — Ele esticou a mão procurando a água com açúcar e bebeu. — Vamos casar. Ter filhos.

Abbas:

— Eu quero duas filhas.

Naser deu-lhe um tapa na nuca:

— De que serve ter filha mulher, seu burro? Tenha filhos homens, pra que a sua bandeira fique sempre firme e hasteada.

Rambod:

— Ter filha é tão bom quanto ter filho. O importante é ter saúde. *Inchallah*.

Todos repetimos:

— *Inchallah.*

Então Rambod se sentou com a coluna ereta. Havia luz nos olhos dele. E me disse:

— Mahmud, lembra daquela música que você cantou na outra noite? Canta pra mim de novo?

Naser disse:

— Tô até com a gaita na bolsa. Eu acompanho. — Então saiu e pegou o pequeno instrumento, começou a tocar alguma bobagem e eu cantei.

Rambod se esparramou confortavelmente e fechou os olhos. Tava em paz.

O resto de nós voltou à mesa onde a coca tinha sido dividida. Naser sugeriu:

— Que tal a gente cheirar só mais um pouco?

Abbas respondeu:

— Definitivamente.

Naser preparou mais umas carreiras e a gente cheirou. Os cigarros foram acesos e então cada homem tava no seu mundinho. Voltei a pensar na minha vida. Parecia que ia demorar muito, muito tempo, até eu ver a cor da paz e da tranquilidade. Pensei: "Foda-se, Mahmud! Fica de boas aí na brisa que você tá curtindo agora e vê se esquece do amanhã!".

Naser tava calado. Meu irmão botou pra tocar uma música das antigas no celular. E eu... de repente senti um calorão. Minha mandíbula travou e meu saco tava pegando fogo. Como se mil vermes rastejassem dentro de mim. Vi tudo ficar roxo. Aquela coisa que a gente tava cheirando não era coca.

— Tô pegando fogo!

Era o meu irmão Abbas, gritando. Depois foi o Naser. Nós três pulando, como se tivessem obrigado a gente a correr sobre carvão em brasa. Arrancamos as calças para conferir os testículos em chamas.

Naquele momento, Rambod enfim se levantou. Parecia uma baleia ganhando vida, com propósito nos olhos. Foi até o freezer e voltou com pedaços de carne congelada, e nos mandou colocar as bolas em cima.

E a gente colocou.

Quase desmaiei, mas a carne congelada acalmou os meus ovos. Naser, no entanto, tava numa condição muito pior. Tinha cheirado bem mais do que a gente. E quando chegou a carne congelada, não tava bem o suficiente pra conseguir arrefecer as bolas direito. Algo aconteceu com ele naquela noite. E vou contar o que foi: naquela noite, Naser, o Tigrão, virou Naser, o Eunuco. O homem nem consegue ficar duro mais, tenho certeza. Mas ninguém nem ousa falar disso. E se não fosse por Rambod, que pensou rápido, eu teria perdido as bolas também.

Mas tudo isso, como falei, fica só entre nós. Digo, entre mim, Rambod e Naser. E por que não Abbas? Porque meu querido irmão, coitado, morreu naquela noite. Por isso.

Prefiro pensar que foi a cobra do indiano Ebrahim que matou o Abbas e não a merda que a gente cheirou. Porque é melhor pensar assim. O que aconteceu foi que, enquanto a gente tava pulando tentando salvar a masculinidade, aquela cobra do mau deu as caras de novo e, de algum modo, veio parar ali com a gente e a carne congelada.

Dá pra imaginar o resto.

Mas a morte de Abbas não foi inteiramente sem sentido. A culpa recaiu na cobra, e o indiano Ebrahim precisou desembolsar uma boa grana de *diyye*, indenização maldita, pro meu pai. Agora, como eu disse, não sei se foi o pó falso que matou meu irmão ou a cobra ou um infarto de ver a cobra no momento crítico em que os ovos dele pegavam fogo. O indiano Ebrahim diz que a cobra não era peçonhenta e ele tem razão, provavelmente. Mas, nessa vizinhança, morte com cobra na equação tem um preço. Se o indiano Ebrahim não pagasse a indenização, não ia poder mais negociar por aqui. Uma ligação pra polícia e eles iam confiscar as cobras malditas dele e meter o malandro no xilindró.

Mas, fora tudo isso (incluindo que meu pai conseguiu dar uma recauchutada no açougue graças à indenização, e é possível que eu acabe ficando aqui e herdando aquela pocilga no fim das contas), tem só mais uma coisa que ainda me queima por dentro: eu devia ter deixado Naser, o Tigrão, meter a faca no Rambod Gordão naquela noite. Porque, depois do que aconteceu, me deixaram de fora do esquema e começaram a trabalhar juntos. Parece que o Rambod Gordão tem um bom faro pra pó batizado. Se não for genuíno, ele descobre antes de qualquer outro. Tivemos uma amostra já naquela noite.

E isso é bom pro Naser. Rambod Gordão dirige por aí e examina a mercadoria. Além do mais, Naser tocou tanto o terror por conta da mercadoria falsificada daquela noite e desfigurou a cara de tanta gente que os dois já viraram lenda, e a cocaína é domínio deles.

Quanto a mim, toda vez que penso em Rambod, me dá uma coisa ruim no coração. Mas tem uma pegadinha: se tivesse deixado o Naser meter a faca no Rambod, acho que eu também não ia ter mais as minhas bolas. Não vamos esquecer que foi o Rambod quem salvou a gente, com a carne congelada. Amo as minhas bolas. Gostaria de continuar com elas. Não trocaria nem por todo o dinheiro e cocaína do mundo. Mesmo se me dissessem que eu viraria o maior bandido da cidade em troca das minhas bolas, não ia topar.

Que enfiem tudo no cu.

Por ora, não tô nem trabalhando no açougue. Tô me fazendo de difícil com o meu velho e odeio o ramo da carne. Quero fazer as coisas do meu jeito. E meu jeito quer dizer manter a honra e os testículos.

Isso aí.

Porque... imagine só você ser o bandido mais pesadão em toda Teerã, mas não poder nem meter na dona Fataneh, a do peitão. Imagine que suas bolas derreteram. Quem vai comer a dona Fataneh agora? Quem vai socar no meio dos seios suculentos dela? É por isso que os sábios sempre diziam: "Não conte com o ovo no cu da galinha". E, se possível, sempre tenha carne congelada por perto.

---

* *Conto escrito originalmente em farsi.*

O MEDO É A MELHOR FORMA DE GUARDAR SEGREDO

VALI KHALILI

Rey

Tudo começou em um dia bem lento. Um daqueles dias em que simplesmente não tem nada acontecendo. O ponteiro das horas no relógio da firma já marcava quase três da tarde e eu ainda não tinha uma única reportagem para entregar no jornal. Nada. Nenhum assassinato. Nenhuma calamidade. Nenhum prédio em chamas. Tem dia que é assim mesmo, e aí dificulta demais o trabalho do repórter policial. Desesperado, eu tinha até chegado a ligar para o meu contato do Departamento de Investigações Criminais, mas a única resposta foi o silêncio de uma tarde sonolenta de quinta-feira. Por isso comecei a conferir outros jornais, para ver o que dava para encontrar. Foi então que me deparei com um pequeno anúncio sobre um jovem desaparecido.

Nome: Asghar Ahmadvand Chahvardi. Idade: vinte e oito. A foto mostrava um rosto redondo com nariz rechonchudo e pele oliva. Vestia camisa listrada, não sorria. O anúncio dizia que havia saído de casa há exatos três meses e dez dias. Supostamente estava a caminho do trabalho em uma manhã de quarta-feira, mas não tinha mais sido visto desde então. Na parte de baixo do anúncio, havia o número de contato para o caso de alguém ter alguma informação.

Não havia tempo a perder. O prazo estava acabando e eu precisava de quinhentas palavras até o fim do dia.

Imaginei que poderia ligar para o número no anúncio, obter um furo sobre o jovem com a família e escrever minhas quinhentas palavras. Não seria a primeira vez que faria algo do tipo, e houve ocasiões que a coisa se desenvolveu de um jeito bastante interessante. Teve uma vez que escrevi sobre um menino autista de dezesseis anos que, pelo visto, um belo dia simplesmente começou a caminhar seguindo a linha do trem. Dez dias depois, foi encontrado a 350 quilômetros de distância, ainda acompanhando a ferrovia. Outra vez, escrevi sobre uma adolescente desaparecida, vítima de um *serial killer* que tinha matado outras seis mulheres, que foi enfim encontrada.

Então telefonei. O senhor de idade do outro lado da linha tinha o sotaque familiar de um *lur*, semelhante ao do meu avô. Eu disse que era repórter e que queria saber do anúncio.

O pobre coitado começou a chorar e demorou um tempo até conseguir me contar qualquer coisa.

— Hoje em dia eu moro bem longe, em Malayer. Vim para Teerã várias vezes. Falei com a polícia. Nada. Eles me falaram que todos os dias dezenas de pessoas desaparecem naquela cidade perversa e que quatro, pelo menos, são assassinadas. Prometem que vão me ligar caso encontrem qualquer coisa. Quando? Sei que não vão ligar. Eu estava prestes a encontrar uma boa esposa para o menino. Agora nem sei se está vivo.

Então ele implorou para que eu fizesse algo por ele e voltou a chorar.

Fui vencido pela culpa. Que amadorismo da minha parte ligar atrás de uma história triste e então não conseguir me desvencilhar da dor na voz do senhorzinho. Seu filho, Asghar, tinha a minha idade. E eu já podia imaginar o que a minha mãe — com seus problemas de coluna e de coração — faria se eu desaparecesse de repente por três meses. Aquela ligação me fisgou. Às vezes acontece. Acontece até mesmo com um repórter das páginas policiais que pensa que já viu de tudo. A proverbial formiga no facho estava desassossegada e eu não iria parar até conseguir alguma coisa.

No dia seguinte, precisei ir até a Vara Criminal acompanhar alguns desdobramentos. Antes disso, liguei para o pai do desaparecido de novo e tentei obter mais informações — a ocupação de Asghar, onde ele morava, quem eram seus amigos, qualquer coisa que pudesse me dar uma direção. Pelo que entendi, fazia oito anos que ele morava em Teerã e, aparentemente, trabalhava no turno da noite como segurança nos escritórios de uma empresa farmacêutica no centro da cidade. Dividia um quarto perto da praça Sepah com Muhammad, seu melhor amigo.

Consegui o telefone dele com o pai de Asghar e marquei de encontrá-lo mais tarde naquele mesmo dia. Muhammad era um sujeito miúdo, de pele escura, que pareceu meio desconfiado a princípio quando cheguei e não conseguia imaginar o que um repórter queria com ele. Mas quebrei o gelo com a única coisa naquele quarto que ainda trazia algum vestígio de Asghar: uma fotografia. Na imagem, Muhammad e Asghar estavam ao lado de uma cachoeira.

— É de quatro, cinco anos atrás — ele explicou, com boa vontade. — Fomos em uma viagem até o Luristão e o Cuzistão. Éramos seis, sete ao todo. Foi uma boa viagem. Nunca vou me esquecer.

Muhammad parecia deprimido, como se sentisse muito a falta do amigo. Eles haviam feito a faculdade juntos. Embora Muhammad tivesse sido rápido para conseguir emprego em uma petrolífera, Asghar ainda procurava trabalho mais permanente quando desapareceu.

— Minha firma tinha me mandado fazer um trabalho lá no sul. Liguei para o Asghar algumas vezes enquanto viajava, mas ele não atendeu. Não pensei muito. Ele é... *era* muito reservado, sabe como é. Nunca falava muito dos seus problemas. Só que, quando retornei a Teerã e ele continuou sem aparecer em casa, comecei a ficar preocupado. Aí liguei para o pai dele.

Perguntei se Asghar havia deixado alguma coisa para trás. Muhammad hesitou um momento e então tirou uma pequena bolsa debaixo de uma cama. Ela continha algumas camisas, um frasco de água-de-colônia, um barbeador elétrico, um pacote de camisinhas e um holerite com o nome da empresa onde trabalhava: *Farmacêutica Pars*.

— A polícia chegou a ver isso?
— A polícia? — ele deu uma risada amargurada. — Nunca nem pisaram aqui. Eles só se importariam com o desaparecimento se a pessoa morasse numa mansão.

Mais três dias se passaram. Enquanto eu lidava com a minha namorada, que já ameaçava me largar se não passasse mais tempo com ela, e recebia as avaliações dos médicos da minha mãe — para não falar das horas que precisava passar no jornal todos os dias, além de caçar ambulâncias e rumores policiais —, conseguia achar um tempo para ligar para os números no holerite de Asghar. Mas nunca ninguém atendia. Por fim liguei para o serviço de informações, peguei o endereço da empresa e já me preparava para ir até lá quando um terremoto atingiu a província do Azerbaijão Oriental. O jornal precisava de mim no local imediatamente. Por isso Asghar, de novo, teve que esperar. Então, quando voltei para Teerã, os problemas de coluna da minha mãe pioraram. Passei mais uns dias tentando levá-la a um hospital decente e acalmando a minha irmã, doente de preocupação por conta da mãe e do nosso pai, já praticamente de cama. Nesse meio-tempo, minha namorada tinha parado de retornar as ligações e meu chefe queria saber por que minhas reportagens nunca deixavam nem uma réstia de esperança para os leitores — por acaso eu não sabia que as pessoas não conseguem viver sem esperança?

Talvez ele tivesse razão. O pai de Asghar certamente precisava de esperança. Duas semanas já tinham se passado desde que eu estava com o endereço do trabalho do seu filho. Liguei e avisei que pretendia ir até lá. Ele suspirou e falou que ia rezar para que eu arranjasse uma boa esposa.

Assim, no fim de um dia de setembro, finalmente consegui visitar o lugar. O endereço ficava perto da rua Kheradmand, mas quando cheguei lá, não havia nem sinal do edifício. Eles o haviam demolido e preparavam o terreno para uma nova estrutura. Saí fazendo perguntas pela região, porém ninguém tinha a menor ideia do lugar para onde a Farmacêutica Pars havia ido. Tampouco reconheceram a foto que mostrei de Asghar. Apenas o sujeito da loja da esquina o reconheceu e resmungou o seguinte, enquanto guardava as compras de um cliente:

— Você fala sério, cara? Nesta selva de cidade, a gente não lembra nem o que jantou na noite passada. E você vem perguntar de um zé-ninguém chamado Asghar? Sei lá onde ele sumiu. Certeza que vocês repórteres têm muito tempo livre. Tempo e um trabalhinho bacana que não serve pra nada.

Eu estava cansado e me sentindo mesmo desesperançoso. Perto da esquina onde Asghar trabalhava havia um parque. Fui até lá e me sentei em um banco, para ver as crianças jogarem peteca. Deixei minha mente divagar e lembrei como apenas alguns meses atrás tivera que fazer a cobertura da execução pública de um marginal de 21 anos, Ali Big, nesta mesma praça. Três dias antes da execução, havia entrevistado Ali Big na prisão, no distrito de Chapur. Estive incontáveis vezes naquele lugar, entrevistando todo tipo de criminoso que você pode imaginar — assassinos, sequestradores, assaltantes, gatunos, traficantes, ladrõezinhos de loja e gente envolvida em tráfico humano. A lista era interminável. Bom, às vezes o meu trabalho é só arrancar uma pérola do sujeito que está prestes a andar na prancha. Acho que naquele dia eu tirei uma dessas pérolas do Ali Big. Ele estava sentado na minha frente, um sujeito bem grande, as mãos tremendo de tensão, de modo que o som das algemas de metal chacoalhando na mesa me deixava tão nervoso quanto o policial que nos observava em pé.

— Por que você rouba as pessoas? — perguntei. Ele me fuzilou com o olhar e não disse nada. Insisti, como sempre fazia nesse tipo de entrevista. — Por acaso você achava que não seria pego e executado um dia?

— De onde eu venho, senhor Repórter, tem um ditado que diz: "Se for vender muito o cu, uma hora vai ter que pagar com hemorroida".

Claro que o jornal não ia me deixar publicar essa frase, mas era uma beleza e talvez eu conseguisse parafraseá-la para passar pela censura. Ali Big prosseguiu:

— Todos os camaradas que nem eu que ganham a vida assim já sabem que um dia vão cair. Mas não têm escolha. Todo mundo que nem a gente cresce com uma única opção: o crime. Dei azar dessa vez. Só isso. Nesta cidade de quatorze milhões de arrombados, tem mil assaltos por dia. Dei azar de por acaso ter câmera perto e aí me pegaram com a boca na botija. Pau no cu das câmeras. Sabe por quanto que vão me enforcar? Por menos dinheiro do que você e os seus amigos espertões gastam num café nesses restaurantes chiques de vocês.

Três dias depois, eu estava presente no seu enforcamento — a uns vinte e cinco metros de onde sentava agora no parque. Eles o executaram por conta de uns cinco dólares. Foi pego para servir de exemplo.

Não consegui entrar numa cafeteria para tomar um café desde então.

De volta ao jornal, não tive coragem de ligar para o pai de Asghar e contar que o prédio onde seu filho trabalhava tinha sido demolido. Porém, a história não me largava. Às vezes acontece de um repórter simplesmente farejar uma coisa única. Não sei como acontece, na verdade. Alguma coisa simplesmente vem e puxa você. Fiquei me perguntando: "Por que ele?". É verdade que eu só tinha umas informações genéricas sobre o sujeito. Mas elas não apontavam para o seu desaparecimento, simples assim. Ele tinha um serviço, embora modesto para alguém com diploma de ensino superior. Também não era viciado, tinha uma família que se preocupava com ele e não estava apaixonado. Todas essas coisas anotei no caderno, tentando achar sentido no que estava à minha frente. Naquela tarde, além de fazer a cobertura de um assalto a um comerciante de ouro perto da praça Resalat, banquei mais um pouco o detetive e descobri a nova localização da Farmacêutica Pars.

Haviam se mudado para a esquina da Mottahari com a Mirza-e Xirazi, não muito longe de onde estavam antes. Apareci por lá perto do meio-dia no dia seguinte. O segurança não esboçou reação quando mostrei a foto de Asghar.

— Não faz muito tempo que você trabalha aqui, faz?
— Três meses.
— E quem estava aqui antes?
— Não faço ideia. Você precisa falar com o gerente do escritório sobre isso, o senhor Suleimani.

A primeira resposta de Suleimani foi uma breve risada.
— Bem, estamos procurando também. O sujeito evaporou. Se você o encontrar, diga para ele vir buscar seu último salário. Ainda está comigo.

Respondi:
— Como diz o anúncio, ele já está desaparecido há mais de três meses. Por acaso tinha algum amigo aqui? Alguém que o conhecesse um pouco melhor?

Não esperava que Suleimani estivesse tão acessível, mas de repente parecia genuinamente intrigado, se não preocupado, e me mandou procurar um sujeito chamado Mohsen, que trabalhava na mesa de segurança do terceiro andar.

Encontrei Mohsen sentado atrás de uma fileira de monitores de televisão, mexendo no celular. Quando perguntei de Asghar, ele nem se deu ao trabalho de responder. Repeti a pergunta. Então guardou o celular e me olhou pela primeira vez.

— E você é...?

Mostrei minhas credenciais de jornalista e disse que estava à procura de Asghar, em nome da família.

Ele deixou de lado a suspeita inicial:

— Nunca peguei o endereço do Asghar. Depois que desapareceu daquele jeito, liguei pra ele várias vezes. Mas nunca ninguém atendeu. Achei que talvez fosse por causa do que aconteceu entre ele e o gerente-geral, por isso não quis voltar. — Mohsen desviou o olhar. — Digo, ele teve uma questão aí com o gerente. Não está certo simplesmente desaparecer desse jeito. Achei que a gente era amigo.

Alguma coisa tinha acontecido entre ele e o gerente. Essa era a minha primeira pista e senti a minha empolgação crescer.

— O que aconteceu, exatamente?

Ele baixou o tom de voz:

— O Asghar se encrencou com o gerente-geral por causa de um vídeo das câmeras de segurança da firma que ele vendeu para um repórter. O gerente-geral queria demitir ele, mas várias pessoas defenderam Asghar.

— Ele vendeu um vídeo para um repórter? — O movimento da narrativa me atiçava e eu mal conseguia me conter. — O que tinha nesse vídeo da câmera de segurança de tão importante?

A resposta de Mohsen me deixou pasmo. De repente, tive certeza de que estava no meio de algo muito maior do que um simples caso de um desaparecido, e em um minuto me dei conta de que, enquanto repórter, eu fazia parte disso, de fato, desde o começo.

    O segurança se levantou e deu uma olhada cuidadosa ao redor para garantir que não tinha ninguém por perto. Então, pegou uma garrafinha e serviu chá para nós dois. Depois começou a narrar:

— Foi no inverno passado. Não sei se você se lembra daquele assalto na rua Kheradmand. Dois sujeitos enormes numa moto renderam com uma faca um cara na frente do nosso prédio. Nossas câmeras gravaram tudo. Eu estava no turno da noite na época, e o Asghar também, por isso a gente não estava lá quando aconteceu. Geralmente, depois que o lugar fechava, a gente ficava sentado, assistindo às câmeras de segurança, só pra passar o tempo. Tem o anexo de um dormitório de universitárias do outro lado da rua. A gente ficava sentado lá, só de farra, vendo as meninas entrando e saindo. Aí uma noite a gente estava assistindo o vídeo e aconteceu a coisa toda. A moto parando, os sujeitos puxando uma adaga enorme e levando a maleta do cara, e as pessoas da vizinhança ao redor se mijando de medo, sem fazer nada. Tudo foi gravado. Preciso dizer mais? A não ser que tenha dormido metade do inverno passado, deve ter visto o vídeo no noticiário da noite, não?

    Eu estava agitado demais para dizer ou fazer algo além de sinalizar com a cabeça que sim.

— A vítima acabou indo até a polícia para prestar queixa. Mas os policiais não fizeram nada. Era um simples assalto e o que os bandidos levaram mal dava o pagamento de um dia de serviço de um trabalhador.

Tenho certeza de que a polícia não mandou ninguém investigar, senão teriam vindo até o nosso prédio. Então, o que é que a gente, Asghar e eu, podia fazer? Se a gente contasse para os chefes sobre o vídeo, iam perguntar o que diabos a gente estava fazendo naquela noite, vendo vídeos antigos em vez de estar prestando atenção no prédio. Por isso, bico calado. Digo, até duas semanas depois, quando uma noite estou eu assistindo ao noticiário das oito e meia na TV e aí passa o nosso vídeo, exibido para o país inteiro. Asghar estava no serviço, no segundo andar. Liguei pra ele na hora. Fiquei cagado de medo. Ele fez uma careta e me pediu para prometer não contar. Tinha vendido o vídeo para um jornalista. É só o que eu sei. No dia seguinte, tinha imagens do vídeo num monte de jornal. Era como se a coisa tivesse ganhado vida própria. Uma loucura.

Ele tinha razão. Aquele vídeo do assalto havia viralizado no inverno passado. As pessoas diziam que o governo tinha perdido o controle. Assaltos e assassinatos em plena luz do dia, e tudo gravado; porém a polícia, ainda assim, não fazia nada. De repente, virou um problema nacional. O pessoal da tecnologia no Departamento de Investigações Criminais, o DIC, conseguiu dar um *zoom* na placa da moto e logo descobriu quem eram os assaltantes. Um deles era Ali. O mesmo Ali Big que eu tinha entrevistado para o jornal três dias antes de sua execução. Lembrei de ter perguntado a ele se tinha raiva do parceiro ter conseguido escapar. Ali Big simplesmente ficou me encarando com expressão de completo desdém:

— Só vocês, putos da parte rica da cidade, é que venderiam a própria mãe por uns trocados.

Mohsen conferiu o relógio. Agora queria terminar de contar a história antes que aparecesse alguém. Dava para ver que a coisa toda pesava na sua cabeça e o sumiço de Asghar o tinha deixado pensativo.

— Uns dias depois que mostraram o vídeo na TV, Asghar e eu fomos chamados na gerência. Ele apresentou um sujeito à paisana como um detetive do DIC. Rapaz, como o gerente ficou puto! E tinha toda razão. Ele falou que, além de nós dois, ninguém tinha acesso aos vídeos, e a julgar pelo ângulo da câmera, era óbvio que era um vídeo gravado da perspectiva do nosso prédio. Lembro de olhar pra Asghar e ver ele ficar branco que nem giz. Então confessou que tinha vendido o vídeo a um jornalista. Alguém que nem você, imagino.

Depois de uma longa pausa, em que ficamos os dois olhando para o nada por um tempo, profundamente ensimesmados, perguntei:

— Você sabe qual foi o desfecho disso tudo?

— O detetive nunca voltou. Li no jornal que pegaram um dos ladrões. O Ali Big. Depois enforcaram ele bem no fim da rua, no parque Honarmandan. Faz acho que uns nove meses? Só que o gerente ainda estava puto. Várias vezes ouvi comentar que sabia de casos em que parentes ou amigos do sujeito executado voltavam atrás de vingança. Talvez tivesse razão. Digo, não podem se vingar da polícia, né? O gerente tinha medo de que fossem atrás da empresa, porque foi o nosso vídeo que fez ele ser preso.

Ou podiam simplesmente ter ido atrás do Asghar. Isto é, se descobriram que foi ele quem vendeu o vídeo para a imprensa.

A primeira coisa que fiz quando voltei à minha mesa foi entrar na internet e assistir ao vídeo de novo, que mal tinha um minuto de duração. No lado inferior direito da tela, dava para ver claramente o logo do canal de TV, o Tarde do Irã. Então foi um repórter daquela emissora. Falei com o meu contato lá e peguei o nome e o número do correspondente da editoria de cotidiano que tinha comprado o vídeo de Asghar.

Sentei e tentei juntar todas as peças. Quando pegaram Ali Big, ele tinha admitido que foi em uma casa de chá, perto da praça Imã Hossein, que ele e o parceiro originalmente planejaram o arrastão. Mas foi só isso que ele havia falado para a polícia sobre o parceiro, um sujeito que o pessoal conhecia como Abi Língua-Presa. Na época, tentei acompanhar o cara, mas ele sumiu completamente. Então, depois que enforcaram Ali Big, ninguém se deu ao trabalho de ir atrás de Abi Língua-Presa, e logo o esqueceram. Pensei em ligar para o DIC e ver se o arquivo sobre ele ainda estava em aberto. Mas seria uma atitude desesperada. Esses detetives tinham mil outras coisas na cabeça. Além do mais, já haviam executado um dos dois culpados; por isso, até onde lhes dizia respeito, provavelmente já era caso fechado — para a satisfação deles, se não a do público.

Enfim liguei para o repórter do Tarde do Irã. Ele foi cauteloso a princípio. Ambos percebemos que estávamos basicamente lidando com a concorrência aqui. Mas, depois de uns minutos conversando sobre o assunto, consegui fazer com que ele se abrisse para um colega de profissão. Não me entregou muita coisa. Só disse que a estação de TV o tinha liberado para comprar o vídeo de Asghar e que, depois disso, não havia mais tido contato com o rapaz. Deu para perceber que ele não fazia ideia de que Asghar estava desaparecido. E é claro que eu não lhe disse nada a respeito.

Minha última opção era ir até a casa de chá que Ali Big e Abi Língua-Presa frequentavam. A princípio parecia uma visita tranquila, mas não era. E se eu chegasse lá e começasse a fazer perguntas e, por acaso, Abi Língua-Presa estivesse de volta à cidade, sentado ali naquela mesma casa de chá, bem na hora? Era brincar com fogo. Cometi o erro de ligar para minha namorada para perguntar o que fazer. Ela ainda não estava falando comigo. Mas desta vez atendeu e, assim que me ouviu dizer o que eu ia aprontar, desligou na minha cara, porém não sem antes dizer que não era para ligar de novo até ter certeza de que queria ter uma vida além do meu trabalho.

Durante três dias, não fiz nada além de pesar as minhas opções. Podia ligar para o pai de Asghar, contar o que tinha descoberto até então e deixar que ele e a polícia assumissem a partir daí. Mas aí... pensei na minha vida e para onde ela se dirigia. Metade dos meus amigos já tinha ido embora do país para trabalhar em organizações que mandavam notícias para o Irã. Tinham uma vida boa e um bom salário — pelo menos, era o que eu imaginava — em lugares como Londres e Praga. Conseguiam viajar, ver o mundo, e não precisavam lidar com essa censura cotidiana que me tirava do sério. Eu continuava aqui porque sabia que, se fosse embora, talvez tivesse uma vida boa, mas não seria mais grande coisa como jornalista. Teria todas as bugigangas e toda a audiência que assistia, faminta, às notícias dos canais em língua persa que chegavam de fora via satélite. Mas estaria só me iludindo. Não seria mais um repórter, apenas o porta-voz de outra pessoa. Precisava estar ali no olho do furacão, por assim dizer. Precisava estar em Teerã, sentir seu cheiro, seu gosto, sentir a cidade, conhecer suas dores e sofrimentos e a tristeza do seu povo. Meus amigos tinham ido embora para virar meros colecionadores de holerites. Eu não queria isso. Precisava caminhar pelo Grande Bazar, me sentar nas casas de chá com os criminosos e sentir o fedor do desespero e da pobreza. Londres não era para mim.

E se eu pudesse, de algum modo, chegar ao fundo da história de Asghar e escrever uma reportagem de destaque — daquelas matérias que só acontecem uma vez na vida e fazem a carreira de um jornalista —, talvez realizasse meu sonho de ser correspondente de guerra. Não era impossível. E Deus sabe que não faltavam guerras na vizinhança para cobrir. Não teria nem que ir muito longe.

Parti para a casa de chá, sozinho. No caminho, liguei para o meu chefe e contei o que estava aprontando e para onde estava indo.

— Se não tiver notícias minhas nas próximas três horas, chame a polícia.

Ele não botava muita fé em mim e insistiu em me acompanhar. Insisti para que ele não fosse. A verdade era que havia uma única pessoa em toda Teerã que eu queria que viesse comigo: Hassan. Mais conhecido como Hassan Cueca. Eu só não sabia se Hassan estava dentro ou fora da prisão atualmente. Ele tinha dezenove anos e sua especialidade era roubar carros e sons automotivos.

Quanto ao seu apelido, chamavam-no de Cueca porque, uma vez, seu pai se meteu em uma briga na vizinhança e o outro sujeito abaixou as suas calças. Tinha esbarrado no moleque uns dois anos atrás, na Vara Criminal. Eles o trouxeram direto da detenção para menores infratores para encarar o juiz, e por acaso eu estava lá cobrindo outra matéria. De algum modo, consegui conversar com ele e nos demos bem. Era um rapaz esperto, perspicaz e incorrigível. Me afeiçoei e acabei convencendo o juiz, conhecido meu, a pegar leve com ele. Por isso Hassan tinha a impressão de que me devia uma. Mas, mais do que isso, era simplesmente um ladrão honrado. Nunca pisaria na bola com você se fosse seu amigo. A gente se encontrava de vez em quando e ele sempre me contava uns detalhes técnicos para me inteirar das histórias de crimes.

Agora decidi que precisava dele. Liguei e resumi a história sem dizer nada óbvio sobre um possível assassinato.

Meia hora depois, ele chegou em alta velocidade na sua moto e parou ao meu lado, não muito longe da praça Imã Hossein.

— Sobe aí, irmão. Queria ser repórter que nem você.

Ele tinha o corpo de um pequeno pugilista e parecia um tanto mais velho do que seus dezenove anos. Perguntei se andava se metendo em encrenca ultimamente.

— Sempre. Mas, como pode ver, estou fora, não dentro das grades. Alguma coisa ando fazendo direito. Agora, escuta. A casa de chá onde a gente vai se chama Chokufeh. Sei tudo do lugar e fico feliz que me chamou para ir junto. Vamos entrar lá, sentar num cantinho, tomar um chá e fumar um *qalyan*. Deixa o resto comigo.

Precisei gritar no seu ouvido para ele me ouvir enquanto ziguezagueava na moto naquele trânsito louco de fim de tarde.

— Me deixa adivinhar: você vai procurar o Abi Língua-Presa e fingir que tem uns sons de carro para vender.

— Quem falou em fingir? — ele gritou de volta.

— Não sei, não. Digo, por que é que a gente iria perguntar direto por ele? Tem muito mais gente para quem você poderia vender o som.

Hassan estacionou do lado de uma fileira de motos na frente da casa de chá.

— Fiz o dever de casa, patrão. Abi Língua-Presa faz recepção de som, entre outras coisas. A gente deu sorte.

Pedimos nosso chá e o *qalyan* para o atendente da casa, que nos olhou de cima a baixo, sorriu e disse que ali não serviam fumo para frouxos da área rica da cidade.

Hassan disparou de volta:

— E tem algum frouxo de área rica aqui?

— Hmm, acho que não — disse o sujeito, e foi embora.

Eu já tinha visitado a minha cota de casas de chá barra-pesada. Mas aquele lugar estava em uma categoria à parte; tinha o ar carregado de fumaça e parecia que metade dos clientes havia saído recentemente da cadeia ou estava prestes a voltar para lá. Todo tipo de tatuagem imaginável se via marcada naqueles antebraços e as paredes estavam apinhadas de fotos de lutadores e sujeitos durões famosos da velha guarda.

Ficamos uns vinte minutos sentados, fumando e bebendo. Quando o atendente nos trouxe mais uma rodada de chá, Hassan fez seu lance.

— A gente está procurando o Abi Língua-Presa. Me falaram que ele anda por aqui.

— Mentiram pra você, então, filho.
— Talvez não. Talvez alguém possa avisar pra ele que a gente tem umas coisas que queremos nos livrar.

Enquanto Hassan falava, deslizei várias notas na mão do homem. Ele contou o dinheiro.

— Fiquem aí. Já volto.

Pedimos omeletes e mais chá. Se era para acontecer algo, seria agora. Logo o atendente voltou com um olhar de quem não estava convencido.

— Nunca vi vocês aqui. Como vou confiar nos dois? Como vou saber que não estão caçando o *agha* Abi?

Hassan não perdeu um momento sequer. Sacou o celular e mostrou várias fotos dos sons automotivos que tinha à venda.

— Olha, chefia, a gente é conhecido em todo o distrito de Yaftabad. Estamos aqui pra fazer a nossa parte.

Depois de ver as fotos, o homem pareceu um pouco mais convencido, porém não muito.

— Já volto — disse de novo e desapareceu atrás de uma geladeira velha e gigantesca, em um ponto onde não dava para vê-lo. Eu esperava que ele voltasse com mais perguntas, ou talvez a casa de chá inteira imaginasse, a essa altura, que éramos policiais e tinha planos de acabar com a gente.

No meio desses pensamentos, Hassan me cutucou enquanto dava um trago no *qalyan*:

— Se ajeita. Aí vem ele de novo.

O atendente ficou de pé, examinando a gente mais uma vez. Possuía aquelas maçãs do rosto afundadas, típicas de um verdadeiro viciado em ópio e sua expressão não parecia nem um pouco mais convidativa.

— Dei uns telefonemas. Ninguém sabe onde ele está. Tem quem diga que ele está faz um tempo no Paquistão. Outros que seu novo canto é a casa de chá Chaman, lá no distrito de Mowlavi. Mas uma coisa é certa: ele não está mais no ramo de comércio de mercadoria roubada. Está na vida honesta agora.

Fiquei observando Hassan enquanto ele respondia, com tranquilidade.

— Que pena. Mas, já que estamos aqui, você pode dar um jeito de a gente ver alguém que ainda esteja no ramo?

Nessa hora o atendente sorriu e, de imediato, discou um número no próprio celular, depois o entregou para Hassan:

— Não esquece minha comissão!

Acenei com a cabeça para o sujeito e lhe disse que ia pessoalmente garantir a parte dele. Enquanto isso, Hassan conversava baixinho ao telefone, e eu soube que era o próprio Abi Língua-Presa na linha. Após alguns minutos, ele anotou um número e sussurrou que manteria contato. Então piscou para o atendente e devolveu o celular:

— Paz, irmão!

Cinco minutos depois, estávamos os dois na rua, e Hassan Cueca mal conseguia disfarçar a empolgação.

— Você viu como lidei com a parada? Sou seu Hassan ou não sou? Viu como mostrei as fotos dos sons de carro e pedi para ele encontrar alguém que tirasse aquilo da nossa mão?

Assenti com a cabeça. Mas longe de estar empolgado. Na verdade, estava era ficando bem paranoico e não parava de olhar para trás, pensando que tinha alguém na nossa cola. Hassan deve ter reparado o pânico no meu rosto, porque me puxou para perto dele.

— Relaxa. O que quer fazer agora? Quer ir lá na outra casa de chá que ele disse e tentar encontrar o homem ainda hoje?

— Não sei o que quero, Hassan *jaan*. Me deixa pensar sobre isso uns dois dias. Devo muito a você. Gostaria de te compensar pela dor de cabeça.

— Para com isso, irmão. O que você acha que sou? Digo, você pode me pagar por outras coisas. Mas hoje não. Hoje encontrei um cliente para todos aqueles sons que eu estou guardando. — Aqui ele deu partida na moto. — Quer que eu te leve para algum lugar?

Falei que não, e ele disparou que nem um vendaval, satisfeito com os rendimentos de uma boa noite de trabalho. Ele não tinha ideia da profundidade do buraco em que eu tinha metido a gente, e a essa altura eu não tinha coragem de contar. Logo chamei um táxi e fui para casa, o tempo todo pensando na descrição de Abi Língua-Presa que o atendente tinha feito quando pedi para ele: quase dois metros de puro músculo, com aquela língua presa inconfundível e uma tatuagem na pálpebra.

— Na pálpebra? — repeti.

— Isso. Não tem como não ver. E quando o virem, avisem que o Ghasem Soneca mandou um abraço.

Então os meus dias viraram uma única e longa maratona em que fiquei revendo uma e outra vez aquele vídeo do assalto. Estava frustrado e com raiva da minha indecisão. Havia um cenário que fazia sentido: Abi Língua--Presa parecia ter vazado daqui bem rapidinho, pelo sul da fronteira até o Paquistão, assim que o vídeo do assalto apareceu no jornal. Quando voltou, seu parceiro, Ali Big, havia sido enforcado há meses e ninguém mais dava a mínima para os rolos do inverno passado. Ninguém, exceto o próprio Abi Língua-Presa, que agora estava atrás de vingança pelo enforcamento do amigo. O que eu não conseguia entender era como teria descoberto que foi Asghar quem vendeu o vídeo para a imprensa. Mas a essa altura já não importava. O certo era o seguinte: Asghar estava desaparecido e Abi Língua Presa de volta à cidade. E havia mudado de casa de chá para ficar mais difícil de ser encontrado.

Eu estava empacado. Por um lado, ficava me convencendo que era um jornalista, e não um detetive. Por outro, sabia que, se abrisse mão dessa matéria, jamais conseguiria me perdoar. Passaria o resto da vida pensando naquele furo que teria catapultado minha carreira a um novo patamar. Cheguei ao ponto de parar de atender à maioria das ligações e mal conseguia entregar as reportagens. Quanto mais pensava, mais percebia que havia três escolhas à minha frente: 1) ligar para Hassan Cueca e pedir para arranjar esse encontro com Abi Língua-Presa; 2) fingir que nada disso tinha acontecido, ligar para minha namorada, admitir que ela tinha razão e então levá-la para uma longa viagem; 3) ligar para a polícia e para o pai de Asghar, contar tudo que tinha descoberto até então e deixar que lidassem com o caso.

Havia ainda mais um fator: eu não tinha como ter certeza de que havia sido Abi Língua-Presa quem matou Asghar. Na verdade, não dava nem para ter certeza de que ele estava morto, por mais que a minha intuição de repórter me dissesse que era o mais provável.

Enquanto isso, Hassan Cueca não parava de me ligar. Eu atendia às ligações dele porque não queria que achasse que eu tinha mudado de ideia. Para lhe dar algum crédito, ele era esperto o suficiente para não me perguntar diretamente qual o meu interesse em Abi Língua-Presa. Eu sabia que ele sabia que Abi Língua--Presa estava envolvido naquele famoso assalto. Mas parava por aí também. Hassan pensava que eu estava fuçando atrás de alguma matéria, enquanto ele queria simplesmente vender a sua mercadoria.

Por isso decidi consultar um mentor, o senhor Boluri, um veterano responsável por algumas das melhores reportagens desde antes da Revolução Islâmica, há mais de três décadas. Eu o encontrei em uma loja de sanduíches na rua Komeyl um dia e contei tudo — nem para o meu chefe no jornal eu havia contado a história toda. Assim que terminei, ele agarrou meu punho do outro lado da mesa, ficou me encarando intensamente e disse:

— Você já fez 80% do trabalho bruto. Se largar mão dessa matéria, sugiro que procure outra profissão de uma vez. A que você tem não vai servir mais.

A resposta de Boluri foi como uma injeção de adrenalina. Liguei para Hassan e pedi que me encontrasse perto da casa de chá Chaman naquela noite, entre oito e nove horas, quando era certo que estaria no pico do movimento.

Nós nos encontramos na praça Mowlavi. A casa de chá Chaman ficava na extremidade de uma série de becos labirínticos atrás do Grande Bazar. As vielas antigas e escuras estavam povoadas por viciados. Depois de entrarmos na casa de chá, teríamos que voltar por onde entramos. Era uma rua sem saída ali. Se antes eu já estava preocupado, agora beirava o surto. Hassan estacionou a sua Honda ao lado das outras motos e gesticulou com a cabeça na direção da casa de chá.

Dei uma espiada pela janela, a fim de ver o interior daquele lugar fumacento, e comentei:

— O tipo de lugar onde curram a gente.

Como sempre, Hassan percebia quando eu ficava tenso. Ele sorriu e fez graça:

— Se currarem a gente, só relaxa o cu e tenta curtir um pouco. É o que faço sempre.

Ele abriu um sorriso e nós dois rachamos de rir. Mas, da minha parte, era mais um riso nervoso.

Perguntei:

— Você arranjou o encontro com o Abi Língua-Presa?

Hassan fez que não com a cabeça.

— Quase. Depois repensei. Seja lá no que for que você nos meteu, irmão (e deixa eu dizer que estou contigo até o fim), eu não queria correr o risco de avisar o homem de antemão. Este é o novo *point* dele. Então, se hoje ele estiver aqui, está aqui. Senão, voltamos outra noite e outra e outra, até a gente trombar com ele. O importante é que ninguém esteja esperando a gente, já que a gente não sabe onde está se metendo. Assim, o elemento-surpresa está com a gente, não com o Abi Língua-Presa.

— Hassan, eu já te disse que você é o adolescente mais esperto que conheço?

— Diz isso ao juiz da próxima vez que eu me der mal — ele sorriu. — Vamos, está na hora.

O cheiro pungente de fumaça de *qalyan* nos atingiu assim que entramos. Atrás da mesa do dono havia uma placa vermelha que dizia: *Casa de chá Chaman, sob gerência de Hajj Morteza*. Não havia lugar para sentar. Os homens se espremiam ombro com ombro, bebendo chá, fumando, jogando gamão, esquematizando e negociando aos sussurros.

Me virei para o atendente atarefado.

— Tem lugar pra sentar?

— Peço desculpas — respondeu uma voz grave. — Só uns minutinhos.

Hassan se aproximou do atendente e abriu a sacola que trazia consigo.

— Irmão, estou procurando o Abi Língua-Presa. — Ele apontou para a mercadoria ali dentro. — Tenho umas coisas que preciso passar pra frente.

O atendente lançou um olhar cauteloso para os sons automotivos e apontou para Hajj Morteza, o dono.

— Vai ter que falar com o patrão.

Para chegar ao Hajj Morteza, precisamos passar por uns homens que pareciam ter saído diretamente daquelas cenas de reconhecimento policial e filmes de terror. Bateu um desespero e uma fraqueza nos joelhos. Se Hassan não estivesse ali, eu teria dado meia-volta na ponta dos pés sem olhar para trás.

Hajj Morteza era um clássico sujeito durão; um tipo com chapéu fedora e um terço de contas enorme que ele não parava de mexer na mão direita.

Hassan se pronunciou em tom respeitoso:

— Tenho umas coisas pra vender e me disseram que poderia encontrar o Abi Língua-Presa aqui.

Sem se levantar de trás da mesa, Hajj Morteza apontou para a sacola de Hassan.

— Deixa eu ver o que você tem aí, meu filho. — Ao que Hassan mostrou para ele. — Não serve. Não permitimos transações pequenas neste estabelecimento.

— Hajj Morteza, estas são apenas as amostras — Hassan disse logo. — Tem muito mais de onde veio isso. E, se a gente fechar negócio, sua comissão é garantida.

Hajj Morteza olhou para cima e cruzou seu olhar com o meu, provavelmente pensando qual era a minha parte na equação.

— A casa pega 5%. É a norma aqui.

— Pelos meus olhos, chefia — disse Hassan, com o tom de voz do mais completo respeito.

Era uma boa hora para perguntar de novo, e foi o que fiz:

— Por acaso o Abi Língua-Presa está por aqui?

Hajj Morteza deu uma risada.

— Claro que está. — E apontou para um gigante sentado, conversando com outros dois. — Mas aviso que ele não gosta mais de ser chamado de Abi Língua--Presa. Sugiro que chamem ele pelo primeiro nome só. Eu mesmo apresento vocês a ele quando não estiver tão ocupado. É só esperar.

Cinco minutos depois, quando os visitantes de Abi Língua-Presa foram embora, Hajj nos levou até a mesa.

Abi Língua-Presa não era grande, era enorme. Eu já sou um sujeito maior que a média, mas os meus pulsos deviam ser metade dos dele.

— São homens de negócios — anunciou o dono da casa de chá. — São todos seus.

Hassan abriu a sacola.

— A gente se falou antes no telefone. Os negócios não andam bons em Yaftabad. Muita batida policial. A gente pensou em vir direto até você, *agha* Abi.

O grandalhão deu uma olhada de canto de olho na mercadoria e disse:

— Senhores, por que ainda estão de pé? Vamos sentar.

Ele definitivamente tinha a língua presa, mas quem ali naquela casa de chá seria macho o suficiente para admitir que reparou nisso?

Observamos o dono ir embora e dar ordens para um dos funcionários trazer três xícaras até a nossa mesa. Depois disso, tudo seguiu o procedimento padrão de etiqueta do submundo, ofertas de cigarros, um homem acendendo o do outro — todas as pequenas coisas que tornam esse mundo algo real e imediatamente inflamável.

Enquanto Hassan e Abi conversavam, mantive minha concentração no rosto do gigante. Houve um momento, ao beber seu chá, que ele fechou os dois olhos e consegui ler: em uma pálpebra estava tatuado *Boa* e na outra *Noite*.

Boa noite?

Será que foi a última coisa que tinha dito a Asghar antes de matá-lo?

Mas teria ele matado mesmo Asghar?

Os dois logo chegaram a um preço que incluía a comissão da casa. Hassan se voltou na minha direção, como quem pede a minha autorização também, e fiz que sim com a cabeça, feito o parceiro calado que acabara me tornando no meio disso tudo. Ficou marcado o encontro para a noite seguinte, às dez, e em um minuto me vi enfim apertando a mão do homem que vinha ocupando cada vez mais os meus pensamentos.

Depois disso, Hassan se ofereceu para me dar uma carona até em casa. Mal conversamos durante a viagem. Era meio que uma vitória impronunciável para os dois. Da perspectiva de Hassan, havia de repente a abertura com toda uma nova galera em um distrito onde não operava até agora, e teria a sombra de Abi Língua-Presa para protegê-lo. Significava que ele passaria para coisas cada vez maiores e melhores, e essas coisas maiores e melhores provavelmente fariam com que fosse parar na prisão mais rápido do que se continuasse só com os sons automotivos. E quem havia proporcionado isso? Eu. Quanto a mim, tinha minha própria "abertura". Mas ainda não sabia qual era minha posição e o que devia fazer a respeito. É como quando você vai atrás de uma matéria e vê e ouve tanta coisa que, em algum ponto, precisa dar um passo atrás, respirar fundo e botar a cabeça em ordem antes de escrever uma única palavra.

Em casa, me botei para dormir assistindo a um jogo da liga espanhola de futebol. De manhã, ao acordar, não tinha mais a menor dúvida de que Abi Língua--Presa era o assassino de Asghar. Como eu sabia? Meu coração me dizia. Acho que foi no momento em que fomos pagar pelo chá na mesa de Hajj Morteza e Abi Língua-Presa avisou o dono da casa que seria por sua conta. Havia sido um gesto de amizade, pelas transações mais lucrativas que surgiriam entre nós, uma demonstração de boa-fé. Mas, de algum modo, aquele gesto também fez com que algo se cristalizasse em minha mente. Abi Língua-Presa era um homem que dava ordens, que matava, que fugia para outro país, depois voltava e continuava a vida como antes. Não era que ninguém pudesse tocar nele. A polícia, afinal, tinha pegado e matado Ali Big, seu parceiro. O que fez com que me perguntasse por que esses dois, que tinham um dedo em tudo que rolava, estariam envolvidos em um mero assalto, que rendeu tão pouco dinheiro. E então pensei nisso por outro ângulo: eles cometeram aquele assalto porque a vítima estava dando sopa quando passaram por aquele caminho. Haviam se sentado numa casa de chá e decidido que hoje era o dia de fazer um arrastão. Por quê? Porque podiam. Tem gente que sobe montanha, tem gente que acorda de ovo virado e faz arrastão. Porque era fácil. Porque não faltavam vítimas. E foi esse azar de ter sido flagrado na câmera o que ficou entalado na garganta de Abi Língua-Presa. Tinha passado vergonha na frente dos seus. Então, quando voltou do Paquistão ou de seja lá onde havia se metido, fez a primeira coisa que considerava que o faria parecer um bandido sério de novo: encontrou a fonte do vídeo, Asghar, e o botou para comer capim pela raiz.

Eu não tinha mais a menor sombra de dúvida quanto a isso.

Liguei para Hassan e perguntei se ainda tinha a intenção de se encontrar com Abi Língua-Presa à noite.

— Você está louco, irmão? Claro que tenho. É o que se chama de oportunidade. E você? Você vem?

Eu não sabia, por isso não respondi.

— Vou te falar uma coisa — ele disse. — Pensa. Não é um problema eu ir sozinho. Ou posso chamar um dos meninos da vizinhança para ir comigo.

Saí de mansinho de casa, sem ninguém perceber. Tinha um monte de coisa que me fazia sentir culpado recentemente. Tinha minha namorada, que já havia me dado um ultimato. Tinha minha mãe doente no outro quarto, de quem eu não vinha cuidando direito nos últimos tempos. Tinha o meu pai idoso, que não podia fazer muito por nós e não parava de me dizer que só queria me ver casado e estabilizado antes de morrer. E tinha o jornal e os artigos nada brilhantes que eu vinha produzindo ultimamente.

O caso de Asghar começava a parecer um casamento ruim — não dava para continuar nele, mas também não dava para largar assim fácil. O que aconteceria se eu aparecesse com Hassan na casa de chá esta noite? Não podia ficar na cola de Abi Língua-Presa para sempre. E mesmo que pudesse, o que me fazia pensar que ele ia dar meia-volta um belo dia e me mostrar onde tinha enterrado o corpo de Asghar? A pior parte nisso tudo era: e se Abi Língua-Presa começasse a desconfiar de mim, por algum motivo? Aí eu estaria colocando a vida de Hassan em risco também.

Estava no meio desses pensamentos, caminhando sem rumo pelas ruas, quando meu celular tocou. Era o pai de Asghar. Eu ainda me debatia, avaliando se devia atender a ligação, quando o telefone se calou. Então reparei que havia seis ligações perdidas. Todas do pai de Asghar. Eu andava tão preocupado que nem tinha me dado conta de que ele vinha me ligando.

Liguei para o seu número. Ele chorava.

— Encontraram o corpo de Asghar. A polícia me ligou. Disseram que foi encontrado no distrito Rey.

Sua voz falhou e ele teve um acesso de soluços incontroláveis. Entre um e outro, conseguiu me contar que o filho havia sido estrangulado com uma corda, depois apunhalado inúmeras vezes com uma faca. Só tinham conseguido identificar o corpo por conta do documento de identidade.

Foi um soco no estômago. Fiquei desorientado. Pedi que me esperasse. Então desliguei e chamei um mototáxi para ir ao Instituto Médico Legal na rua Behecht, onde o coitado havia sido convocado para reivindicar o que restava do corpo.

Um vento frio atingia o meu rosto na garupa da moto. De novo, uma dezena de pensamentos corria pelo meu cérebro. Ontem eu havia apertado a mão do provável assassino de Asghar, e hoje estava prestes a me encontrar com o pai dele. O que poderia dizer ao velho? Se contasse qualquer coisa — e não era o meu plano —, será que não ia me perguntar o que tinha me impedido de dar essa notícia para ele e para a polícia antes? Será que entenderiam a necessidade do repórter de correr atrás da matéria até o último detalhe e acertar todos os pormenores?

Asghar estava morto. Agora isso era um fato indisputável. O que haveria a ganhar contando a qualquer um sobre Abi Língua-Presa a essa altura? Por acaso traria Asghar de volta à vida? Não. O que se ganharia, provavelmente, seria mais um ato de vingança. Desta vez contra mim. E talvez não só contra mim, mas contra Hassan também, que era bem conhecido agora entre os bandidos que frequentavam a casa de chá Chaman. Pensei na minha mãe e na minha irmã e no meu pai de novo, até mesmo na minha namorada em vias de desaparecer. Visualizei meu próprio funeral — se é que haveria um funeral, e eu não acabasse só enterrado em algum lugar lá no distrito Rey.

Então dei um tapinha no ombro do mototaxista.

— Não chegamos ainda, chefia.

— Eu sei. Vou descer aqui.

— A corrida fica no mesmo valor.

Dei o dobro do combinado e comecei a andar na direção oposta. O telefone tocou de novo. Era o pai de Asghar.

Não atendi. Havia outros trabalhos esperando por mim nas páginas policiais do jornal.

---

* *Conto escrito originalmente em farsi.*

A GEOGRAFIA DE UMA MULHER É SAGRADA

LILY FARHADPOUR
Universidade de Teerã

A explosão foi tão forte que me flagro atirada ao pé da cama. O primeiro pensamento que me vem: amanhã é o aniversário da invasão americana ao Iraque. Talvez alguém esteja pregando uma peça terrível às nossas custas. Quanto a Ali, está sentado, reto que nem um prego, no meio da cama, me encarando e parecendo que tomou uma porrada na cabeça.

Mal consigo enunciar as palavras:

— O que aconteceu? Eles chegaram? Será que os americanos finalmente vieram atrás de nós?

Ficamos nos encarando um segundo mais e depois corremos até a janela. Todos os alarmes dos carros da vizinhança latem juntos, uma barulheira ensurdecedora. O prédio do outro lado da rua não tem uma única janela inteira, todas estão aos pedaços. Ainda assim, o céu parece impossivelmente lindo nesse horário, nessa manhã de meados de março. Há indícios de frescor e primavera, do Ano-Novo persa e de esperança. Mas meus olhos seguem naturalmente a extensão de nossa janela ensanguentada, onde um dedo humano está pressionado contra o vidro feito um ponto de exclamação. No que Ali abre a janela para apanhá-lo, escuto os gritos de uma mulher acima da balbúrdia dos alarmes. Agora Ali está com o dedo ensanguentado na mão e o examina com curiosidade enquanto vou até o banheiro, nauseada.

Quando volto, ele já está vestido e pronto para ir à rua. Não faço ideia do que fez com o dedo.

Grito para ele:

— Me espera!

— Traga o seu gravador — ele berra de volta e sai correndo.

Naturalmente, Ali já está com a câmera na mão. Porque é assim: ser repórter significa não ter vida. Pior ainda quando o seu marido é o repórter sênior do caderno policial e você trabalha na editoria de cotidiano. É aí que a sua vida vira um ciclo sem fim de correr atrás de acidentes, assaltos e assassinatos, além de ter que dar conta dos prazos.

Mas tem outra perspectiva para isso tudo, uma que a Emily, minha amiga íntima, confidente e supervisora na editoria de cotidiano, me lembrou outro dia:

— Para de reclamar! Você e o Ali têm uma boa relação. Já esqueceu a merda que era com o seu último marido? Aquilo não era vida!

Talvez Emily tenha razão. Talvez não 100% de razão. A verdade é que ainda não sei se fui eu que fugi do mau humor horrível do meu ex ou se foi ele quem me abandonou por causa do meu ganha-pão. Digo, que tipo de vida é essa? Ontem, passamos a maior parte do dia na frente da prisão de Evin. Uma mulher havia assassinado o marido e tinha sua execução programada. Lá estava Ali também, porque ainda não sabemos se as reportagens sobre execuções vão para cotidiano ou para policial. Emily já havia escrito um artigo sobre os esforços para tentar comutar a sentença de morte da mulher. Por isso, no fim, decidimos que Ali escreveria sobre a execução, enquanto eu cobriria os esforços públicos para evitar o enforcamento.

Eis nossa vida.

Quanto a Chahla, a condenada, acabou enforcada mesmo. Não teve como adiar.

O que quer dizer que Ali e eu conseguimos, os dois, entregar nossa reportagem do dia. Fizemos por merecer nosso ganha-pão.

De volta à nossa rua, há um tapete de cacos de vidro sobre todo o quarteirão. A ambulância chegou com rapidez inacreditável, e haviam conseguido cobrir com um lençol branco o que parecia ser a metade de um corpo. Um lençol branco empapado de sangue. O ar está pesado com o cheiro de queimado e fumaça. A polícia restringiu com sucesso a circulação na área. É o que a gente ganha por morar tão perto da Universidade de Teerã: a eficiência das autoridades. Elas têm tanto medo de protestos estudantis nessa área da cidade que aparecem na sua porta que nem um raio quando acontece qualquer coisa, que dirá uma explosão desse porte.

A polícia não deixa Ali tirar fotos. Assim que me vê, ele vem, tira o gravador da minha mão e tenta entrevistar o policial que parece encarregado da operação. Tento escutar, mas os gritos da Orzala são ensurdecedores. Ela é a esposa do zelador afegão do prédio do outro lado da rua. E aí tem a Aqdas *khanum*, se esforçando ao máximo para descobrir o que Ali e o policial estão conversando. Ela é a fofoqueira do bairro. Sempre dá para encontrar a Aqdas *khanum* atrás da janela da cozinha inspecionando a rua. Ainda estou atordoada e fico admirada com a obstinação dessa mulher que parece mais animada do que nunca. Dou meia-volta e vejo Abbas *agha*, nosso gari, casualmente varrendo pedaços de carne chamuscada na sua pazinha, que despeja embaixo do lençol branco. É demais para mim. Começo a nausear de novo. Escuto alguém chamar Ali e lhe dizer que estou prestes a desmaiar.

Quando abro os olhos, nos braços de Ali, ele diz, com a voz baixa:

— Nasir morreu. Ele estava carregando um monte de fogos de artifício para o Chaharchanbe Suri, quando tudo explodiu na cara dele.

A ambulância enfim vai embora. Os alarmes dos carros se aquietam. Mas o sangue no asfalto ainda está lá. E Orzala, a jovem esposa de Nasir, está parada no meio da rua, chorando incontrolavelmente. Do lado dela, Khorchid, sua filha aterrorizada, puxa o xador da mãe e grita.

Coitado do Nasir! Ontem mesmo comprei fogos de artifício dele para levar para os meus sobrinhos e sobrinhas na casa da minha mãe. Fazia só alguns meses que o afegão trabalhava de zelador no prédio de dez andares do outro lado da rua. De vez em quando, eu pagava para ele limpar a escada do nosso prédio também. Era miúdo, ligeiro e falava com aquele sotaque delicioso de Cabul, que ficava no seu ouvido por muito tempo depois de ele terminar de falar.

Não consigo botar na cabeça que Nasir morreu. Eu estava escrevendo um artigo para a página principal sobre mulheres iranianas casadas com homens afegãos quando Nasir e Orzala se mudaram para aquele prédio. De certo modo, eram personagens perfeitos para o texto, porque, embora Orzala tivesse nascido em Herat, no Afeganistão, sua família tinha conseguido escapar da guerra civil e ela, na verdade, cresceu em Teerã. Não tem o menor sotaque afegão. Nasir por acaso era seu primo. Foi um casamento arranjado que permitiu a Nasir se mudar de Cabul para Teerã, onde conseguiu um emprego no prédio com ajuda do pai de Orzala. Era o emprego dos sonhos para Nasir. E a única pessoa na vizinhança que perturbava o casal era a racista da Aqdas *khanum*, convencida de que todos os afegãos são ladrões e bandidos. Uma vez, faz uns meses, eu a vi dar um tapa na filhinha de Nasir e Orzala. Fui até ela e disse que, se encostasse a mão na criança outra vez, teria que se ver comigo. Desde então, Aqdas *khanum* não me dirige a palavra. Mas hoje ela está com tudo. Até posso ouvi-la dizer ao policial que não dá para esperar nada de bom de um afegão.

Ali me senta no meio-fio.

— Se estiver melhor, vou voltar lá para falar mais um pouco com o policial.

Concordo com a cabeça, depois me levanto e vou até Khorchid, a filha de Orzala. Várias das mulheres da vizinhança me acompanham. Aos poucos, a menininha para de chorar. A gente se reveza para fazer carinho na sua cabeça até a avó, a mãe de Orzala, aparecer. Ali vem até mim. Tem no rosto a expressão de quem já terminou o trabalho do dia. Tenho mil perguntas para fazer, mas ele puxa a minha mão.

— Vamos. Precisamos ir até o jornal.

Sigo atordoada em todo o caminho para o trabalho. O Nasir explodiu, do nada! Já era. O que se pode dizer de algo assim? Logo que chegamos ao jornal, Emily vem correndo e me entrega o arquivo sobre Chahla para eu escrever mais algumas palavras sobre a sua execução no dia anterior. Ela parece tão perturbada por conta de mais um enforcamento que nem consigo contar o que aconteceu de manhã na nossa própria rua.

— Você não dormiu esta noite, não é? — pergunto para ela.

— É porque eu perdi, sabe? Tem a ver com o gosto que fica nesse tipo de derrota. Digo, a coitada tinha esperança de que a gente, de algum modo, pudesse salvá-la. Falei com o cunhado dela e consegui fazê-lo ceder, finalmente. Mas aquela sogra, aquela bruxa, quando chegou a hora do enforcamento, pediu para empurrar a cadeira sob os pés da Chahla pessoalmente. Claro que deixaram. Era direito dela. O direito de merda dela, por lei. Ela estava decidida nessa coisa de olho por olho e conseguiu exatamente o que queria.

— Poderíamos escrever sobre isso. O que acha? Poderíamos escrever sobre como ela insistiu no *qesas* até o fim.

— E aí sermos importunadas pelas autoridades? Como eu disse, *qesas* é lei. Ela tinha o direito de empurrar a cadeira. Eles não dão a mínima quanto ao porquê de Chahla ter matado o marido, nem se foi um acidente. Só ligam para o fato de que ela o matou.

— A coitadinha não queria morar numa aldeia.

— Exatamente. E aí ela mata o marido. Foi a vontade de voltar para Teerã que a levou a isso.

Balanço a cabeça.

— Querer ficar nesta cidade monstruosa é tão importante para as mulheres, não é?

— Você e eu, a gente não valoriza esse lugar. Mas uma menina dessas... ela pode ser quem ela é por aqui. Pode frequentar a escola, trabalhar, ganhar dinheiro, ir no parque, ir no cinema. Pode parar de usar esse xador idiota. Aí o que é que ela faz? Continua na aldeia com aquela sogra enquanto seu marido fica na cidade e finge trabalhar? Não. Ela tinha o direito de estar em Teerã. E aposto que faria tudo para ficar, inclusive cometer um assassinato.

— Não posso escrever sobre nada disso, posso?

— Claro que não. Eles vão mandar os capangas aqui para fecharem o jornal. Até essa nossa campanha inútil contra a pena capital vai nos dar dor de cabeça. Você não acreditaria no tipo de ligação e de e-mail que recebo às vezes.

Nós duas silenciamos por um minuto e fico com a sensação de que pensamos na mesma coisa: uma mulher mata para poder continuar na cidade, para poder ser livre. Pode chamar de homicídio pela liberdade, se quiser. Homicídio para ter um lugar seu. Eu iria à desforra com um artigo desses, mas minhas mãos estão amarradas.

Por fim, ando até minha mesa, coloco os fones de ouvido e começo a escutar a voz de Chahla na entrevista em que conta a Emily o porquê de ter matado o marido:

É verdade. Eu tinha prometido que ou me matava ou matava ele. Mas eu só queria dar um susto. Porque ele não me ouvia. Nasci e fui criada em Teerã. Como podia ir morar numa aldeia? E do lado daquela mulher medonha, a mãe dele. Meu marido era um operário, peão de obra. Disse que não conseguia bancar o aluguel aqui. Aí me levou junto com a minha filha de volta à aldeia e deixou a gente lá. Fingia que dormia nas construções em Teerã, mas era mentira. Ele tinha conhecido alguma mulher com dinheiro, com um marido velho e moribundo. O Mohsen levava ela de carro por aí. O resto vocês sabem. Tenho certeza de que essa mulher é quem está mexendo os pauzinhos para garantir que me enforquem. É ela que está investindo dinheiro nisso.

Em lugar algum do arquivo de Chahla há menção dessa outra mulher. Continuo escutando:

Depois de um tempo, ele já nem visitava mais a gente. Da última vez que veio, tivemos uma briga feia. Eu disse que queria ver onde ele trabalhava. Ele disse que não podia me mostrar. Eu disse que ele ia se arrepender. Ou me matava ou matava ele. Que nem eu falei, queria dar um susto nele. Pensei que, se pusesse um pouco de veneno de rato na comida, ele fosse só passar mal e aí a mulher ia se esquecer dele. Juro que não sabia que veneno de rato matava.

Com os fones ainda nos ouvidos, vou digitando, mas consigo sentir uma comoção na sala de redação. Emily põe a mão no meu ombro e com a outra desliza um bilhete sob a pilha de papéis na minha mesa.
Tiro o fone.
Ela parece assustada.

— Guarde este endereço. É o caso daquele garoto com menos de dezoito anos que pretendem enforcar. Lembra? Marquei de ir à casa da família da vítima esta noite. Talvez a gente consiga convencê-los a perdoarem o rapaz. Mas você vai ter que ir no meu lugar se...

Fico encarando Emily, descrente, sem entender direito o que ela diz. Alguém corre para a redação e grita:

— A Polícia de Segurança está lá embaixo. Estão subindo!

As portas da redação se abrem de uma vez. Há quase uma dezena deles, tanto fardados quanto à paisana. Atrás, o editor-chefe do jornal vem cambaleante, com olhar atordoado. Os policiais se portam com educação. Chamam o nome de Emily e de vários outros colegas que trabalham no caderno de política.

Emily casualmente deixa o seu celular cair no meu colo.

— Tem um monte de nomes aí. Esconde. — E vai caminhando devagar na direção do homem que a chamou.

Quando eles vão embora, há um momento em que a redação congela. Então todos começam a falar ao mesmo tempo. O editor-chefe tenta nos acalmar:

— Não é como se fosse a primeira vez que isso acontece — ele fica repetindo. E tem razão. Para eles, é como cortar a grama... simplesmente deter alguns jornalistas a cada tantos meses para garantir que não vão fazer nenhuma gracinha. Só que geralmente é o pessoal do caderno de política que vai parar na cadeia.

Examino o bilhete que Emily deixou comigo. O endereço fica perto da praça Vanak. Oito da noite.

Aviso Ali.

Ele não parece preocupado, mas pergunta:
— Quer mesmo ir?
— Acho que sim.
— Não é seguro. Você entende que prenderam a Emily exatamente por esse motivo, o ativismo contra a pena de morte.
— Eu sei.
— Certo, então — ele suspira. — Vamos para casa. Quero que você consiga uma entrevista com Orzala. Depois, eu mesmo levo você até o endereço que a Emily deixou.

É disso que gosto no Ali, seu talento em manter a calma e seguir em frente. Nossa amiga mais próxima acabou de ser presa na nossa frente e lá vamos nós arranjar uma entrevista com a esposa de Nasir.

Ele me deixa na nossa rua antes de dirigir até a delegacia, a fim de ver se os policiais vão revelar algo novo. Assim que Orzala me deixa entrar, reparo que, mais do que chocada, ela parece inquieta e doente. Está com a menininha nos braços. Sua mãe está aqui também. Exceto pela decoração de Ano-Novo na moldura da lareira e do peixinho-dourado ao lado, a casa parece exatamente como estava alguns meses atrás, quando vim entrevistá-la para o meu artigo. É a típica quitinete de zelador de prédio, com a cozinha e a geladeira de um lado e a roupa de cama enrolada do outro. A TV via satélite está ligada. Ao seu lado, tem um armário aberto, quase vazio, exceto por uma muda de roupa nova de criança e um mantô vermelho, ainda sem uso, pendurado no cabide.

Faço um comentário sobre as roupas de Ano-Novo e desejo um ano feliz.

É a coisa mais inadequada de se dizer sob as circunstâncias, claro, e eu fico me remoendo por isso. Em resposta, os olhos de Orzala começam a marejar e ela deixa escapar uma enxurrada de lágrimas e palavras:

— Nesta manhã mesmo briguei com o Nasir por conta das roupas. Ontem ele me deu dinheiro para comprar alguma coisa para mim e para Khorchid. Depois ele chegou em casa bem tarde. Vinha tentando vender todos aqueles fogos de artifício para o Chaharchanbe Suri. Eu falei para ele não trazer os fogos para dentro de casa. Ele disse que só trouxe uns pra Khorchid. Era mentira. Eu não fazia ideia de que ele tinha escondido uma pilha inteira disso no depósito também. Mostrei o que tinha comprado e ele começou a gritar comigo na hora. Disse que a gente ia ter que voltar para o Afeganistão em breve. Por acaso eu achava que dava para uma mulher usar um mantô vermelho lá? Ele me mandou devolver.

É a primeira vez que escuto algo sobre Nasir ter decidido voltar ao Afeganistão. Orzala parece exaurida e se cala. Sua mãe lhe entrega um copo d'água com açúcar, depois começa a massagear suas costas e conta que a família de Nasir mora em uma aldeia não muito longe de Cabul. Aparentemente, um mês atrás, o pai de Nasir pisou em uma mina terrestre e morreu. A família não tem ninguém agora. Por isso Nasir precisava voltar. Havia economizado um bom dinheiro nos últimos anos trabalhando em Teerã, e sua mãe esperava ele voltar para cuidar dela e dos irmãos e irmãs mais novos.

— Eu sabia que minha filha seria infeliz se voltasse para o Afeganistão. Tentei ao máximo dissuadir o

Nasir. Mas ele não me deu ouvidos. Disse que tinha que ir e levar a Orzala com a criança junto. Perguntei se ele tinha esquecido o quanto era perigoso lá. Aquela guerra civil, quando vai acabar? Falei que ele estava desafiando o destino. Mas como pude esquecer que o destino vai atrás da gente, não importa se está no Irã ou no Afeganistão? Olha as cartas que a gente recebeu: o pai do Nasir explode lá e o filho explode aqui. Não podemos fazer nada com o destino. Nada, nada, nada.

Orzala, com olhar vidrado, encara a mãe no que ela vai até o fogão fazer um pouco de chá para nós.

Pergunto:

— Você não queria mesmo voltar, queria?

Orzala vira o olhar para mim, o rosto empedernido, cheio de vontade e resolução.

— Não sou afegã. Sou iraniana. Cresci aqui. Aqui em Teerã. Sou residente de Teerã.

A mãe de Orzala quase grita do fogão:

— Era esse tipo de bobagem que você dizia para o seu marido e que fazia ele bater em você. Como assim, não somos afegãs? Sempre fomos afegãs. Você é afegã e sua filha também!

As palavras da velha me fazem olhar para o rosto da filha, e presto mais atenção no roxo embaixo do seu olho esquerdo. Havia reparado nele mais cedo, mas imaginei que fosse de tanto chorar.

Uma batida à porta. É o meu marido, Ali. Ele presta condolências às duas mulheres, rápida e constrangidamente, do limiar da porta, sem entrar. Depois gesticula para mim, me chamando. Praticamente me arrasta até o carro.

— O trânsito está medonho. Se quiser que a gente chegue no endereço que a Emily indicou, vamos precisar correr.

No carro, ele me entrega um resumo do relatório do legista sobre Nasir: *Morte causada pela explosão de fogos de artifício. Nasir, jovem afegão carregando aproximadamente 3 quilos de fogos de artifício ligadas à comemoração do Chaharchanbe Suri, foi encontrado morto, devido à explosão inesperada dos supracitados fogos.*

Eu me volto para o Ali:

— Você sabia que Nasir tinha planos de voltar para o Afeganistão?

Ali não desvia o olhar do trânsito:

— Hmm! Talvez isso explique uma ou outra coisa.

— Como assim?

— Nada. Olha, dá para você pegar o notebook e começar a digitar a história do Nasir para o jornal enquanto eu dirijo?

— Vou me esforçar ao máximo.

O sol se põe devagar. Em todas as esquinas dá para ouvir o *pop-pop* dos fogos estourando. Aqui e ali, atrás das grades dos portões das casas, também vemos as pequenas fogueiras que as famílias acenderam para as comemorações. Crianças felizes e empolgadas pulam e saltam sobre as chamas. Meu celular toca. É a mãe de Ali. Quando digo que estamos trabalhando e provavelmente não vamos chegar à casa dela até bem tarde, ela faz a reclamação de sempre antes de desligar: "Que tipo de trabalho é esse que vocês têm que nunca se consegue um momento de paz?".

— Sua mãe estava bem furiosa.

— E qual a novidade?
— Ela tem razão, sabe.
— Sobre o quê?
— Nossos trabalhos.

Quanto mais ao norte, mais alto e mais caro soam os fogos. Ao nos aproximarmos da praça Vanak, predominam festas que ocupam quarteirões inteiros, saindo das ruas principais. Há adolescentes saltando sobre as fogueiras e dançando. Dos aparelhos de som nas casas e nos carros ressoa a música alta. Ao nosso redor, unidades da polícia e da *basij*, a milícia paramilitar, inutilmente perseguem os jovens. Todo quarteirão tem alguém de vigia, e os jovens correm para casa e trancam as portas antes que a polícia chegue. É um jogo festivo de gato e rato com as autoridades. Primeiro tem a caçada, depois as portas trancadas e a rua vazia; então um alto-falante da polícia ou da milícia fala para a vizinhança que, com ou sem Ano--Novo, eles precisam seguir a devida etiqueta islâmica e parar de dançar e pular pelas ruas. Quase sinto pena dos policiais. Correm atrás do próprio rabo. Assim que vão embora de uma rua, a quadra inteira sai de dentro das casas e todos voltam a dançar. É uma coisa linda.

E, de algum modo, apesar de todo esse circo lá fora, ainda consigo digitar a reportagem sobre Nasir.

— A bateria do notebook está quase zerada — digo a Ali.

— Nem a pau. Você precisa mandar para o jornal por e-mail para mim. Tem wi-fi?

Assinto e faço o que ele pede. Depois, como se combinado, meu notebook desliga assim que a gente chega ao destino.

Porém estamos atrasados. A amiga da Emily, advogada de direitos humanos, e algumas outras mulheres de meia idade estão lá. Todas estão bem abatidas e parecem voltar para o carro. Ali pergunta à advogada o que houve.

— Não serviu para nada. — Ela repara na minha expressão inquisitiva e explica. — Aqui é a casa da vítima e de sua família. A execução do condenado está marcada para semana que vem. A Emily encontrou o endereço desse pessoal, entrou em contato e marcou uma reunião. Acho que já conversaram bastante com ela, a ponto de confiarem nela. Mas só nela. Nem sequer abriram a porta para mim. Para a gente, aliás — ela diz, apontando as outras mulheres. — Dizem que só vão conversar com a Emily. Não tinha bem como eu dizer que Emily está presa agora. Entende?

Ela não espera uma resposta e entra no carro. Ali e eu ficamos parados por mais um minuto e então ele faz uma graça:

— Pelo que é a execução dessa vez? Mais uma mulher infeliz dando veneno para o marido traidor?

Seu tom de voz me irrita.

— Que diferença faz? Não é certo. Mas, se você quer mesmo saber, trata-se de uma briga de rua dessa vez. Três anos atrás, o menino tinha quinze anos. Matou o outro rapaz por acidente durante a briga. Agora que ele tem dezoito e é maior de idade, a família da vítima quer que ele morra.

— Hmm, achei mesmo que fosse outro assassinato de marido de novo.

— O que deu em você? Não é como se todo assassinato fosse de marido.

— Bom, é que desde ontem já ouvi dois relatos.

— Dois?

Depois, com o tom de voz mais baixo que conseguiu usar, Ali disse:

— Sim. O segundo caso é a morte de Nasir.

Agora começo a gritar com ele.

— Nasir? Morto pela Orzala? Que diabos passa pela sua cabeça? Aquela vagabunda da Aqdas *khanum* mordeu você? Acha que todos os afegãos são ladrões e assassinos?

— Brincadeira. Se acalme. — Ele não está brincando, mas eu o deixo mudar de assunto mesmo assim. — Este é o primeiro Ano-Novo que a gente passa juntos, fisicamente. Você não quer pegar um *haft-sin* e levar para casa?

Nem respondo, para deixar claro meu descontentamento. Começamos a dirigir novamente, desta vez rumo ao bazar Tajrich, onde a balbúrdia dos fogos é ainda mais ensurdecedora do que em qualquer outro lugar. Ali salta do carro e logo retorna com o que precisamos para um *haft-sin*, incluindo um prato de grama de trigo e uma dupla de peixinhos-dourados nadando num pequeno aquário de vidro.

— Não fique brava comigo, meu amor.

Ainda assim não respondo.

— Só mais uma coisa para resolver agora. Precisamos de arrack.

Nosso contato para comprar álcool mora perto de Tajrich. E Ali é apenas um dentre um punhado de pessoas que conhecem o seu endereço e podem ir comprar diretamente na sua porta. Do contrário, é preciso pedir para entregar. No caminho, Ali tenta me fazer rir. Mas continuo em silêncio. Minha cabeça rodopia pensando em Chahla, que foi enforcada ontem, e no menino de dezoito anos que provavelmente será enforcado na semana que vem, e em Nasir e Orzala. Não consigo fazer nada disso entrar na minha cabeça, e a calma de sempre de Ali hoje está simplesmente me dando nos nervos. Tanto é que só reparo que estamos estacionados na frente da casa desse contato quando Ali retorna com um garrafão de 25 litros de bebida que esconde no porta-malas, para fazer parecer um galão de gasolina reserva.

Seguimos pela rodovia Moddares. Está bem silencioso na autoestrada e se ouve menos estouros de bombinhas. Já passa das onze e ficamos em silêncio até passarmos por um carro estacionado com o pisca-alerta aceso. Ali desacelera. Tem música alta tocando dentro do carro. De repente, a porta de trás se abre e a gente fica olhando, em choque, enquanto um pé enxota uma jovem para fora. Reparo três sujeitos dentro do carro dando risada. O motorista mostra o dedo do meio para a gente e uiva mais uma vez antes de pisar no acelerador e desaparecer pela estrada. Por alguns momentos, ficamos assistindo enquanto a moça bate o pó das roupas. Despreocupada, ela saca um espelhinho do bolso, ali mesmo na rodovia, para retocar o batom e se ajeitar toda.

Por fim, ela se vira para nós e aborda o Ali:

— Ei, bonitão, você já tem uma gostosa sentada do lado. Vaza daqui e me deixa ganhar uns trocados esta noite.

Ali vai embora.

Mal conseguimos nos entreolhar pelo restante da viagem. Quando chegamos à casa, há duas viaturas paradas bem na frente do nosso prédio.

— Meu Deus — solto, — provavelmente vieram atrás de mim, Ali. Deve ter a ver com a Emily.

— Merda! E toda aquela bebida no porta-malas. Tento não estourar com ele de novo.

— Eles talvez me levem para a cadeia e você está preocupado com a sua bebida idiota?

— Meu amor, eles não vieram aqui atrás de você — ele diz, tranquilamente. — Sei o motivo de estarem aqui. Mantenha a calma. Aja naturalmente.

Ali estaciona atrás dos policiais e ficamos esperando e observando enquanto um deles se aproxima devagar do carro. Ele põe a cabeça pela janela aberta, onde Ali já está com as credenciais de jornalista à mostra.

— Boa noite, oficial. Moramos aqui, e eu trabalho no caderno policial do jornal. O que está havendo?

O policial tira os olhos de Ali e volta sua atenção para mim:

— Senhora!

Tentando manter a voz equilibrada, consigo dizer uma única palavra:

— Sim?

— Esse aquário. Toma cuidado. Vai derramar.

Mal consigo pronunciar "obrigada" em um tom de voz audível.

Ali diz:

— É por causa daquela explosão mais cedo, não?

— Acabamos de prender uma pessoa.

O portão que dá para o prédio de Nasir de repente se abre com tudo, e de lá marcham Orzala e vários policiais. Ela está algemada, conduzida por uma mulher de semblante severo. Sua mãe corre atrás com a netinha no colo, gritando. Depois vem a Aqdas *khanum*. Ela nos vê e vem correndo, em triunfo, na direção do carro, praticamente enxotando o policial do caminho para contar a notícia.

— Eu sabia. Eu sabia! Sabia que era obra daquela puta afegã. Já arrancaram uma confissão dela. O marido estava andando pela rua com aquelas bombinhas todas e de algum modo ela conseguiu enfiar uma acesa na pilha. Todos esses afegãos são fabricantes de bombas. Eu tinha certeza. O coitado não teve chance.

Pergunto, aos sussurros, para Ali:
— Você sabia disso?
— Escutei umas coisas na delegacia. Eles suspeitaram de Orzala desde o começo.

Aqdas *khanum* e o policial saem de perto. Meu telefone toca. É Emily. Já a libertaram. Ela me diz que foi um interrogatório simples. As coisas de sempre, mandando ela parar com toda aquela "bobajada de direitos humanos".

O volume no telefone estava alto o suficiente para Ali escutar também. Ele agarra a minha mão e aperta firme.
— Obrigada — digo, num suspiro.
— Acho que fica a lição. Não se meta com a geografia de uma mulher. Orzala logo vai para onde Chahla foi ontem, e exatamente pelo mesmo motivo.
— Ali, por favor! Nem começa.

Ele acaricia a minha mão.
— Desculpa. Não vou começar. Me perdoa.

Ouvimos vários estouros de fogos de artifício ao mesmo tempo, e quando olhamos para cima, é como se tivesse acabado de aparecer um arco-íris no céu noturno. É tão adorável. Tão bonito.

---

* *Conto escrito originalmente em farsi.*

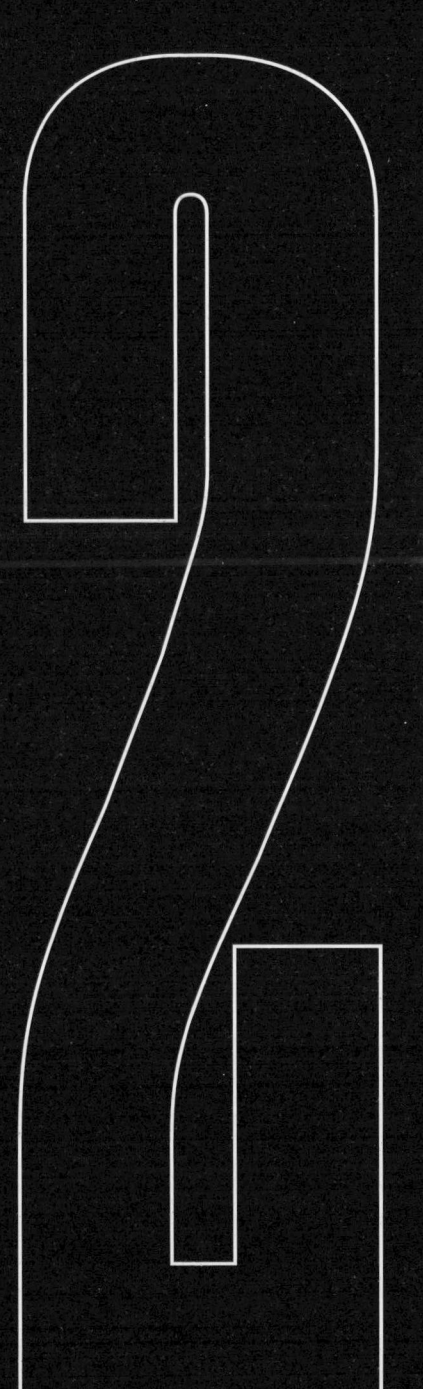

PARTE 2: QUANDO UMA GUERRA AINDA NÃO TEVE FIM

DATA DE VALIDADE DA VINGANÇA
SIMA SAEEDI
Kharim-Khan, Villa

O noticiário da TV via satélite fez apenas uma breve menção ao caso: vários dos *mujahedin* sobreviventes do outro lado da fronteira, em seu antigo acampamento de base no Iraque, haviam acabado de ser decapitados.

Fariba ficou sentada por uns minutos, incrédula, encarando a tela da televisão, que logo seguiu normalmente com sua programação, como se algumas cabeças decepadas não fossem mais dignas de notícia do que a previsão do tempo para o dia seguinte. Então, saindo do transe, ela se levantou apressada e ligou o notebook. Talvez a internet pudesse dizer o que a televisão não havia dito: os nomes dos mortos no acampamento. Nomes que ela ainda seria capaz de se lembrar, quem sabe até nomes esquecidos em meio a uma longa lista de camaradas possivelmente mortos, de muitos anos atrás.

Sim, ela descobriria a verdade. Mas eis a pegadinha: Fariba Tajadod, com quase cinquenta anos, não tinha mais certeza de que a verdade sequer importava. E, caso importasse, ainda assim não tinha certeza se essa verdade era propriedade dos mortos ou daqueles que, por sorte ou por azar, continuaram vivos.

Haviam se passado trinta e dois anos. Trinta e dois anos de nomes. Porém, além do seu próprio irmão, Ali, havia apenas outro nome que sempre lhe voltava à mente: Ahmad Fard. Ali estava morto há muito tempo, embora nunca tenha havido um jazigo para chorar pelo irmão. E quanto a Ahmad Fard? Ao escrever esse nome na caixa de busca, ela soube que Ahmad Fard estava, na verdade, vivo e saudável. E mais, que andava bem ocupado escrevendo artigos e dando palestras. Ahmad Fard, vivo! O nome não a deixava em paz. Ahmad Fard não tivera nem mesmo a decência de constar entre as vítimas daquele acampamento maldito no Iraque, onde os últimos soldados *mujahedin* derrotados tinham ganhado a permissão, concedida primeiro pelos iraquianos e depois pelos americanos, de prolongar sua existência miserável e contar os dias de vida.

Quantos anos teria esse homem agora? Uns cinquenta e sete. Mais ou menos a idade de Ali. Só que o corpo de Ali, despedaçado, tinha sido jogado há muito tempo em alguma vala desconhecida, reservada aos inimigos do Estado, enquanto Ahmad Fard — o superior, o mentor, o companheiro de armas e *irmão* de Ali — estava por toda a internet, ainda aconselhando, oferecendo orientações e dizendo às pessoas o que pensar. Havia uma única diferença: Ahmad Fard agora discursava sobre paz e "coesão social" — seja lá o que isso queria dizer — em vez de incentivar os subordinados a serem corajosos e sempre carregarem uma cápsula de cianureto e uma granada para se matarem se algum dia corressem o risco de serem capturados por policiais ou milícias.

Mas o que havia acontecido com a cápsula de cianureto e a granada do próprio Ahmad Fard? Por que ele ainda estava vivo, circulando livremente em Teerã enquanto tantos daqueles que, em algum momento, haviam lhe dado ouvidos estavam agora mortos e enterrados?

Fariba queria respostas.

Não, na verdade, ela não queria respostas.

A incerteza havia retornado, como nos anos na cadeia, quando ela era só mais uma prisioneira política com tempo de sobra para pensar nas coisas. Reparou no endereço de e-mail em todos os artigos de Ahmad Fard. Por que nunca havia pensado, até então, em fazer uma simples busca por ele? Ela anotou o e-mail e começou a andar em círculos na sala de estar. O ritmo também a levou de volta à prisão, à solitária, às noites em que rezava para que de manhã finalmente chegassem com a venda, a pusessem contra a parede para executá-la e, enfim, encerrassem esse tique-taque em seu cérebro. Fariba Tajadod sentia-se corrompida. Sentia-se suja da cabeça aos pés. E queria escrever para Ahmad Fard agora mesmo e perguntar se ele não sentia um pingo sequer dessa mesma sujeira na alma. Será que alguma vez ele ficou andando em círculos desse jeito? Será que alguma vez sentiu culpa por ter entregado tanta gente para os interrogadores? Será que também precisava tomar sedativos o tempo todo para não enlouquecer?

Era o primeiro aniversário da revolução e aquele mundo havia se tornado uma espécie de parque de diversões perigoso. O rei tinha abdicado e fugido do país. E foi tarde! Tudo parecia possível na época e todos tinham algo a dizer sobre como deveria ser esse "possível". A própria casa deles havia se transformado numa porta giratória de homens e mulheres jovens com o coração preenchido pelo zelo revolucionário. O pai de Fariba e de Ali se esforçou ao máximo para impor algum limite ao entusiasmo dos jovens, mas sempre voltava ao assunto de recorrer à guerrilha caso o clero e seus apoiadores decidissem forçar um ato final e acabar com todos os grupos revolucionários.

Fariba ainda estava no colégio na época. Se sentia deslumbrada, emocionada e temerosa, caminhando pelas ruas que pulsavam naquela cidade onde havia adversários em todos os quarteirões — comunistas, marxistas-leninistas e muçulmanos fundamentalistas —, disputando territórios e a atenção dos ouvintes. Era uma época de se comprometer com essa ou aquela ideologia. Havia urgência, escolher um lado e só depois se preocupar em compreender tudo. Ou, como costumava dizer seu irmão Ali:

— O trem está partindo da estação em breve e, se a gente não se mexer, as portas da revolução vão se fechar na nossa cara para sempre.

Fariba idolatrava Ali. O irmão, que tinha vinte e dois anos, era o primeiro da turma na Faculdade de Engenharia, e finalmente havia decidido apostar suas fichas nos *mujahedin*. Ali dizia que apenas os *mujahedin* tinham a combinação correta de devoção e comprometimento com a justiça social para resistir aos novos opressores — o clero e seus capangas nas ruas.

Ela nunca se esqueceria da primeira vez que Ali trouxe Ahmad Fard para casa. O novato tinha esses olhos grandes e penetrantes, que recaíram sobre o rosto da menina de dezessete anos e fizeram seus joelhos fraquejarem. Fariba se apaixonou no primeiro dia sem nem perceber; apaixonou-se pela aparente frieza de Ahmad Fard sob pressão, pela sua noção de comando, sua maturidade e sua intransigência quando tratava de assuntos importantes. Seria ele quem guiaria Ali pelo labirinto revolucionário. Ela, assim como muitos outros, conseguia pressentir isso. Mas naquele dia, quando todos da família foram apresentados, e Ahmad estava prestes a levar Ali consigo para uma reunião dos *mujahedin*, seu pai fez uma pergunta pungente:

— Não acha que está apostando em um pessoal muito violento?

O pai queria uma resposta direta para uma pergunta direta. Mas a compostura de Ahmad Fard era inabalável, e ele respondeu calmamente:

— A experiência da revolução é novidade para todos nós. Tudo é possível.

Ela lembrava como Ali nem conseguia olhar para o pai quando os dois saíram de casa naquele dia, rumo à reunião. Aquilo fora o começo. E o fim.

Uma vida de tarefas vazias foi o que sobrou para Fariba desde sua saída da prisão. Fazia exatamente um quarto de século que tinha saído da cadeia, vinte e cinco anos cumprindo pequenos afazeres para se manter ocupada e não pensar nos mortos. Ahmad Fard havia dito a eles:

— Precisamos nos sacrificar para que o povo deste país possa ter paz, para que haja justiça, para que não haja mais fome nem tristeza.

Desde aquele primeiro dia em que ela o havia conhecido em casa, até quase dois anos depois, quando Ahmad Fard reapareceu de repente e permaneceu escondido ali durante seis meses, uma dor insuportável a dominara.

Mais tarde, na cadeia, os interrogadores lhe disseram que Ahmad Fard havia sido enfim executado. Porém, quando a libertaram alguns anos depois, foi obrigada a ter reuniões semanais com um agente do governo, que sugeriu que Ahmad Fard ainda poderia estar vivo. Ela não pôde acreditar. Mas a informação era uma via de mão única. Ela fluía de você para eles, nunca o inverso. Por isso, ela nunca descobriu mais nada. Se Ahmad Fard estivesse mesmo vivo, será que ele sabia o que tinha acontecido com Ali? Havia uma menina no mesmo bloco penitenciário que jurava se suicidar caso descobrisse que Ahmad Fard estava morto. Muitas prisioneiras partilhavam esse mesmo sentimento.

Hoje, todas elas estavam mortas; Ahmad Fard, não.

Sete da manhã e nem um pingo de descanso ainda. Ela havia passado a noite pesando a culpa e a inocência de Ahmad Fard. Estava de volta àquele dia de verão que parecia ter acontecido há uma vida. Após meses sem notícias dele, Ali de repente surgiu à porta. Fariba estava tão feliz em rever o irmão que o agarrou com as duas mãos e não o soltava por nada. O pai e a mãe estavam na cozinha, preparando juntos um banquete para o retorno do filho. Ali sussurrou no ouvido da irmã:

— As coisas estão feias de verdade, Fariba. Não tem mais lugar para ficar. Estão prendendo todo mundo.

— E o Ahmad?

— Esqueça ele. Ninguém sabe onde ele está. Alguns dizem que se explodiu com uma granada antes de ser pego. Outros, que saiu do país; ou que está preso.

— Mas se ele estivesse preso, já teriam vindo atrás de nós a essa altura. Não?

— Verdade. Nenhum de nós pode ser capturado vivo. Não se esqueça disso. Quem for capturado vai, cedo ou tarde, entregar outras dez pessoas. É que nem dominó. Fariba, me escuta. — Ele a abraçou e olhou fundo nos seus olhos. — Se você tiver a oportunidade de sair do país, vá; não fique aqui. Duvido que eu fique vivo por muito tempo. Corri um risco sério ao vir para cá hoje.

Ali estava sem ar, com a fala apressada, tentando dizer tudo que precisava antes que os pais voltassem da cozinha. Foi então que Fariba percebeu. Aquilo talvez fosse uma despedida. Ele continuou:

— Você não está tão envolvida, o que é bom. Mas precisa saber o que está acontecendo lá fora. Vejo a morte na minha frente todos os dias. Para aqueles como eu, não tem mais volta. Lembra do turco Saeed? Foi identificado no parque Laleh. Era para eu ter me encontrado com ele lá. Por isso levei a filha do Jalil comigo. Imaginei que, assim, ia parecer que eu era só um pai passeando com a filha. Mal tinha chegado ao parque quando houve uma explosão. Saeed viu eles vindo em sua direção e puxou o pino da granada antes de ser apanhado. Abracei a criança com força; ela gritava. Todo mundo gritava. Saí pela outra ponta do parque e comprei um sorvete para a menina. Se Saeed não tivesse agido rápido, iam me capturar também. E, com a criança, eu não podia me explodir. Está entendendo a gravidade da situação?

Ela havia entendido, sim. Sua última lembrança naquele dia era do pai gritando com Ali para que desistisse do desejo de morte, sua mãe chorando, e Ali cabisbaixo, guardando uma maçã no bolso e fechando a porta da frente delicadamente ao sair. Ele disse:

— Sabe, irmã... um dia alguém vai precisar escrever sobre esse período e como nós o atravessamos. O que eu tenho medo mesmo é de morrer por nada. Tenho medo de que ninguém jamais saiba o que fizemos e por quê. Somos mártires ou traidores deste país? Tudo isso por nada? Reze por mim!

E ela havia rezado. Por Ali e por todas as pessoas daquela época. Na verdade, Fariba ainda vivia naquela época. A raiva que sentia às vezes a esmagava. E o amor também.

Agora, após uma noite insone, precisava se preparar para trabalhar. Seu trabalho geralmente servia para variar um pouco a rotina. Há muitos anos, ela era funcionária de uma creche administrada por uma amiga da faculdade. Fariba era boa no trabalho e adorava ficar perto de crianças. Ela esquecia de si, esquecia de tudo. As pessoas lhe diziam que devia abrir sua própria creche. No entanto ela sempre dava mil motivos para não abrir. Contava às amigas que havia pesquisado e descoberto que uma ex-prisioneira política não podia tirar a licença obrigatória para abrir a creche. Mas não era verdade; ela simplesmente não queria ser dona de nada. Nunca. Não poderia. Para ela, tudo estava num ponto terminal; há muito tempo era assim. Como se não quisesse deixar vestígio de si neste mundo; nada que pudesse provar que um dia ela existiu. Era por isso que nunca terminava nada: pilhas e pilhas de histórias pela metade; projetos que começavam bem, mas eram abandonados; pequenos negócios que abria e depois entregava para terceiros tocarem.

É isso, durante vinte e cinco anos, ela não tinha lutado por nada, exceto pelas amizades. Nisso, havia se esforçado muito; era importante mantê-las. Na verdade, a única coisa que Fariba sentia possuir neste mundo era sua agenda de telefones. Mais tarde, quando surgiram os celulares e ela começou a digitar os números no aparelho, percebeu que teria que inserir mais de oitocentos nomes. Temia perder uma só que fosse daquelas pessoas. Mas e quanto aos nomes que já haviam se perdido? Ali, o turco Saeed, Sudabeh, Muhammad, Rasul, Homa... Seria uma lista bem longa também, mas, por sorte, bem menor que a lista dos vivos. Às vezes, perguntava-se como os mortos a julgariam se a vissem hoje. Será que ficariam decepcionados porque os vivos tinham ficado "moles" e perdido o fervor revolucionário? O que achariam, por exemplo, de alguém como sua melhor amiga Maryam?

Ela havia conhecido Maryam numa festa, fazia uns anos, e as duas logo se tornaram amigas porque, diferente de todos os outros na confraternização, ambas tinham um conhecimento íntimo das alas de celas, das solitárias e dos interrogatórios. Mas Maryam insistia sempre:

— Meu desejo é simplesmente perder a memória de longo prazo e nunca a recuperar. O que eu quero é me divertir, me divertir de agora até o dia da minha morte.

Na época, haviam executado sua irmã, mas não Maryam. Teria sido essa outra forma de tortura? Deixar algumas pessoas vivas para que lembrassem? E será que Fariba poderia mesmo culpar Maryam por ela agora só querer beber até passar mal e dançar até sair carregada das festas de fim de semana no fim da noite?

Maryam havia se tornado a irmã que Fariba nunca teve. Ah, se ela pudesse ser mais como Maryam! Despreocupada e sem essa fixação com o passado. Ainda assim, mesmo Maryam tinha mencionado o nome de Ahmad Fard uma vez:

— Lembra daquele sujeito? Claro que lembra. Como alguém poderia *esquecê-lo*? Minha irmãzinha era subordinada dele na organização. Uma vez tiveram que transportar um monte de armas. Só precisavam de um lugar seguro para esconder a carga à noite. Então escolheram a nossa casa. Na mesma noite, a milícia invadiu a nossa casa, do nada, revirou tudo, encontrou as armas e levou a minha irmã embora. Alguém sem dúvida contou para eles.

Essas batidas noturnas, pelo que ela lembrava, eram bem mais aterrorizantes que as diurnas. Ter a casa invadida à noite era como ser devorada pela escuridão. Não tinha volta. Para a própria Fariba, sua vez chegara à meia-noite. Nem se deram ao trabalho de bater à porta, simplesmente invadiram. Três homens armados. Demoraram duas horas para vasculhar o local. Levaram tudo, cada fotografia e cada papel escrito que acharam. Seus pais parados lá em pé, em choque, enquanto Fariba dizia aos homens que faria a prova final de línguas de manhã cedo. O homem falou para ela não se preocupar, que estaria de volta em breve. O "em breve" durou cinco anos.

Ela lembrava de cada minuto daquela viagem, no Chevrolet creme, da sua casa até a prisão de Evin. Mandaram-na ficar de cabeça baixa, entre os joelhos, para que não soubesse aonde iam. Mas não era muito difícil de adivinhar. Então, em algum momento, um deles comentou:

— Quase lá, estamos na curva do arrependimento.

Todos sabiam o que isso queria dizer. Era a estrada final que dava nas pavorosas celas de Evin; o local onde as lealdades caíam por terra e, cedo ou tarde, arrancavam de você todos os segredos.

Ahmad Fard. Tudo conduzia até ele, ela pensou. Teria sido em Evin onde começara a entregar os nomes?

Ou teria começado a abrir o bico antes? Tantos jovens haviam caído sob o encanto daquele líder, tão belo e alto. Mas quantos de fato tinham morado sob o mesmo teto com ele por seis meses, como Fariba?

Aconteceu numa manhã de começo de outono. Ela caminhava pela rua quando foi agarrada pelo ombro e conduzida até a casa, com ordens de só olhar para a frente. Seu coração parou. Ahmad Fard, aqui! Quando entraram na casa, sua mãe quase desmaiou com o choque de revê-lo, enquanto seu pai, com a voz repleta de raiva e amargor, apontou o dedo para Ahmad.

— Onde está Ali? Não criei um filho para virar assassino.

— Ali está bem. Não podemos vê-lo agora.

— Então meu filho não tem permissão para voltar à sua própria casa, mas você pode vir aqui?

— Sr. Tajadod, o Ali é conhecido na vizinhança. Se der as caras, estarão na sua porta num segundo. Quanto a mim... não me conhecem. Só preciso de um lugar para me esconder por uns dias e depois tomo meu rumo. Mas se o senhor não estiver confortável com isso...

Claro que ele ficou na casa. O que mais se poderia fazer? A mãe de Fariba chegou a insistir. De certo modo, Ahmad Fard era a última conexão que tinham com Ali. Era melhor ele estar ali do que não estar.

Assim, alguns dias se transformaram em algumas semanas e depois em mais de seis meses.

Da parte de Fariba, foram seis meses agindo com estranheza e nutrindo um amor furtivo. Ahmad Fard, óbvio, jamais saberia dos sentimentos da mulher por ele.

Diria que eram sentimentos burgueses, antirrevolucionários ou simplesmente bocós. Passava os dias se exercitando, rezando, ajudando nos afazeres da casa e dizendo a Fariba para construir seu caráter e se fortalecer.

— Como é que se constrói caráter? — ela perguntou.

— Comece relatando o seu dia. Tente encontrar suas fraquezas. Anote tudo e me mostre depois.

— Mas não tenho nada para relatar. Eu não faço muita coisa.

— É isso, então. Se não tem nada a relatar, então tem algo errado com o seu caráter. Você precisa ficar forte. Nossa revolução exige dureza, resistência.

Durante aquele inverno, o mais importante líder dos *mujahedin* que ainda estava foragido ou não tinha fugido do país finalmente foi fuzilado. A ordem que vinha de cima sempre fora nítida: se mate antes que peguem você. Mas, quando chegava a hora, muitos líderes escolhiam a cadeia em vez da morte. E ao fazer isso, acabavam entregando alguns subordinados insuspeitos aos captores. Ela podia ver a frustração no rosto de Ahmad Fard. E as discussões entre Ahmad e o pai dela pioravam, dia após dia. Seu pai, que lutava constantemente com a fúria de um homem que havia perdido o filho por nada, chegou a perguntar a Ahmad:

— Vocês ainda acham que pegar em armas é a resposta?

— O caminho que seguimos exige derramamento de sangue.

— Sangue de quem? Seu ou dos meninos e meninas de vinte anos que mandam para a forca?

Naquela noite, durante o jantar, Ahmad enfim anunciou que partiria em alguns dias.

E foi o que fez. Depois, no verão, finalmente chegou a informação de que haviam matado o Ali. Um bilhete foi passado por baixo da porta, relatando seu "martírio". Escreveram que Ali havia mordido a cápsula de cianureto e se explodido ao mesmo tempo, para garantir.

Como poderiam saber? Fariba se perguntava, já naquela época. Se alguém se explode, como você sabe que mordeu o cianureto também? O bilhete dizia algo sobre "o martírio em prol da liberdade". Era o tipo de linguagem que Ahmad Fard dominava com perfeição. Porém, não serviu de nada para a mãe de Fariba — que naquele dia iniciou sua queda ladeira abaixo — nem para o seu pai, que passou a década seguinte completamente mudo, até a sua morte.

No dia em que Ahmad partiria, ela enfim disse a ele que não tinha mais interesse em trabalhar para a organização. Nunca havia pegado em armas, era apenas uma simpatizante. Agora não queria nem isso. Chega. Precisava cuidar dos pais.

A resposta dele foi previsível, típica de Ahmad Fard, típica de um *mujahedin*:

— Fariba, ter uma família só serve se todos puderem ter. Como haverá justiça se todos pensarem como você? Repense. Acredita mesmo que você tem mais direito do que um simples trabalhador?

Não havia o que responder. Como se rebate frases prontas? No fim das contas, ela pensava tê-lo perdoado, assim como perdoou o seu interrogador em Evin. Hoje em dia pensava no "Irmão Amir" — o sujeito que lhe apresentou todas aquelas perguntas quando foi detida — como só mais um soldado, um funcionário cumprindo seu dever. Todo aquele tempo respondendo as perguntas de alguém que você nunca via. A venda que era obrigada a usar era, na verdade, o acessório perfeito para o esquecimento.

Seu interrogatório começou com o nome de Ahmad Fard. Ela releu a pergunta várias vezes, sem saber se deveria escrever sobre um Ahmad morto ou um Ahmad que ainda estava vivo. Tudo que respondeu foi: "Ele era o melhor amigo do meu irmão".

Mas Fariba e seu interrogador sabiam, ambos, que não havia mais um irmão em cena. Ali estava morto. O que queria dizer que Ahmad precisava estar vivo. A natureza da pergunta quase lhe garantia isso. Uma hora depois, quando o interrogador retornou e a venda foi retirada, ele a questionou:

— Só isso? É só o que você sabe sobre Ahmad Fard? Que era amigo do seu irmão?

— Sim.

— Então vamos começar de novo — disse o Irmão Amir, perdendo a paciência. — Se quiser continuar viva, comece a escrever. Não esqueça nenhuma palavra sobre Ahmad Fard.

O que deveria escrever? Ahmad tinha ensinado ela a relatar as coisas mais comuns caso fosse capturada, fingir que era apenas mais uma adolescente interessada na escola e em arranjar marido. Se a obrigassem a dar nomes, o que seria o caso, deveria mencionar apenas os nomes de quem já tinha morrido. Deveria se esforçar ao máximo para enrolar o interrogador. Assim ganharia tempo para os que ainda não haviam sido capturados. Sobre algumas coisas, não era difícil escrever. Mas falar sobre os mortos era.

Quando chegou a hora, ela começou com seu irmão: *Nos disseram que Ali estava morto. Nos disseram que não havia corpo para recuperar. Nos mandaram não fazer um funeral para ele.*

Era um jogo de gato e rato entre ela e seu interrogador, o Irmão Amir. Porém, essa era também a parte mais verdadeira da confissão. Escrever sobre aqueles que haviam morrido ou se explodido ou mordido a cápsula de cianureto não custava nada para os mortos, só para *ela*. Era uma lista que preencheria umas duas páginas — Abbas, Nahid, Mehyar, Nasser, Reza, Ebrahim, Lida, Chahin, Roya, Simin...

Aos dezesseis, entrei para a ala estudantil da organização mujahedin. Meu irmão Ali foi quem me apresentou. Não me considero membro dos mujahedin, apenas uma simpatizante. Não fiz muitas contribuições, porque meus pais eram bastante contra.

Nunca manejei uma arma. Não tive treinamento paramilitar. A única coisa que aprendi foi a fazer coquetéis molotov. Fiz parte de algumas das manifestações, mas muitos de nós não se deram conta de que haveria confronto armado. Nos mandaram apenas levar jornais e fósforos, para fazer fogueiras caso jogassem gás lacrimogênio na gente, e assim proteger os olhos da queimação. Era apenas autodefesa. Não fazia mal a ninguém.

Não tive nenhum contato com a organização desde o ano passado. Com o desaparecimento do meu irmão e a morte dos meus amigos, todos os meus contatos foram rompidos.

Ela deu a folha ao guarda do lado de fora da cela, para ser entregue ao Irmão Amir. Uma hora depois, sua venda foi abaixada e a porta da cela abriu-se com violência.

— Está fazendo dever de casa para nós? Acha que está no colégio? Está brincando com a gente? Não escreveu uma só palavra sobre esse tal de Ahmad Fard. Você vai ficar aqui e apodrecer até escrever algo concreto. Continuo oferecendo a você o benefício da dúvida por conta da sua idade, mas parece que você está determinada a se destruir.

Ahmad Fard também havia ensinado a nunca sair do papel que você criou durante o interrogatório. Era importante matar o tempo. Mas por que Fariba mataria tempo? Todo o seu tempo já havia sido morto.

Na manhã seguinte, o Irmão Amir veio com um pedaço de papel em que se lia *Ahmad Fard* em letras garrafais no topo. Não tinha mais jeito de se esquivar. Para ela, Ahmad Fard era a pessoa mais próxima do mundo e a pessoa que menos conhecia. Era uma intimidade de mão única. Ele era importante, tanto para ela quanto para seu interrogador.

Por isso sua estratégia passou a ser supor que Ahmad Fard estivesse morto. Era o modo mais seguro de tratar dessa parte da confissão. Percebeu que não era lá muito difícil imaginar Ahmad morto. Como seria possível alguém como ele continuar vivo quando tantos membros menores da organização tinham morrido? Ela lembrou a facilidade com que Ahmad Fard sempre discorria sobre o suicídio necessário. Seus olhos brilhavam quando mencionava puxar o pino da granada ou morder a cápsula de cianureto. Ficava mais bonito do que nunca quando falava disso. Mais sério, mais completo. Ela dizia a si mesma que se o seu irmão Ali fora capaz disso, que era a pessoa mais coração-mole do mundo, seria muito fácil para alguém do calibre de Ahmad, um dos teóricos do martírio pela causa da revolução.

Mas ela precisava ser ainda mais cuidadosa quanto ao que escrevia agora. O jogo de gato e rato entrava numa nova fase. Ahmad possuía um nome operacional, por exemplo. Todos tinham escolhido um quando as coisas ficaram mais sérias. Será que ela deveria se prolongar nisso? Não sabia. Era complicado. Ainda mais complicada era a ideia de Ahmad Fard ter pisado na sua casa. Isso implicaria que sua mãe e seu pai o conheciam. A confissão precisava, portanto, evitar falar da casa deles a todo custo:

Conheci Ahmad Fard numa reunião do QG durante o Ano-Novo. Eu tinha ido até lá com Ali, meu irmão. Ahmad Fard conversava com todo mundo, inclusive comigo. Depois descobri que era engenheiro e havia frequentado a mesma universidade que o meu irmão. Não posso nem dizer com certeza se Ahmad Fard era seu nome real. Eu o vi em todas as reuniões posteriores das quais participei também. Estava sempre muito sério. Eu nunca soube ao certo que parte da organização era de responsabilidade de Ahmad Fard. Sinceramente, não tenho uma boa noção da hierarquia da organização. Pouco mais de um ano atrás, esbarrei nele por acidente na rua. Ele nos visitou em casa e disse aos meus pais que Ali estava bem.

Trabalhar hoje seria impensável. Estava com dor de cabeça e tinha vontade de vomitar pela falta de sono. Fariba mandou uma mensagem de texto para o serviço, avisando que não se sentia bem e não poderia ir. Como era quinta-feira, começo do fim de semana, seria só meio período na creche, em todo caso. Eles podiam se virar sem ela.

Fariba ficou encarando a tela do notebook. Era a hora. O endereço de e-mail dele estava à sua frente. Imaginou que não seria necessário escrever nada além do trivial. Iria direto ao assunto. Diria que queria vê-lo, pelos velhos tempos. E o que deveria dizer ao seu terapeuta sobre esse novo acontecimento em sua vida? Será que deveria mencioná-lo? Provavelmente não. Seu terapeuta não gostava da ideia de decisões súbitas.

Saudações. Sou Fariba Tajadod, irmã de Ali Tajadod. Espero que se lembre de mim. Uma matéria infeliz que passou recentemente na televisão me levou a fazer uma pesquisa na internet e consegui encontrar suas informações de contato. Espero que não se incomode. Gostaria de vê-lo, se possível. Caso não se lembre de mim, posso escrever de novo, com mais informações. Porém tenho bastante certeza de que sabe quem sou. Obrigada.

P.S.: ter descoberto agora mesmo que você está vivo me deixou muito feliz. De verdade.

Ela ficou ali encarando o que havia acabado de escrever. Talvez devesse guardar o rascunho e enviar outro dia. Não, agora era a hora. Clicou com tanta força no mouse que machucou o dedo indicador. Depois levantou-se num sobressalto e começou a andar em círculos. "Respire fundo! Saia de casa, Fariba." Ela precisava ir para a rua antes que enlouquecesse de tanto andar para lá e para cá. Precisava entrar em contato com o terapeuta. É o que ia fazer. Muitas vezes, Fariba contava ao terapeuta como vivia em dois mundos, mas nunca havia dito uma única palavra sobre Ahmad Fard e o porquê de ele contribuir tanto para essa sensação. Havia coisas que simplesmente não dava para falar. Mesmo na terapia. E aquele homem, Ahmad Fard, havia se tornado há muito tempo o ferrolho que travava a sua boca. Ela pensava que estava poupando a vida dele ao dizer o mínimo que podia a seu respeito nos interrogatórios, dando-lhe uma chance de escapar ou de ter uma morte nobre — como a de Ali e tantos outros.

Uma morte nobre era a chave; aquilo que Fariba havia imaginado para ele. O cianureto, a granada... o que fosse necessário para morrer e poupar os outros. Não era possível imaginar nada menos que isso para um homem da estatura de Ahmad Fard. Por isso ela achava, até a noite passada, que ele jazia em algum túmulo anônimo que ninguém, muito menos Fariba, jamais conseguiria encontrar. Mas agora essa ilusão conveniente tinha enfim terminado e, de repente, cada um dos muitos mortos se levantava e marchava à sua frente imbuído de vingança, fazendo-lhe a mesma pergunta: "E o Ahmad Fard? Por que não está conosco?".

Ela dirigia sem rumo. Ou, pelo menos, assim pensava. Mas não demorou até flagrar-se encarando as barreiras externas da prisão de Evin, no sopé das montanhas no extremo norte de Teerã. A região havia mudado muito desde aquela época. Tantas construções tinham sido erguidas nessa parte da cidade. E com cada frenesi empreiteiro, muita coisa havia acabado soterrada e esquecida.

Ahmad Fard... ele era parte disso tudo, sua vida se fundindo ao próprio tecido das mentiras e do ridículo que foi o resultado de três meses de interrogatórios. O Irmão Amir havia passado aquele tempo todo só jogando com Farida. Todos brincavam com ela, porque, pelo visto, já tinham montes de confissões do próprio Ahmad Fard, escritas sem dúvida em sua impecável caligrafia. Teria contado tudo. Até o nome operacional que ele mesmo dera a Farida: "Leyli". Ela estava estupefata. De início, ela achou que ele a estava protegendo, mostrando aos interrogadores que Fariba Tajadod não era alguém com quem se preocupar, de forma alguma. Não era uma ameaça, só uma adolescente que comia e dormia e se preocupava com o irmão, desprovida da disciplina que uma guerrilheira de verdade precisaria ter. O que Ahmad Fard não havia incluído, é claro, era o amor de Farida por ele, porque era a única coisa que ela sempre guardara para si. Por isso, no dia em que o Irmão Amir, enfim, caiu na risada do outro lado da venda e revelou o quanto ela havia sido inútil para a "causa", o que Farida sentiu foi um completo vazio: três meses de gato e rato, para nada. Já possuíam todas as respostas. Já tinham Ahmad Fard. E se ele havia escrito sobre ela — mesmo que fossem só coisas sem sentido —, o que teria dito de outros que eram mais importantes que ela? O que mais ele teria escrito? Quem entregara e até que ponto? Ahmad Fard não tinha morrido aquela morte nobre, no fim das contas. Nada de cianureto ou granada. Em vez disso, provavelmente o matariam ali mesmo em Evin, ela havia imaginado.

Talvez houvesse ainda alguma nobreza nisso.

A não ser que ele tivesse entregado *tudo*. A não ser que tivesse cantado que nem um passarinho, sem parar de dedurar e trair as pessoas até comutarem a sua sentença de morte em tempo de cadeia e um tapinha nas mãos.

Ao voltar para casa, Fariba foi direto ao notebook. Havia uma resposta:

Um olá caloroso para você, querida Fariba. Estou igualmente feliz que também esteja viva. Estou em viagem até a noite da sexta-feira. Posso vê-la no sábado de manhã em meu escritório. Por volta das 11h.

Havia um endereço e até um número de telefone. Ele se lembrava dela, era óbvio. Do que mais Ahmad se lembrava? E o que ele tinha esquecido de propósito?

Ela fez mais buscas online até esbarrar num vídeo dele em algum seminário sobre indústrias em Istambul. A princípio, ao clicar no link, ela apertou bem os olhos e só ficou ouvindo-o falar por um tempo. Era ele mesmo. Aquela mesma voz, de puro comando e controle total. O que estava dizendo? Não importava. Ela abriu os olhos e ficou estarrecida. Fotos podiam enganar, mas mesmo em vídeo ele não tinha mudado quase nada. Um pouco grisalho nas laterais, o que lhe dava ares mais distintos. De resto, era o mesmíssimo Ahmad Fard. Não tinha como confundi-lo com mais ninguém.

Faltavam dois dias para o sábado.

Ela foi até o espelho e encarou a imagem por um bom tempo. Uma mulher, sozinha, com mais cabelos brancos do que Ahmad Fard. Algumas linhas de expressão sob os olhos, indicando a idade, mas nada muito grave. Seus lábios, porém, há muito haviam perdido o frescor da juventude, graças ao cigarro. Reparou também que as sobrancelhas estavam embarafustadas. Talvez pudesse dar um pulinho naquela maquiadora tagarela que trabalhava perto da praça Vanak. Ela era boa com sobrancelhas, mas falava demais da conta.

Ouviu o plim do celular ao lado do notebook. Era uma mensagem de texto de Maryam: *Espero que não se esqueça da festa hoje à noite. DE NOVO!*. Ela não tinha se esquecido da festa, mas havia decidido não ir. Agora mudou de ideia. Por que não? Ia beber um pouco e fugir de si mesma. Talvez até dançar. Maryam e ela dançariam juntas, e a amiga faria aquela expressão de completa incredulidade que surgia a cada seis meses, quando Fariba decidia dançar por uns cinco minutos nessas festinhas de quinta à noite.

"Vejo você lá, não se preocupe", ela respondeu para Maryam. Depois revirou o banheiro atrás do aparador de sobrancelhas. Não conseguia achá-lo em lugar nenhum, mas esbarrou numa pequena navalha bem afiada. Não era uma lâmina para pelos, era para a solidão. Toda pessoa solitária em Teerã provavelmente tinha uma navalha dessas, reservada para aqueles momentos em que se resolve dar um fim nas coisas. Mas cortar os próprios pulsos era ineficaz, diferente de se explodir com uma granada ou morder uma cápsula de cianureto. Mesmo com o veneno não dava para ter certeza. Ela lembrou de Mahbubeh, uma menina do seu bloco penitenciário que havia mordido a cápsula, mas tinham conseguido apanhá-la a tempo de a ressuscitarem. Nada era pior do que ser salva depois de mascar o veneno, porque aí presumiam que você sabia alguns segredos sérios para tomar uma medida extrema dessas. Salvavam você, e era aí que o pesadelo começava de verdade.

Naquela noite, havia na festa mais literatos da cidade do que o esperado. Por um momento, ela pensou em dar meia-volta, ir para casa e ter uma noite tranquila a sós. Viu Maryam na cozinha, conversando com a anfitriã, uma mulher de olhos azuis que atuava em novelas da TV, escrevia poesia, considerava-se pintora e fotógrafa, e ultimamente estaria trabalhando num romance que, sem dúvida, ganharia um monte de prêmios. Tinha até um cartão de visita, onde mencionava todas as suas atividades. Só que, pensou Fariba, no fundo, ela não fazia nenhuma dessas coisas muito bem. Mas quem se importava? As pessoas vinham a essas festas para encher a cara, dançar, flertar, depois dormir com as esposas e maridos dos outros, porque eram todos supostamente intelectuais, e aí faziam tudo de novo na semana seguinte e no mês seguinte e todos os meses e anos depois. As mesmas pessoas. As mesmas festas. E as mesmas infidelidades.

Mas, naquela noite, Fariba estava disposta a seguir sua intenção original: perder-se na multidão. Ela foi até a mesinha da bebida e serviu-se um pouco de arrack. E quando Maryam juntou-se a ela, bebeu mais e conseguiu acompanhar a amiga nas duas horas seguintes.

— Você está me surpreendendo esta noite — disse Maryam a certa altura, depois de passarem uma boa meia hora dançando direto.

Fariba parou de dançar de repente. Não tinha certeza se devia dizer algo sobre o que havia descoberto no dia anterior. Ela ficou em pé ali, imersa na balbúrdia da música e dos corpos dançantes ao redor, olhando para a amiga com expressão de incerteza.

— Bem? — disse Maryam. — Desembucha.

Ela aproximou os lábios do ouvido de Maryam:

— Ahmad Fard está vivo.

— O quê?

— Eu encontrei ele... desculpa, acho que devo ter chateado você.

— Não, não. Só que... bem, é um choque. Digo... como é que ele está vivo? E por que e como foi que você achou ele?

Fariba explicou tudo enquanto Maryam não parava de balançar a cabeça. As duas seguiram, devagar, até um canto onde havia menos música e menos gente.

Maryam perguntou:

— Que tipo de homem ele é agora?

— O mesmo, eu acho. Tem uma firma de engenharia. Anda por aí dando um monte de palestras. Escreve artigos sobre todo tipo de coisa. Basicamente, continua sendo Ahmad Fard. Não acredito que ainda não esbarramos numa dessas festas.

— Foda-se ele!

— Escrevi para ele e marquei um horário para a gente se ver.

O choque retornou ao rosto de Maryam.

— Por que você faria uma coisa dessas?

— Perguntas que ficaram sem resposta.

Maryam devolveu com deboche.

— Boa sorte. Difícil imaginar por que não mataram alguém tão importante quanto ele. Mas também, quantos como ele, do alto escalão, que sabemos ter comprado suas vidas às nossas custas? Tenho razão ou não?

— Nem todos eram assim.

— Poucos não eram.

— Sim — Fariba murmurou, resignada —, poucos não eram.

Maryam jogou as mãos para cima:

— Ah, que se foda. Não vamos deixar isso estragar a noite.

— A gente por acaso tem alguma noite que já não foi estragada?

— Pare já com essa tristeza! Hoje vi você beber e dançar. E é uma coisa linda de se ver, para variar um pouco.

— Não sei que bicho me mordeu.

— O bicho Ahmad Fard, talvez? — Maryam sorriu e puxou o braço de Fariba. — Esqueça esse traíra. Vamos dançar mais um pouco.

Fariba hesitou.

— Espere!

Maryam se virou para encará-la de novo.

— Que foi?

— Você não quer ir encontrá-lo comigo?

— Está de brincadeira? Eu daria um tiro nele.

— Com o quê?

— Meu Deus! É brincadeira. Tudo bem. Vamos encontrá-lo juntas. Não queria mesmo que você fosse sozinha.

— Vou te mandar uma mensagem com o endereço. Saindo da rua Villa, fica a algumas quadras para o sul da catedral de São Sérgio. Sábado, onze da manhã. Me encontra ali perto, pode ser no café Lord, meia hora antes. De lá a gente vai andando.

Maryam concordou com a cabeça.

— Combinado. Agora vamos dançar?

Ela passou a maior parte da sexta-feira tentando se recuperar da ressaca. Mal havia saído da cama e já tinha um dia inteiro para imaginar como seria a manhã seguinte, quando ficaria face a face com Ahmad Fard novamente. Seu escritório ficava a poucas quadras da casa onde ela tinha crescido — a casa onde ele havia ficado durante seis meses, tantos anos atrás.

Como será que ela ia se comportar no escritório dele? Provavelmente teria que lidar com uma daquelas secretárias metidas primeiro. Aquelas de nariz feito e que falam miando. A garota iria obrigá-la a ficar sentada enquanto ligava para a linha do *doutor* Fard. Teria que evitar fazer algum movimento nervoso. E o que aconteceria depois? Quando a secretária enfim a levasse ao escritório de Ahmad, qual seria a primeira coisa que ele faria? Os dois apertariam as mãos? "Senhorita Tajadod, que alegria vê-la." Era isso que ele ia dizer? Ou será que a chamaria pelo nome, Fariba? Ou até mesmo "Leyli", aquele nome operacional desnecessário que ele mesmo havia lhe dado. Ela tinha um monte de coisas para perguntar. Mas talvez começasse com como foi a vida dele. Está feliz? Dorme bem à noite? Alguma vez pensa naqueles anos sombrios? Pensa em todos os amigos e camaradas que perdemos? Ainda acredita que a vida cotidiana precisa ser sacrificada em prol de alguma causa maior, como uma revolução? Ou também virou outro refém de uma existência rotineira, como o resto de nós, gentinha pequena neste mundo?

Talvez ela ficasse sem voz e não conseguisse dizer uma só palavra. Não era impossível de acontecer. Mas mesmo que precisasse ficar bêbada de novo para conseguir dizer o que pensa, ela arriscaria. Por sorte, Maryam estaria com ela. Ou será que não? Agora já não conseguia imaginar Maryam com ela lá no dia seguinte. Na verdade, nem devia ter contado nada. Que burrice.

Porque, bem, havia uma tempestade dentro dela que apenas Ahmad Fard poderia abordar, e, para isso, precisava ficar a sós com ele. Queria lhe contar dos pesadelos de voltar para a prisão. O som das últimas balas endereçadas a esse ou aquele prisioneiro. O som dos nomes das mulheres chamadas uma por uma para se apresentarem para a própria execução. Queria lhe contar como ela havia tentado, mas ainda assim não conseguira enterrar o passado. Mas também... isto: a felicidade que sentia por nunca ter matado ninguém em nome da revolução, por não ter o sangue de ninguém nas mãos. Mas e seu irmão? E quanto a Ali? Durante três décadas ela tinha vivido com esse único pensamento: e se antes de morrer Ali tivesse matado algumas pessoas? Será que Ahmad Fard poderia lhe contar a verdade sobre isso? Ou será que lhe ofereceria mais um de seus velhos chavões: "Fariba, guerra é guerra e a liberdade tem um preço".

Fazia anos que ela não tinha uma ressaca como a desta sexta. Sempre há um preço a se pagar, não é? Ahmad Fard, tive que pagar o preço mais alto de todos por sua causa. Você alterou a trajetória da minha vida. E da vida do meu irmão. Você é o meu antigo amor que nunca soube o que havia em meu coração. E hoje sou uma mulher de meia-idade com uma bagagem de arrependimentos e especulações. Não, não quero recuperar esse passado. Não há nada a recuperar. Só preciso de informações. E um comandante como você sempre tinha informações, não? O que fez com todas essas informações? Entregou tudo de mão beijada para os interrogadores? Foi isso que você fez? Pessoas como você sempre falavam em morrer pela causa. E, no entanto, aqui está você: vivo! O que isso diz do restante de nós? Que éramos todos sua bucha de canhão?

Ela passou a maior parte da noite acordada, e a ressaca a acompanhou. Desejava ainda ter umazinha só das cápsulas de cianureto daquela época. Sem dúvida, já teria passado há muito a data de validade, mas ainda assim queria levá-la até Ahmad Fard e ver se ele teria colhão de pelo menos colocá-la na boca, mesmo que não conseguisse cravar os dentes nela. Claro que não teria. Em vez disso, provavelmente diria algo como: "Ora, por favor, Fariba, supere isso. Todos nós iranianos passamos por essas coisas na época. Precisa encontrar a paz dentro de você".

Pessoas assim sempre tinham algo a dizer a respeito de alcançar a paz dentro de si. Ela lhe daria paz, ah, se daria. Acabaria com ele. Melhor ainda, acabaria consigo mesma.

Acendeu um cigarro e procurou a navalha que havia encontrado mais cedo. Talvez houvesse, afinal, um modo eficaz de resolver isso com uma lâmina. Cortar na vertical, não na horizontal. Encontrou a lâmina na beirada da banheira, onde havia deixado mais cedo. A porta do banheiro ficava aberta. Após todos esses anos desde sua saída da prisão, ela ainda sentia claustrofobia com portas fechadas e espaços pequenos. Não era engraçado? Queria se matar, mas ainda tinha medo de uma porta fechada! Tinha medo da morte, igualmente. Mas também estava anestesiada. Na verdade, a montanha-russa dos últimos dois dias de repente chegava ao fim. Ela ficou em pé embaixo do chuveiro, ainda de roupa, e ligou a água por alguns segundos. Então fez um corte no pulso. Nada muito fundo, só o suficiente para sair sangue. Era uma sensação ridícula. Como ser picada por uma abelha. Derrubou a lâmina na banheira, agarrou a bainha da camisa e fez pressão sobre o corte, depois saiu do banheiro.

Ficou sentada na cama encarando o amanhecer que se aproximava com rapidez. O ardor do corte fez com que ela tivesse consciência do seu corpo pela primeira vez em dias. Sentia-se fraca e tonta. Cobriu-se com um cobertor, fechou os olhos e se entregou.

Ao acordar, sentia-se ainda pior. Viu os rastros de sangue no lençol e ficou desorientada por um minuto. Então arrastou-se até a frente da TV, procurando por uma daquelas estações de música clássica. O *Réquiem em ré menor* de Mozart parecia adequado para aquela manhã. Lentamente, ela voltava a si. A umidade na roupa lhe deu um calafrio súbito e ela ficou grogue, o que a impedia de se deslocar com facilidade pelo apartamento. O celular estava sobre o balcão da cozinha. Uma ligação perdida e uma mensagem de Maryam: "Você não atende. Nos vemos às 11h direto no escritório dele. Não vou conseguir chegar ao café mais cedo. Então é melhor você não ir antes".

O telefone mostrava que já passava das onze e meia. A música na televisão parou e uma mulher começou a falar em russo. Tudo que Fariba conseguiu entender foi "Mozart". Ligou para Maryam. O celular estava desligado.

Uma preocupação de repente se abateu sobre ela como uma onda, que a fez correr atrás de roupas limpas. No carro, pensou que Maryam deveria estar esperando por ela no escritório de Ahmad Fard a essa altura, ou talvez estivesse do lado de fora do prédio, ostentando o batom vermelhão de sempre e fumando. Essa imagem a fez sorrir. Ela ainda não conseguia fumar na rua que nem Maryam. Não parecia coisa de mulher. E Maryam sempre tirava sarro dela por causa dessas coisas. Como ansiava ser mais despreocupada como a amiga. Só se divertir e não dar a mínima para o mundo e o que acontece nele. Até hoje, nunca tinha tido coragem de perguntar a Maryam como ela conseguia viver depois de tirarem sua irmã da cela das duas e a executarem. Como Maryam conseguia dançar e rir e festar daquele jeito depois de ter testemunhado um horror daquela magnitude?

Fariba estava feliz de nunca ter perguntado a Maryam sobre isso.

O trânsito mal se movia naquela manhã. Só que não faltava muito. Provavelmente levaria uma multa por dirigir pelo centro numa manhã de um dia de semana sem a licença especial de trânsito. Mas quem ligava? Precisava se apressar. Ligou para Maryam de novo. Ninguém atendeu. Mais dez minutos, pensou, até chegar lá.

Na esquina da Sepand, a rua estava completamente bloqueada. Um soldado que direcionava o trânsito mandou seguir pelo outro lado. Em vez disso, ela saiu do carro. Havia policiais em frente ao prédio onde deveria estar o escritório de Ahmad Fard. O soldado começou a acenar para ela, mandando voltar para o carro. Outros veículos começaram a buzinar e vários outros soldados chegaram por trás, obrigando todos a darem meia-volta. Fariba empurrou a mão do soldado, e o jovem recruta pareceu simplesmente desistir dela. Mais viaturas chegaram da outra direção. Quando tentou caminhar até o prédio na rua Sepand, um policial gritou para que não se aproximasse. Ela engoliu em seco e parou.

Foi então que o viu enquanto saíam do prédio, Ahmad Fard, cercado por meia dúzia de policiais. Mas não estava algemado. Parecia apenas completamente traumatizado e assustado. Uns bons dez anos mais velho do que naquele vídeo. Fariba continuou imóvel, observando-o e se perguntando aonde estavam indo. Ao se dar conta de que não entrariam numa das viaturas, começou a falar numa voz que mal superava um sussurro:

— Sr. Fard, sou eu. Fariba Tajadod. Tínhamos uma reunião marcada para esta manhã.

Ahmad Fard nem escutou nem se virou na sua direção. Estava falando a mil por hora com um policial que não parava de fazer que sim com a cabeça enquanto passavam por ela. Outro agente chegou sem pressa, saindo de uma lojinha da esquina, fumando e falando ao celular. Era um homenzinho com a voz de alguém com o dobro do seu tamanho e parecia contente consigo mesmo. Fariba o ouviu.

— Pois é, a mulher parou bem na frente do sujeito e se deu um tiro na cabeça. Dá para imaginar? Certeza que eu tenho certeza. Eu mesmo vi o corpo. Foi por volta das dez. Era bonita também, de um jeito meio detonado. Coitada. Usava aquele batom vermelho que você gosta. E tinha o seu nome também, meu amor. Maryam!... O quê? Como é que eu vou saber qual Maryam que era? Tem um monte de Maryam nesta cidade. Metade delas quer se matar e a outra metade quer matar alguém. — Ele fez uma pausa e riu. — Claro, só espero que você não pertença a nenhuma dessas metades.

* *Conto escrito originalmente em farsi.*

O ATRAVESSADOR DE CADÁVERES
MAJED NEISI
Chahrak-e Gharb

AFEGANISTÃO

Muita gente queria roubar o cadáver. Mas o mulá Qader pertencia a mim. Porque fui o único atravessador de cadáveres de verdade que trabalhou nas linhas de frente entre o Talibã e os *mujahedin*. Todos sabiam que eu era o mais capaz de conseguir a mercadoria. Mas ninguém nasce neste mundo com o título de "ladrão de defuntos" escrito na testa, sabe? A guerra que faz isso com a gente. Ela tira umas oportunidades e traz outras. Era um trabalho que ninguém queria de verdade, ou era capaz de suportar. Por isso acabou sobrando para mim e para minha mula. Sempre que um dos lados queria que o cadáver de um dos seus fosse trazido do outro lado, eu era o homem certo para isso. E os dois lados me deixavam agir com impunidade. Por quê? Porque ambos precisavam de mim. As famílias queriam que os seus entes queridos tivessem as devidas honras fúnebres. Os camaradas queriam que seus camaradas tivessem um lugar digno de repouso do lado certo do campo de batalha. E aí Asef — que sou eu — e sua mula estavam lá para cumprir o serviço: levar os talibãs mortos que tombaram no lado errado de volta para os talibãs, e levar os *mujahedin* de volta para os *mujahedin*.

Imaginei que, depois de entregar o corpo do grande comandante, mulá Qader, de volta aos talibãs e sair disso com um pagamento bem decente, eu pudesse me aposentar, ir para o país vizinho, o Irã, e sair desse inferno que é a guerra sem fim. Assim como outros afegãos, eu poderia me arranjar com algum trabalho manual ou, melhor ainda, virar zelador de um prédio ou caseiro de uma mansão de gente rica para enfim desfrutar de uma vida pacífica.

Tudo começou naquela noite fatídica quando eu estava no acampamento talibã recebendo as ordens para buscar um cadáver que o próprio mulá Qader queria de volta. De repente, eles me trouxeram esse menino *mujahedin* que não devia ter mais que dezesseis anos. Parecia um pêssego. Aliás, mais bonito que um pêssego, com aqueles belos olhos verdes. Os guerrilheiros talibãs mal conseguiam conter a empolgação. Iam ter uma noite e tanto com ele, e mais um pouco. Mas, então, no meio da nossa negociação quanto ao cadáver, os olhos do mulá Qader caíram sobre o menino e acabou-se o negócio. Vi o mulá fechar o cerco em cima do menino como se quisesse entrar rasgando nele ali mesmo. Ele se levantou de sobressalto, afastou os soldados, tomou a mão do garoto e o levou embora. Houve murmúrios, mas quem poderia discutir com o mulá? Justamente na semana anterior ele havia quase matado um de seus homens a chibatadas por ter estuprado um prisioneiro, porém, nesta noite ele só conseguia pensar no menino de olhos verdes. Tentei até chamá-lo de volta para concluir nosso acordo, mas não deu. O mulá e o menino desapareceram no interior da única tenda do acampamento, e não tive escolha senão juntar as minhas coisas e partir para a linha de frente dos *mujahedin*; eu tinha um cadáver fresco para eles, catado há apenas um dia.

Mais tarde, ouvi a história que o menino contou de como tinha capturado o mulá e o trazido para as linhas dos *mujahedin*. Foi uma história contada pela metade, é claro. Ele omitiu a parte em que teve que dar o rabo para o mulá Qader e garantir que o comandante havia caído no sono, satisfeito, antes de roubar sua pistola Colt e levá-lo como prisioneiro dali, do coração do acampamento talibã. E foi aí que eu — o pobre e velho Asef com sua mula — entrei em cena. O menino fez o mulá sair dirigindo no final da madrugada, antes da convocação para a oração matutina. Seguiram rumo ao vale do Panjchir, onde os *mujahedin* estavam acampados. Porém o menino sabia que era só questão de tempo até os talibãs perceberem que seu comandante estava desaparecido e viessem atrás dele. Então ele fez o mulá jogar seu próprio Land Cruiser de um penhasco e seguiram o restante do caminho a pé.

E aí se perderam.

Até esbarrarem em mim, o pobre Asef, o atravessador de cadáveres.

O menino correu até mim, minha mula e meu cadáver, com a arma apontada. Fiquei atônito. Ele deveria estar no acampamento talibã, sob o jugo do mulá. O que fazia ali naquela terra de ninguém, entre as duas frentes de batalha? Ele disse:

— Aqui é uma zona de guerra. Para onde você vai com a mula e a mulher?

A "mulher" nada mais era que o cadáver. Eu sempre barbeava os cadáveres frescos, maquiava e colocava uma burca para evitar muitas perguntas.

— É uma noiva recém-casada. Não está se sentindo muito bem. Estou levando ela ao médico.

— Médico? Neste deserto? — ele se aproximou da mula e reparou na hena que eu havia passado nas mãos do cadáver. O mulá ficou de lado, assistindo a tudo com uma expressão que prometia abundância de sangue e perversidade. O menino deu um tapa nada amigável no lombo da mula e o bicho pinoteou, derrubando o meu cadáver no chão.

— Uma noiva, você disse?

Tenho que reconhecer que, embora tivesse sido currado não fazia muitas horas, o menino tinha colhão. Ele gesticulou com a arma para o mulá se aproximar. Então botou nós dois, um do lado do outro, e me fez abrir o bico.

Contei para o menino como eu ganhava a vida.

— Já ouvi falar de você.

— Bem, cá estou, em carne e osso. — Não lhe contei que fui testemunha quando foi levado à tenda do mulá pouco tempo atrás.

Ele perguntou:

— Por que a hena nas mãos do defunto?

— Para ficar mais feminino, caso eu tenha problemas e as pessoas perguntem.

— Certo. Deixe o cadáver pra lá. Tire a burca dele e coloque no mulá.

Era brincadeira? Colocar uma burca de mulher no próprio mulá Qader? Quando hesitei, ele veio com a arma na minha cara. Então tirei a burca do defunto e, sem olhar nos olhos do mulá, vesti aquilo nele. O rapaz parecia saber exatamente o que fazia. Ele me revistou, procurando armas, e me privou da faca. Depois fuçou no alforje da mula e encontrou uma lâmina de barbear, um pouco de hena e uma muda de roupa feminina. Nessa hora eu queria que esse último cadáver não estivesse tão fresco, para que eu não precisasse vesti-lo desse jeito. Os melhores corpos eram os mais antigos, bem passados do ponto da fedentina. Com esses ninguém discutia, nem mesmo se você, às vezes, cometesse algum erro com o cadáver.

   O menino perguntou:

— Quanto falta pra chegarmos ao *front* do meu lado?

— Meio dia de viagem — eu respondi.

— Você precisa me ajudar a entregar esse filho da puta pro meu pessoal.

   Dei uma olhada no rapaz e outra no mulá Qader. O que fazer? Eu passei a vida lidando com mortos, e era um trabalho bom o bastante. Trazia paz para os vivos ver os seus mortos enterrados onde deveriam estar. Mas agora, eu tinha que escolher entre os vivos — mulá Qader e esse menino. Se ajudasse o mulá, o menino morreria. Se ajudasse o menino, matariam o mulá Qader. Se não ajudasse ninguém, o morto provavelmente seria eu. Inferno de guerra, sempre vai ter alguém para morrer, não importa para onde se olhe.

   Mal consegui murmurar:

— Como quiser.

   O menino me lançou um olhar expressivo e disse:

— Agora, ao trabalho. Primeiro, raspe a barba do mulá e passe hena nas mãos e pés dele.

   Ao ouvir isso, o mulá Qader se levantou de sobressalto e, tirando a burca, rugiu que nem um leão. Qualquer outra pessoa teria se borrado toda, ali mesmo, ao ouvir o rugido do invencível mulá. Mas esse menino parecia ter vindo ao mundo pra fazer uma única coisa: humilhar o mulá. Ele deu um tiro do lado dos pés do mulá e assim descobrimos que ele sabia atirar; e atirar bem.

   Não consigo descrever o que sentia na hora. Ali, no meio do nada, no Afeganistão, numa trilha que ninguém, exceto eu, conhecia direito, tive que esbarrar nesse menino com o mulá Qader. Esperava que alguém, qualquer pessoa, aparecesse e pusesse um fim ao nosso sofrimento, o de nós três e o da minha mula. Fiquei ali paralisado enquanto o mulá tirava as roupas. Sua barriga imensa pendia sobre as bolas de um jeito obsceno, e aí eu só conseguia pensar no estrago que aquelas bolas haviam feito na bunda do menino, poucas horas atrás.

O menino me empurrou na direção do mulá Qader.

— Chegou a hora. Você está encarregado de comer o cu dele.

Caí no chão, chorando e implorando.

— Você sabe o que está dizendo? Deus em pessoa não poderia fazer isso com o mulá Qader. Como pode esperar que eu, o pobre Asef, participe de uma coisa dessas?

Mas o menino estava gostando. Estava em casa. Seus olhos brilhavam, cheios de expectativa. Observava o mulá Qader, que agora estava branco como giz. Então disse:

— Mulá, é bala por bala e cu por cu. Hora de você dar esse seu cu aí.

Continuei a implorar. Tirei as calças e mostrei para ele:

— Olha só essa minha coisinha murcha. Estou em choque. Como espera que eu coma o mulá Qader com isso?

O menino fez que sim com a cabeça e foi buscar a minha pá.

— Não, eu imploro. A pá é só para abrir covas.

Ele apontou a arma para mim e falou:

— Ele vai se dobrar pra você, e você vai empurrar o cabo até onde entrar. Se não, enfio o cabo no seu cu.

O mulá Qader mal se aguentava em pé. Chorava. Eu não podia acreditar. Era aquele o mesmo mulá Qader que a mera menção do seu nome deixava o inimigo abalado? Era você mesmo, mulá? Seu gordo patético de merda, chorando que nem uma vagabunda! Devia ter reagido nessa hora, se debatido e lutado pela vida, para morrer como um homem. Em vez disso, você se curvou e deixou o menino me obrigar a enfiar aquele cabo dentro de você e rasgar o seu cu todinho. Sim, o menino era esperto. Sabia que, depois que eu fizesse isso com você, jamais consideraria ajudar você de novo, porque a primeira pessoa de quem você se vingaria se saísse vivo dessa seria eu, o pobre Asef!

O mulá estava quase morto quando terminamos o que tínhamos que fazer com ele. O menino me fez jogar água no seu rosto e depois raspar a sua barba. Passei hena nas mãos e nos pés dele e o ajudei a entrar na burca de novo. O mulá não dizia uma só palavra. Parecia uma noiva muda, prestes a ser enviada à casa do marido. Impressionante a rapidez com que um homem daquele é reduzido a isso.

Quando nos aproximamos das linhas dos *mujahedin*, entreguei as rédeas para o menino.

— Aqui é o limite de onde posso ir com você. Por favor, depois mande a minha mula pra cá pra que eu possa voltar e buscar o outro cadáver antes que seja tarde demais. E imploro que não conte a ninguém que o ajudei com o mulá Qader, senão perco o meu ganha-pão.

O menino riu e disse que eu tinha feito bem o serviço. Mandaria a mula de volta num piscar de olhos.

Ao partirem, o mulá Qader se voltou para mim. E por trás da burca, ele disse as palavras que me perseguiriam por anos:

— Eu vou matar você.

TEERÃ

A patroa me disse:

— Asef, você tem duas escolhas até eu voltar de Paris: ou você encontra o meu cão ou, se ele estiver morto, quero o corpo dele. Do contrário, você vai embora da minha casa.

Então, lá estava eu, longe dos campos de batalha afegãos. Não estava mais carregando cadáveres de um lado para o outro. Tinha um emprego confortável, bem melhor do que o trabalho detonador de coluna que os meus irmãos afegãos realizavam nas obras para esses iranianos ingratos. Mas agora o cão dessa cadela tinha se perdido e ela tinha me entregado várias centenas de cópias coloridas da fuça do Pupi. Precisei andar pelo distrito de Chahrak-e Gharb colando o Pupi em todos os muros e postes na esperança de que alguém o reconhecesse e trouxesse de volta, e a patroa recompensasse o filho da puta sortudo com uma grana que era mais do que o que eu ganhava em dois anos.

E foi exatamente o que fiz.

Por todo o distrito de Chahrak-e Gharb, o rosto de Pupi competia com a cara de cachorro nos cartazes de alguns daqueles candidatos presidenciais. Cheguei até a deixar um dinheiro com os lixeiros locais para que me avisassem caso vissem o Pupi. Imagino que era esse o meu quinhão nesta vida, estar sempre atrás dos mortos, caninos ou humanos. Aquela porra daquele bicho poderia estar em qualquer lugar. Todas essas mansões imensas neste distrito. Todos esses ricaços teeranenses. Metade deles tem cães que jantam coisas com as quais só posso sonhar. Eu ia para as ruas nos fins de tarde e observava os jovens dirigindo seus carros recém-lançados pelo bulevar Iranzamin, flertando e trocando números de telefone. Vi um monte de cães que nem o Pupi em alguns desses carros e pensei em roubar um deles e levar para a patroa. Mas a patroa conhecia bem o seu cachorro. O bicho dormia do lado dela na cama e lambia a buceta dela. Quer dizer, não posso falar disso com propriedade. Mas um dos meus compatriotas, o Baig *jaan*, que trabalhava num lugar a três quarteirões, jurava que tinha visto a patroa levando uma lambida do cachorro. E eu tinha que me perguntar, por que outro motivo a patroa dormiria com o Pupi naquela cama? Não me parecia natural. Talvez eu só precisasse encontrar outro cachorrinho pequeno para lamber a patroa e aí ela logo esqueceria o Pupi. Aqui estava eu, com o Rex e a Juli, dois cães de guarda monstruosos que também pertenciam à patroa. Mas nós três éramos obrigados a morar juntos num barraco na outra ponta do jardim, enquanto o Pupi tinha a patroa só para si.

Não era certo.

Então a patroa me ligou de novo e perguntou do Pupi. Falei que ainda estava procurando. Ela me mandou imprimir mais cartazes e colar em todas as ruas secundárias também. Imaginei que fosse um bom sinal. Enquanto não desistisse do Pupi, ela não desistiria de mim. Além do mais, não me incomodava sair para procurar o cachorro. Ao anoitecer, eu iria até os canteiros de obras da região, onde meus compatriotas afegãos trabalhavam e dormiam à noite. Bebíamos chá, lembrávamos do passado e de vez em quando algum jovem afegão bonito dava as caras e botávamos música para ele dançar e rebolar a bunda para nós.

Naquela noite fatídica, Baig *jaan* tinha me contado que estaria num canteiro de obras quase concluídas perto da mansão da patroa. Me disse que um monte de novos afegãos trabalhando na área estariam lá também. Fui ver quem eram para tentar descobrir mais alguma coisa sobre o Pupi.

Quando cheguei, havia chá verde pronto, fumegante. Estava um frio de congelar e eles queimavam madeira numa lata de lixo de metal. Os homens estavam ao redor de Baig *jaan*, aquecendo as mãos. Ele seguia com a boca suja de sempre, contando aos novatos da sua patroa e de como ela gostava de ser lambida pelo cachorro. Eu já tinha dito a ele mais de uma vez para não sair contando isso para qualquer um. Era bem capaz de um desses coitados cheios de tesão, tão longe de casa, encasquetar de ir fazer uma visitinha à patroa do Baig *jaan*. Pior ainda, a polícia provavelmente ia pôr a culpa em Baig *jaan* como cúmplice, porque era o que sempre faziam com afegãos como nós.

Me juntei ao grupo ao redor da fogueira e abri as pernas um pouco para esquentar as bolas. Aí olhei em volta para ver quem era quem. Foi então que nossos olhares se cruzaram. Aqueles olhos intensos, cheios de ódio, do mulá Qader em pessoa. Aquele mesmo mulá que eu havia supostamente escavado debaixo da terra e devolvido ao Talibã por um valor considerável para que tivessem o corpo do seu comandante lendário de volta. Só que o mulá Qader não havia morrido. Apenas alguns seletos dentre os *mujahedin* — e claro, este que vos fala, Asef, aquele que sabe tudo dos mortos — souberam à época que o mulá havia escapado e sobrevivido. Muito tempo depois, descobri que o mulá tinha ido atrás do menino e acabado com ele. Agora era a minha vez.

Meus joelhos fraquejaram. Era ele mesmo. E o mulá sabia perfeitamente bem quem eu era. Como não saberia? Como que você enfia o cabo de uma pá no cu de um homem, rasga ele todo, faz ele sangrar, raspa a sua barba, passa hena nas suas mãos e pés, depois termina sua transformação com uma burca e ele não vai lembrar de você? "Eu vou matar você." Essas haviam sido suas palavras anos atrás. E é provável que, na sua mente, ele já tivesse me matado mil vezes.

Sentei, tentando agir com normalidade. Baig *jaan* me entregou um copo com chá verde e continuou a história de como a piranha rica gostava de ser lambida pelo cachorro.

Era uma situação impossível. Várias vezes olhei para cima e vi que aqueles olhos do outro lado do fogo não paravam de me encarar. Terminei o chá correndo e me levantei.

Baig *jaan* se virou para mim.

— Aonde vai com essa pressa toda?

— Preciso achar o cachorro da mulher. Vivo ou morto, preciso achar ele.

Baig *jaan* suspirou.

— Vá até Farahzadi, então. Por lá, tem um sujeito chamado Jasem. O pessoal chama ele de Jasem Cãomigo. É um árabe do sul. Não é mau sujeito. É como a gente, na verdade. Por aqui, qualquer cachorro que desaparece vai parar na casa do Jasem. Eu mesmo já vendi uns bichos pra ele. Diz que foi o Baig *jaan* quem indicou você.

Comecei a me retirar. O mulá Qader não tirava os olhos de mim. Havia envelhecido, mas não tinha perdido aquele olhar aterrorizante e ainda era enorme. Senti fraqueza e mal conseguia ouvir a voz de Baig *jaan* enquanto ele falava para os novatos que o meu nome era Asef e que costumavam me chamar de Asef, o Amante de Cadáveres, lá no Afeganistão.

Já na rua, eu não parava de olhar para trás, para ver se o mulá não estava na minha cola. No bulevar Iranzamin, os jovens estavam ocupados nos seus carros, fazendo o que sempre faziam a essa hora da noite. Um pouco mais adiante, uma adolescente estava parada no meio da rua, lastimosa. Não parava de gritar com o jovem motorista de um Hummer sentado ali, fumando haxixe com os amigos e com um sorrisinho para ela.

— Você atropelou meu cachorro! — ela gritava. — Seu assassino! Vou matar você!

Ele deu partida no Hummer de repente e saiu rosnando. Uma multidão se formou em torno da menina, no meio da rua. Ela não parava de se lastimar. Não demorou muito para a polícia chegar. Fiquei parado ali que nem um idiota até virem falar comigo.

— Você é afegão?
— Sim, seu guarda.
— Está com seus documentos de estrangeiro?
— Sim, seu guarda.
— Esqueça a porra dos documentos. Vai lá e joga o cachorro no lixo. Anda!

Os guardinhas afastaram as pessoas para que eu pudesse apanhar o animal morto. A menina gritava querendo o cachorro, mas os policiais a detiveram. Na verdade, o cachorro não era muito diferente do Pupi. Talvez eu pudesse enterrá-lo no quintal e falar para a patroa que encontrei o Pupi, mas ele já estava morto.

Não foi isso que eu fiz com o Talibã, devolvi o seu suposto comandante? Praguejei contra mim mesmo. Ah, quando, mas quando é que você vai parar de roubar os mortos, Asef? E se você disser para a patroa que enterrou o cachorro e depois o verdadeiro Pupi der as caras? É por isso que você não pode jamais voltar para o Afeganistão. Os talibãs vão matar você por ter vendido para eles um cadáver falso. Eu tinha ouvido falar que, depois de matar o menino, o mulá Qader havia simplesmente desaparecido. Nunca mais foi comandante de nada. Acho que foi vergonha demais para ele. Tinha se vingado do menino e agora estava aqui atrás de mim. Esta noite, ah, Asef... esta vai ser a noite do acerto de contas.

Peguei o cachorro e andei um tanto com ele antes de jogar no lixo. Havia começado a nevar de novo e fiquei esperando um táxi para me levar até Farahzadi e Jasem Cãomigo. Vários taxistas passaram por mim, devagar, mas assim que viam meu rosto e suspeitavam que eu era afegão, aceleravam e me deixavam ali no meio da neve. Acho que imaginavam que eu fosse cortar sua garganta ou coisa assim. Esquecem que nem um único prédio ficaria pronto nesta cidade, nenhum restaurante estaria aberto, se não fosse por nós, que fazemos o trabalho sujo. Iranianos preguiçosos de merda! Até parece que roubamos a herança da mãe deles.

O frio agora penetrava nos ossos. Não tinha ideia do que fazer. Minhas opções eram inexistentes. De um lado, o mulá Qader à solta aqui para acabar comigo; de outro, a patroa que acabaria comigo se eu não encontrasse o Pupi. Fiquei ali sentindo pena de mim enquanto a neve cobria meu corpo, até um táxi enfim parar. Quando desci em Farahzadi, já havia uma camada de neve cobrindo tudo. Trabalhadores afegãos estavam parados na frente de restaurantes de kebab, direcionando os clientes aqui e ali. Havia o cheiro e o suor de carne assada no ar. Eu sentia ele. Sentia a sombra do mulá Qader na minha cola, embora soubesse que era ridículo e que ele não me seguiria até ali. Então reconheci o rosto de um colega afegão e perguntei se ele sabia do paradeiro de Jasem Cãomigo.

Jasem morava nos fundos de um dos restaurantes de kebab. Dava para ouvir os latidos de uma dezena de cães pelo menos. Toquei a campainha e uma voz grave perguntou quem era. Nem me esperou responder e já abriu a porta. Imediatamente, três cães enormes arreganharam os dentes. Jasem parecia ter uns quarenta e poucos anos. Tinha cabelo desgrenhado e rosto sonolento.

— O que você quer?
— Estou procurando pelo cachorro da minha patroa.
— Você é afegão?

Confirmei com a cabeça e ele gesticulou, me convidando pra entrar. Mal tinha espaço ali. Cães de todos os tamanhos e cores subiam uns nos outros e o cheiro do lugar por pouco não chegava a ser tão ruim quanto o de um cadáver de três dias no verão. Jasem me pôs para sentar ao lado do aquecedor e me entregou uma xícara de chá.

Perguntou:
— Há quanto tempo está aqui? No Irã, digo.
— Eu vim pouco antes de os americanos atacarem o Afeganistão.

— E o que você fazia lá?
Ele tinha um olhar amistoso e familiar. Me senti confortável com ele, apesar daquela cachorrada toda. Contei a verdade:
— Eu carregava cadáveres. Roubava eles. Me chamavam de vários nomes... Asef, o Ladrão de Defuntos era um deles.
— Você é como eu, foi deslocado pela guerra.
— Mas não tem guerra no Irã já faz algum tempo.
— A guerra pode até acabar, mas os estilhaços ficam, meu amigo. Sou um árabe do sul. Eu tinha doze, talvez treze anos, quando a guerra começou. Morávamos em Ahvaz na época. Quando os iraquianos atacaram, tivemos que fugir pra Teerã. Refugiados. Eu, você... somos todos um bando de refugiados vivendo sob o jugo desses iranianos racistas.
— Pelo menos ainda é o seu país.
Ele riu.
— No começo, o pessoal me chamava de Jasem, o Árabe. Mas, depois de um tempo, mudei o nome para Jasem Cãomigo. Pegou. Não gostam de nós, árabes, por aqui. Ainda menos do que de vocês. Por mais que eu tenha o passaporte desta porra de país, ainda me desprezam. Então pensei nos filhos da puta de Chahrak-e Gharb, eles amam seus cachorros. Se eu virar o Jasem Cãomigo, vão me amar também. Fala pra mim, a sua patroa ama muito o cachorro dela?
— Ela me enxotou da casa algumas vezes dizendo que eu não respeitava o cachorro. Todas as vezes precisei ficar atrás da porta e balançar o rabo até ela me deixar voltar. Ela tem outros dois, mas são grandões, cães de guarda. Nós três, eu e os cães de guarda, mora-

mos num barraquinho afastado da casa principal. Tem uma parede bem fina que nos separa.

— Eu falei pra você, eles amam seus cachorros aqui. Se quiser sobreviver, continue balançando o rabo pra eles. Mas se quiser viver de verdade, aí é outra coisa. Aí tem que sair deste país.

Ele se levantou e abriu a porta que dava para outro cômodo, de onde um monte de sósias do Pupi vieram correndo.

Achei o Pupi logo de cara.

— Como você sabia que seria um desses? — perguntei.

— Conheço o tipo da sua patroa e o tipo de cachorro que ela gosta de ter como companhia. Eu roubo e vendo de volta.

— Mas por que você rouba?

— Por quê? Porque quero sobreviver.

— A minha patroa vai pagar uma boa recompensa pra você.

— Foda-se a recompensa. Pegue pra você. Fique com ela e diga que você me deu.

Fiz uma reverência e apertei a sua mão.

— Você é um homem bom.

Então peguei o Pupi e o acomodei sob o casaco. Ele me reconheceu de cara e não relutou, nem latiu. Jasem estava prestes a fechar a porta atrás de mim, mas levantei a mão:

— Tenho uma pergunta.

— Diga.

— Se você estivesse numa guerra e aparecesse a oportunidade de matar alguém, mas você não mata... e aí a guerra pra você termina, mas esse sujeito vem atrás de você... o que faria?

— Você tem que dar fim à guerra no campo de batalha. Se não der um fim ali mesmo, então a guerra nunca acabou. Ainda tem que lutar.

Fui caminhando de Farahzadi até a área Fase Um de Chahrak-e Gharb, com o Pupi dentro do casaco. Eu tremia de frio e de medo que o mulá Qader aparecesse para dar fim à sua guerra, e a brancura da neve havia transformado completamente a paisagem.

Entrei pelo portão de trás e logo soltei Juli e Rex, deixando que corressem pelo quintal. Nunca tinha ficado tão feliz por dividir o barracão com esses dois cães gigantescos. Se o mulá Qader estivesse aqui, eu já saberia a essa altura. Mas ele ia dar as caras, mais cedo ou mais tarde. Não foi para construir casas ou regar os malditos jardins dos iranianos que ele tinha percorrido aquele caminho todo até Teerã. Tinha vindo atrás de mim. Por causa da sua vergonha. Fui até a casa principal, alimentei o Pupi e o deixei solto. Ele pulou na cama da patroa e imediatamente começou a lamber seu travesseiro.

Já passava das duas da manhã agora. Nem a pau eu ia conseguir dormir. Era como se alguém tivesse esfregado sal nos meus olhos. Montei a minha cadeira no jardim e fiz uma fogueira. Fazia um frio amargo. Frio que nem nas noites de inverno nas montanhas do Afeganistão. Rex e Juli estavam sentados do meu lado, alertas. Sentiam que alguma coisa não estava certa. Assim como eu, esperavam. Esfriou e o vento ficou mais forte, uivando por entre as árvores como se fosse o fim do mundo. E era mesmo o fim do mundo. Para mim, chegava de ficar fugindo. Era a última parada. Um de nós precisava botar um fim nisso esta noite. No fundo, sabia que era eu que estava acabado. Então esperei e pensei: "Por que os *mujahedin* não mataram ele na mesma hora? Ficaram esperando para trocar por um prisioneiro tão valioso quanto?".

Quando ele escapou, espalharam a notícia de que havia sido estuprado pelo menino e levado até o acampamento vestindo uma burca. Tinham tirado fotos dele daquele jeito. Isso significava o fim da carreira do mulá como comandante do Talibã. Até podia ter escapado, mas fora humilhado do pior jeito que um homem pode ser humilhado neste mundo. Disseram que tinha sido alvejado tentando fugir, o que era mentira. Só que aproveitei a oportunidade para vender um outro cadáver de volta para o pessoal dele e aí parti para o Irã. O mulá Qader se tornou o selvagem das montanhas. Não tinha para onde ir. Uma semana depois que entreguei o corpo, sua família entregou a jovem esposa do mulá a seu irmão, como é o costume. Coitado de você, mulá Qader, seu pobre filho da puta enrabado! Foi currado com uma pá, perdeu a esposa, perdeu o comando, perdeu tudo. E o que ganhou em troca? Precisou se contentar em matar o rapaz.

E eu era o próximo.

Ouvi um baque no portão dos fundos, feito uma bola batendo no chão. Rex e Juli saíram correndo e latindo na direção do barulho. Dentro de um minuto, os latidos viraram choros e ganidos. Ainda era o mesmo mulá Qader, um sujeito capaz de enfrentar dois cães assassinos.

A picareta que eu tinha nas mãos de repente parecia pesar uma tonelada, e comecei a tremer. Depois de um tempo, já não conseguia mais ouvir a Juli. Mas o Rex ainda gania em algum lugar no escuro. Depois reparei no cachorro, que se arrastava na minha direção, sangrando por várias feridas. Logo estaria morto.

Dava para ver os dois lugares onde o machado o tinha atingido. Aparentemente, o mulá havia usado um machado para matar o menino também. Talvez o mesmo machado! Me abaixei e passei a mão no corpo moribundo de Rex. Sangue por toda parte.

Então levantei e me agarrei com tudo à picareta. Seu cabo parecia muito aquele que eu tivera que enfiar no cu do mulá Qader. Ouvi o som dos seus passos. Não demorou até estarmos frente a frente. Os cães tinham rasgado a sua roupa, mas ele ainda era uma figura assustadora e intimidadora, que manejava o machado como uma extensão do seu corpo.

Rex agora arfava desesperadamente. Eram os seus últimos momentos, pensei. Mal conseguia respirar. Fiquei observando o mulá me observar.

Falei:

— Mulá, aquela guerra não era minha. Era sua. Eu era só um atravessador de cadáveres. Só isso.

— Guerra é guerra. Não distingue entre um soldado e um ladrão de defuntos.

— Então, você veio pôr fim à sua guerra agora?

— Uma guerra precisa ter fim em algum lugar. Por acaso, é aqui e agora.

Minha mão ficou mole agarrando a picareta. Dei uma espiada em Rex. O animal desafortunado estava morrendo por nada. Assim como eu, que estava prestes a morrer por nada. Assim como muita gente que morre por nada. A verdade é que tanta gente chega a este mundo para morrer por nada. Como o menino que o mulá enfim matou. Mesmo o próprio mulá — pelo que ele lutava ao longo de todos esses anos? Aposto que nem ele sabia.

Eu disse:

— Olha, nunca estive em guerra com ninguém.

— Não importa. Eu costumava ser um grande comandante. Não estou aqui pra negociar.

Reparei que ele segurou com firmeza o cabo do machado. Rex se mexeu um pouco do lado do meu pé. O mulá deu mais um passo na minha direção e, naquele momento, Rex, Deus o abençoe, juntou todas as suas últimas forças e pulou no mulá.

O machado caiu, fazendo um corte limpo e profundo no crânio do Rex. Eu segurei com força a picareta. Vi o mulá Qader se esforçando para arrancar o machado cravado na cabeça do Rex e, sem perceber direito o que fazia, desferi o meu golpe. Eu o atingi com toda a força que tinha, bem no topo da cabeça. Jorrou sangue por toda parte; e o mulá, o grande mulá Qader, caiu morto bem do lado do Rex, meu salvador.

Fiquei em pé diante do homem e do cachorro mortos até surgir a primeira luz da manhã. Estava congelando, mas incapaz de me mexer. Não sei como as horas transcorreram, nem o que se passou pela minha cabeça. Não consigo lembrar. A certa altura, ouvi o latido do Pupi e enfim despertei daquele meu estado amortecido para seguir até a casa principal e servir o café da manhã para o cachorrinho. Minhas roupas estavam encharcadas de sangue. Me lavei um pouco e me olhei no espelho. Ainda o mesmo. Ainda Asef, o Ladrão de Defuntos. Nada havia mudado em mim ao longo de todos aqueles anos. Precisava me mexer. Precisava me livrar do corpo do mulá. A primeira coisa que devia fazer era comprar dois cachorros grandões de Jasem Cãomigo. A patroa não saberia a diferença. Ela mal sabia como era a cara dos cachorrões.

Voltei ao jardim, apanhei o machado do mulá e piquei o seu corpo. Não foi fácil. Estava uma pedra de gelo e tive que alimentar o fogo para descongelá-lo um pouco. Mas fiz isso com uma ferocidade que eu não sabia que tinha, até que os maiores pedaços que restavam do mulá Qader fossem as orelhas.

Depois busquei o panelão do tamanho de uma mesquita que a patroa às vezes usava para alimentar os pobres. Claro que os pobres, nesta vizinhança, significavam apenas os trabalhadores afegãos. Quando o fogo estava bom, depositei o mulá na panela, um pedaço por vez. Botei um pouco de neve e não demorou muito até o mulá Qader começar a cozinhar bonito ali dentro. Enquanto isso, enterrei o Rex e a Juli.

Os cães que acabei comprando do Jasem Cãomigo se banquetearam com a carne do mulá Qader ao longo dos vários dias que se seguiram. Até o Pupi se servia do mulá sempre que eu prendia os cachorrões e o levava para passear lá fora.

Agora era só eu e os cachorros. A patroa encurtou a viagem assim que contei a ela no telefone que havia encontrado o seu Pupi. Disse que ia me dar um aumento. Então ficamos eu e o Pupi esperando o seu retorno. E eu tinha certeza que o Pupi estava ansioso para voltar a proporcionar orgasmos à patroa.

Deu tudo certo no fim das contas.

E o pobre e velho Asef está muito bem agora.

---

* *Conto originalmente escrito em farsi.*

O DIA DE LARIYAN AO SOL
AIDA MORADI AHANI
Qeytarieh

Começa assim: a minha equipe na galeria tinha ido embora, então tranquei tudo e fiquei ali parado na avenida Chariati para acender um cigarro. Mal sabia eu que esta rua tão sofrida logo estaria nas manchetes dos jornais do mundo, e que eu teria algo a ver com essas manchetes.

Outra das minhas lojas, a Piano Royal, não ficava muito longe dali; era só descer a rua. Segui naquela direção. Chovia pesado e eu pensava na garrafa de vinho tinto de trinta e três anos que andava com vontade de abrir nas últimas semanas. Sim, era hora de me dar um agradinho. Pretendia subir no meu velho Dodge Challenger, ir para casa e me acomodar confortavelmente no terraço, depois deixar que a linda voz de Avitall Gerstetter me transportasse até Jerusalém enquanto eu sacava uma rolha que falava de uma vida de esperas — trinta e três anos, para ser exato.

O último dos empregados da loja de pianos me aguardava. Passei entre ele e as fileiras de pianos que pareciam lápides erguidas e atentas diante de nós.

— Você não me esperou por muito tempo, né?
— Não, chefia.
— E quanto ao pedido daquele outro piano de armário?
— Já está resolvido, chefia.

— Não se atrase amanhã.

Ele disse outro "Não, chefia" e desapareceu. Passei então uns minutos inclinado na frente da tela do notebook, tentando descobrir as últimas tarifas de importação que precisaria desembolsar. Não demorou muito para que eu ouvisse uma batida desagradável nas teclas de um piano. Notei que vinha do piano de cauda na fileira central da loja. Esperei para ouvir se ia continuar antes de falar para a pessoa que se quisesse comprar um piano devia voltar amanhã.

Uma voz conhecida disse:

— Echaq Lariyan. Durante trinta e três anos testemunhei em você todo tipo de moléstia, exceto a surdez.

Era costume dele se dirigir aos homens pelo nome e sobrenome. Sem dúvida, um hábito adquirido trinta e três anos atrás, quando era interrogador no Centro de Detenção Towhid. Lembrei daquelas mesas de interrogatório e das lâmpadas que pairavam acima, sempre acesas, e daquele homem encarando o seu rosto e lhe dizendo que sabia exatamente quem você era e o que fez, e agora que a Revolução Islâmica havia vencido, ele não ia aliviar para você. Sim, aquele era o homem que conhecia então e reconhecia agora.

Só que todo o resto tinha mudado desde aquela época. O Centro de Detenção Towhid havia se tornado um museu. E eu não era mais aquele contrabandista de antiguidades novato que tinha vendido a alma para esse sujeito recém-saído da Faculdade de Direito da Universidade de Teerã, na época com sua barba rala e a cabeça cheia de pensamentos abobados sobre revolução. Ele havia entrado para o Sepah e agora era coronel, com um histórico de mais de trinta anos na ativa.

Trinta anos e uma coleção de estilhaços no corpo, presentinhos da Guerra Irã-Iraque.

Me levantei e observei ele se apoiar no piano de cauda e me encarar, vestindo aquele casacão de inverno caro cor creme, quente demais para o clima que estava fazendo.

— Então, você foi e comprou o prédio do lado do posto de gasolina também? Não me diga que quer abrir um gueto judaico bem aqui na avenida Chariati, Echaq Lariyan!

— Ainda é cedo demais para isso — respondi, atravessando o espaço para ir até a janela.

Os homens são fáceis de se ler. Basta deixá-los dizer algumas palavras e você já sabe para onde estão indo. Com o coronel Said Isaar não era assim. Décadas de experiência ao seu lado haviam provado isso. Fiquei diante da janela da loja e o observei pelo reflexo do vidro tempo suficiente para me entediar. Então meus olhos pousaram num pedaço de lama seca nos meus sapatos e senti uma irritação terrível se apoderar de mim.

Até que ele enfim pronunciou-se novamente:

— É possível que eu prometa ser esta a última vez que faço negócio com você.

— Você não é um homem de promessas vazias. Sou todo ouvidos.

— Mas lembre-se. Disse apenas que é *possível* que eu prometa.

— Que lindo. Imagino que isso significa que posso morrer desta vez.

A chuva do lado de fora não dava trégua. Era o tipo de clima que fazia você imaginar que qualquer coisa era possível. Dava para se imaginar como um poeta. Ou um assassino. Ou ambos. Dava para ir procurar encrenca. Ou terminar algo de uma vez.

Isaar se aproximou e parou do meu lado.

— O lugar de que eu quero lhe falar não fica longe daqui.

— Talvez seja a minha galeria de arte?

— Na verdade, você só precisa olhar lá fora para ver qual é o serviço que tenho para você, Echaq Lariyan.

Uma ambulância do hospital Iranmehr passou uivando do lado de fora e depois desapareceu. Senti um suor frio me envolver. O único serviço que eu podia ver dali da janela era o muro do terreno gramado da embaixada britânica que se estendia do outro lado da rua.

Fiquei com os olhos fixos no muro até Isaar continuar:

— Acho que você acertou. Só que fica a algumas centenas de metros mais para o sul de onde está olhando.

— Quer dizer, no fim do terreno britânico?

— Quero dizer, o cemitério dos seus mortos de guerra.

— Faz tempo desde a última vez que cavei uma sepultura para você.

Ele riu.

— Mas tenho certeza de que suas habilidades como coveiro seguem intactas.

— Qual dos seus entes queridos precisa enterrar desta vez?

Ele se virou e começou a caminhar de volta na direção dos pianos. Estávamos tão imóveis que, se algum transeunte parasse para olhar, teria nos confundido com um par de manequins na vitrine.

— Você se lembra daquela vez em que todas as estátuas públicas em Teerã começaram a desaparecer?
— Como poderia esquecer?
— O que sabe sobre isso?
— Estou num interrogatório?
— Se preferir.
— Só sei que aconteceu faz uns três anos, mais ou menos. Devem ter roubado uma dúzia delas dos parques e das rotatórias. Acho que foi quando desapareceu o busto de Ferdowsi que o pessoal enfim começou a fazer barulho. Muito barulho, na verdade.
— E aí? — sua voz era tranquila e paciente. Parecia estar mesmo encarnando seu antigo papel de interrogador.
— Os jornais disseram que o município tinha um projeto e precisava dos moldes das estátuas. Alguma abobrinha dessas. Logo depois as estátuas voltaram para o lugar. Mas tenho lá minhas dúvidas de que eram as originais.
— E por que pensa isso?

Os tijolinhos vermelhos dos muros da embaixada britânica me encaravam de volta, como uma arcada de dentes ensanguentados, e eu ainda não tinha a menor ideia do que o roubo em série das estátuas de Teerã teria a ver com os britânicos e o seu cemitério descendo a rua.

Brinquei com o cigarro, sem acendê-lo:
— Ouvi uns boatos na época.
— Prossiga.
— Alguns acharam que foi obra de fanáticos religiosos. O tipo de gente que acredita que ter figuras assim em lugares públicos vai contra o islã. Outros atribuí-

ram os roubos a profissionais trabalhando com alguém no alto escalão do governo. Mas todo mundo, e eu digo todo mundo mesmo, fazia a mesma pergunta na época.
— Que era?
— Com todas as câmeras de segurança e o tanto de policiais em todas as ruas, para não falar dos rapazes da Ettela'at e seus tentáculos em cada canto e reentrância da cidade, como seria possível alguém roubar uma estátua à vista de todos sem ser pego? Essa pergunta levava à ideia de que as ordens para roubar as estátuas vinham de cima, bem de cima.

Isaar não disse nada por um minuto. Mantive o olhar fixo nos muros da embaixada e na pequena cabine da polícia diplomática, onde havia um único soldado solitário, vigiando. Além dele, havia mais dois soldados subindo e descendo a passos largos o lado oposto da rua, colados aos seus AK-47. Era em momentos assim que você imaginava que qualquer coisa poderia acontecer nesta cidade a qualquer hora.

Isaar rompeu o silêncio:
— Havia outro boato.
Tínhamos chegado ao cerne da questão. Eu disse:
— Bem, me sinto honrado de você ter vindo até aqui para me contar.
Ele se dirigiu com passos silenciosos à minha escrivaninha e se sentou.
— O boato dizia que uma das estátuas tinha sido levada sob ordens diretas de alguém da embaixada britânica.

Meu sangue congelou. Por acaso teria ele, o coronel Said Isaar, aparecido ali naquela noite para me dar ordens de tirar uma estátua roubada de dentro da embaixada britânica? Tentei manter um tom de voz tranquilo:

— Não tem como seu plano não deixar a pessoa nervosa.

— Mas ainda nem lhe contei meu plano.

— O que quero saber é como os britânicos conseguiram algo assim sem o Sepah e a Ettela'at descobrirem.

— O Sepah e a Ettela'at estariam envolvidos. Ou, como dizem oficialmente, seus elementos corruptos estariam envolvidos. Quando as pessoas começaram a investigar e a merda bateu no ventilador, os sujeitos foram presos e agora estamos só esperando para pegar a estátua de volta e devolvê-la a seu lugar.

— Achei que ela já estivesse no lugar.

— É falsa. Como você presumiu corretamente.

— Então por que você não junta o seu pessoal e pega ela de volta?

— Porque trinta e três anos atrás, no Centro de Detenção Towhid, não foi à toa que a gente apostou no nosso cavalo judeu. Você é o nosso homem para isso, Echaq Lariyan.

Peguei meu lenço e limpei o suor da testa.

— Você ainda não me contou seu plano.

— No seu cemitério para mortos na guerra, os ingleses têm o túmulo de um tal William Mason. Me disseram que é lá que está a estátua.

— Por que lá e não dentro da embaixada?

— Eu só recebo a informação. Não ligo para os porquês. Também não ligo para o motivo de alguém na embaixada ter sido idiota o suficiente para querer tirar uma estátua das ruas de Teerã. As questões secundárias não me dizem respeito.

Ele se levantou, abotoou o casaco e avançou com lentidão deliberada até a porta, como se estivesse me dando tempo para deixar a ficha cair.

Pude ver que o seu Mercedes havia chegado e o esperava do lado de fora.

— Você tem dois meses para planejar, Echaq Lariyan.

Concordei com a cabeça.

— Você consegue entrar no cemitério sem maiores dificuldades. O dia que agendei para você é o dia em que os *basiji* vão tomar a embaixada britânica.

Minha voz era quase um sussurro:

— Você quer dizer que os *basiji* vão atacar a embaixada britânica para eu poder roubar a estátua de volta?

Suas sobrancelhas grossas convergiram.

— Roubar? Não. Eles não vão fazer esse ataque por sua causa. Mas... já que, por acaso, vão atacar a embaixada nesse dia, você terá a oportunidade de pegar a estátua de volta para nós. E, como eu disse, você tem dois meses para traçar um bom plano.

— Qual é a estátua, aliás?

— Um busto, da cintura para cima, feito por Muhammad Madadi. Dizem que é uma obra-prima. Seja lá o que isso significa!

A porta se fechou gentilmente atrás dele. Observei Isaar entrar pela porta traseira da Mercedes, que disparou imediatamente pela rua larga e molhada, feito um tubarão atrás de sangue. Eu sabia, sem dúvida, qual era a estátua de que ele estava falando. Era uma das duas roubadas do parque Iranchahr, substituída depois por uma falsificação. Cem anos atrás, os britânicos, que tinham esse hábito de roubar tudo de todo lugar, haviam se apropriado de uma pintura da dinastia Qajar, vendida recentemente a preços astronômicos num leilão da Christie's. Eu não tinha muito apreço por essa tal obra-prima de Muhammad Madadi e duvidava que, dali a cem anos, ela valeria alguma coisa. Mas o que é que eu sabia? Apenas que, seja lá quem estivesse envolvido nesse trabalho era provavelmente meio doido e agora havia me tragado para o vórtice de sua insanidade também. Percebi que, durante todo esse tempo, eu vinha rangendo os dentes. Então respirei fundo, destravei a mandíbula, e minha mão direita automaticamente procurou o Chiappa Rhino que sempre levava comigo. Acariciei aquele revólver italiano de cano curto como quem faz carinho num animal de estimação — ou numa apólice de seguro, que todo mundo deveria sempre levar consigo.

O cemitério era uma esquisitice. Ficava bem nos fundos do terreno britânico, e apenas os soldados de suas duas guerras mundiais estavam enterrados lá. Ao lado havia uma delegacia, o que complicava um pouco as coisas. Nada, porém, que me impedisse de subornar alguém ali para garantir que Jamchid Godarzi e eu pudéssemos pular o muro do cemitério às seis da tarde em ponto. Já fazia uns dez anos que eu trabalhava com Jamchid. Era o tipo de sujeito que trocava de emprego que nem certos homens trocam de mulher. Estava disposto a experimentar qualquer coisa pelo menos uma vez. E sempre que eu tinha um serviço para ele, Jamchid dava um jeito de fazer acontecer. Tinha a pele escura, era largo e não tinha o hábito de escovar os dentes ou tomar banho. E eu não escolheria outra pessoa para estar comigo em um dia como aquele.

Por volta das três da tarde, os *basiji* haviam começado a se reunir na frente da embaixada. Eu tinha deixado a galeria fechada o dia inteiro e nessa hora mandei fechar a loja de pianos também, e observei os últimos funcionários do dia seguirem com pressa para a estação do metrô. Meia hora depois, os gritos e as palavras de ordem dos *basiji* soavam tão alto que daria para disparar uma metralhadora à queima-roupa e ninguém ouviria. Eram os gritos de sempre — de que os ingleses eram infiéis e traiçoeiros, abaixo os imperialistas britânicos etc. Nos últimos meses, os britânicos haviam se aliado firmemente com os americanos contra a República Islâmica e seu ímpeto pela energia nuclear, aprovando mais sanções econômicas. Então, pelo visto, era hora de deixar os *basiji* encrenqueiros entrarem na embaixada para dar aos ingleses um gostinho de como era ficar sitiado. Em pouco tempo, pedras e coquetéis *molotov* voavam contra as portas e os muros da embaixada. Por volta da hora em que a multidão conseguiu invadir o lugar, eu já estava pronto. Havia passado os últimos dois meses deixando a barba crescer e, com a camisa preta solta que vestia para esconder o revólver mais as calças verde-oliva horrorosas, me passaria facilmente por um daqueles senhores de aspecto simiesco que escalavam os muros da embaixada naquele momento.

Era sempre assim: no dia de executar o serviço, eu nunca conseguia pensar nele nas horas que o antecediam; aquele dia não foi exceção. Fiquei ali sentado, observando os desdobramentos do outro lado da rua até umas quinze para as seis. Quando enfim saí da loja, uma mulher com olhos de cão selvagem e trajando um xador completo me olhou de cima a baixo como se tivesse encontrado o irmão há muito desaparecido, depois balançou o cartaz anti-imperialista que fora bem paga para empunhar nesse dia e gritou:

— Abaixo Israel, abaixo os ingleses!

Ergui meu punho num gesto de completa solidariedade e gritei a mesma coisa que ela. E aí eu já estava correndo. Subia uma fumaça tão pesada das bandeiras do Reino Unido queimando na frente do cinema Farhang que era preciso cobrir o nariz e os olhos ao passar por ali. Atravessei a avenida Chariati e entrei na Dowlat, onde uma multidão de espectadores estava ocupada filmando com os celulares. Tenho certeza de que tiraram um monte de fotos minhas também — um típico marginal *basij* correndo pela rua em direção ao cemitério e à delegacia.

Avistei Jamchid, que esperava por mim. Estava sentado em silêncio atrás do volante de uma grua, cujo gancho já dançava acima do muro do cemitério. Quando passei por ele, Jamchid saltou do assento do motorista e começou a me seguir. Aposto que já tinha colocado todos os nossos equipamentos do outro lado daqueles muros com a grua.

Não havia vivalma no pátio da delegacia.

Jamchid disse:

— Estão todos lá na rua com seus cassetetes, *walkie-talkies* e suas AKs de merda. Mas as ordens são apenas para ficarem parados assistindo enquanto os *basiji* fazem o que têm que fazer.

Um soldado solitário, parecendo fora de si de tão chapado, sem prestar qualquer atenção na gente, cuidava da cabine da delegacia. Imaginei que o sujeito que tínhamos subornado devia ter garantido estoque de sobra para o moleque nesse dia histórico. Avançamos rápido. A área entre o primeiro e o segundo andar cheirava como uma mistura de chá velho e privada.

Jamchid falou alto, atrás de mim:

— Sabe, esses malditos britânicos merecem tudo que acontecer com eles. Bando de desgraçados covardes. — Ele riu, depois começou a arfar.

Chegamos ao terceiro andar, de onde o nosso informante disse que daria para chegar ao cemitério. Ainda arfante, Jamchid acrescentou:

— Sempre dá para reconhecer quando vai ser um serviço de merda pelo tanto de escada que você tem que subir.

Parei na frente da porta indicada no terceiro andar. Como esperado, o cômodo estava vazio. Tinha uns assentos de couro bacanas. Bacanas demais para uma pocilga daquelas. Fomos até a janela. Assim como o nosso informante tinha avisado, havia um ar-condicionado gigantesco que poderíamos usar como plataforma para pular o muro do cemitério e entrar.

Jamchid gesticulou: "Vamos?", e então, sem me esperar, lançou todos os seus cem quilos pela janela. Fiquei ali parado por um segundo, como alguém que precisava emergir de uma poça de merda. Depois saltei atrás dele, como se fôssemos uma dupla de felinos ensandecidos correndo um atrás do outro.

Olhei de relance para o norte: o jardim da embaixada. As árvores eram bem altas ali e não dava para ver o que acontecia do lado de lá. Mas os sons de gritaria e vidro quebrando eram inconfundíveis. Havia fumaça também. Jamchid disse alguma coisa sobre como deviam ter um monte de brinquedos para queimar, e aí miramos na grama e nos atiramos no cemitério.

As lápides pareciam uma congregação encarando um domo turquesa e uma cruz. Corri até a lápide de William Mason — falecido em 1917, Primeira Guerra, primeiro jazigo da terceira fileira. Jamchid veio se arrastando com o carrinho, a corda e a escada que já havia colocado lá, usando a grua.

— Se apressa — falei —, só temos o tempo que vai levar para realizarem a oração.

E, que nem um reloginho, o som do *azan* começou bem nessa hora, vindo da mesquita principal de Gholhak, bem do outro lado da rua. Imaginei que todas as forças *basij* dentro e fora da embaixada interromperiam tudo para a prece do fim de tarde. Estávamos em sincronia e as coisas transcorriam conforme o planejado.

Jamchid mandou ver, cavando com todas as forças. Não demorou muito para nos depararmos com um cofre que parecia ter esmagado o caixão embaixo dele. Coitado do William Mason! O busto estava embrulhado num pano branco dentro do cofre e, da minha perspectiva, parecia qualquer coisa, menos a representação de um ser humano. Mas o que é que eu sabia? Jamchid fechou a caixa, passou a corda ao redor, deu um nó e começou a trabalhar para tirar aquela coisa do buraco.

Uma voz gritou atrás de nós:

— Sem pressa, otários! Não tão rápido.

Por um momento, Jamchid e eu ficamos paralisados, perplexos, olhando um para o outro. Ele ainda segurava a corda.

— Você aí da corda, continue o que está fazendo. E você, não se vire antes de botar as mãos para cima.

Obedeci. Era outro *basiji*. Estava de pé ao lado da cruz, com um fuzil que, tenho certeza, tinha pegado "emprestado" da polícia diplomática, que deveria estar protegendo a embaixada. Sua barba começava em algum lugar abaixo das órbitas e não terminava em nenhum lugar visível. Mas, fora aquela barba magnífica, com nossas calças baratas e nosso *kaffiyeh*, nós três vestíamos basicamente os mesmos trajes para a ocasião.

Jamchid tomou fôlego e continuou puxando.

Pareceu ter demorado um ano até Jamchid conseguir trazer a caixa ao nível do solo. O *basiji* deu uma boa olhada na grua pendurada acima do muro do cemitério e mandou Jamchid abrir a caixa. Ele se aproximou e gesticulou com a arma, para a gente se afastar. Recuamos e observamos sua cara de abismado olhando a sepultura e o que estava dentro da caixa.

Jamchid sussurrou:

— Aposto que ele nem sabe usar essa porra dessa arma direito.

— E é por isso que talvez a gente acabe morto hoje.

O camarada se virou para nós:

— Vocês dois se vestem de *basiji* e vêm para cá atrás de tesouros?

— E agora somos três — respondi.

— Ah, é? Então deixa eu chamar o meu pessoal para vir aqui terminar o serviço.

Ele tirou o *walkie-talkie* do bolso. Dava para ouvir as orações chegando ao fim. Isso não era nada bom. Estávamos atrasados.

— Você não devia estar orando agora? — fui obrigado a perguntar.

Jamchid riu.

O *basiji* parecia nervoso, sem saber o que fazer conosco nem com seu tesouro recém-descoberto. Ergueu o tom de voz:

— Não está vendo a arma na minha mão?

— Olha, você pode ficar com uma parte dos espólios também.

Ele fechou a caixa com o pé.

— Então você vai levar esta coisa aqui exatamente para onde eu mandar. Depois, vai lá e busca seu chefe.

— Escuta, filho, quando digo que pode ficar com uma parte também, só tem uma coisa que isso quer dizer: não temos chefe.

Eu tinha toda a sua atenção agora. Ele parecia empolgado, assustado e confuso, tudo ao mesmo tempo. Eu precisava agir rápido. Já que ele estava pensando tanto, perguntei se podia acender um cigarro.

Ele fez que sim com a cabeça.

Apontei para Jamchid:

— Posso tirar do bolso dele?

Ele se aproximou e obrigou Jamchid a botar os braços para cima com a ponta do fuzil. Estava começando a escurecer. Enquanto removia o cigarro e isqueiro do bolso de Jamchid, dei uma piscadinha, gesticulando para um dos irrigadores no meio da grama amarelada.

Jamchid sorriu.

— Irmão, acende um para mim também, por favor?

O *basiji* nos encarava com aquele mesmo olhar de desconfiança e empolgação; então andou até a cova e ficou sobre ela. Também acendeu um cigarro ainda apontando o cano do fuzil para Jamchid.

— Não brinca com meu coração desse jeito, irmão *basiji* — disse Jamchid, aos risos.

De novo, ouvimos os sons de vidro quebrando na embaixada. Eu pensava em Isaar e no que ele ia fazer comigo se eu pisasse na bola aqui. Tudo estava na balança, especialmente para o coitado daquele *basiji* fodido nos encarando com uma expressão que ficava mais e mais idiota a cada segundo. Ele tinha o direito de fazer uma expressão dessas, e provavelmente pensava na fortuna que havia caído no seu colo do nada e que mudaria sua vida para sempre. Os segundos se passaram e o cigarro parcialmente consumido repousava entre os meus dedos como se pesasse uma tonelada. Não tinha chovido desde aquela noite que Isaar me fez uma visitinha na loja de piano e a grama estava com um aspecto glorioso naquele momento, em toda sua secura. Era isso. Eu só precisava mirar direito pela última vez na vida para encerrar esse contrato de trinta e três anos com Isaar e ficar livre. Arremessei a bituca acesa com um peteleco no primeiro irrigador que estava entre nós e o cofre. Ao ver isso, Jamchid começou a rir que nem louco.

O *basiji* gritou para Jamchid calar a boca.

Jamchid também deu um peteleco na sua bituca. Tinha sido um chute, e eu nem esperava direito que desse certo. Mas a grama começou a pegar fogo com rapidez assombrosa, e a fumaça subiu inevitavelmente até aquele irrigador automático.

Falei:

— Olha só, amigo, se você não der um jeito nessa fumaça, logo vai ter que explicar para os seus irmãos o porquê do silêncio no seu *walkie-talkie* esse tempo todo.

Não tenho certeza se ele captou o que eu falei. Enquanto isso, também me ocorreu o pensamento pavoroso de que talvez os irrigadores nem estivessem funcionando. O rosto do sujeito então se iluminou. Ele não dava a mínima para a fumaça, talvez nem a visse. Começou a murmurar.

— Vamos levar a coisa para onde eu disser que...

O espirro súbito de água de todos os irrigadores ganhando vida transformou o cemitério num instante. E um instante era tudo que eu precisava para sacar meu Chiappa Rhino do bolso. Eu o vi cair de joelhos, a cabeça inclinada para o céu antes do queixo atingir o solo e a água dançante chover em seu rosto. Mas a bala não tinha partido da minha arma. Me virei para Jamchid e o vi guardando a Colt de volta no bolso. Disse:

— Chefia, agora é hora de se apressar de verdade.

Ele empurrou a caixa até o carrinho e começou a se mexer.

Nunca vou me esquecer da cena — aquele crepúsculo, os irrigadores, o cemitério, o carrinho e Jamchid passando devagar pelo cadáver do *basiji* que repousava na beirada do túmulo de William Mason no distrito de Gholhak.

Do jardim da embaixada, ouvimos um comandante *basij* dar ordens aos homens para encerrarem tudo e começarem a evacuar a embaixada destruída. O que significava que não haveria tempo para preencher o túmulo do velho William Mason. Não tinha como passar pela delegacia também. Mas a avenida Dowlat continuaria fechada. E eu tinha pagado o informante na delegacia para garantir que nenhum policial fardado nos detivesse enquanto transportávamos o cofre da grua até o Land Cruiser parado mais à frente na rua.

Depois que Jamchid prendeu o cofre no gancho da grua, ele abriu a escada contra a parede. Os irrigadores já tinham desligado a essa altura e, antes de subirmos, dei uma última olhada no sujeito que a gente tinha apagado. Era como se William Mason tivesse voltado do outro mundo e empurrado aquele monte de terra para viver de novo, mas assim que emergiu, um soldado alemão o deportou de volta para o lugar onde ele pertencia.

Falei para Jamchid que o encontraria depois. Agora eu estava sozinho no Land Cruiser, com a caixa no banco traseiro, pensando no que eu poderia dizer a Isaar sobre o *basiji* morto no cemitério. A verdade era que nem as forças britânicas nem as do *basij* poderiam criar caso a respeito do defunto perto daquele túmulo. Os britânicos não abririam a boca porque não era do interesse deles, e os *basiji* ficariam quietinhos, porque como iriam explicar a presença de um deles naquele cemitério e não no jardim da embaixada, para começo de conversa? Mas eu ainda estava na merda com o Isaar. E durante a viagem toda até a casa dele no distrito Qeytarieh, fiquei me xingando por não ter tido a presença de espírito de bolar um plano reserva, caso algo assim acontecesse.

Abaixei o vidro e fui dirigindo devagar, ouvindo o som dos riachos da cidade que corriam do lado das calçadas. Fui absorvendo as árvores e as silhuetas das donas de casa preparando o jantar na cozinha. Era a imagem de uma cidade em paz. Tanto que você nunca ia acreditar que, descendo um pouco a rua, o povo deste mesmo lugar havia acabado de violar o solo sagrado da embaixada de outro país.

Parei na frente dos portões da mansão de Isaar. Quantas vezes já não tinha feito isso? Quantas vezes não tinha aparecido aqui depois de terminar um serviço para dar o meu relato? Naquela noite, fui ali para dizer que minha parte estava concluída. Eu tinha dado a eles o que devia e mais um pouco. Era hora de me deixarem partir. É isso mesmo, eu queria vender tudo que tinha aqui e somar ao que havia guardado no estrangeiro. Depois era o Havaí, Taiti ou Ilhas Canárias. Qualquer lugar onde houvesse sol e oceano, onde ninguém invadia as embaixadas alheias. Eu ia encontrar um lugar desses e tocar o maior e melhor bar da ilha. E daí que eu mal conseguia ficar de pau duro mais, mesmo tomando remédio? Ainda teria uma multidão das mulheres mais gostosas ao meu redor. E, uma vez por ano, eu correria até Jerusalém para me acabar de chorar e me sentir purificado.

O portão automático enfim se abriu, mas as luzes no jardim estavam apagadas. Dirigi devagar até a casa, onde apenas as luzes do primeiro andar estavam acesas. Era estranho não ver o Isaar em pé ali, me esperando com seus cães e um ou dois guarda-costas do lado. Então vi o topo da sua cabeça pela janela, sentado na cadeira de sempre na sala de estar. Entrei sem bater naquele lugar velho e conhecido, excessivamente mobiliado, sem nem me atentar que estava esfregando aquelas botas lamacentas no seu tapete sedoso e caro, cortesia do sistema de irrigação do cemitério britânico.

— Sabe de uma coisa, Isaar? Estátuas são que nem gente, elas também se metem em encrenca.

— Não tanta encrenca quanto você se meteu.

A voz vinha de algum lugar à esquerda de onde eu estava. Agora sentia cheiro de charuto. E é claro que nunca vi Isaar fumar um charuto. Ao me virar, a primeira coisa que avistei foi o cadáver de um de seus guarda-costas de longa data, jogado na escada. Depois vi quem era o dono daquela voz. Tinha a cabeça ereta, mas seus ombros caíam para a frente um pouco, de maneira estranha. Também possuía um par de olhos azuis escavados tão fundo na pele branquíssima que quase fiquei nauseado de olhar para ele. Nunca tinha gostado da cara dos ingleses e acho que, agora, menos ainda.

Senti o cano de uma automática contra as costas.

— Anda — disse outra voz atrás de mim. — Eu gostaria de manter toda a minha munição intacta hoje, se possível.

O inglês apagou o charuto num dos pratos antigos de Isaar.

— Pegue a arma dele e as chaves do carro.

Ele disse tudo isso em persa, praticamente sem sotaque. Naquele terno azul, quase da cor dos seus olhos, e com aquele cabelo avermelhado com matizes brancos, ele parecia o próprio diabo. Seu homem agora ficou de frente para mim e meteu a arma debaixo do meu queixo. Um rosto conhecido. Um dos homens de

Isaar que durante anos eu tinha visto acompanhar o outro morto. Um traidor. Ele tirou dos meus bolsos as chaves do carro e o revólver Rhino. Depois botou o cano da arma na minha nuca e foi me empurrando na direção da lareira. Foi então que eu entendi. Isaar estava morto! Simples assim. Sua cabeça pendia levemente para o lado e nem uma palavra saía da sua boca.

— Continua andando.

Continuei. Aquilo que eu havia desejado trinta e três anos atrás naquela sala de interrogatório finalmente tinha se concretizado. Isaar com a boca aberta e sangue derramado na sua camisa branca e chique. Porém, um homem precisa ter cuidado com o que deseja, porque nunca havia me sentido tão sozinho e vulnerável quanto naquele momento. Continuei andando até o meu pé prender em alguma coisa e tombei rolando contra a lareira. Agarrei a estátua de bronze de uma mulher alada e fiz força para me levantar. Depois, me virando para o cadáver de novo, vi que sua cachorra, uma boxer com as tripas de fora, estava ali tão morta quanto o seu dono, sob as pernas abertas de Isaar. Foi na pata da cachorra morta que eu tinha me enroscado. Os homens e o cão eram mortes recentes. Me abaixei e reparei no sangue e no pedaço de tripa grudado no meu sapato enlameado; então, curvando-me, vomitei em cima da mulher de bronze alada. Logo eu, Echaq Laryian, que já tinha visto a minha cota de morte o suficiente para dez vidas e mais! Fiquei tanto tempo vomitando que o inglês finalmente se entediou comigo.

— Beleza, Echaq, já deu do seu teatrinho por hoje.

Ele nem precisava dizer o meu nome desse jeito para eu compreender que sabia tudo que havia para saber a meu respeito. Tentei limpar a boca com a manga da camisa, mas o ex-guarda-costas de Isaar me acertou uma coronhada da automática no antebraço, com força.

Suspirei e dei outra olhada em Isaar.

— Você se dá conta — eu disse, levantando a cabeça para encarar o inglês de novo — de que está se metendo com um braço militar do governo iraniano?

— Limpe essa sua boca imunda.

Não limpei.

— Eles vão vir para cima de você com tudo quando descobrirem. Com tudo.

Ele riu.

— Eles quem? Eles vão é picá-lo tão picadinho que não vai dar para distinguir o que é o cachorro e o que é o dono.

Congelei. Tinha certeza de que ele estava blefando a essa altura. Em todo caso, tentei aguentar firme, porque era tudo que me restava.

— Imagino que vão substituí-lo por você?

— Por *mim*? — O sorriso dele me constrangeu. Ele avançou com aqueles ombros curvados. — Eles forçaram o seu querido Isaar a se aposentar já faz uns meses. Imagino que você não soubesse. E por que deveria? "Corrupção", foi o que disseram.

A sala tinha cheiro de chumbo, ferro e ar estagnado, e eu precisava me segurar para não vomitar ali mesmo em cima do inglês e do seu ajudante. Ele não precisava explicar mais nada. Eu vi exatamente o que tinha acontecido. Haviam obrigado Isaar a se aposentar. Mas ele sabia da estátua desde muito antes. E, por qualquer motivo que jamais compreenderei, ele queria dar um último golpe no Sepah, para quem havia trabalhado tão diligente e lucrativamente. Não podia ser só pelo dinheiro no entanto. Isso Isaar já tinha bastante. Talvez fosse por despeito, por ter tido que se aposentar antes de achar que era a hora. Queria dar um golpe no braço militar especial da República Islâmica, e o inglês queria jogar joguinhos com a embaixada do seu próprio país. Então, um tinha encontrado o outro. É mais provável que já tivessem feito esse tipo de trabalho várias vezes antes. Isaar pegaria a sua parte pela estátua e o inglês levaria a coisa até o outro lado da fronteira — fosse lá para quem ou para o quê, possivelmente algum colecionador demente que se deliciava em possuir estátuas roubadas dos lugares públicos de países fechados.

O inglês falou:

— Enquanto Isaar o convencesse de que você ainda estava trabalhando para o Sepah, para nós, estava ótimo.

Eu o deixei falar. Primeiro eu precisava dar conta do sujeito armado. Fui me recompondo devagar e pensando num jeito de sair dessa bagunça. Fingi estar mais fraco do que estava depois de tudo que vomitei. Mal sussurrava:

— Bem, Isaar cuidou de mim e você cuidou do Isaar. Muito bem. Parabéns!

O inglês continuou falando, orgulhoso de si e de sua perfídia. Imaginei que conseguiria comprar minha liberdade do Sepah de uma vez por todas se conseguisse resolver isso. Devolveria a estátua para eles e diria que eu havia sido parte do plano de Isaar desde o começo e que estava apenas ganhando tempo. É o que eu faria. Era um plano viável, se eu conseguisse...

Um bipe lento, porém insistente, como o de um relógio ou bomba, começou a soar de súbito. Talvez por uma fração de segundo nós três congelamos, escutando. Então, sem me dar ao trabalho de localizar a fonte, rapidamente me agachei rente ao chão e acertei uma cotovelada no saco do guarda-costas com toda a força que eu tinha. Após o segundo golpe ligeiro, ele largou a automática e caiu no chão. Tomei o Rhino de volta e a apontei para o inglês. Para arrematar, dei um chute violento nas bolas do homem debruçado e o vi apagar.

Tudo isso levou uns dois segundos e, no entanto, o inglês não havia se mexido.

Os bipes continuaram. O celular de Isaar. Talvez uma mensagem de texto. Não tinham se dado ao trabalho de tirar o aparelho dele quando o mataram. Fui salvo por um telefone.

Fiquei observando o inglês, que me encarava com um olhar frio demais para se compreender. Na época, ainda não me dava conta de quantos séculos de prática na arte de ser de uma raça imperialista estavam por trás daquela imperturbabilidade. Ele podia ter tentado correr atrás da arma do guarda-costas, mas não tentou. E agora, após eu gesticular, ele colocou as mãos para cima e esperou calmamente.

Peguei a outra arma do chão e, ao ver o guarda-costas começar a gemer e a se mexer, lhe dei outra pancada, com o calcanhar das minhas botas ensanguentadas, bem no nariz e o virei com um chute no estômago, depois apanhei as chaves do meu carro do seu bolso lateral.

— É você se mexer e esta será a segunda vez na vida que mando um filho da puta inglês para o além.

Nunca houvera uma primeira vez, na verdade. E se eu sabia o que era bom para mim, precisava sair daquele lugar sem a ocorrência de outro assassinato. Não poderia dar ao Sepah qualquer motivo para me segurar no Irã ou me entregar aos britânicos como bode expiatório.

O inglês nem piscou:

— Gostaria de dar uma sugestão.

Andei até Isaar e pesquei o celular do seu bolso. Finalmente tinha parado de apitar.

— Você não está em condições de sugerir nada.

Vi que o meu número era o único salvo no celular. Todo o resto havia sido apagado. Haviam deixado o celular plantado em Isaar de propósito e foi isso que fodeu com eles. Que simetria! E o que seriam essas últimas mensagens persistentes que haviam salvado a minha vida? Várias mensagens aleatórias de alguma mesquita local sobre as cerimônias da Achura que aconteceriam em breve na vizinhança.

Precisava revistar o inglês. Pisei nas entranhas do cachorro morto e fiz exatamente isso. Não havia nada com ele além de mais charutos e um isqueiro dentro de um estojo de couro. Limpei a boca com a parte de trás do estojo e o atirei no chão. A frieza daquele homem me deixava incomodado. Sentia que eu estava a apenas um passo de lhe dar de presente uma das balas do Rhino. Mas isso teria sido um equívoco profundo. Primeiramente, esse sujeito havia feito por mim o que eu ansiava fazer há trinta e três anos. Isaar estava morto. Morto de vez. E, ao matar aquele homem, a única coisa que eu ganharia seria o Sepah me pendurando pelo pescoço como o arquiteto por trás de tudo que tinha dado errado.

O guarda-costas começou a gemer de novo. Eu sabia que demoraria um tempão até o pobre coitado voltar a si. Dei um passo para trás em direção à porta.

— Você pode ficar o quanto quiser nesse lugar amaldiçoado. Minha única ordem é que, até aquele portão externo se fechar atrás de mim, você se concentre com muito carinho nas bolas do seu rapaz. Ele precisa de muita atenção.

E aí vazei de lá. O jardim ainda estava escuro. Corri até o carro e já estava com a mão na maçaneta quando metade das luzes do mundo se acenderam de repente — foi o que pareceu. Fiquei cego por um segundo, em choque. O som de uma bala ecoou mil vezes no meu ouvido, e eu já estava no chão antes que me desse conta do que estava acontecendo. Durante os poucos segundos, talvez minutos, que se seguiram, me senti como um mergulhador preso num oceano de algas. Vi o inglês passar reto por mim, sem me olhar. Vi o brilho do que me pareceu uma Magnum. E senti o fogo contra a minha espinha.

Então veio o som de abrir e fechar da porta de um carro. Um motor dando ignição. As rodas por pouco não passaram por cima das minhas orelhas. Tudo estava abafado e atenuado e transcorrendo como se do outro lado de uma tela. Só quando senti que estava prestes a desmaiar foi que lembrei do celular de Isaar, ainda na minha mão, milagrosamente. Disquei para a emergência e murmurei, "Qeytarieh, rua Kajvari, número 36", antes de tudo ficar preto.

Talvez o inglês tenha pensado que, mesmo que eu não estivesse morto, logo estaria. Talvez não quisesse correr o risco de soar outro disparo naquela casa. Ou talvez pensasse que, com o celular de Isaar na minha mão e o meu número salvo nele, os figurões do Sepah simplesmente atribuiriam tudo a um acerto de contas entre dois ex-parceiros. Fosse lá o que fosse, ele não me matou, e talvez essa nunca tivesse sido a sua intenção. O que significava que eu tinha me precipitado.

Tive muito tempo para refletir sobre isso tudo nos meses que se seguiram. Três cirurgias em quatro meses no hospital Milad foram o suficiente para transformar um homem quase morto num paraplégico vivo. E capado também. Eu havia sido transformado numa coisa pela metade, num busto, que nem a estátua que o inglês levou consigo ao partir.

Quando finalmente saí do hospital, mandaram um mensageiro me contar umas coisas. Por exemplo, que na noite em questão, a ambulância tinha conseguido me levar rapidamente ao hospital. Mas depois o pessoal do Sepah não deixou a polícia chegar nem perto do caso de novo. Arquivaram tudo e mandaram avisar que eu poderia sair do país. Na verdade, disseram que eu não tinha opção a não ser sair, e teria um mês para isso. Após trinta e três anos, estavam me aposentando também. E me matar não lhes traria qualquer benefício, ao passo que ter um judeu vivo no estrangeiro em dívida com eles era muito mais desejável. Só mencionaram, brevemente, que tudo que eu possuía em Teerã teria que ficar aqui e que um mês seria suficiente para resolver a papelada e entregar o que possuía aos senhores do Sepah. Por mim, tudo bem. Já esperava que um dia como esse fosse chegar. Tinha me preparado para isso, e o que possuía no estrangeiro continuava intacto. Assinei os papéis que transferiam a minha vida em Teerã, e eles cumpriram sua palavra e me deixaram ir embora. Para eles, a presença de um guarda-costas morto ao lado de Isaar e outro meio vivo já podia explicar tudo. De novo a simetria. Além do mais, quem iria querer montar um caso com um judeu armado nele? Não tinha como dar certo.

Então, sim, me libertaram. E agora, nessa ilhazinha não tão quieta do Caribe, sou o dono do que tantos clientes juram ser o bar/restaurante perfeito, com um monte de garotas deliciosas da ilha para servir e sorrir para mim, seu chefe. Fico aqui sentado na minha cadeira de rodas e penso de vez em quando em Jerusalém, que nunca visitei de fato e provavelmente jamais visitarei, e sorrio de volta para as minhas meninas bonitas e rememoro todas as coisas que jamais poderei fazer novamente, antes de me lembrar que ainda tenho sorte de estar aqui, em vez de ser um cadáver em Teerã.

---

* *Conto escrito originalmente em farsi.*

A ARCADA DOS DENTES MAIS BRANCOS DE TEERÃ

SALAR ABDOH

Karim-Khan, Kuche Aban

O zelador da sinagoga e seu filho levaram o barril até a lixeira na rua e o esvaziaram. Era pesado; continha algo que parecia lama. O homem e o filho olharam para cima por um momento, sob aquela luz da alvorada, direto para a janela do apartamento de Lotfi no terceiro andar, e Lotfi imaginou a cara deles de preocupados, pedindo para ele fazer vista grossa para o que faziam.

Imaginou que fabricavam vinho para a sinagoga. Não era ilegal. Não para eles. Mas ainda assim despejavam as cascas de uva que sobravam e as misturavam com terra para ninguém saber que fabricavam bebida alcoólica.

Lotfi estava com dor de cabeça, por causa de uma leva malfeita de vodca falsificada comprada de um cristão assírio. Nunca mais ia comprar nada daquele cristão maldito. "Sou um alcoólatra num país de suposta lei seca", pensou. Porém, no mínimo, Teerã era o lugar mais molhado do mundo. As pessoas eram peixes mergulhados em bebida aqui. Todo aquele arrack caseiro e as bebidas hiperfaturadas que chegavam pela fronteira com o Curdistão iraquiano. Só que você nunca conseguia saber o que era bebida legítima e o que era veneno mortal. O vinho do *khakham* com certeza não matava. E se fosse lá um dia e pedisse para comprar um vinho deles? De todos os lugares em Teerã onde poderia ter morado, foi parar logo num apartamento de frente para uma sinagoga. De novo! Que nem todos aqueles anos em que havia morado pertinho da Eastern Parkway, no Brooklyn, em Nova York.

Ele ouviu o som de água corrente e parou do lado do banheiro. A porta estava aberta. Ela havia acendido uma vela azul bem grossa e se lavava da sujeira dele. Ele admirou a pele dela, branca como leite. Os seios, fartos e firmes. Tinha cabelo curto e o modo como o colo ia em declive até os ombros dava nele vontade de entrar junto no chuveiro. Haviam se conhecido fazia dois meses numa festa de fim de semana de um pessoal rico, a meia hora de Lavasan, onde a maioria dos carros enfileirados na garagem eram BMW e Mercedes. Ele havia prometido a si mesmo que era a última vez que iria a uma dessas confraternizações. O molho branco das massas pingava das bocas de mercadores pançudos, e mulheres com cabelo descolorido que se vestiam como putas de novelas colombianas — que adoravam assistir na TV via satélite iraniana —, dançavam até a alta madrugada com suas pernas curtas de galinha e salto extra-alto de cores berrantes. Que gente feia, esses ricaços. Eram feios em qualquer lugar, não só aqui. Porém Lotfi ficou ali sentado, se perguntando por que não tinha escolhido qualquer outro lugar no planeta para morar em vez de Teerã. Com a grana que tinha ganhado com seu único livro publicado, e a soma bacana recebida do seguro de vida do irmão, lá na América, pela primeira vez na vida adulta tinha dinheiro em abundância. Era um milionário de repente. Podia ir a qualquer lugar que quisesse. Se tinha vindo a Teerã, era porque tinha negócios inacabados aqui. E talvez, quando terminasse os negócios inacabados, pudesse fazer as malas e ir embora de novo, para algum lugar no Mediterrâneo, um lugar com bebida de verdade e policiais que eram corruptos só metade do tempo.

A mulher se virou a fim de encará-lo direito e abriu um sorriso. Tinha um roxo perto do lóbulo direito da orelha que era visível até mesmo à meia-luz da vela. Não era um roxo muito feio. Na verdade, servia para deixar o seu rosto de rapazote com uma aparência meio usada, o que lhe dava tesão. E agora ela o chamava, mas ele continuou ali parado em pé, observando.

— Quer que eu vá falar com ele? — perguntou, baixinho.

— Quem?

— Seu marido, o *bache khochgele*. — Era um jeito de falar mal do marido de Aida, o "bonitinho". Lotfi jamais conseguia chamá-lo de qualquer outra coisa.

— Não é uma boa hora para falarmos disso — ela respondeu.

— Por que não?

— Por causa das manifestações.

Talvez ela tivesse razão. Era uma época peculiar mesmo. Esses dois meses desde que tinham se conhecido também havia sido um período de protestos de rua. A princípio, Lotfi pensou que fosse só uma fase passageira. Mas, depois de um tempo, havia batalhas de multidões pela cidade inteira e prisões em larga escala. Lotfi não dava a mínima para os manifestantes. Eram apenas os descendentes dos mesmos paspalhos que haviam marchado naquelas ruas trinta anos atrás.

Gente que havia causado uma revolução na época, e a revolução roubara tudo que o seu pai tinha se esforçado para conquistar. Depois, alguma vagabunda em Los Angeles havia roubado a vida do seu único irmão também. Esse era o foco de Lotfi, as pessoas que lhe tinham feito mal. Era um turco azeri de sangue quente e vingativo, e pretendia continuar assim. Perguntou:

— Se você não quer que eu fale com ele, então quer que eu faça o quê?

— Que me ame com intensidade.

Ele assentiu. No ano em que tinha voltado a morar ali, havia conhecido muitas mulheres que o desejavam graças a seu passaporte americano e seu dinheiro. Aproximavam-se dele nas festas, como aquela em que tinha conhecido Aida, e insistiam para que dançasse com elas. Teerã era uma cidade de quatorze milhões de habitantes, mas havia círculos onde você sempre via os mesmos rostos. Esses rostos já sabiam que ele havia publicado um livro de terceira categoria lá nos Estados Unidos sobre uma gangue de *hackers* e um roubo a banco improvável que lhe rendera uma bolada de dinheiro de Hollywood. O que não sabiam era como ele tinha escrito esse livro e o porquê de estar aqui. Naquela noite da festa, ele se sentou num canto escuro do jardim, ao lado de Aida, e lhe contou algumas coisas. Talvez fosse a bebida boa que o anfitrião oferecia em abundância, ou a impressão de que era a primeira vez que uma mulher de Teerã não tentava lhe passar a perna depois de dois minutos. Fosse o que fosse, concluiu que gostava dela. Ela não usava nem salto alto berrante nem arrancava e levantava as sobrancelhas daquele jeito que deixava as mulheres com um olhar sinistro de surpresa de que tanto gostavam por aqui. Tinha um rosto agradável de olhar, e seu marido rico e bonitinho estava do outro lado do jardim naquela hora, conversando sobre política e as manifestações de rua.

Lotfi contou sua história para Aida, porque estava solitário. Contou-lhe como foi que a revolução tinha tirado dele tudo que possuía. A casa da família, a fábrica farmacêutica do pai na cidade natal deles, Tabriz. Chegou até mesmo a lhe contar como tudo havia sido instigado por um dos lacaios do seu velho, que de repente tinha virado religioso, deixado crescer a barba e testemunhado na corte islâmica que o pai de Lotfi era um apóstata ateu que deveria ser expropriado de tudo que tinha. Trinta anos depois, aquele merda, um sujeito de nome Sarkechik, era dono da mesma fábrica farmacêutica e vivia feliz com suas duas esposas numa mansão na região norte da cidade, enquanto seus filhos eram donos de joalherias em Houston e Albuquerque.

— Você é um homem amargurado — ela lhe disse.

Amargurado? Era uma boa descrição. Seu pai tinha morrido amargurado na cadeia. E depois que Lotfi e seu irmão haviam fugido do país, Lotfi prometeu a si mesmo que nunca mais falaria uma só palavra em persa na vida. O único idioma que falaria seria o turco azeri que o pai falava, em protesto ao que aquela gente havia feito com a sua família. Todos aqueles anos crescendo em Teerã e ouvindo piadinhas sobre os turcos nativos. O pai uma vez lhe havia dito: "Tudo que esses persas possuem é por causa de azeris como nós. Os desgraçados não aguentam um dia de trabalho honesto e não suportam ver a gente ganhar dinheiro. Por isso contam piadinhas sobre nós. Mas as piadas são eles mesmos e nem desconfiam".

Porém, aqui estava ele, falando persa de novo. No meio dos persas de novo. E desejando suas mulheres.

— E você? — perguntou para Aida. — Qual é a sua história?

Ela apontou na direção do marido.

— Como eu disse, sou casada com ele — era como se estivesse falando de um carro usado, não do marido.

Lotfi olhou de canto de olho na direção dele. Diferente da maioria dos outros homens ali, o marido de Aida era alto e elegante. Mas o seu inconfundível jeito cantado de falar entregava que era veado. Tinha também uma cabeleira preta farta e brilhosa, presa num rabo de cavalo severo, e a pele do rosto sedoso era lisa e sobrenaturalmente imaculada.

Lotfi comentou:

— Só que ele não parece o tipo que casa, não é?

— Eu sou o que chamam de chave Phillips nesta cidade — ela comentou.

— Uma chave Phillips?

— Ele é filho de um comerciante de bazar. Seu pai conhece metade das pessoas no governo. Não ia prestar o filho dele não ter esposa. Sou uma ferramenta, um instrumento. Uma fachada. A família precisava de uma esposa e cá estou.

— Mas por que você concordou?

Ela riu.

— Concordar? Você esqueceu onde está vivendo, sr. Lotfi! Uma noite a milícia invadiu a casa de alguém, uma casa bem parecida com esta. Eu estava lá, ele estava lá, e tinha mais umas pessoas. O resto dos convidados eram casais. Exceto nós, ele e eu. Fomos presos e no dia seguinte o juiz obrigou a gente a se casar.

— Então foi tudo armado? Ele pagou a milícia para invadir a casa?

— Bem, é provável que o pai dele tenha pagado.

Não fazia diferença perguntar o porquê. Apesar de que todas as mulheres de Teerã teriam concordado felizes em se casar com alguém de uma família *bazaari* rica daquelas, Aida fora obrigada a se tornar sua esposa. As coisas que aconteciam aqui tinham sua própria lógica demente. Talvez tivesse sido o acaso ou talvez o bonitinho simplesmente tivesse insistido com o papai. Já que estavam metendo uma esposa chave Phillips nele, que fosse aquela e nenhuma outra.

Mas ele ficou surpreso quando Aida revelou tudo isso. Não era comum entregar todas essas informações pessoais a um estranho numa festa qualquer. E logo em Teerã, cidade dos boatos e dos traidores! Talvez ela só estivesse de saco cheio de tudo e não se importasse mais. Ele sabia como era isso, como era chegar ao fundo do poço, quando você passa a cagar e andar para tudo. Havia retornado a Teerã com a sede de sua vingança tardia. Suas intenções haviam sido concentradas. Tão concentradas quanto a vez em que decidira escrever aquele livro besta para ganhar dinheiro. Ou quando havia brigado com aquela gente bunda-mole da seguradora para receber o seguro de vida do irmão. Mas alguma coisa tinha acontecido naqueles meses desde que voltara à cidade. Havia perdido seu ímpeto. O motivo de ter escolhido um apartamento bem no coração da capital, segundo sua lógica, era estar na companhia das pessoas comuns e não da dos ricos desgraçados com quem tinha crescido. Gostava de se aventurar a pé pela cidade ou montado numa motocicleta barata que havia comprado a fim de se perder naquele caos do Oriente Médio. Pensava que estava vivendo na história. Seu apartamento ficava num dos quarteirões antigos descendo a avenida Jomhuri onde, apesar do surto de empreiteiras construindo prédios vagabundos nas últimas décadas, havia ainda mesquitas, sinagogas, igrejas e até mesmo escolas zoroastristas a poucas quadras uma da outra.

Sim, era tudo muito curioso. Que nem morar na porcaria de um cartão-postal em tom sépia de outra era. Mas e quanto ao seu ímpeto? Só com o começo das manifestações foi que Lotfi conseguiu reencontrar o seu propósito. Isso e aquela noite em que Aida lhe havia contado do casamento "arranjado" enquanto ele explicava o porquê de estar em Teerã. Era como um pacto. Os dois sabiam os segredos um do outro antes mesmo de se conhecerem. Era uma loucura. Um amor furioso. Era perigoso, nada de muito romântico, e os levava a pularem um sobre o outro como se fosse o fim do mundo — daí o roxo perto do lóbulo da orelha dela naquela manhã.

— Me passa a toalha.

Ele obedeceu.

Ela se aproximou dele e o beijou com força.

— Enquanto você estiver em Teerã, não ligo de ser prisioneira desta cidade escabrosa. Não preciso viajar para nenhum outro lugar. Não preciso de passaporte. Meu passaporte é você.

A lei era explícita nesse sentido: ela precisava do consentimento do bonitinho para obter um passaporte e sair do país. Mas o bonitinho não iria consentir, com medo de que, se permitisse que Aida viajasse, ela jamais voltaria. E isso, para ele, era inviável. Precisavam manter as aparências.

Lotfi perguntou:

— Ele não liga de você não ter voltado para casa ontem?

Durante todas essas semanas, os dois tinham tomado cuidado. Encontravam-se em segredo e marcavam os horários para se verem antecipadamente, em vez de telefonarem. Era, porém, uma precaução desnecessária. Parecia que as pessoas estavam fora de si com as manifestações nas ruas. Os tempos eram outros. Ao longo das últimas duas semanas, o bonitinho tinha até se tornado um tipo de herói da internet em meio aos manifestantes. Estava sempre postando fotos das passeatas nas redes sociais e comentando como era importante que as pessoas aparecessem em massa nos protestos. "Esse arrombadinho", pensava Lotfi, "de repente virou um rebelde. O mesmo efeminado que não deixa a esposa ter um passaporte e viajar, agora quer liberdade para as massas. Fodam-se as suas massas!"

Aida parecia ter lido os seus pensamentos e respondeu:

— Ele anda muito ocupado hoje em dia para se importar com meu paradeiro. Não que alguma vez tenha se importado muito.

— Mas passar a noite inteira fora de casa... digo, essa é a primeira vez.

Ela se envolveu numa toalha e foi na direção do quarto. Na metade do caminho, virou-se e olhou para ele com intensidade.

— O pai dele me ligou esses dias. Estava furioso. Disse que o filho estava brincando com fogo ao ir nessas manifestações todas e postar as fotos na internet.

— Bem, é verdade.

— Disse que nem ele tem cacife para tirar o filho da prisão caso algo lhe aconteça em um protesto.

— Há coisas piores que podem acontecer numa manifestação do que ir para a cadeia.

Ela soltou a toalha e a deixou cair aos seus pés. Naquela meia-luz, ele ainda conseguia ver o quanto os seus mamilos tinham endurecido. Lá estavam diante dele aquele roxo que tinha causado enquanto faziam amor e aqueles mamilos duros que ela lhe ofertava agora. Exalou profundamente. Estava de novo pensando em vingança. Quando se entrava por esse caminho, era difícil parar. Ficava cada vez mais fácil despertar o ódio e o amor em si mesmo em dosagens que você mal sabia que existiam.

— Sim — ela disse —, coisas muito piores podem acontecer numa manifestação. Eu vi com meus próprios olhos, neném.

O caseiro afegão e sua família moravam numa casinha separada no final do jardim que se espraiava por centenas de metros ao sul da mansão. Havia uma felicidade ali, dava para perceber. Encheram Lotfi de chá e cherbets doces. Menininhos afegãos jogavam futebol na grama e duas meninas com véu de cores radiantes rodopiavam ao redor dele com uma série de pequenas guloseimas da cozinha da mãe. Os afegãos eram assim, hospitaleiros até demais. Ter empregados era uma cena saída diretamente da sua infância. Só que todo esse arranjo com a criadagem não pertencia ao seu pai, e sim ao homem que havia roubado tudo deles, trinta anos atrás.

O afegão estava visivelmente empolgado em poder receber um convidado do seu *agha*. Não parecia ter um dia sequer além dos trinta e cinco anos, mas já tinha uma meia dúzia de filhos.

— Faz tempo que conhece o nosso *agha*?

— Desde criança. Ele trabalhou com meu pai.

— Que pena que o *agha* não está em Teerã. Ele tem uma fábrica, sabe? Remédio. Todo tipo de remédio. Foi lá para supervisionar alguma coisa. Mas volta amanhã. Fique conosco até ele voltar. As duas *khanums*, suas esposas, passam essa época do ano fora. Só fica o *agha*. Vai alegrá-lo ver um velho amigo.

— Me diga, suas *khanums*... eu imagino que elas não se deem bem.

O afegão deu uma risada desconfortável.

— As *khanums* são como a faca e o queijo. São como o vento forte e o mosquito.

— Ah! Então elas não se dão bem mesmo.

— O *agha* construiu aposentos separados para elas, o mais longe possível um do outro. Deus seja louvado, mas as mulheres podem ser criaturas pérfidas. E já falei mais do que devia.

Lotfi encontrava consolo no fato de que ter duas esposas havia causado um estrago no velho Sarkechik. O ódio das mulheres uma pela outra infernizava sua vida doméstica. Era uma pequena consolação, porém, melhor do que nada. As mulheres, infelizmente, sempre podiam sofrer a vingança por ele — e, nesse caso, era a vingança por todos aqueles cheques com assinatura falsa que Sarkechik havia levado à corte islâmica dizendo que o pai de Lotfi lhe devia milhões.

Ele ficou observando o afegão, que parecia de fato saído de um estúdio de cinema daqueles épicos de guerra chineses. De repente, o sujeito parecia visivelmente atormentado por ter entregado tão cedo o segredo do seu *agha*.

— Seu *agha* lhe trata bem, não?

O olhar do afegão amoleceu.

— Há uma guerra sem fim no meu país. Sem o *agha*, eu estaria em casa cavando sepulturas agora — e acrescentou, depois de um tempo. — Provavelmente a minha própria. Estou com o *agha* desde que tinha dezessete anos. Ele sempre me tratou muito bem.

Lotfi sabia um pouco sobre esse tipo de vida de imigrante. Todos os empregos de merda que ele e seu irmão tinham precisado aguentar na América até conseguirem se sustentar. Para os afegãos no Irã, era a mesma coisa. Faziam todo o trabalho braçal e recebiam a culpa por todos os crimes imagináveis. Ainda assim, havia algo de errado naquela cena. Ali estava a sua velha nêmesis, Sarkechik, tendo aparentemente salvado a vida de um imigrante afegão e sua família. O homem havia se tornado uma porra de um anjo. O que isso queria dizer? "E o que estou fazendo aqui?", Lotfi não sabia. Tinha essa vaga ideia de como se vingaria. E hoje, após Aida ter se despedido dele e voltado para casa, decidira enfim fazer alguma coisa a respeito. Havia ido de moto até Velenjak e rodeado os muros altos daquele lugar imenso, esquecendo-se de que uma vizinhança abastada dessas, no norte de Teerã, seria monitorada por seguranças particulares. Não demorou muito para que uma dupla de homens viesse para cima dele, perguntando o que fazia por ali. Não tivera escolha senão tocar a campainha da casa de Sarkechik, vigiado pelos dois. E agora estava nos aposentos do criado, bebendo cherbet e chá. Perguntou:

— O seu *agha* sempre foi generoso assim?

— Desde que eu o conheço. Comecei a trabalhar para ele quando não tinha nem onde cair morto. Cinco anos atrás, dois dos meus irmãos mais novos vieram para Teerã procurando serviço também. Sabe o que o *agha* fez? Ajeitou os documentos deles para ficarem no Irã e pagou para cursarem a faculdade. Os dois estão estudando agora. Dois afegãos na faculdade, dá para acreditar?

Não foi para ouvir tal coisa que ele tinha ido até ali. Aquilo arruinou tudo, amorteceu o seu ódio. Durante trinta anos ele vinha nutrindo esse ódio. Regando e alimentando como uma planta faminta. Quando era mais novo, havia tido essa ideia de virar escritor. Mas fez o mais sensato e estudou computação, indo pelo que era mais garantido. Seu irmão também, e virou engenheiro. Ou seja, os dois se tornaram imigrantes sensatos e mais do mesmo naquele novo país. Para o irmão de Lotfi, passado era passado; enterrado. Nunca mais falaram disso. Nunca falaram sobre o Irã nem sobre seu pai ou Sarkechik. E, quando certo dia o irmão contou que estava pronto para se casar e ter um monte de filhos, Lotfi não teve escolha senão dar a sua bênção, mesmo que tivesse um mau pressentimento. Seu irmão tinha conhecido umazinha de aparência bovina um belo dia em Los Angeles quando foi fazer uma limpeza dentária. Uma interesseira iraniana, cansada de trabalhar num consultório de dentista. Ela tinha agarrado o seu irmão pelas bolas lá na Califórnia, e seis meses depois estavam casados e falando em ter filhos. Quatro anos depois, nada de filhos ainda, e a mulher queria o divórcio. Logo fez uma limpa no irmão. Ele perdeu a casa, metade da pensão e quase toda a poupança. Tome um gostinho do Novo Mundo! Não havia equilíbrio em nenhum lugar do planeta. Aqui, no Irã, todas as leis favoreciam os homens. Lá na América, favoreciam as mulheres. Todo aquele papo furado de igualdade dos sexos. Que igualdade? A mulher deixou o irmão dele na miséria. Mais um ano se passou e um dia Lotfi recebeu uma ligação oficial para ir correndo até L. A. Seu irmão estava morto. Derrame fulminante. Mas Lotfi sabia a verdade: foi o coração partido que o matou. Foi a América que o matou. E foi o Irã que o matou. E foi Sarkechik que o matou. E sobretudo foi aquela vaca que agora morava na casa que o seu irmão tinha suado tanto para hipotecar.

O afegão perguntou:

— Você quer que eu ligue para o *agha* e diga que está aqui?

— Não é necessário. — Ele começou a se levantar para ir embora.

O afegão insistiu que ficasse para o jantar. Lotfi sorriu a fim de tranquilizar o homem e o lembrou que o jantar seria dali a oito horas. Então agradeceu a família inteira, tirou dinheiro do bolso e deixou ao lado do copo de chá. O afegão recusou, mas Lotfi insistiu.

— Volto depois de amanhã. Não conte ao seu *agha* que estive aqui. Quero fazer uma surpresa. Sei que ele vai ficar feliz.

O afegão assentiu, de bom grado. Tudo para alegrar o *agha*.

Ele pegou a moto e dirigiu, atordoado, até a praça Vanak, onde a forte presença da polícia silenciava o que costumava ser uma via principal geralmente caótica. Nem sabia como tinha chegado lá. Só sabia que um enjoo tinha se abatido sobre ele assim que deixou a casa de Sarkechik. Era o enjoo de saber que trinta anos concebendo sua vingança de repente haviam virado pó. Após ver o afegão e sua família, ele não tinha escolha senão deixar para trás seu ódio por Sarkechik. Sentia-se nu sem o seu antigo ódio. Precisava abandoná-lo e pilotar para longe.

Os policiais em Vanak o acompanharam com o olhar, mas não mandaram parar. Devem ter sido avisados de que uma manifestação vinha nessa direção. Ele deu a volta na praça e seguiu para o sul pela avenida Gandhi. A cidade parecia parada, à espera. Era nas sextas que as manifestações costumavam eclodir. Algumas eram planejadas com semanas de antecedência. Essas eram grandes mesmo. Outras meio que aconteciam sozinhas. Aglomerações *ad hoc* em vizinhanças diferentes. Muitas vezes começavam com universitários gritando palavras de ordem contra o regime. Depois vinham outros e se juntavam, aí não demorava muito para que chegassem homens com capacetes para dar porrada em todo mundo e levar os ônibus cheios de estudantes para a prisão de Evin. Parecia ser um dia desses, tudo ali estava em suspenso.

Lotfi se perguntou o que Aida estaria fazendo agora. Ela era... uma boa mulher. Apesar de achar que já não sabia mais o que era uma boa mulher. Após a morte do irmão, havia tomado a decisão consciente de relegar as mulheres às periferias extremas da sua vida. Jamais se esqueceria do dia em que entrara naquela quitinete sem sol em Van Nuys que o seu irmão havia alugado depois do divórcio. Uma espelunca perto de Sherman Way, no vale de Los Angeles, com fedor de louça suja, lixo e morte. O lugar era um completo desastre, composto de móveis do Exército da Salvação e coisas de segunda mão. Os irmãos haviam sobrevivido à América e era assim que terminava? Então os olhos de Lotfi pousaram sobre uma estante cheia de livros. Nunca havia pensado no irmão como um grande leitor. Mas agora via dezenas de manuais sobre como escrever um romance policial. Livros sobre venenos e armas e como aprender a criar um detetive particular plausível para a sua história. Havia até mesmo anotações na caligrafia meticulosa de engenheiro do irmão, num caderninho vermelho, registros do que aprendera. Seu irmão tinha tentado sair da podridão da sua nova vida, abrindo caminho pela escrita. E aí o derrame fulminante. E logo uma carta da seguradora dizendo que Lotfi era o beneficiário do irmão, mas...

E não é que havia sempre um "mas"?

Ele brigou com eles. Tentaram se esquivar de pagar a maior parte do valor do seguro. Seu irmão, Deus o tenha, havia feito uma única coisa direito nesses últimos anos: alterar o beneficiário do seguro, que passou a ser Lotfi. E aí foi lá e morreu, deixando meio milhão de dólares para Lotfi. A primeira coisa que ele fez foi largar o emprego com softwares. A segunda foi se fechar no apartamento do Brooklyn e devorar todos os livros que o irmão havia abandonado. Agora que tinha tempo e dinheiro, era a sua única chance nesta vida de virar escritor. O resultado foi aquele romance pseudotecnológico e ridículo sobre *hackers* e um assalto a banco. Porém, inacreditavelmente, não demorou até que aparecesse um agente e aí uma editora e uma compra de direitos milagrosa para virar filme, o que lhe rendeu mais uma bolada. A vida era simplesmente idiota e arbitrária desse jeito. Seu irmão tinha morrido num miasma de amargura e mágoa, enquanto Lotfi era, como dizia na apólice do seguro, o beneficiário disso.

Viu uma loja aberta na avenida Gandhi e parou a moto para pegar um maço de cigarros. Gandhi! Está aí um homem que nunca pensou em vingança. O velho Gandhi, de cabeça raspada, óculos e tanga. Pela segunda vez naquele dia, Lotfi se perguntou a mesma coisa: "O que estou fazendo aqui?". Mas é claro que sabia exatamente por que tinha ido parar na avenida Gandhi. A família da Vaca morava em uma das ruazinhas menores conectadas à avenida. A Vaca! A ex-mulher do irmão. Ela tinha até tentado arrancar o seguro de vida dele. Mas Lofti a vencera num jogo limpo e justo. A papelada era clara: Lotfi era o beneficiário, não a Vaca. Em todo caso, vencê-la no tribunal na América não bastava mais. Ele sabia que, ano sim, ano não, ela vinha para Teerã visitar a família. Lotfi havia aguardado. Eram incríveis as coisas que o dinheiro podia fazer neste país. Em qualquer país, na verdade. Havia mandado ficarem de olho nela e, quando soube que estaria em Teerã de novo, só precisou subornar a pessoa certa para impedir sua volta aos Estados Unidos. No dia em que ela foi ao aeroporto pegar o voo para sair de Teerã, confiscaram seu passaporte e a mandaram para casa esperar que entrassem em contato. Isso tinha seis meses. Seis meses em que se viu privada de estar em Los Angeles na casa que havia roubado do irmão de Lotfi. Seis meses em que não pôde pagar a hipoteca. Seis meses em que não pôde ir à manicure, nem seguir as dietas idiotas da Jenny Craig para perda de peso. "Ah, doce justiça. Justiça iraniana. Você ferra comigo nos Estados Unidos e eu ferro com você no Irã." É claro que a Vaca não fazia ideia por que tinham confiscado seu passaporte, nem como e quando o teria de volta. Ele se reconfortava em presumir que ela estava surtada com isso. Era bom. Mas será que bastava?

Ele se conhecia bem o suficiente para perceber que tinha ido parar na avenida Gandhi pela frustração de ter perdido seu apetite de vingança contra Sarkechik. A Vaca, porém, era seu alvo ainda, sua prisioneira aqui. Ela não iria a lugar nenhum tão cedo. Lotfi estava agora na avenida Gandhi atrás de algo mais definitivo. Estava decidido a lhe fazer mal. Esperaria ela sair daquela casa perto do edifício do Canal 2 e virar a esquina da avenida Gandhi; então ia fazer o que o irmão deveria ter feito há muito tempo. Carregava um bastão policial de fabricação tcheca, que cabia na palma da mão, mas se abria ao menor movimento do pulso e virava uma vara de metal cruel. Era um instrumento de dor. Dava para usar para quebrar uma janela. Ou a cabeça de alguém. Ou a cara. Ele o havia trazido para reformar o rosto de Sarkechik. Em vez disso, o usaria agora na Vaca.

"Que saudades da Aida!" Como ele odiava ter saudades de alguém. Não lhe escapava a ironia de ter feito com a ex-mulher do irmão o que o marido de Aida fazia com ela, ao não deixar que saísse do país. Era um país que pertencia aos homens, afinal de contas. Para bem ou para mal, Lotfi estava confortável com isso.

— Tem cigarro aí, irmão?

Ele estava sentado na moto, perdido entre devaneios, fumando um dos cigarros que havia acabado de comprar. Dois homens o cercavam. Não pareciam muito durões. Mas eram sujeitos que obviamente conheciam a arte da intimidação. Lotfi ficou com a mão direita perto do bolso da calça onde o bastão retrátil se salientava um pouco. Com a outra mão, atirou o maço de cigarro para um dos sujeitos.

— Podem ficar com o maço.

O outro homem falou:

— Aida *khanum* não voltou para casa na noite passada.

— E ela voltaria para encontrar quem? Um eunuco?

O sujeito para quem ele não tinha atirado os cigarros agarrou a camisa de Lotfi.

— Melhor ser mais educado ao falar do nosso chefe.

Lotfi não titubeou. Se quisessem derrubá-lo ali, naquele segundo, ele não teria chance. Estava sentado na moto e não conseguiria abrir o bastão até ganhar um pouco de espaço.

— Quem foi que mandou vocês? O pai dele?

— Não é da sua conta. Fique longe de Aida *khanum*.

— Ah, então é o *baba-jaan* que está cuidando do filho. Eu tinha certeza de que não foi o eunuco que mandou vocês atrás de mim.

O homem do maço de cigarro deu um tapa com as costas da mão em Lotfi. Ele sentiu o rosto ruborizar e aquilo o deixou com raiva. A raiva, por sua vez, fez com que se sentisse vivo. Bem que poderia matar esses dois. Poderia matá-los agora mesmo. Não eram do tipo que andavam armados. Eram pequenos capangas a serviço de um filho da puta de um comerciante *bazaari*. Os mesmos *bazaari* carolas e desgraçados que tinham financiado aquela revolução idiota trinta anos atrás.

Ele engoliu as palavras.

— E o que vai acontecer com Aida?

— Não é da sua conta também, seu filho de uma cadela! Fique longe dela, só isso.

— Se fizerem mal a ela...

— E daí se fizermos mal? Você vai fazer alguma coisa?

O rosto dos dois estavam a centímetros do rosto dele agora. Pareciam irmãos. Carecas, baixinhos, de ombros largos. Provavelmente eram lutadores fracassados.

Lotfi levantou as mãos num gesto de resignação.

— Digam para o *baba-jaan* que a mensagem foi recebida e entendida.

— Que bom. — O homem dos cigarros meteu o maço na camisa, depois deu um apertão breve, mas doloroso na bochecha de Lotfi. — Que bom você aprender tão rápido.

Tudo aconteceu num instante. Assim que os dois deram meia-volta para ir embora, Lotfi colocou a mão no bolso, abriu o bastão e desferiu uma série de golpes ligeiros nos dois. Foram ao chão mais rápido do que o esperado, e imediatamente começaram a uivar feito maricas. Estavam de barriga no chão, com as mãos na cabeça, tentando se proteger. Lofti mal pôde acreditar no quanto foi fácil. Ficaram ali, gemendo e implorando para que parasse, mesmo depois que já havia parado de bater.

Que coisa de mau gosto essa demonstração de fraqueza, pensou Lotfi, e isso lhe deu ainda mais raiva dos dois homens. Ele viu que, de dentro da loja, havia pessoas encarando, mas ninguém ousava sair.

— Digam para aquele merda do *baba bazaari* que vou sim ficar longe da esposa do filho eunuco dele. Mas... se eu souber que aconteceu alguma coisa com ela, e digo *qualquer coisa*, vou atrás dele com tudo. — Ele levou a mão ao bolso traseiro das calças de um dos dois e tirou a identidade da carteira. — E fiquem aí no chão! — gritou quando o outro tentou se virar.

Deu partida na moto. Sentia que havia lavado a alma. Era a melhor coisa que podia ter-lhe acontecido hoje. De repente, Sarkechik não significava mais nada. Nem a Vaca. Caiu a ficha que ele não tinha a menor ideia de como era a cara de Sarkechik depois de todo esse tempo, e fazia mais de três anos que não via a Vaca. Podiam ter qualquer rosto. E já não importava mais.

Girou tão forte o acelerador que o ruído do cano de escape guinchou bem no ouvido dos homens prostrados. Dois caras meio durões, jogados no chão com apenas alguns golpes do bastão. Era fácil demais matar gente. E ainda mais fácil botar neles o medo da própria sombra.

Lotfi fechou o bastão e o guardou de volta no bolso, engatou a marcha da moto e saiu em disparada por uma rua secundária, afastando-se da avenida Gandhi.

As duas semanas que se seguiram foram uma nuvem de bebedeiras. Precisou ligar de novo para o cristão e pedir para mandar mais da vodca ruim naqueles galões de plástico de gasolina. Apesar da exaltação momentânea daquele dia na avenida Gandhi, Lotfi tinha perdido seu norte e sabia disso. O que se podia fazer quando já não se era mais assombrado dia e noite pelo acerto de contas? Era como treinar para o maior confronto da carreira e aí descobrir que a luta estava cancelada e o oponente tinha desaparecido. Na neblina do álcool, agora que a ex do irmão e Sarkechik já não significavam nada para ele, Lotfi ficou sentado diante do computador acompanhando as notícias das manifestações na rua.

E foi bebendo e bebendo.

Deixava baixa a iluminação no apartamento e a persiana fechada. Os dois homens que havia caceteado não deram as caras de novo. Mas nunca se podia ser cuidadoso o suficiente. Raramente se arriscava a sair e pedia para o merceeiro local, também um companheiro turco azeri, mandar o rapaz trazer as entregas periódicas. Aí recebeu uma ligação certa manhã. A voz simplesmente quis saber se Lotfi desejava "renovar" sua conta. O que queria dizer que, se quisesse manter a esposa do irmão no país por mais seis meses, precisaria pagar mais.

— Não, pode fechar a minha conta. Estou satisfeito.

A voz pareceu decepcionada e perguntou se Lotfi tinha certeza absoluta.

— Sim, tenho certeza. Pode devolver as asas para a passarinha. Obrigado pelos seus serviços. Minha satisfação é completa.

Porém não estava satisfeito. Nem um pouco. Sentia cada vez mais saudades de Aida. O que o levava a beber ainda mais. E, para piorar, o seu serviço de internet ficou péssimo de repente, e durante alguns dias simplesmente não existia. A sensação era a de um navio à deriva. Então, em outra manhã de sexta-feira, ele espiava a sinagoga pelas persianas parcialmente fechadas quando ouviu um plim no computador. Por milagre, apesar da conexão capenga, havia um e-mail de Aida na sua caixa de entrada.

"Saudades."

O que poderia fazer? Não queria ser precipitado e permitir que a machucassem. Havia começado a acompanhar as postagens do marido dela. A essa altura o bonitinho era virtualmente um astro do rock. Parecia postar a toda hora, dizendo aos amigos e seguidores o que precisavam fazer para continuarem na luta: "A liberdade está logo à frente... Vida longa ao movimento!".

Um lixo. Lixo que fazia Lotfi querer vomitar as tripas, junto daquela vodca horrorosa de uvas-passas que vinha tomando. Numa das postagens, uma especialmente nauseabunda, o bonitinho tinha escrito que, já que o verde era a cor do movimento de protesto, todos deveriam usar verde não apenas nas ruas, como também dentro de casa. "Devemos usar verde noite e dia. Devemos ir dormir verdes e acordar verdes. Devemos sonhar em verde: 'Verde que te quiero verde'."

O filho da puta agora citava García Lorca.

Lotfi se lembrou que sempre havia odiado aquele poema sem sentido e supervalorizado do espanhol. "Mais um rebelde veado!", xingou em voz alta, tal qual o alcoólatra medonho que estava em vias de se tornar.

Agora estava tentado a postar sua própria mensagem online, para que todos soubessem que esse era o mesmo vagabundo doente que mantinha a esposa prisioneira em Teerã.

Percebeu que havia se tornado um animal enjaulado. Quase queria que aqueles dois reaparecessem para terminar tudo isso de uma vez. Morrer, se fosse o caso. Por que se sentia assim? Todo aquele dinheiro que possuía em contas de bancos americanos e iranianos, e ainda assim estava mais infeliz do que nunca. Para que servia o dinheiro? Invejava o *khakham* e seu filho do outro lado da rua; invejava como, dia sim, dia não, eles saíam para cuidar, com tanto carinho, daquele pedacinho de terra, regando as árvores da sinagoga e varrendo e preparando o lugar para os sábados. Como desejava poder ser que nem eles.

Então, quando esse desprezo por si mesmo chegou ao ponto de fervura, veio-lhe a revelação: o bonitinho devia estar trabalhando para o governo. Era um rato, um cagoete, um infiltrado. Todos aqueles supostos amigos dele da internet seriam presos, cedo ou tarde. O bonitinho estava coletando nomes e endereços de e-mail para o governo.

Depois que Lotfi pensou enfim ter conseguido somar dois mais dois, ele sabia o que fazer. Ele sempre soube. *Eles* sempre souberam — ele e Aida. Daquele momento em diante, seu ímpeto recentemente perdido encontrou um novo objeto para se concentrar.

Foi obrigado a passar os próximos dias na terra devastada da falta de internet, pois os censores do governo novamente derrubavam o acesso. Fazia quase três semanas que não saía de casa. A vodca já tinha praticamente acabado. Ele fedia. E pensava obsessivamente no bonitinho. Precisava saber o que o sujeito estava aprontando ou iria enlouquecer entre as quatro paredes do seu apartamento. Sentou e encarou a tela travada do computador até a conexão voltar numa dessas madrugadas. Era como vir à tona do fundo do mar.

Havia menos postagens. O bonitinho reconhecia que a situação de acesso à internet estava piorando, mas que, caso alguns dos seus amigos conseguissem ler aquela postagem, deveriam encontrá-lo — vestidos de verde, é claro — na frente do banco Maskan, na avenida Bahar, às nove e meia da manhã em ponto na próxima sexta-feira. A partir de lá, se encontrariam com as multidões que iam se reunir na praça 7-Tir, meia hora depois.

Lotfi respirou fundo. Tomou banho, comeu um pouco de arroz e iogurte. Fez questão de não beber nada de álcool. Faltavam só dois dias para a sexta-feira.

Um calafrio terrível tomou o seu corpo inteiro. Lotfi imaginava que estavam na garagem de algum prédio desocupado.

Meia hora. Era o que fazia toda a diferença entre estar ou não estar mais no mundo. Meia hora antes, ele encarava a avenida Karim-Khan, ao norte, e agora o mar de pessoas do qual fizera parte nas últimas horas já havia se dispersado completamente. Uma sensação boa, aquela de ser parte da manifestação. Na hora, o sentimento o surpreendeu, e precisou se forçar a manter o foco na sua presa. Então, na rua Kargar, onde o confronto com a polícia começou de verdade, Lotfi descobriu enfim que não era assassino. Ficou olhando quando os conflitos irromperam, as pedras começaram a voar e as pessoas se espalharam feito formigas.

Dezenas de milhares de pessoas correndo em todas as direções. Era lindo. Era a vida em si, em toda a sua glória. Era o combate. Era a fome e a dor e o motivo de viver. Mas o que faria quanto ao bonitinho? Nada. Não faria nada. Lotfi havia envelhecido durante a manifestação. Havia se tornado sábio. O que andou pensando? Que poderia, armado com um bastão e uma faca média de cozinha, cravar a lâmina no bonitinho e sair andando?

Num beco na rua Kargar, ficou observando o bonitinho cuidar de um adolescente ferido por uma tijolada. O bonitinho não estava fugindo que nem os outros. Mesmo com a chegada dos milicianos à paisana, a menos de cem metros e avançando, ele ainda assim não saiu correndo. Se Lotfi queria fazê-lo ver só, agora era o momento. No meio daquele caos de gás lacrimogênio e motos incendiadas, ninguém ia reparar ou se importar. Só precisaria ir até ali e ser tão rápido e destemido quanto havia sido no dia em que enfrentou aqueles dois na avenida Gandhi; mas não conseguiu. Percebeu que a última coisa no mundo que o bonitinho poderia ser era um cagoete disfarçado a serviço do governo. Naquele momento, Lotfi viu o sangue e a expressão de choque total no rosto do menino que o marido de Aida tentava ajudar a se levantar do asfalto e soube que ele, Lotfi, era um otário e um imbecil.

Lotfi correu na direção do bonitinho e do menino. Juntos, rapidamente conseguiram levantá-lo e arrastá--lo até o beco mais próximo, onde o deitaram atrás de um carro estacionado. O rapaz gemia de dor, mas parecia que ia ficar bem. Havia apenas um talho profundo no rosto. Era mais o choque do que qualquer coisa.

— Obrigado — disse o bonitinho. — Eu conheço você.

Vários dos homens à paisana, com camisas brancas, passaram correndo por eles sem parar. Dava para ouvir de longe o estampido das balas. Uma mulher deu um guincho agudo em algum lugar e, quando os homens à paisana tinham ido embora, alguém numa varanda gritou para saírem da rua antes que fossem presos.

Nenhum dos dois prestou atenção na mulher. Lotfi disse:

— Sou o amante da sua esposa.

— Sim, é. — Aquela mesma voz cantada que irritava Lotfi. Mas era uma voz sóbria também. Sóbria e acompanhada de um olhar curioso que encontrou o de Lotfi com mais curiosidade do que medo ou surpresa.

— Seu pai mandou dois capangas para baterem em mim.

— Meu pai é um intrometido. Peço desculpas.

— Então, você sabia disso?

— Não sabia. Até você dar um jeito nos capangas do meu pai. Foi quando ele veio falar comigo. Queriam matar você. Fiz eles mudarem de ideia.

— E por quê?

O bonitinho suspirou.

— Porque acho que eu estava esperando aparecer alguém como você.

Então foi a vez de Lotfi suspirar. Não conseguia entender qual era a desse sujeito. E agora não era a hora de jogar adivinha com ele. Disse:

— Você fica para ajudar um menino no meio disso tudo, arrisca ser apanhado e preso, mas não deixa a esposa sair do país. Por quê?

Ele ficou observando enquanto o bonitinho olhava de canto de olho o adolescente chorando baixinho, sem fazer qualquer tentativa de se levantar. De repente, pairou um silêncio ao redor. Como se todos fossem parte de um set de filmagem e a diária tivesse acabado. Seu adversário era bonitinho de verdade. Não apenas bonitinho, mas lindo. Lindo com aquela bandana verde e aqueles olhos escuros brilhantes, reluzindo de coragem naquela tarde de sexta-feira.

— Com o meu tipo de família, não dá para a esposa desaparecer de vez da minha vida. E sei que ela desapareceria se tivesse um passaporte. Mas isso eu posso oferecer: se ela ficar em Teerã, pode fazer o que quiser. *Qualquer coisa* que quiser! — Ele disparou um olhar profundo para Lotfi. — Ainda mais se eu souber que está vendo alguém em quem posso confiar.

— Esse homem sou eu. Pode confiar em mim.

— Sim, sei que posso — o bonitinho estendeu a mão.

Lotfi apertou a mão dele.

— E quanto ao seu pai?

— Está na hora de ele ver algumas coisas a meu respeito de modo diferente. Amo a minha esposa, do meu próprio jeito tortuoso. Não quero que ela vá embora. Mas não quero deixá-la infeliz também.

Houve uma pausa tranquila, íntima. E então Lotfi perguntou:

— Você não se pergunta como foi que eu vim parar aqui hoje?

— Não importa. O que quero fazer neste exato momento é levar este menino para a casa dele. Está ferido.

Lotfi concordou com a cabeça. Era como se toda a sua vida tivesse convergido para aquele momento. Pela primeira vez em anos, se sentia em vias de tornar-se um homem melhor. Havia transcendido alguma coisa hoje. A passeata na rua, a conversa com o marido de Aida, o menino ensanguentado que tinham ajudado, juntos — tudo aquilo parecia o universo tentando lhe dizer alguma coisa: estava ganhando uns bons pontos de karma, para variar um pouco.

No caminho de volta para buscar a moto, Lotfi até mesmo decidiu que logo iria ver a esposa do irmão e pediria desculpas pelo que havia feito com ela.

Demorou mais do que o normal para fazer o caminho de volta da rua Kargar até a avenida Hafiz. Precisou se ater às ruas menores e evitar as milícias. Estava emocionado. Ficaria em Teerã. Não era tão ruim. Teria Aida. Ao mesmo tempo, já que era casada, nunca teria que se preocupar com ela insistindo em se casar. Teria o melhor dos dois mundos. Talvez escrevesse outro livro agora. Um livro de verdade. Ia sentar e ler os clássicos persas no seu ritmo e então escrever um romance histórico ou algo do tipo. Daria sentido à sua vida. Iria honrar a memória do irmão.

O carro em alta velocidade o atingiu bem na hora em que cruzava o desvio no fim da rua Aban. A colisão o pegou de lado e o fez voar pelos ares e aterrissar com força na calçada. Fechou os olhos, sem conseguir se mexer. Imediatamente sentiu seu corpo ser erguido e atirado pela porta traseira de algum carro. Quando abriu os olhos, estava naquela garagem vazia.

Meia hora.

Por que a sua mente estava convicta de que apenas meia hora havia se passado? Talvez tivessem sido horas e horas. Até mesmo dias. Estava estirado naquele chão de concreto e um homem fumava um cigarro, olhando lá para fora pelas barras de ferro do portão. Quando Lotfi tentou tossir, todos os ossos do corpo se rebelaram. A dor disparou pelo lado direito e ele engasgou.

O homem se aproximou e ficou parado, acima dele:
— Devia ter renovado o nosso acordo.

Lotfi foi arrastado até uma parede e colocado sentado, com a coluna ereta. Surpreendentemente, isso diminuiu a dor, a princípio. Sua respiração era rápida e superficial. Com certeza tinha costelas quebradas. Será que um dos pulmões estava perfurado também? Estaria com hemorragia interna? Ia morrer?

— Se estivermos perto de onde você me atropelou, então o hospital Aban está logo mais à frente. Me leve para o pronto-socorro. Dou todo o dinheiro que você quiser.

O homem riu. Atirando fora a bituca, respondeu:
— Toda oferta tem sua hora e lugar. E você, meu amigo, já não tem mais hora, nem lugar.

— Por que está fazendo isso comigo? — ouvia-se um gorgolejo na voz de Lotfi. Podia sentir todos os órgãos no seu corpo fazendo hora extra para ele continuar respirando. Veio-lhe uma vontade repentina de comer chocolate. Meio ano atrás, havia dado para esse homem indistinto, com o bigodinho fino e esses mocassins marrons ridículos, um punhado de dinheiro para subornar alguém, que ia subornar outra pessoa, a fim de privar a esposa do seu irmão do passaporte e mantê-la como prisioneira em Teerã. Lotfi sentiu um aperto na garganta. Não era de dor, mas de tristeza. Tudo tem volta, não é? Pensou em Aida e como ela jamais poderia sair de Teerã de novo. Queria ter comprado uma garrafa de vinho do *khakham* para que ele e Aida pudessem beber juntos.

O homem falava ao celular:

— Sim, o último prédio. Não tem como não ver. É um prédio novo... Sim, já está quase aqui. Depois de passar o hospital Aban, você vai chegar à rua Varsóvia. Depois dela, são mais dois quarteirões no sentido sul, aí vira à direita. Vou abrir o portão da garagem.

Então ele tinha acertado. O hospital Aban ficava subindo a rua e estavam a um pulo do local do atropelamento. Ele resmungou:

— Você foi até ela, não foi?

O homem deu meia-volta.

— O quê? Claro que fui. Falei para ela que, se quisesse o passaporte de volta, poderia pagar.

— E ela quis saber quem fez isso com ela? — Ele estava chorando de verdade agora. Devia ter comprado uma garrafa de vinho daquela gente da sinagoga. Devia ter escrito um livro melhor do que aquela merdarada hollywoodiana. Devia ter avisado o irmão para não se casar com a Vaca quando ainda dava tempo de dizer a ele o que não fazer.

— Claro que quis saber quem fez isso com ela — respondeu o homem. — E quando descobriu, ela me fez uma oferta que não pude recusar.

— Eu pago o triplo do que ela está pagando se me levar para o hospital agora mesmo.

— Para de chorar, homem. O que está feito está feito. É como se diz: quem come um melão inteiro tem que aceitar a merda que vem depois.

— Eu vou pagar — Lotfi abriu o berreiro. — Só me tira daqui.

Um carro parou na entrada da garagem e o homem correu para abrir o portão.

Ela deveria ter mandado entregarem suas dietas Jenny Craig em Teerã. Não estava horrível, embora ainda tivesse aquela papada medonha de galinha. Na verdade, por causa da dieta, a pele flácida embaixo do queixo parecia mais pronunciada do que nunca.

— Deixem ele aqui. — Ela nem se deu ao trabalho de se dirigir a Lotfi. — Vão pensar que apanhou da polícia e se arrastou até esta garagem para morrer. É o melhor dia para isso.

O homem foi até o carro e voltou com a faca e o bastão de Lotfi.

— Olha só o que achei nos bolsos dele.

Ela pegou o bastão e brincou com ele:

— Você acha que dá conta?

— Do quê? Com isso, você quer dizer? — O homem apontou para o bastão.

— Sim, com isso — ela disse, impaciente.

— Não sei. Quer dizer...

— Deixa pra lá o que você quer dizer. Eu mesma faço. — E agora ela se voltou para Lotfi, que havia enxugado as lágrimas do rosto e estava em silêncio. — Não sabia que dias como hoje podem fazer mal para a saúde, sr. Lotfi?

— Você é uma mulher perversa.

— E todos vocês Lotfis são idiotas. Um bando de turcos imbecis. Você é ainda mais imbecil do que o defunto do seu irmão.

— Eu devia ter matado você quando tive a chance — murmurou Lotfi.

— O quê? — ela latiu.

Lotfi torceu o pescoço para falar com o homem atrás deles:

— E juro que uma hora ela vai destruir você também.

— A dona tem classe. É dentista.

— Ela é só técnica de higiene dental, seu otário. Você vai ter os dentes mais brancos em toda Teerã. Mas só isso.

Ele fechou os olhos e ouviu o *clique-clique* do salto alto dela.

— Já deu dessa sua imbecilidade, seu *tork e khar*, turco idiota.

O bastão atingiu a mandíbula de Lotfi e ele sentiu a ponte dentária do lado direito da boca se soltar. Deu para sentir o gosto de sangue morno escorrendo pelo rosto esmagado.

Enquanto se entregava e colapsava, mais uma vez pensou no vinho da sinagoga que nunca teve a oportunidade de dividir com Aida.

— A arcada com os dentes mais brancos... — sussurrou com olhos semicerrados.

— O quê? — ela berrou.

Clique-clique. E agora a Vaca com o queixo de papada mudou de posição para conseguir um ângulo bom e acabar com ele. E Lotfi, ao ver o bastão descer, pensou pela última vez em todas essas coisas ao mesmo tempo: vinho tinto, dentes brancos, Aida.

---

* *Conto escrito originalmente em inglês.*

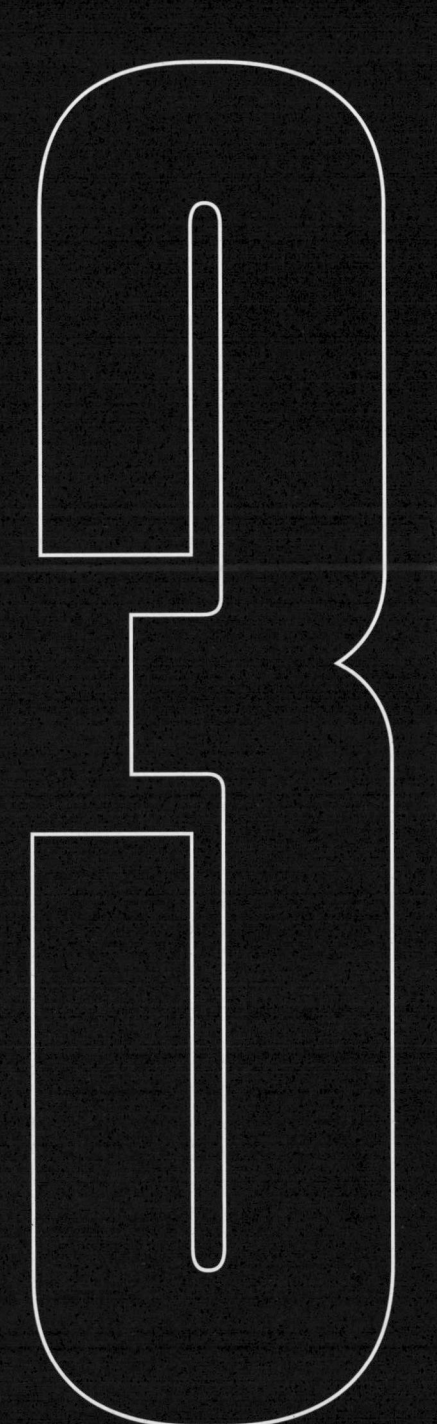

PARTE 3: UM ENTERRO DIGNO

A INQUIETAÇÃO DE UM ASSASSINO EM SÉRIE NA LINHA DE CHEGADA

JAVAD AFHAMI

Chuch

O apartamento ficava no terceiro andar de um prédio no limite do bairro Chuch. O nome completo daquele policial robusto: Sargento Major Hajj Ali Muhammadi Ezzati-Rad. Ezzati era um veterano experiente da terceira delegacia da área. Porém, naquelas primeiras horas de um dia frio e chuvoso, apenas minutos antes de várias equipes táticas da NAJA cercarem o prédio em questão, Ezzati parecia atordoado, sua presença era produto de um frenesi súbito que o havia arrebatado assim que leu as instruções em código do escritório central da NAJA.

Ele se valera do manto da escuridão para assumir sua posição antes que as equipes táticas chegassem à encruzilhada da rua Sirus. Ezzati subiu apressado os três andares do prédio adjacente, ofegante e sentindo dor a cada passo. No telhado, precisou andar na pontinha dos pés sobre o parapeito estreito até entrar pela porta de emergência do seu alvo e parar diante do apartamento.

A coisa toda levou uns vinte minutos. Para um homem da idade de Ezzati, ainda mais com aqueles pulmões lesionados, era um feito e tanto. E tudo tinha começado com a mensagem em código da equipe tática da NAJA enviada a todas as delegacias do distrito. Ezzati estava sentado no seu tapetinho de oração num canto da sala de comunicações, com as mangas arregaçadas e o Corão em mãos, quando um recruta lhe entregou a transmissão decodificada. Bastou uma olhada no bilhete e Ezzati já correu até o gabinete do comandante.

O capitão Salehi-Moqadam observou brevemente o bilhete e assentiu com a cabeça:

— Ora, ora! Então finalmente identificaram o nosso infame Morcego da Meia-Noite, é isso? E de todos os lugares possíveis, está logo ali... dobrando a esquina da Chuch com a Sirus!

Salehi era um policial de meia-idade, com aspecto durão, ombros quadrados e barba rala. Nada nunca parecia impactá-lo — nem mesmo a notícia de que finalmente tinham descoberto o paradeiro do Morcego da Meia-Noite.

Ele prosseguiu:

— Assim que descobriram aquele cemiteriozinho particular, eu soube que os dias dele estavam contados. Foi que nem todos os outros suspeitos que vieram antes. Como se chamavam?

Ainda em pé diante da porta, respeitosamente, Ezzati respondeu:

— Senhor, um deles era chamado de a Cinderela de Karaj e o outro, o Escorpião de Eslam-Chahr.

O olhar de Salehi alternava entre encarar os cartazes de Procurado nas paredes e um grande mapa de Teerã.

— Mas, sabe, esse último podia ter tido um final melhor. Que pena que o Morcego da Meia-Noite estragou tudo. Cagou com tudo. Não precisava. — Agora o seu olhar se voltava de novo para o subordinado. — Você e eu nos entendemos perfeitamente, sargento

Ezzati. Acho que sabe o que quero dizer. Nós dois passamos pela guerra, lutamos pelo nosso país. O que quero dizer é que não é bom negócio quando a capital de um país muçulmano de verdade, um país xiita, está tão infestada dessa escória. Todos os quarteirões desta cidade foram batizados em homenagem aos nossos mártires de guerra, homens que lutaram ao nosso lado e morreram pra que nossos filhos pudessem viver em paz. No entanto, essas mesmas ruas estão entupidas de piranhas em idade escolar e todo o tipo de lixo imaginável. O que você acha disso, sargento?

Ezzati se endireitou um pouco e respondeu:

— Verdade seja dita, eu não acho nada, capitão.

Salehi ofereceu um sorriso amargo:

— Ou talvez seja mais fácil apenas mudar o nome de todas as ruas de novo. Pelo menos assim os nossos mártires poderiam descansar em paz. — Então, como se tivesse captado de súbito a gravidade da situação, ele acrescentou rapidamente. — Não temos muito tempo, sargento. Entre em contato com o capitão Ahmadi e todas as outras patrulhas da área e mande todo mundo se retirar o quanto antes. As equipes táticas chegarão em vinte minutos. Não quero uma única viatura de patrulha na Chuch. Garanta que ninguém saia do seu posto também. Ninguém! A área inteira precisa estar livre de viaturas e de gente fardada. A equipe tática vai resolver. Provavelmente vão querer armar uma emboscada.

Ezzati ficou esperando. Seu turno da noite havia terminado. Ele tinha concluído a prece matinal e já estava pronto para ir para casa quando a mensagem chegou.

O capitão prosseguiu:

— Aliás, fale pro plantonista ficar esperto. Quero que todo mundo pegue o que precisa da sala de armas. Mande todo mundo continuar em seus postos. Quanto a você, vá pra sala de rádio e fique de ouvidos bem abertos. Tenho um pressentimento de que hoje vai ser corrido. É possível que as equipes táticas precisem da gente para dar reforço. Por Deus, espero que ele não escape desta vez.

Ezzati bateu os calcanhares e estava pronto para se retirar da sala quando o capitão o chamou:

— Olha só, Ezzati, o que estou pedindo de você (digo de você, pessoalmente) não é que cumpra uma ordem. Sei que seu expediente já terminou, mas estamos com pouco contingente hoje. Fique mais um pouco. Ajuda a gente aqui.

— Sim, senhor.

Ezzati foi direto para o último andar da delegacia e contou ao plantonista o que estava acontecendo.

O sargento Ghanbari concordou com a cabeça, pensativo. Ele era grandalhão, alguns anos mais novo que Ezzati e puro músculo. Não era o tipo de policial com quem você quer esbarrar na rua. Disse:

— Não é à toa que chamam ele de morcego. Até agora se mostrou difícil de pegar. Adoraria estar por perto quando acabarem com ele. Aposto que não é do tipo que se entrega sem tiroteio. Não vão pegar ele com vida.

Os dois foram caminhando até a sala de armas. Ghanbari continuou falando:

— Dizem que o assassino enterra as vítimas com toda a pompa de um enterro muçulmano digno. Dá pra acreditar? Ele cava as sepulturas de acordo com a lei religiosa. Digo, o sujeito é preciso... dois metros de comprimento, um metro de largura e noventa centímetros de profundidade, com os corpos virados para Meca. Todos os cadáveres que foram exumados tinham a devida mortalha também. O legista diz que ele até lava os corpos com cânfora e cedro em pó antes de botar a mortalha. É como se o sujeito tivesse toda uma funerária para conduzir esse trabalho. Aposto que até recita as preces para os mortos.

O oficial encarregado da sala de armas estava escutando a conversa e se intrometeu:

— Preciso admitir que eu meio que gosto do sujeito. Não gosto do método. Não. Mas me parece o tipo de homem que endossa suas palavras com feitos reais, mesmo que esses feitos sejam o assassinato de um bando de putas nojentas da rua. Somos ou não muçulmanos, afinal? Juro pra vocês, toda vez que tenho que sair em patrulha e prender essas piranhas, me sinto sujo até o âmago. Mas o Morcego da Meia-Noite, aí sim, esse é um homem de verdade. Um ano e meio atrás, ele começou um trabalho e seguiu firme. E, quanto aos boatos recentes de que ele trepa com as vítimas, eu não acredito, não. Ninguém acredita. É só desinformação, difamação. O que ele fez com essas vadias baratas da cidade é preciso um coração de leão pra fazer. Um homem desses nunca ia se rebaixar ao estupro.

Ghanbari pediu uma Colt 45 e um AK-47, com pentes extras. O outro homem olhou para ele, incrédulo:

— O quê? Acha que ele vai atacar a delegacia?

— Não tem nada de errado num homem se preparar com o arsenal completo.

O encarregado da sala de armas, que era magrão e mais velho, e sempre contava piada, sorriu.

— Já que é assim, que tal eu ligar na central e pedir pra mandarem uma DShK calibre 50 também? Afinal, não tem erro ficar pesadão.

Ghanbari e o outro homem riram. Mas Ezzati continuou frio, em silêncio. Botou a Colt recém-recebida no bolso do casacão militar surrado e saiu com pressa.

Enquanto se afastava, o oficial da sala de armas falou:

— Sargento Ezzati, *você* é o cara, meu irmão. Sua palavra é meu comando.

Ezzati respondeu:

— Vou contar pessoalmente sobre a situação pro vigia.

Agora Ezzati estava na pequena cozinha da delegacia tentando hidratar um pouco aqueles pulmões inúteis quando viu que Ghanbari o havia seguido. O plantonista ficou ali parado, em pé, com o AK pendurado nas costas, observando a terrível crise súbita de tosse de Ezzati.

— Como está?

— Bem o bastante.

Ghanbari deu um passo na direção do colega sargento.

— Aposto que em questão de minutos você vai cuspir sangue. Esqueça as ordens do capitão. Vai pra casa, descansa. A gente cuida de tudo.

— Estou indo.

O olhar de Ghanbari continuou fixado no amigo.

— É mentira. Você não tem a menor intenção de voltar pra casa, né?

Ezzati deu as costas.

— Fale a verdade. Aonde vai?

— Me deixa, pode ser?

O plantonista barrou o caminho de Ezzati.

— Você está todo zoado, cara. E tem a ver com aquela vaca da Zivar. Estou errado? — Ele nem esperou Ezzati responder. — Você ainda não aprendeu a lição, irmão. Aquela imprestável não vai voltar. E você está louco se acha que ainda pode ficar com ela.

Ezzati tentou afastar Ghanbari com um empurrão, mas o sujeito segurou seus pulsos com facilidade e o prensou contra a parede.

— Por quanto tempo você quer se torturar por causa daquela vagabunda? — o tom de voz de Ghanbari subiu, de raiva. — A Zivar já era. Entende? Finge que ela morreu. Já não era sua, pra começo de conversa. Devia ter pensado nisso há muito tempo. Na época que você achou que botar em casa uma menina vinte anos mais nova era uma boa. Pensou que era brincadeira, que dava simplesmente pra trocar de mulher? Sua esposa, aquela sim era uma mulher de verdade. E a Masumeh foi fiel a você até o último dia da vida dela. Mas essa vaca que você trouxe de substituta... a cabeça dela até podia estar na sua casa, mas o resto do corpo estava com outros. E você ainda não sacou.

Ezzati teve outra crise de tosse. Mal conseguia respirar.

O plantonista o soltou e deu um passo para trás.

— Perdão. Não queria chatear você; só queria dar a real.

Ghanbari encheu de novo o copo de água e o ofereceu ao amigo, que bebeu devagar, ainda sem conseguir olhar na cara dele. Então Ezzati murmurou:

— Está imaginando coisas. Estou ótimo.

Ghanbari trocou o AK de ombro.

— Por que não dá ouvidos à razão? Você é um veterano de guerra ferido. Não precisa nem estar aqui se não quiser. Acha que é algum tipo de sacrifício vir e bater ponto todo dia? Pra um cara que nem você, é suicídio. E suicídio é pecado. Por acaso, você não é um homem de fé? Se fosse eu, não ficaria nesta pocilga abandonada por Deus nem um minuto a mais do que o necessário. Esqueceu que os iraquianos usaram armas químicas na guerra? De onde acha que vem essa tosse? Vai ser o seu fim. Vai pra casa, Ezzati. Imploro pra que vá pra casa.

— A tosse não é nada. Só não tenho encontrado os remédios estrangeiros no mercado. Tudo que eles têm são os nacionais, um lixo. Mas vou ficar bem.

Ghanbari aproximou seu rosto do de Ezzati uma última vez:

— Vai pra casa e descanse. Tenta esquecer aquela vaca, se puder.

Ezzati saiu esbarrando no amigo, em silêncio. Na saída da delegacia, fez um aceno casual com a cabeça para o vigia e rumou para longe da garagem.

Agora lá estava ele, dentro daquele apartamento nas margens do Chuch. Os joelhos ainda tremiam da subida. Com a Colt em mãos, Ezzati enfim conseguiu ficar em pé e cambalear até o centro da sala de estar, onde havia um cadáver deitado de costas no chão. Uma jovem. Uma menina, na verdade. Não devia ter mais que dezesseis anos. Os cabelos pretos desgrenhados cobriam a maior parte do rosto e o véu estava amarrado ao redor da garganta. Ezzati esticou a mão e desfez o nó do véu com o indicador. Por baixo, a pele pálida da menina tinha hematomas. O sargento se levantou de novo e foi até o aquecedor, esquentar um pouco as mãos. A tosse intermitente o deixava exausto. Registrou o horário e começou a inspecionar o local com olhos de policial. As janelas possuíam, todas, cortinas pesadas. Havia uma mesinha no canto da sala de estar. Uma bolsa feminina marrom estava em cima dela. Ao lado da bolsa havia um relógio, dois anéis e três pulseiras de ouro. O quarto parecia arrumado. Ninguém havia dormido ali recentemente. Havia um casaco feminino no armário. Ao lado dele, um terno masculino e um par de calças curdas folgadas. Os outros objetos eram duas garrafas de spray aromatizador e vários lençóis perfeitamente dobrados dentro da gaveta.

Ezzati estava lá havia dez minutos quando o ruído de chave na fechadura o trouxe de volta ao mundo. Correu direto para o banheiro e deixou uma frestinha na porta para espiar o que aconteceria na sala de estar. Uma mulher entrou no apartamento. Vestia um *hijab* preto ensopado e lamacento. Ela parou e conferiu rapidamente o lugar. Depois, soltou o guarda-chuva e, enquanto seguia até o aquecedor, o *hijab* caiu da sua cabeça e foi ao chão. Era alta e parecia distraída. Na verdade, era como se não visse o cadáver estirado à sua frente. Tirou um cigarro da bolsa e o acendeu. Seus olhos recaíram sobre a bolsinha marrom em cima da mesa do lado da janela. Foi até lá e apanhou as pulseiras e os anéis, mas por algum motivo deixou de lado o relógio.

Ezzati estava se segurando para não tossir e observava cada movimento. Ela foi até o quarto. Daquele ângulo, Ezzati podia ver suas mãos entrando na gaveta e depois procurando por algo embaixo dos lençóis. Elas saíram com um bolo de dinheiro, que meteu no bolso. Deixou o quarto e passou pelo cadáver sem sequer olhar. Apanhou o *hijab* e o guarda-chuva e estava prestes a abrir a porta quando Ezzati a fez parar ali mesmo, vociferando:

— Parada!

Ela gritou de surpresa e o guarda-chuva caiu da sua mão ao se virar para encará-lo. Parecia prestes a abrir um berreiro. Ezzati deu três passos rápidos até a porta e a segurou.

— Nem um pio!

— Senhor, quase me mata de susto! — Ela levou a mão ao coração e encarou Ezzati completamente incrédula. — Por um segundo achei que fosse o meu fim. Achei que o senhor fosse... da polícia? — Suas rugas estavam repletas de terra e, ao abrir a boca para falar, os dentes podres eram escabrosos de ver. — O senhor é da polícia mesmo ou...?

— Ou o quê? — perguntou Ezzati, observando-a com curiosidade.

A mulher parecia ter se recuperado do choque inicial.

— Ou nada. Digo, o jeito como chegou por trás do nada. Tomei um susto. Só isso.

Ezzati desviou o olhar por um segundo e tentou se concentrar no que fazer na sequência. Imediatamente, ouviu o som da porta se abrindo e se virou para ver a mulher sair em disparada rumo à escuridão do corredor. Ele a alcançou perto da escada e agarrou seu véu. Ela tentou gritar, mas ele já estava com a outra mão sobre a boca dela, arrastando-a de volta ao apartamento. Ele a atirou ao chão, do lado do cadáver.

— A chave!

A mulher olhou para ele, sem entender nada.

— Me dá a chave do apartamento. Agora.

Ele pegou a chave e trancou a porta. A mulher havia se levantado e se arrastado até o aquecedor, sem tirar dele os olhos aterrorizados.

— Não minta pra mim. O que quer aqui?

— Eu? Sou a Najmeh. Não sabia? — Tinha a voz trêmula e agora chorava. — Juro por Deus que não sei de nada. Pelo amor dos seus filhos, me deixa ir. Sou inocente. Eu só faço o serviço que...

— Cala a boca, porra. Não sou da polícia.

A mulher de repente ficou em silêncio e secou as lágrimas com as costas das mãos.

Ezzati pegou a Colt do bolso e a colocou na parte de trás do cinto.

— Vou perguntar de novo... me diga exatamente o que está fazendo aqui.

Falava agora num tom de voz baixinho, mas a mulher continuava tremendo.

— Já disse... meu nome é Najmeh. Eu limpo casas. Trabalho na casa das pessoas.

Ele saltou para cima dela, agarrando o nó do véu de novo e ameaçou, sibilante:

— Minta para mim mais uma vez e eu acabo com você. Vou perguntar uma última vez. O que está fazendo aqui? Qual é o seu trabalho de verdade?

A mulher passou a suplicar:

— Senhor, eu conto tudo, eu juro. Só não me machuque. Isso aqui. — Ela apontou para a defunta. — Eu não tenho nada a ver com isso. Nunca vi essa menina antes. Só venho e lavo os cadáveres que ele deixa. É esse o meu serviço.

— Há quanto tempo você faz isso? — retorquiu Ezzati.

— Não sei dizer ao certo. Um ano, talvez mais.

— Como ele encontrou você? — Ezzati ainda segurava o véu da mulher com força.

— Como eu vou saber? Deve ter perguntado por aí. Todo mundo conhece a Najmeh, a banha-defunto. Todo mundo sabe que sou uma falida. Quando esse sujeito me ligou, minha filha já estava doente. Ainda está. Eu precisava do dinheiro pro hospital e pra cirurgia. Ele me disse pelo telefone que era um dinheiro bom.

— Como ele entra em contato?

— Ele me liga. Me manda vir aqui e diz que há um cadáver pra lavar e amortalhar. Dar o devido cuidado aos cadáveres é uma questão muito séria pra ele. Por isso, faço exatamente o que pede. Vou ao mercado de tecidos e compro um pouco de calicô pro sudário. Então, lavo o corpo no banheiro, amortalho e depois vou embora. É isso. Juro que não sei de mais nada sobre nada. Ele nunca aparece. Nunca o vi em carne e osso. Ele me dá horários específicos. Diz que não posso chegar nem um minuto mais cedo ou mais tarde.

Ezzati soltou a mulher e recuou alguns passos até ficar ao lado do cadáver da menina.

— Quantas vezes você já fez esse trabalho?

A mulher fez uma pausa. Ezzati a observou, com cuidado.

— Não sei dizer com certeza. Dez, doze, talvez treze. Perdi a conta. Como não perder? Pelo amor de Deus, eu dou banho em defunto. Mandam dar banho e eu vou lá e dou. Se não é aqui, então é na funerária de Behecht-e Zahra, onde bato ponto.

— Como ele paga?

— Deixa o dinheiro na gaveta do quarto.

— Quanto?

Ela hesitou.

— Hm, é seu se...

— Quanto? — gritou Ezzati.

— Cento e cinquenta.

— Quanto pagam no cemitério pelo mesmo serviço?

— Quarenta. — A mulher começou a tremer de novo. Ficou do lado do aquecedor. — Posso fumar?

Ezzati assentiu. Ela pescou um cigarro e o colocou entre os lábios rachados.

— Termine o cigarro e continue o serviço.

— Continuar? Continuar o quê? — ela balbuciou.

— O serviço que pagaram você pra fazer.

Ela deu alguns tragos rápidos no cigarro e observou o cadáver. Não havia qualquer sentimento naqueles olhos. Era só mais uma coisa para lavar. Ezzati foi até a janela e espiou lá fora, pelo espaço entre as cortinas. A chuva não ia parar tão cedo, pelo jeito.

— Se apresse!

A mulher deu um último trago e foi até o corpo. Agarrou a menina por baixo dos braços e a arrastou até o banheiro. Parecia ter recuperado o fôlego.

— Não feche a porta.

— Mas preciso tirar a roupa dela.

— Pode deixar entreaberta.

A mulher concordou com a cabeça.

— Como você lava? Só com água?

A mulher o encarou, com suspeita.

— Responda. Não precisa misturar a água com alguma outra coisa? Talvez pó de cedro e cânfora?

— Não é obrigatório. Mas seria bom se tivesse. Servem pra dar fragrância pro corpo. Mas dá pra se virar sem. É o que diz a lei, pelo menos.

Ezzati ficou ali observando pela porta entreaberta.

— Vai falando. Todas as coisas que fizer aí, nos pormenores, quero que descreva.

— O que tem pra descrever? Só vou despir e lavar o corpo. Que nem os outros.

Ezzati se apoiou na parede atrás de si.

— Já conheceu algum dos corpos?

— Pessoalmente, quer dizer? Não. Por que eu conheceria?

— Mas sabe que eram mulheres da rua.

— Talvez tenha ouvido algumas coisas, sim.

— Por que acha que ele pede pra você lavar e amortalhar os corpos de acordo com a lei?

Ela estava com dificuldades de tirar as roupas da menina e parecia incomodada.

— Como vou saber? Acho que ele é religioso. Acredita em Deus e no Profeta. Ele reza. É virtuoso. Justo. Todas essas coisas. Seja lá quem for que faça uma coisa dessas, precisa ser capaz de discernir o que é certo do que é errado.

O torso da menina estava nu agora, mas os jeans apertados pareciam colados às pernas e não saíam por nada. Parecia que ela ia lavar o corpo fora da banheira e deixar a água escorrer pelo ralo no chão.

Ezzati lhe deu as costas.

— Então está me dizendo que quem fez isso é virtuoso?

A mulher estava ofegante pelo esforço de despir o cadáver.

— Essas meninas não são humanas. São vermes. Precisam ser exterminadas da face da terra.

— Há quanto tempo você parou de se dar ao trabalho de lavar os corpos?

Ainda ofegante, ela começou a falar rápido.

— Essa foi a única vez. Juro. Eu estava com pressa. Já disse que tenho uma criança adoentada. Não tem ninguém pra cuidar dela. Preciso levá-la para o hospital. Está cuspindo sangue desde ontem.

Ezzati deixou o olhar se demorar na cena que se desenrolava. A pele branca da menina, seus tornozelos e coxas, eles surgiam no campo de visão do sargento e depois desapareciam conforme a mulher trabalhava.

— Preciso limpar as impurezas dela antes de lavar de verdade — ela explicou.

— Quais impurezas?

— Ah, o senhor sabe... mijo, merda, porra, sangue, tudo em todos os buracos. — A torneira estava ligada agora e ela precisava falar mais alto por conta do barulho. Saía vapor do banheiro e havia um tom de repulsa na sua voz. — Essa puta imunda. Tudo que puder imaginar tem nela.

Ezzati mal se mexia. Mantinha os olhos fixos na parede nua e permanecia imóvel.

— Agora vou lavar as costas dela. Preciso deixar correr a água sobre o corpo três vezes completas. Aí seco e embrulho na mortalha. Vou carregar ela pro quarto.

Ezzati continuou na sala de estar. Dava para ouvir melhor a voz da mulher com a torneira desligada.

— Aliás, não consegui comprar tecido no mercado. Se me permite, vou usar um dos lençóis do quarto mesmo. Segundo a lei religiosa, é permitido.

Ezzati não disse nada. Foi perdendo a noção do tempo, devagar. Caminhava como um animal engaiolado naquela sala de estar, parando pra se apoiar no aquecedor e nas paredes. Quando a mulher enfim reapareceu à sua frente, tinha outro cigarro na boca.

— Meu serviço terminou — falou, enfática. — Deitei ela no quarto, bem amortalhadinha, virada pra *qibla*. Está pronta pra prece dos mortos. Se o senhor tiver terminado o que quer comigo, eu gostaria de ir embora.

Ezzati ergueu os olhos devagar.

— Você disse que havia impurezas nela?

— Já limpei tudo.

Ele repetiu a pergunta, como se não tivesse ouvido o que ela tinha acabado de dizer.

— Havia impurezas?

A mulher esfregou o rosto com a barra do *hijab*.

— Deus é testemunha que limpei tudo. Por que está pegando no meu pé? Me deixa ir!

Ezzati caminhou na direção dela.

— Você não pode ir a lugar nenhum. Tem polícia por toda parte.

— Por favor! Que polícia? O senhor? Se houvesse mais polícia, já teriam arrombado a porta a essa altura.

Ele apontou para o banheiro.

— Você precisa ficar ali dentro até o meu serviço aqui terminar.

A mulher suplicava de novo. Ele ficou parado ali um segundo, observando-a, e depois saltou em cima dela. Agarrou seus pulsos e a arrastou atrás de si.

Ela ululava agora:

— O senhor não é homem. Prometeu que ia me deixar ir embora se fizesse meu serviço. Eu lhe imploro!

Ele a soltou num canto do banheiro molhado e ainda fumegante de vapor.

— Vou precisar algemar você. Não vai demorar.

— Não vou contar nada para ninguém — ela clamou. — Vou ficar com a boca fechadinha.

Ele prendeu as mãos dela com um par de algemas. Depois pegou uma bandana do bolso e habilidosamente amarrou a boca também.

— Não se mexa.

De volta à sala de estar, Ezzati praticamente desabou na cadeira do canto, exausto. Inclinou a cabeça para trás e apalpou a pistola que trazia consigo. A presença da arma lhe conferia uma dose de confiança. A mulher não fez mais barulho. Ele ficou encarando as manchas de infiltração no teto, sem conseguir pensar em nada. Então, assim que começou a fechar os olhos, ouviu um ruído de passos no corredor.

Ezzati conseguiu reunir força de vontade para levantar da cadeira e encarou a porta. Não havia outros apartamentos naquele andar. Fosse lá quem fosse, essa pessoa parecia caminhar devagar ao se aproximar da porta. Com a arma em punho, ele foi na ponta dos pés até o quarto, mas de lá não enxergaria nada. Seu peito chiava de novo, e deu vontade de tossir, mas ele conseguiu se calar e seguir até o banheiro no momento em que as chaves tilintaram à porta. Ele fez "xiu" para a mulher com um gesto do indicador e se virou para ver lá fora.

Um jovem de uns trinta anos, com longos cabelos encharcados, magro. Vestia um casaco que passava dos joelhos. Ezzati mantinha o olho nele pelo vão da porta do banheiro. O sujeito parecia examinar o lugar, embora fosse óbvio que não era sua primeira vez ali. Parou do lado do aquecedor, onde ficou esfregando as mãos para se esquentar. Sacudiu o cabelo, e Ezzati pôde ouvir o chiado das gotas d'água que ferveram ao tocarem o radiador. O homem se demorou à janela, espiava lá fora com cuidado. Então caminhou até a mesa e seus olhos recaíram sobre o relógio.

— Ouro! — exclamou. — Capaz de hoje ser o seu dia de sorte, *daach* Ebram.

Ezzati observou enquanto ele investigava o local, com água ainda pingando do cabelo e da barba mal aparada. Então o recém-chegado ficou parado naquele quarto. Ezzati precisou empurrar um pouco mais a porta a fim de ver o que ele ia aprontar. O homem estava simplesmente parado, encarando o cadáver, olhando fixo. Depois falou sozinho de novo:

— O sujeito é um trator mesmo. Faça chuva ou faça sol, ele faz o que tem que fazer. Pode cair granizo que ele ainda vai lá e mata. Ele que se foda!

O homem curvou-se e puxou a mortalha branca do rosto da defunta.

— Ai, que frescor! Que Ebram aqui morra mil mortes por você. Você era um pêssego. Pau no cu do cara que te fez isso. Pau no cu dele e no da mãe dele. Ele tem o seu prazer e deixa os cadáveres pra mim. O filho da puta.

Depois, com um puxão rápido, rasgou a mortalha improvisada e suspirou fundo.

— Aposto que você era só uma iniciante, né? Tomara que quem fez você dar seu último suspiro sofra o mesmo destino.

Da perspectiva de Ezzati, parecia que o homem havia começado a acariciar os seios do cadáver. Foi um momento pavoroso que dividiu com a mulher atrás de si. Ela tinha ouvido tudo que ele ouvira e virou de costas, constrangida e desconfortável. Os gemidos do homem estavam mais altos agora. Ele sentou na barriga da menina e parecia estar abrindo a calça.

— Me perdoa, meu anjinho. Só uma rapidinha e já termino. O tempo é curto e preciso continuar o meu serviço — a voz tremia de excitação e ele não parava de se repetir. — Uma rapidinha e já termino, prometo.

Foi violento o chute que Ezzati desferiu, arremessando o homem de cima do cadáver e contra a parede. O sargento ficou ali com as pernas afastadas, a arma em punho, tossindo seco várias vezes até finalmente se pronunciar:

— Levanta, seu monte de lixo ingrato. Levanta antes que eu meta uma bala na sua cabeça.

E foi então que Ezzati teve dificuldades para continuar em pé. Um ataque de tosse violento se apoderou dele e não cedia. O outro homem percebeu e, por um momento, arriscou de maneira tímida diminuir a distância entre os dois. Mas Ezzati segurou firme, seus olhares se cruzaram e então o homem reparou que o nariz sangrava. Deve ter esmagado o rosto contra a parede quando Ezzati o chutou. A visão do sangue escorrendo serviu para livrá-lo de qualquer ideia de luta. Jogou a cabeça para trás a fim de estancar o fluxo de sangue e depois se largou no chão. A tosse de Ezzati logo cessou. Ele deu mais uns passos na direção do homem e meteu o cano da arma na cara dele. Ebram gemeu. Os coturnos de Ezzati esmagaram o tornozelo esquerdo do sujeito com tal força que ele nem tentou se proteger. Apenas segurou o próprio rosto com as mãos ossudas e soltou mais um gemido animalesco.

— Está com medo, né? Está com medo, *daach* Ebram?

O próximo chute foi no peito. Ezzati observou Ebram retorcer-se de dor. E assomou sobre ele, tossindo, cuspindo e gritando frases truncadas:

— Sabe, eu lhe devo desculpas. Um ano e meio atrás. Achando que você tinha escrúpulos. Matando a esposa. E me disse que matou, porque... ela o traiu. Lamento não ter prendido você naquela vez. Deixei você escapar. Achei que merecia uma segunda chance. Me arrependo. É assim que estou: arrependido de ter pensado que você era homem.

Ebram estava prostrado no chão. Mal conseguia respirar e seu rosto estava coberto de sangue. Ezzati o puxou pelos cabelos. De repente, o outro homem abriu a boca e deu uma golada de ar, como se estivesse se afogando.

— Não me mate. Pelo amor dos seus filhos, não me mate! Sou inocente. Foi obra do diabo. Eu não quis...

Ezzati desferiu uma sequência de golpes.

— Sabe do que me arrependo, seu monstro? Me arrependo de ter me convencido que você seria meu parceiro por uma questão de fé.

Os golpes caíam a torto e a direito, despertando mais gemidos resignados de Ebram. Pareciam os ruídos de um homem no leito de morte. Ezzati parou para mais um ataque de tosse, que causou espasmos no corpo todo desta vez. Ele tombou no chão. Estava cuspindo sangue, a arma caída ao seu lado. O outro homem fez um movimento débil na direção da Colt, porém Ezzati conseguiu se recompor, apanhar a arma e se levantar.

— Pelo sangue do imã Hossein, eu imploro que não me mate. Perdão!

— Perdão não faz o meu estilo. Não vê? Meu trabalho é vingança. Sou um instrumento de castigo, seu animal. Sou um instrumento pra fazer a obra de Deus. A faca é feita pra cortar, e eu sou essa faca. — Ezzati agarrou a defunta e a arrastou com uma mão só até encostá-la contra a parede do outro lado. — Olha bem pra ela. Quando uma menina de dezesseis anos pode ser perdoada pelos males que fez, como é que um ser vil como você pode se imaginar digno de perdão? Hein? — Voltou até Ebram e brandiu a arma na direção dele. — Por acaso se esqueceu do nosso arranjo? Você foi bem pago pra fazer um trabalho simples. Só precisava colocar as meninas no banco de trás do táxi, cavar um buraco e fazer um enterro de verdade. Um metro de largura, dois metros de comprimento e noventa centímetros de profundidade... é assim que deve ser uma sepultura muçulmana. O que aconteceu? As últimas quatro covas não tinham nem trinta centímetros. Os cachorros de rua encontraram os corpos e arrastaram pelas pernas. Agora tudo foi pro saco. Não sei como descobriram esse endereço, mas descobriram. Agora tem equipes táticas lá fora. Vão arrombar a porta a qualquer minuto.

— Não. Eu juro. Não tem ninguém lá fora. Eu tomei cuidado. Não foi nada pro saco. Você é doente. É o que você é. Está obcecado. Se tivesse polícia lá fora, já teriam entrado aqui a essa altura.

Ezzati agarrou o homem pelos cabelos de novo.

— Estão por toda parte, seu imbecil. Sabem o que fazer. Ficam à espera de que um idiota como você cometa um erro. E idiotas como você sempre cometem um erro.

— Não pega tão pesado comigo, sargento. Foi só um pequeno deslize, só hoje. Eu me empolguei.

— Como foi que você entregou a nossa localização de bandeja? Está tomando anfetamina de novo? Por acaso abriu sua boca de trapo dentro do táxi e não conseguiu parar de falar? Sua vida inteira é um erro, *daach* Ebram. Não foi só essa menina aqui, você fez isso com todas. Eu sei, não minta. — Ezzati então se virou, correu até o banheiro, soltou as algemas da mulher e a arrastou atrás de si, o tempo todo sem parar de falar. — O fato é que todos pisamos na bola. Todos nós. — Ele jogou a mulher, que não havia dito uma só palavra esse tempo todo, no chão do lado de Ebram, dirigindo um olhar peçonhento na direção dela. — E você também, você está errada! As defuntas precisam ser lavadas exatamente de acordo com as leis. Não tem nada de opcional. Primeiro, tem que ser com cedro, depois cânfora e, por fim, com água pura. É pra isso que você estava sendo paga, pra fazer tudo exatamente de acordo com a lei religiosa. Mas você também me traiu. Aposto que não lava direito um único cadáver há meses e meses. Só vem aqui pegar o dinheiro e as joias delas.

Mais tosse. Então estava de joelhos de novo. De joelhos, igual a todos aqueles anos na guerra, quando as armas químicas dos iraquianos choviam sobre o seu regimento.

A mulher começou a falar de novo da sua filha doente. Ebram chorava.

Ainda de joelhos, Ezzati apontou a arma para eles.
— Calem a boca. Os dois.
Ebram tentou, estupidamente, proteger o rosto de uma bala que não havia sido disparada.
— Não faça isso, cara. Todo mundo erra. Até você. Você é ou não um homem?
Ezzati recuperou o controle da respiração aos poucos e depois se levantou.
— Não, não sou um homem. Se fosse, não estaria tão sozinho agora.
O outro sujeito de repente levantou a voz, pegando Ezzati de surpresa.
— Para com isso! Todos estamos atuando aqui. Todos somos lixo. Você tem razão quanto a isso. Se vai nos matar, mata logo. Mas não pense, nem por um segundo, que Ebram era um idiota. Eu sabia o que estava rolando. Qual parte da história você quer que eu conte? A parte das vezes que encontrei as camisinhas? Você nem sabia como usar essas porcarias. É isso mesmo, você comeu elas enquanto estavam vivas e eu comi depois de mortas. Não tem diferença nenhuma entre nós.
Ezzati engatilhou a pistola.
— Mentiroso! Você não tem o direito de falar comigo desse jeito. Vou esvaziar essa arma na sua cara perversa. Não vou deixar você botar a culpa em mim. — Ebram não respondeu, e Ezzati deu uma coturnada no tornozelo dele. — Qual é a das camisinhas? Cadê elas? Fala aí!
Contorcendo-se de dor, Ebram gritou:
— Por que está me perguntando? Já sabe onde estão. Na gaveta!

Meio ensandecido, Ezzati começou a jogar as latas de aromatizador de ar de cima da cômoda. Era como se não existisse mais um cadáver naquele quarto.

— Não vejo nada. O que está dizendo?

— Eu disse dentro da gaveta, não em cima.

Ezzati virou-se para a mulher, com olhos selvagens:

— É tudo mentira. Fala pra ele que ele está mentindo.

— É como dizem — a mulher resmungou —, tem mais merda no seu cu do que em nós dois juntos. Pare de fingir que é santo. É tarde demais pra isso. Tenho certeza de que toda a imundície que encontrei nela era sua e de mais ninguém.

Ezzati estava com sangue nos olhos.

— Mentirosos. Vocês dois mentem.

Ele brandia a arma na frente deles, loucamente. A mulher gritou e tentou se levantar e subir na cama.

— Era você. Era tudo você! — ela gritou, apontando depois para Ebram, ainda deitado no chão. — Este homem deve ter vindo no apartamento depois de mim todas as vezes. Então só pode ter sido você.

Ebram fez eco ao que ela disse.

— Tem razão. Elas sempre tinham uma mancha entre as pernas.

A mulher disparou um olhar perverso para Ebram. Finalmente parecia ter compreendido o significado dessa conversa toda sobre manchas.

— Mas espera. Eu dei banho nelas. Dei banho, sim.

— Você parou com os banhos depois da sexta ou da sétima, sua vaca mentirosa. Vocês são só uma dupla de abutres vivendo dos cadáveres. Os dois.

A mulher gritou em resposta, de cima da cama.

— Sim, é verdade, eu encontrava as manchas nelas.

É o meu trabalho. E faço há anos. No começo, você só matava. Mas, depois de um tempo... perdeu a noção de quem é.

A arma tremia na mão de Ezzati. Do lado de fora, o som da chuva cadente tocava o terror nas janelas. Ezzati tentou se pronunciar, mas acabou tossindo, em vez disso.

A mulher continuou, como se possuída:

— Imundas! Ensanguentadas. Cheias de porra. Preenchidas por esse monstro asqueroso que você é. Você rasgou elas por dentro. Você! Você que fez isso. Não esse idiota.

O som da chuva se perdeu por um momento em meio ao estrondo de algum carro batendo. Ezzati correu até a janela e sofreu para abri-la. Os uivos da tempestade tomaram o quarto de assalto, como se tivessem vida própria. Ezzati viu que, do outro lado da rua, o vento havia dispersado jornais e revistas da banquinha. Imaginou as páginas do caderno policial enquanto revoavam no ar e passavam por ele. Via os rostos de muitas meninas, algumas rindo, outras chorando, meninas com olhos castanhos e azuis... todas revoando além dele, numa dança de vítimas, até enfim tornarem-se um só rosto, que o encarava de volta.

Estremeceu. Agora via que o jornaleiro estava armado com uma metralhadora e vinha rápido na direção do prédio, atravessando a rua. O sargento fechou as pálpebras e viu a vida passar diante dos seus olhos. Imaginou as balas passando de raspão. Estava de volta na guerra e os tanques inimigos se aproximavam da posição do seu pelotão. Gritava, mas não era para ninguém em particular:

— Procurem cobertura! Os iraquianos estão vindo com armas químicas! Todos procurem cobertura *agora*!

Essa tosse sem fim. Alguém estava com uma DShK apontada para eles de uma janela do prédio do outro lado da rua. Tinha certeza. Os tanques se aproximavam em duas colunas e, atrás deles, vinham soldados com capacetes e máscaras de gás.

Gritou de novo:

— Apressem-se! O inimigo está em cima de nós!

Ele enfiou a arma pela janela e disparou até esvaziar o pente. Agora o chiado em seu peito cessava e ele não tossia mais. Abriu os olhos e se virou. A mulher estava estirada na cama, com as mãos tapando os ouvidos. Ebram permanecia no assoalho, inexpressivo, sem se mexer. O ruído monstruoso que veio depois foi o da porta do apartamento sendo arrombada. Mas o sargento Ezzati nem ligou. Sua atenção estava voltada de novo para a rua, de onde, tinha certeza, o inimigo se aproximava depressa. Viu de relance a banca de jornais abandonada. Era a última coisa que o Sargento Major Hajj Ali Muhammadi Ezzati-Rad veria naquele dia frio e chuvoso no distrito de Chuch, em Teerã.

---

* *Conto escrito originalmente em farsi.*

MEU PRÓPRIO JESUS DE MÁRMORE

MAHSA MOHEBALI

Dibaji

Desacelero o carro e paro na frente do rapaz. Ele sorri, dá a volta até a porta do passageiro, repousa a mão no teto, desce até alinhar o rosto com a janela parcialmente abaixada e me dá uma secada. Tem uma camada espessa de gel no cabelo e um rosto bronzeado de fazendeiro. Dá para ver que não é de Teerã. Provavelmente foi direto para a praça Vanak assim que desceu do ônibus, vindo de alguma aldeiazinha do fim do mundo. Eu diria que esse rapaz precisa de mais uns seis, sete meses aqui, e aí vai perder esse olhar arrogante e idiota para fazer valer de verdade o dinheiro.

— Quanto é? — pergunto.

Ele abre um sorrisinho. Passa um carro, lançando a luz do farol sobre os seus dentes brancos.

— Quantas? — pergunta.

— Quero você a noite inteira.

Ele abre um pouco mais o sorriso e dirige um olhar para uma banquinha de jornal a uns duzentos metros na rua. Não consigo ver o rosto dos dois sujeitos ali e eles, com certeza, não conseguem ver o meu. Mais tarde, talvez possam testemunhar ter visto seu amigo entrar num Porsche. Só isso.

Ele pergunta:

— Só você?

— Não é uma festa. Só eu.

Ele abre a porta e entra, deslizando. Tem o corpo firme e um pequeno talho, bem sexy, sob o queixo. Fecho a janela dele, dou meia-volta para evitar passar pela banca de jornal e depois piso no acelerador.

— Ainda não me disse o valor.

— O quanto eu fizer você gozar, moça.

— E se você não fizer?

Mais um sorrisinho idiota. Uma madeixa lambuzada de gel cai sobre o rosto.

— Confia em mim, moça, você vai gozar.

O rapaz até que tem a língua ligeira para um principiante.

— Escuta — falo —, do outro lado do parque tem uns fardados inspecionando os carros. Se me pararem, você é o primo do meu marido. Entendeu?

— Entendi.

— E qual o seu nome?

— Kamran.

É mentira. Chamá-lo de Yadollah cairia melhor, ou algum outro nome assim, de camponês. Subindo um pouco a estrada, as viaturas estão paradas nas duas vias, dando uma conferida no pessoal que fica na gandaia até de madrugada. É possível que seja a parte mais complicada da noite. Não quero ter que abaixar toda a janela. Ainda assim, boto para dentro o cabelo saindo do véu e tento fazer a minha melhor cara de mãe. Sem a maquiagem, não pareço exatamente o tipo de mulher que sai por aí caçando michê. Dou sorte e o patrulheiro decide apontar a lanterna pelo lado da calçada, onde está dificultando a vida de umas garotas com idade universitária. O rapaz abaixa o vidro e a luz viaja do rosto dele até o banco de trás, onde prendi o bebê conforto de propósito. O truque do bebê conforto funciona, a lanterna gira para longe e mandam a gente seguir.

O rapaz, a quem vou chamar de Yadollah de agora em diante, diz:

— Seu marido foi embora ou você é viúva mesmo?

Viro na Esfandiyar e afundo o pedal.

— Não estou no clima de flerte, garoto. Você vai me comer umas duas, três vezes pra valer, e é só o que eu quero de você. Agora sobe essa janela!

Ele obedece, depois acomoda a bunda no assento e repousa os joelhos no painel.

— Que bom, porque eu também não estou no clima de lidar com outra Senhorita do Coração Solitário.

Ele finge que é profissional, mas a aparência e o sotaque de vila o entregam. É um completo iniciante. Provavelmente tem família aqui e algum parente ligou e disse "Yadollah, deixa de lado a enxada e a pá agora mesmo e vem para Teerã. É aqui que está a grana". Os dois sujeitos da banca de jornal deviam ser seus parentes. Ficam lá para garantir que não vai entrar no carro errado. É um serviço perigoso. Às vezes quem vai te buscar é uma menina qualquer, mas você vai parar numa casa onde seis gorilas peludos vão para cima e arrombam você.

Viro na Niyayech e saio no embalo, passando um Camry e uma BMW. Eles não conseguem enxergar pelo insulfilme, não sabem que é uma mulher no volante, mas comer a poeira de um Porsche ainda assim fere suas masculinidades. O Camry me alcança no túnel, o motorista age como um moleque de merda, usando provavelmente o segundo ou terceiro carro sobressalente do papai. Deixo que ele passe, pelo bem do seu orgulho ferido, e logo após o túnel tiro uma fina e o deixo para trás no trânsito de novo.

Yadollah fica impressionado.

— Você dirige bem.

Viro na saída de Hemmat Leste e subo a Pasdaran. Engarrafamento de para-choque colado em para-choque aqui.

Yadollah se senta, ereto.

— Aonde está me levando, meu bem?

— Para nenhum lugar ruim, não se preocupe.

— Se estamos indo nesse sentido, por que não pega a Sadr?

— Ultimamente, eles têm fechado a Sadr depois das nove. Se vivesse mesmo em Teerã, você saberia.

— Faz tempo que não venho pra esses lados.

Mente pelos cotovelos. Não tem vivalma em Teerã que não saiba que faz sabe-se lá quanto tempo que estão construindo aquele viaduto na Sadr. Mas não importa. Por ora, estamos presos na Pasdaran e não é a pior coisa do mundo. Em noites de fim de semana como essa, o movimento fica sério aqui e para ir de uma ponta a outra da Pasdaran chega a levar uma hora. O que me dá bastante tempo para ter certeza de que a dona Ebtehaj, nossa vizinha, já está dormindo. A mulher sempre fica sentada atrás da janela, bebericando chá, com um olho na TV e o outro na rua. Pensa que é invisível. O lado bom é que o resto dos vizinhos não é enxerido que nem ela, porque uma única dona Ebtehaj já é suficiente para a vizinhança inteira. Ela fica cumprindo a função de sentinela até uma da manhã toda noite, então engole três ou quatro comprimidos diferentes e apaga até às sete. É um cronograma confiável e esta noite conto com ele.

Uma fofa tenta, sem sucesso, espiar o nosso carro do interior do seu Hyundai Santa Fé novinho em folha. Yadollah começa a abaixar o vidro de novo. Por um segundo, quero mandá-lo parar. Mas, ah, que se dane, deixa o menino! Ela não consegue me ver. Ele mostra os dentes para ela, que imediatamente estica a mão e lhe joga um papelzinho dobrado. O menino pega o papel, sorri de novo e o guarda no bolso. Mas dá para ver pela sua cara que não faz ideia do que está acontecendo. Ao nosso redor, há números de telefone sendo passados de um carro para o outro. Meninos para meninas, meninas para meninos. Sei que ele está morrendo de vontade de me perguntar quem recebe e quem dá dinheiro nessa situação. Não lhe ocorre que essa criançada está aqui só de farra. Pegam números de telefone, ligam uns para os outros e flertam um pouco, depois vão para esse ou aquele endereço. Arranjam um pouco de pó e algumas doses de qualquer coisa e mandam bala. Na manhã seguinte, cada um segue seu caminho, e metade das vezes não lembram nem do nome um do outro. Eu poderia falar tudo isso para Yadollah, inteirá-lo das coisas. Poderia contar que a Pasdaran nas noites de quinta é um clube automotivo. Ou algo mais na linha daqueles antigos cinemas *drive-in*. Só que, aqui, primeiro você dá uma conferida no carro para ter ideia do valor, depois olha para ver se a mercadoria dentro é boa mesmo. Sim, eu poderia contar tudo isso ao pobre Yadollah, mas não conto. Não vou me dar ao trabalho.

— Olha só — falo —, é só uma molecada com dinheiro. Estão querendo se divertir.

Mais uma bonitinha estende a mão do seu SUV e passa um papelzinho para o meu *boy*. Yadollah o apanha também e guarda no mesmo bolso.

— Não incomoda você, né? — ele pergunta.

— Faça o que tiver que fazer. Mas lembre-se: essas meninas não são clientes.

— Eu sei.

Mentindo de novo. Não faz a menor ideia. Finalmente eu ultrapasso dois Peugeots e faço uma curva fechada na Ekhtiyarieh Sul, uma rua para as pessoas que não querem arriscar serem vistas pelo cônjuge ou pelos filhos enquanto trocam telefones. Depois que passo o sinal vermelho na Dowlat, sei que o caminho para casa está liberado.

Na casa vizinha, dona Ebtehaj já apagou as luzes. Que bom. E depois que o Porsche de Naser estiver estacionado, não na nossa garagem e sim na frente da casa, onde pode ser visto, estará tudo certo. Uma típica noite de fim de semana para o dr. Naser Zarafchan, meu marido. Só que, neste fim de semana, a confraternização de sempre é na casa de um de seus amigos, não aqui. Enquanto isso, nossos dois filhos e eu estaríamos dormindo na casa dos meus pais, porque foi o que o dr. Zarafchan decretou. Na verdade, liguei para ele faz duas horas. Ele vociferou no telefone que ia direto do aeroporto para uma festinha de fim de semana na casa de um amigo. Só não disse qual, e não importa também. O que importa é que agora ele está, fisicamente, em Teerã.

Assim que abro a porta, a fedentina de uma semana de lixo acumulado de pós-festa quase me derruba. A casa está um caos de bitucas de cigarro, louça suja e restos de comida deixados para apodrecer em todos os cômodos, até no quarto das crianças. Entenda, a primeira coisa que você precisa saber a respeito do dr. Naser Zarafchan é que ele tem obsessão por limpeza. Mas sua obsessão funciona de modo estranho. Ele não confia em mais ninguém para limpar a casa. E quando há criados, os supervisiona de perto e os esfola de tanto trabalhar. Daí o estado da casa esta noite assim que Yadollah e eu entramos — o cheiro doentio da combinação de caminhão de lixo e mictório público na casa do sr. Limpeza, porque precisou viajar para o estrangeiro logo após a última festa no fim de semana passado.

Yadollah se atira em um sofá e puxa um maço de Marlboro.

— Quer?

Nego com a cabeça. Ele pega o isqueiro, um daqueles bem cafona, que toca uma musiquinha idiota quando acende. Ele assume uma postura casual, fingindo não ter o menor interesse na casa. Nem me pergunta o porquê de ter lixo saindo pelo ladrão.

Tiro o véu e o mantô, e os arremesso do lado dele no sofá. Ele não consegue tirar os olhos da camisola preta de cetim que visto por baixo. Seu olhar vai descendo pelo meu corpo, parando nas coxas. Então oferece um esgar estranho ao me ver de botas masculinas, as botas do Naser, antes de retornar o olhar aos ombros e às luvas pretas que visto.

— Vem cá, gata.

Ele parece ter esquecido o que faz da vida, falando como se fosse *ele* quem me pegou na rua. Com voz firme e equilibrada, ordeno:

— Tire a roupa e deite na cama daquele quarto.

A vida inteira, sempre quis dizer essas palavras exatamente nesse tom de voz.

Ele apaga o cigarro numa tigela cheia de cascas velhas de pistache.

— Assim, tão profissional, logo de cara? Me dá pelo menos alguma coisa pra beber antes de começar os trabalhos.

Vou para trás do minibar, sirvo um uísque e entrego para ele. Depois me sirvo um gim-tônica.

Ele vira a bebida.

— Sabe que você não parece esse tipo?

Ele tem razão. Sem maquiagem, pareço uma típica Mãe Maria. A maquiagem deixaria vestígios para trás. Batom nos lençóis, o delineador marcando o travesseiro. Não ia dar certo. Sirvo uma segunda dose.

— Falei pra ir pro quarto.

Ele me segue, com o uísque na mão. Tira a camiseta. Depois o sapato e as meias. O calçado está empoeirado. Não chegou a limpar. Mais um indício de que não é de Teerã. Agora é hora de tirar as calças. Ele brinca com o cinto e hesita. Faz parecer que é sua primeira vez.

— Vai logo!

Depois que ele tira as calças, finalmente entendo a hesitação. Debaixo da cueca, há um imenso pau duro. Ele pula para debaixo das cobertas, pensando que não vi. Por que é que os homens acham que não é legal entregar o ouro logo de cara? Imagino que só não queiram que a gente saiba o quanto estão a fim, enquanto fingem que estão de boa.

— Não quer tirar a cueca?

Ele parece uma putinha bem cocota. Aos poucos, tira a cueca e a deposita no travesseiro ao lado. Sem cueca, sua ereção é como uma barraca debaixo das cobertas. Ele estica a mão e tenta dominá-la. Não consegue. A coisa salta de novo. Eu lhe passo o resto da garrafa de uísque e mamo a minha própria garrafa de gim. Então me sento no pufe do lado oposto da cama e cruzo as pernas. Ele me devora com os olhos, com vontade, e eu deixo.

— Há quanto tempo você trabalha com isso? — pergunto.

— Um tempinho — responde, virando a garrafa como se nunca tivesse bebido uísque antes.

— E o dinheiro rende?

— Rende bem.

Por que não renderia? Em sua cidade natal, o máximo que se poderia esperar seria um trabalho braçal ou de garçom ou — se desse sorte — um bico de chofer. E nos fins de semana, arranjaria uma buceta barata para servir a ele e seus amigos. Agora está aqui. Basta um comprimido de Viagra e um pouco de Tramadol, depois fazer ponto na esquina. Deveria estar dando graças à sua estrela da sorte.

— Vem sentar nele — ele me diz com olhar pesado. O uísque que está virando como um fodão já começou a subir.

— Já vou. Só me deixa beber mais um pouquinho.

— Já bebeu o suficiente, meu bem. Vem sentar nele, vem?

Para ele, me transformo numa menininha.

— Fecha os olhos. Não gosto que me vejam gozando.

— Gata, só senta aqui no General e prometo que ficarei de olhos fechados.

Pego várias gravatas de Naser na gaveta e me sento do lado dele na cama.

— Agora, feche os olhos. Prometa que não vai trapacear.

Ele enfia a cara no meu decote.

Eu lhe entrego uma gravata.

— Os olhos, primeiro.

Ele suspira.

— Sua pele é uma nata, meu bem.

Relutante, ele apanha a gravata da minha mão e faz um nó para cobrir os olhos. Depois vai colocando, aos poucos, a mão entre as minhas pernas.

— Você se importa se eu amarrar as suas mãos e pernas também?

Ele para e tira a mão. Puxa a gravata de cima de um olho e franze a testa.

— Você andou vendo filmes demais.

— Na verdade não. Só quero que você seja todo meu a noite inteira. E de mais ninguém.

Fico com vontade de rir das minhas palavras. São tão ridículas. Mas Yadollah não se incomoda. Ele cobre o olho de novo com a gravata e se esparrama mais na cama.

— Faça o que quiser, meu bem. Só me fode logo. Se quer que eu seja seu prisioneiro, eu sou. Se me quiser acorrentado, é pra já. Só me dá logo, que estou morrendo.

Ele tem o pau duro de um verdadeiro campeão. Sabia que era um novato. Pego o restante das gravatas de Naser e amarro as mãos e os pés do rapaz nos cantos da cama. Depois pego a seringa e a dose cavalar de cetamina que preparei.

— Meu bem, o que está fazendo? Senta nele logo, estou implorando.

— Espera um pouco. Quero você com muito tesão.

— Tesão? Eu estou morrendo aqui.

Eu puxo as cobertas. Seu pau está batendo continência. Seja lá quem circuncidou este rapaz, fez um ótimo trabalho. Que caralho delicioso ele tem. Pego mais uma gravata e deslizo para cima e para baixo no seu pau, massageando. Ele está no paraíso, mordendo os lábios e se contorcendo de prazer. Quero vê-lo no seu melhor momento, quero congelar a sua melhor e mais impressionante expressão quando fizer a ele o que tenho que fazer. Mantenho a seringa na mão, então tiro a venda. Ele me olha como um Jesus perto do êxtase, tragando o ar por entre os dentes. Está prestes a me chamar de "meu bem" mais uma vez quando o empurro de lado, seguro seu corpo e cravo a agulha bem na nádega. Ele se contorce e se sacode, tentando se libertar, mas já é tarde demais. Só preciso de alguns minutos. Ele não grita nem berra, mas se empenha para soltar os nós que amarram mãos e pés. A estranheza do que aconteceu o deixou mudo, como se soubesse, por instinto, que para ter uma chance, precisa preservar energia. Mas não adianta. É como assistir a um homem se afogando devagar. Por um minuto, ele se debate com tudo e chega a sacudir a cama com tamanha violência que temo que ela possa desmontar. Mas o tranquilizante de animais segue operando sua magia inevitável. Os músculos cedem gradualmente. E o terror em seus olhos se torna completo.

Que pena. Queria que, pelos olhos, parecesse querer me devorar. Agora está bem inerte. Exceto pela sua torre de poder, ainda tão ereta quanto antes. Talvez mais alguns segundos e essa coisa fique flácida também.

Pego o maço de cigarros e o seu isqueiro *kitschy*, depois me sento de frente para ele, bebendo o gim direto do gargalo. Meu homem congelado. Meu próprio Jesus de mármore.

— Me perdoa, não é nada pessoal.

Suspeito que consiga ouvir tudo. O olhar ainda está em mim, o medo e o anseio presos naqueles olhos, num embate eterno entre desejo e horror.

— Olha só, nada disso é culpa sua. Talvez você esteja se perguntando o porquê de estar paralisado desse jeito. Eu poderia lhe dar uma palestra a respeito, mas faz muito tempo desde que cursei enfermagem e não consigo lembrar nem metade dos comos e porquês. Só sei que funciona. Em todo caso, eu devo uma explicação, né? É justo, não? Bem, é o seguinte. O que você está passando agora é parte de um acerto de contas familiar. É sobre uma briga de marido e mulher. E você, por acaso, acabou preso no meio. Peço desculpas.

Sinto o gelado da garrafa de gim entre as pernas viajar pela extensão da minha pele. O negócio dele ainda está em posição de sentido. Não fazia ideia de que era possível ficar assim, mesmo com aquele tanto de droga. Talvez tivesse tomado um monte de Viagra mais cedo. Agora o meu *boy* tem uma ereção eterna. Um Jesus de mármore com a ereção que não baixa.

— Você não gostou do que fiz de você?

Nenhuma resposta, é claro.

— Não sei quando foi que bolei o plano. Não é como se alguém um dia acordasse e decidisse fazer isso. Essas coisas demoram. Precisam decantar na cabeça por um tempo. Então uma noite... sei lá, eu não conseguia dormir e aí me veio, tudo. Que nem aqueles romances policiais. Fui bolando o plano todo na cabeça.

Pressiono com força a garrafa de gim entre as pernas úmidas.

— Preciso confessar que você tem um dos melhores paus que já vi. Poderia ter sido um gigolô fabuloso assim que deixasse de ser um camponês burro. Não teria mais que trabalhar na rua. Bastava que uma vagabunda rica e tarada descobrisse você. Ela passaria o seu telefone pra todas as amigas e estaria feito. Nunca mais seu telefone ia parar de tocar. Seria um rei. Mas, rapaz, como eu quero ver a expressão do Naser quando ele der de cara com a sua rola. Você sabe que o pau dele é tipo um espaguete? Quando ele mete, pra mim é como uma lagartixa vindo me visitar. Faz cócegas e parece de borracha, meio morto. Mas ainda preciso fazer todos os barulhos, sabe? Ele adora os meus barulhos, tanto que se eu não fizer, nem consegue ficar duro. Quanto a mim, fico feliz de fazer uma vez por semana. Uma vez por semana, você abre as pernas, faz uns barulhinhos de aah-uuh e a lagartixinha de borracha sai toda feliz.

Dou mais uma golada no gim. Deu barato já.

— Gosto de você ser depilado. É mais fácil deixar tudo limpo. Mas você precisa avisar aos seus amigos que a moda não é essa mais. A moda é deixar crescer. Que nem aquele meu namorado bicha. Não sei por que estou pensando nele esta noite. Talvez seja o formato do seu pau. Me lembra um pouco o dele. Só que o dele era menor. Aquele viado! A gente se conheceu na faculdade antes de eu casar com o Naser. Que época!

Bebo mais um pouco.

— Que tal um test-drive? Digo, pra que desperdiçar esse espécime maravilhoso de masculinidade que se recusa a adormecer?

Saco uma camisinha e cubro aquele pau duro que nem pedra. Estou tão molhada que assim que sento nele, a coisa vem até o umbigo. Cavalgo com força, ainda com as botas de Naser, e gozo umas três ou quatro vezes antes de me dar conta. Quatro vezes. Vamos usar de precisão aqui. Meu corpo fica amortecido e me bate um sono. Mas essa noite não é para dormir. Temos muito trabalho pela frente.

Desço de cima dele, pego um saco de lixo e jogo fora a camisinha e a seringa. Então limpo seu arranha-céu e toda a região ao redor. Vai demorar muito até Naser chegar, mas preciso terminar o serviço o mais rápido possível.

— Sei que é um iniciante, mas você foi bem. Só não devia passar tanto gel nesse cabelo lindo. Por mim, deixava crescer. Tenho um fraco por cabeludos. Aquele meu namorado bicha tinha um cabelo bem comprido. Sempre o embrulhava e escondia debaixo de um boné na faculdade, pra não encherem o saco. Mas, quando íamos juntos nas festas, rapaz, todas as mulheres e suas mães queriam dar pra ele. A verdade é que isso tudo começou com esse namorado de merda. Um dia ele vem e diz que fulano de tal queria me chamar pra sair. Olho pro meu namorado bicha como a bichona que ele é e sabe o que ele me diz? Ele fala: "O sujeito é o cirurgião-chefe do campus. É só um velho babão. Vai levar você pra comer um filé mignon bem bacana num bairro nobre e aí talvez vocês fiquem de esfregação de perna embaixo da mesa. Que mal faz?". Dá pra imaginar? Eu nem era aluna do sujeito, mas parece que tinha me visto do outro lado do vidro quando assistíamos ele fazer uma autópsia, e aí foi lá perguntar de mim pro viado. Sempre quis saber o que aquele merda ganhou com isso.

Dou um último gole no gim e jogo a garrafa no lixo também, aí acendo um cigarro.

— E foi assim que tudo começou, com um Porsche preto esperando por mim numa bela tarde perto do dormitório feminino. Naser sempre foi de Porsches. E uns sete, oito anos atrás não era como hoje. Não se via um Porsche todo dia nessa cidade. Senti o cheiro refrescante de água de colônia cara quando sentei no carro dele. Suas unhas eram perfeitamente cuidadas e usava um cachecol roxo de muito bom gosto. Naquela noite no restaurante, não ficou de meias palavras... e me perguntou se eu queria casar com ele. Precisava de uma puta troféu e de umas crianças. Aceitei. Fico pensando que se aquele meu namorado bicha fizesse ideia, nunca teria me cafetinado pro doutor. E foi assim. Essa é a história. Aliás, vamos ver qual é o seu nome de verdade, rapaz. Vamos dar uma olhada na carteira.

Suas calças estão no chão. Uma carteira preta surrada no bolso de trás. Dentro tem umas cédulas rasgadas e aqueles papeizinhos dobrados com números de telefone que acabou de ganhar na Pasdaran. Coloco os papeizinhos com os números na boca e engulo. É um exagero, mas não faz mal. No celular barato tem três chamadas perdidas. Confiro as mensagens de texto também. Nada que me incrimine. E, por fim, a carteira de identidade: Hamid Abasqorbani, 22 anos.

— Rapaz, você ainda é um menino. Mas é bom assim. Quando chegasse aos trinta, era capaz de ter um belo pé de meia para arranjar esposa e filhos. Só teria que tomar cuidado para não cagar no pau e gastar demais no meio-tempo. Senão, acordaria um belo dia com quarenta e sem ter onde cair morto.

Suas bolas estão meio esquisitas, uma para cima e a outra para baixo. Imagino que os olhos estejam implorando para mim. E daí? Levo os lábios até sua orelha e sussurro:

— O Naser tem um TOC sério, sabe. Acha que a casa dele precisa ser esterilizada que nem sala de cirurgia. Aí ataca o lugar com todo tipo de produto de limpeza imaginável. Bota as luvas e manda ver. E quando as crianças tomam banho, fica lá parado que nem carcereiro para garantir que estão se esfregando bem com a bucha até esfolar. Você pode olhar essa pocilga e pensar que estou mentindo. Mas não estou. O doutor já vai chegar pronto pra deixar a casa impecável. Hoje, porém, vai ter muito mais trabalho do que de costume.

Tento sentir o seu batimento cardíaco. Ainda tem um vestígio de algo ali. Não quero começar até ter certeza de que ele já era. Então acendo outro cigarro e sopro círculos de fumaça no seu rosto.

— Está curtindo como faço isso? Aprendi no dormitório da faculdade. Imagina só uma menina que nem eu, vinda do meio do mato, aí de repente é jogada nesta cidade e precisa aprender tudo do zero, o tempo todo sendo infernizada por aquelas putinhas teeranenses de nariz feito e cabelos tingidos. Sim, foi assim no começo. Mas aí você aprende a depilar o rosto com cera e fazer alguma coisa com as sobrancelhas e finalmente jogar fora o diabo do xador. Parece que você veio parar no meio de alguma Disneylândia e tem que negociar tudo pela primeira vez. Devagar, você começa a cair em si. Arruma o cabelo, tatua as sobrancelhas, faz uma rino e aprende a entornar o arrack que nem uma profissional. Fica tudo mais fácil, óbvio, se conseguir arranjar o namorado certo. Um cara pode lhe mostrar como fazer as coisas bem mais rápido. Quanto a mim, já havia papado metade dos meninos da faculdade no meu segundo ano aqui. Adorava me pavonear pelo campus depois da última vítima, enquanto aquelas vagabundas teeranenses me jogavam olho gordo por roubar seus namorados. Uma menina de vila fodendo com elas daquele jeito. Mereciam tudo que acontecia com elas. Sei que você, logo você, é capaz de entender o que estou falando.

 A ereção não existe mais. Me levanto e confiro os batimentos dele pela segunda vez.

 — Por que é que o cacete do seu coração não para logo de bater? Queria facilitar pra você, mas está ficando tarde. Anda com isso!

 Cato a garrafa de gim do saco de lixo de novo e tomo mais uma dose. Um último cigarro também. Meu relógio diz que são 2h15.

 — Você e eu temos um tempinho ainda, mas não muito. Fico preocupada com meus filhos, sabe? O mais velho já tem seis e é ligeiro. Ele disse: "*Maman*, por que preciso tomar xarope pra tosse hoje à noite? Não estou doente". Quanto aos meus pais, já estão apagados. Desde que se mudaram pra Teerã, precisam tomar remédio pra dormir. Não se acostumam com o barulho do trânsito. Coitadinhos. Junto do meu irmão, eles vieram como parte do pacote. Naser já tinha feito o seu dever de casa comigo. Sabia que o meu irmão não havia conseguido entrar na faculdade e que meus pais eram gente simples morando longe de Teerã. Aí fez uma oferta que não pude recusar: comprar uma casa bem grande e bacana para os meus pais aqui mesmo em Teerã e cuidar do meu irmão também. Mas sabe de uma coisa? Depois de me sentar naquele Porsche, eu teria casado com ele sem o pacote. Teria casado com ele mesmo que fosse o Godzilla atrás do volante. Me falou que a única coisa que queria em troca era ser deixado em paz nos fins de semana. As noites de fim de semana eram dele e dos amigos. Noite de pôquer, dizia. Noite de pôquer meu cu. Depois de um tempo, saquei qual era. O pôquer é só a desculpa. Todo fim de semana, o perdedor tem que cuidar dos negócios e pagar pela entrega. "E qual a entrega?", você me pergunta. No geral, menininhos, bonitos que nem pêssego. Esse é o gosto deles. Me deu nojo. Mandei vir alguém instalar microfones, mas não funcionou. Esses caras... alguns deles não vão a lugar nenhum sem bloqueadores de sinal. Quando perguntei para o eletricista, ele disse: "O que eu posso lhe dizer? As mulheres compram microfones com a gente e os maridos, bloqueadores de sinal". Mas aí mandei ele instalar uma câmera escondida com cabo. Sabia que só dá pra bloquear as câmeras sem fio? O sujeito passou os cabos pra mim pelas lâmpadas do teto e... bem, foi assim que capturei alguns dos vídeos mais asquerosos que você já viu na vida. Escondi tudo bem aqui. O Naser jamais vai encontrá-los. Mas a polícia, assim que começarem a revirar a casa de ponta-cabeça... aí é outra história. Acabou a noite de pôquer.

Confiro o relógio, de canto de olho.

— Peço desculpas meu Jesus de mármore, mas preciso começar. Não dá mais pra adiar.

Naser guarda um kit de ferramentas cirúrgicas no quarto. Luvas. Bisturi. E assim começamos.

— Peço desculpas de verdade, meu jovem. Quem sabe se a gente tivesse se conhecido em circunstâncias diferentes, talvez houvesse uma fagulha entre nós. Apesar de que eu duvido. Como é que dizem os cristãos? Que Jesus foi crucificado pelos nossos pecados? Bem, aqui está você, não?

O sangue jorra do primeiro corte e quase desmaio na hora. Pego o gim e me afasto dele por um minuto. A sala de estar fede a sobras de pizza, tigelas parcialmente consumidas de iogurte e fatias fedorentas de queijo e frutas podres. Penso em todas as vezes em que Naser vinha catar esse lixo com suas grandes pinças. O absurdo de ver esse pedófilo obsessivo-compulsivo de luvas cirúrgicas para catar, todo afrescalhado, um dejeto depois do outro com pinça e colocar tudo num saco de lixo de tamanho industrial. Depois levava o saco lá fora pela porta dos fundos, como se estivesse muito constrangido para usar a porta da frente. Mas amanhã (digo, hoje), como é que ele vai limpar esta bagunça em particular?

Me obrigo a mastigar um chocolate. Não posso me dar ao luxo de fazer o papel de putinha mimada. Pelo amor de Deus, fiz três anos de enfermagem. Todo aquele sangue e sujeira que a gente via todos os dias. Então: voltemos ao Jesus. Uma poça de sangue se acumulou ao redor do tronco e o lençol está empapado de vermelho. Faço agora um corte mais profundo. Depois enfio as mãos e o abro todinho. Derramam-se as tripas. A essa altura, o Jesus está pálido. Enfio a mão mais a fundo, para pegar com mais firmeza, mas não consigo dizer onde começam e terminam os intestinos. Então só começo a puxar e ando com o que tenho em mãos até o outro lado da sala de estar antes de começar a cortar, bem certinho. O fedor disso. Os pedaços de alface e tomate semidigeridos nadando num mar de quase merda. O meu *boy* deve ter almoçado um sanduíche.

O terceiro corte é uma cruz certinha na área do peito. Mais sangue. A ponta da faca atinge uma costela e fica presa ali. É trabalho manual daqui em diante. Preciso cavar fundo. Ser metódica. Assim como aprendemos na faculdade. Só que metade dessas coisas, eu nem sei mais o que é o quê. Fígado, baço, rins, vesícula, tudo vai saindo. Quase peço desculpas de novo para o meu Jesus, mas sinto que seria bobagem. Daqui para frente, é tudo jogo rápido. O coração se encaixa certinho na frente do candelabro antigo que Naser diz ter ganhado da querida avozinha. O dr. Naser Zarafchan, de antigo sangue azul. É o que ele alega. Se é tão nobre, então por que quis se casar com uma menina de família trabalhadora? Passaram-se oito anos e não vi um único de seus parentes. Diz que moram todos nos EUA, mas estou cagando e andando se moram aqui ou na lua ou se são de sangue azul ou não. É isso, vamos cortando essas veias. Derramando tudinho pela casa. Faço questão de colocar o fígado para agraciar o rosto da Marilyn Monroe. Digo, que tipo de idiota tem um rosto da Marilyn Monroe bordado no tapete?

Corro de volta para Jesus:

— Querido, falei pra você, né, que é tudo só uma briga entre mim e aquele babaca doente. Sim? Sinto muito por você ter sido tragado pra isso. Sinto muitíssimo. Mas no dia em que vi ele olhando de um jeito esquisito pros próprios filhos quando tomavam banho, aí soube que já era demais. E quem puxou o palitinho foi você. Lhe serei grata até o fim dos tempos. Aliás, não se preocupe comigo, não vou ser presa. Não vou. Já pensei em tudo. Quando terminarmos aqui, vou botar o traje de corrida, tirar as botas de Naser, jogar fora as chaves extras do Porsche no saco de lixo e botar o saco na mochila. Então saio pelos fundos e vou embora daqui. Do viaduto Sadr até o parque em Ekhtiyarieh, é só uma corridinha de meia hora. Vou dar uma volta no parque, como sempre, e garantir que o guarda me veja. Vou precisar jogar fora a mochila antes, mas não se preocupe, tem muito lugar pra me livrar dela entre aqui e o parque. Algum catador vai ficar bem feliz. Não vai demorar para descartar o saco de lixo e depois levar a mochila embora. Aí sobra só a parte mais delicada da nossa manhã. Vou voltar pra a casa dos meus pais e vão pensar que estou voltando da minha corrida matinal de sempre. As crianças ainda estarão dormindo e vou começar a ligar pro Naser. Que não vai atender. Como falei antes, ele foi direto do aeroporto pra casa de um amigo pra uma noitada currando menininhos. Eu sei, você pensa que estou deixando algumas pontas soltas. Mas aqui estou eu pra dizer que não. Suponha que os seus amigos da banquinha de jornal identifiquem você. Eles só viram um Porsche preto... e todos sabem que o dr. Zarafchan não empresta o Porsche pra ninguém, ainda mais pra esposa. O quê? Como foi que peguei o carro hoje sem ser vista pelos vizinhos? Boa pergunta. Saí com ele às cinco da manhã de ontem, quando todo mundo ainda estava dormindo. Às sete, já tinha deixado o carro numa garagem movimentada na Jomhuri, perto do bazar de sexta-feira. Tem tanta gente indo e voltando que ninguém tem tempo de prestar atenção em você. Aí deixei o carro e peguei um táxi de volta pra casa. Eu sei, eu sei. Tem câmera na cidade toda. Não dá pra evitar. Algumas coisas você simplesmente deixa ao sabor da sorte. Um misto de sorte e planejamento cuidadoso. Em todo caso, nenhuma câmera vai conseguir ver dentro das janelas com insulfilme do Porsche, exceto na hora em que ficamos presos no trânsito na Pasdaran e você ficou colecionando telefones das moças. E não faz mal. Não teria sido certo evitar que você fizesse contatos de negócios, né? Além do mais, imagino que, com todas as provas, vai ser um caso tão fácil que nem vão chegar a pensar nas câmeras. Será que isso basta para satisfazer a sua curiosidade insaciável? O quê? Ainda não? Escuta só, você não precisa se preocupar com os amigos do Naser, de verdade. Conheço aqueles homens. Quando ele chegou, já estavam bêbados demais pra notar se foi no próprio carro ou de táxi. São todos médicos e seus cronogramas doentios estão sincronizados. Quanto aos meus pais, vão estar acordando quando eu chegar à casa. Depois que as crianças acordarem também, vão pular no meu colo e vou fazer cereais e torradas para elas, e vamos ficar todos sentados na frente da TV assistindo os desenhos de fim de semana. O que acha? Estamos entendidos agora?

Tiro as luvas e a camisola e jogo tudo no saco também. Agora pareço bem excêntrica, nua exceto pelas luvas pretas que mantive sob as luvas cirúrgicas, mais as botas pretas de Naser, três números acima do meu. Me jogo no sofá para mamar a garrafa de gim. É essa a sensação de êxtase?

Só consigo ficar aqui sentada, encarando o meu Jesus estripado por mais uns minutinhos.

— Sabe de uma coisa, meu bem? A melhor parte disso, o momento absolutamente mais lindo, vai ser quando Naser abrir a porta e se deparar com todo esse sangue e pedaços de corpo no chão dele. Consigo até imaginar a boca escancarada, os joelhos fraquejando. A essa altura, já terei começado a fazer as ligações estratégicas para a enxerida da dona Ebtehaj, a vizinha. Vou dizer pra ela que não estou conseguindo falar com o Naser e que estou preocupada. A dona Ebtehaj vai vir correndo até a nossa porta. Vai ser umas onze horas a essa altura, e Naser estará em casa. Como é? Você me pergunta como posso ter tanta certeza de que ele já estará em casa nesse horário? Porque é o famoso dr. Zarafchan. Toda a sua existência segue um cronograma. Mesmo quando enfia uma garrafa no cu de uma criancinha, faz isso com todo o cuidado. Isso mesmo, tenho esse vídeo também. Então, não importa que tipo de depravação imunda ele apronta na quinta à noite, precisa estar em casa às onze da manhã de sexta para encarar o resto do fim de semana. Precisa tomar o seu café, que ele mesmo prepara, e garantir que a casa esteja tinindo para a semana por vir. Agora, imagina só, a dona Ebtehaj atrás daquela porta, tocando a campainha. Ou Naser está tão chocado que abre a porta automaticamente, ou está desesperado, tentando se livrar de qualquer vestígio seu. Em todo caso, é o fim dele. A dona Ebtehaj não desiste fácil. Ela vai ligar pros bombeiros, pra polícia, vai botar a vizinhança inteira atrás daquela porta se perguntando o que houve com o meu marido. Vai ser uma delícia! As impressões digitais de Naser e de seus amigos por toda parte, por conta da putaria da semana passada. Certa manhã, quando ele estava apagado por conta da noite anterior, fiz questão de botar as digitais dele nos vídeos também. Mas hoje, tudo que o dr. Naser Zarafchan vai ter na cabeça quando a polícia arrombar a sua porta é que ele precisa limpar a casa, limpar o candelabro da sua *maman joon* e a sua Marilyn Monroe suja de sangue. Querido, você já está me dando nos nervos com tanta pergunta. Claro que ninguém vai acreditar nos amigos dele quando e se derem testemunho de que passaram a noite inteira juntos. Quem vai acreditar num bando de pedófilos, com suas nojeiras todas registradas naqueles vídeos, vídeos que o dr. Zarafchan gravou para o seu próprio prazer doentio? Os tarados dos amigos do Naser terão sorte se não forem parar na justiça também. Na melhor das hipóteses, vão dizer que estavam bêbados demais para reparar se Naser saiu ou não no meio da festinha. Seus advogados e os advogados do hospital vão gastar todo o dinheiro do mundo para manter tudo debaixo dos panos. Então, quem vai duvidar que Naser teria catado você, seu próprio Jesuzinho de mármore, no caminho de casa? Ou pegado mais cedo e deixado você aqui, para poder voltar e massacrá-lo direito depois. O que é isso, você me pergunta? Por que é que o dr. Zarafchan faria uma coisa dessas? Ah, não seja tão ingênuo, meu bem. A essa altura, todos vão saber que o famoso doutor é um psicopata. Até os próprios colegas testemunharão a esse respeito, se chegarem a testemunhar. São todos grandes acionistas no mesmo hospital. É capaz de seus advogados até mesmo me ligarem pra prometer que vão me entregar todas as ações de Naser, sem fazer perguntas, desde que eu não abra a boca. Assim o nome do hospital jamais será mencionado no julgamento de Naser. Vão subornar todo mundo, incluindo o juiz. E eu só vou precisar fazer carinha de inocente, de tristinha, chorar e visitar o meu marido regularmente. Vou lhe falar que arranjarei o melhor advogado. Ele vai jurar que não foi ele, e vou dizer que é provável que esteja tão fora de si que nem se lembra mais. Então ele vai chorar e eu vou chorar. Vou prometer fazer de tudo pra lhe darem apenas a prisão perpétua sem condicional, e não a pena de morte. Vou arranjar a melhor escova de dentes que o dinheiro pode comprar e assim ele vai poder esfregar cada cantinho da cela. Se deixarem, levo todos os produtos de limpeza que me pedir. Já consigo ver ele de quatro no chão, esfregando e esquadrinhando cada centímetro da prisão até o fim dos seus dias. O grande, o muito, muitíssimo grande dr. Naser Zarafchan. De fato, precisarei me esforçar ao máximo para comutar a sua sentença em prisão perpétua sem condicional. Vou ter que gastar uma grana federal nisso e arranjar o melhor advogado de Teerã. É o mínimo que posso fazer pelo meu querido, bom e velho marido, dono do Porsche que vou dirigir pra lá e pra cá nas minhas visitas semanais à penitenciária.

* *Conto escrito originalmente em farsi.*

NO ALBERGUE
FARHAAD HEIDARI GOORAN
Gomrok

E

u conseguia ouvir a voz da mulher subindo do fundo do fosso profundo, escavado bem no meio daquela praça. Uma sentinela estava diante do buraco. Algum soldadinho com as iniciais M. R. no uniforme.

— Não dá pra simplesmente jogar uma corda e deixá-la subir?

Ele me fuzilou com o olhar:

— Meu serviço é ficar de guarda. Só isso.

Seu sotaque dizia tudo. Um curdo de Kermanchah. Rapaz da minha cidade. Caprichei no sotaque e falei para ele levar na esportiva e ouvir um conselho de alguém da terrinha.

Ele me fuzilou com o olhar de novo e respondeu, aos latidos:

— Fala persa direito que aí sim vou ouvir o que você diz.

— Certo, então. Você não sente nada por ela? Olha só esse buraco. Ela pode estar machucada. Pode estar grávida.

O soldadinho debochou:

— Sim, deve ter engravidado do gato.

Persisti:

— Mas o que ela fez de errado? Por que deixá-la ali dentro?

Foi então que o soldadinho deu um passo à frente e me encarou firme:

— A Patrulha da Decência Pública e o pessoal do Gabinete de Combate a Comportamento Corrupto e Imoral logo vai chegar. Eles vão saber o que fazer com essa aí. Além do mais, o que você tem a ver com isso? O que *você* faz da vida? Hein?
— Eu trabalho na indústria têxtil. Sou engenheiro.
Ele me olhou de cima a baixo e se fixou nos meus sapatos surrados.
— Pra mim, a última coisa que você tem cara é de engenheiro.

Talvez eu devesse tê-lo peitado um pouco mais, mas ele estava armado e com o dedo no gatilho. Também não gostei da carranca que ele fez. De repente, fiquei com medo e me afastei. Havia árvores no meio da praça. Árvores escuras, com galhos pesados de fuligem. Me encostei em uma com uma única gralha empoleirada nos ramos. A ave ficou batendo as asas, sem emitir um único som. Aquela mulher, no entanto, a do buraco — ela definitivamente estava fazendo barulho. Chorava, eu acho.

Eu havia chegado à cidade naquela manhã no terminal de Azadi. Exausto e com sede, apanhei de cara os anúncios de PRECISA-SE e fui atrás de trabalho. Sem tempo de parar, de comer ou de beber. Eu entrava em um escritório atrás do outro e preenchia os formulários de inscrição de emprego. "Claro, a gente entra em contato", era o que eu mais ouvia daqueles gerentes de recursos humanos sem rosto, um depois do outro.

Por volta do pôr do sol eu já estava quase morto, e meu estômago ardido e dolorido de tanta limonada, a única coisa que tinha tomado o dia inteiro. Era como se eu pudesse ver aquele líquido maldito passando pelos intestinos. Mas ainda precisava chegar à Coffee Net, tocada por um velho amigo da faculdade. Uma única empresa me pediu para enviar o currículo via e-mail. Tinham interesse em modelos de roupas civis e militares, além de fabricarem mortalhas para cadáveres. A típica companhia semigovernamental com um dedo em tudo. Eu os tinha encontrado em um prédio que era um labirinto antigo e estreito, com mais lâmpadas coloridas do que deveria. Imaginei que tinha a ver com as comemorações do Eid-e Ghadir. E, claro, havia outro sujeito do recursos humanos ali, barbado, com camisa branca apertada e óculos escuros, sentado atrás da mesa, para me dizer o que eu esperava ouvir.

— Primeiro, o senhor precisará nos oferecer uma amostra do design. A gerência vai dar uma olhada. Depois, é possível que a gente ligue para marcar a entrevista.

O anúncio deles dizia alguma coisa sobre ter que projetar uma variedade de itens de indumentária para atacadistas, e parece que eles não tinham muitas exigências sobre que tipo de design mandar. Na verdade, era uma orgia de opções: modelos para tecidos à prova d'água, modelos de xador preto, de toalha, de tecido para sofá, modelos para veludo e veludo cotelê... a lista não tinha fim.

Eu, por acaso, tinha alguns desenhos para quando um dia desses chegasse, e tinha botado todos em uma maleta de plástico. Antes dessa empresa em particular, as únicas coisas que esses autômatos do RH já tinham me oferecido haviam sido uns trabalhos fim de carreira: emprego número um, supervisor de um programa municipal de reciclagem de lixo; emprego número dois, gerente de uma funerária particular. Não me interessavam. Não tinha estudado todos aqueles anos para coisas desse tipo. E eu não me importava se tivesse que andar por aí até cair em um bueiro como aquela coitada.

Ou eu podia simplesmente voltar à aldeia abandonada do meu pai. Mas, não, eu estava determinado a vingar em Teerã. Só precisava continuar andando neste leviatã de cidade até cair a noite, e aí encontraria um daqueles albergues velhos e decrépitos perto da praça Zakaria Razi para descansar.

Bem, o velho Zakaria estava bem ali mesmo, na forma de estátua. O grande persa, Zakaria Razi, com sua fama de inventor do álcool. O sr. Álcool! E, em sua honra, as pessoas haviam colocado garrafas vazias em torno da estátua. Álcool medicinal e industrial, com 99% de pureza, em garrafas amarelas e brancas. Ao sul da praça, havia uma série de bicicletarias, e se você continuasse naquela rua, uma hora chegaria ao principal terminal ferroviário. Ao norte, havia várias sapatarias que vendiam sapatos usados, na avenida Karegar Sul. Esse pessoal tinha todo tipo de calçado que se podia imaginar, desde os coturnos meio podres de soldados mortos até botinas de segurança surradas para usar nas fábricas. Consegui arranjar um par de coturnos velhos, mas com o brilho de uma engraxada recente. O vendedor de usados me disse:

— Eles podem até mesmo ter ido pra guerra e voltado, esses coturnos aí. Mas te garanto: foram feitos para andar em Teerã.

Não discordei.

Calçado em minhas "novas" botas, peguei um mototáxi ali na praça Razi até a ponte Komeyl, onde estaria a Coffee Net do meu velho colega. O sujeito do mototáxi dormia no ponto, e também quando pilotava. O pobre viciado era um amontoado de fungadas e pingadeira do nariz e estava numa fissura danada. Envolvi sua cintura minúscula com meus braços, era como se agarrar a um esqueleto. Mas, ainda assim, conseguiu nos levar até lá inteiros; logo eu estava parado diante da Coffee Net.

A princípio, meu velho amigo fingiu não acreditar que era eu.

— Achei que você já estivesse a sete palmos do chão a essa altura.

Dizer que o homem sempre havia sido meio baixo-astral era eufemismo. E não me dei ao trabalho de perguntar que tipo de boas-vindas era essa depois de tanto tempo. Só precisava me sentar na frente de uma tela de computador. Ele também nem se deu ao trabalho de perguntar o que eu fazia ali e como tinha conseguido o seu endereço.

Aí começou a reclamar porque passava por uma época complicada.

— Não temos clientes o bastante — anunciou. — Cedo ou tarde, o banco vai tomar o lugar e jogar este que vos fala na cadeia. — Ele nos serviu um chá fraco da porra, de um frasquinho. — Então me diz aí, você é um daqueles fanáticos do Facebook agora também ou ainda brinca com seu caderninho de merda que servia de diário?

— Ainda tenho meu diário. Mas também comecei um blog em que posto tudo que me dá na telha.

— Tipo o quê?

— Tipo relatos sobre a minha antiga aldeia curda. Lembra que levei você lá uma vez? Lembra quando mostrei um dos nossos cemitérios iarsanitas e você perguntou por que eles botavam a mesma frase em todas as lápides?

— Qual era mesmo?

— "Os mortos sempre retornam."

— Para com esse papo! — ele disse, com súbita preocupação no rosto. — Ou qualquer dia desses vão meter uma bala na sua cabeça e na cabeça de todos os seus curdos... e de seus seguidores iarsanitas. Você acha que é brincadeira? Noite passada, encontraram o corpo de uma menina perto da nossa casa. Estupro. Mas deixaram alguma carta idiota em cima do corpo para parecer que ela tinha se matado. Acha que alguém vai dar bola pra verdade? Acha que alguém liga se ela se matou ou se mataram ela? *Allah a'lamu,* só Deus sabe, meu amigo. Só Deus!

Admito que de fato ele era um daqueles amigos de quem você sente saudades de vez em quando. Porém a gente morava a centenas de quilômetros de distância um do outro e meio que não concordava em nada. Além do mais, seu pessimismo crônico me dava no saco em pouco tempo. Ele simplesmente nunca parava de tagarelar sobre como não existia saída para nada.

Então falou:

— E aí, conseguiu dar um jeito no seu serviço militar? Por acaso as autoridades conseguiram finalmente alistá-lo sob sua bandeira santa?

— Não, ainda não cumpri meu serviço.

— Você quer meu conselho? Vai lá, cumpra de uma vez e volte antes que comece a próxima guerra.

— Olha pra mim, já cheguei à minha crise de meia-idade. Como eu poderia virar um soldado a essa altura?

— Então pode continuar sonhando com um passaporte ou uma simples carteira de motorista até o dia da sua morte. Sabe que eles não dão nenhuma dessas coisas até você cumprir o serviço. — Ele desviou o olhar para os meus coturnos antigos, porém reluzentes, e acrescentou. — Parece que você vai procurar emprego até cair morto também.

Assim que me sentei atrás de um daqueles computadores fuleiros na Coffee Net, as palavras começaram a jorrar. *Buraco no chão... mulher... soldado M. R.*. Fiquei irritado comigo mesmo por não ter tido o colhão de enfiar a cabeça no buraco para ver, pelo menos, a cara da mulher. Estava dedicado a esse blog e queria que fosse o mais realista possível. Queria descrever a prisioneira, porém tive que me contentar com a descrição dos seus gemidos. Então descrevi o soldadinho. *Sua pele escura, seu nariz aquilino. O soldado M.R..* Dava para ver que ele havia grafado as letras pessoalmente, com um pincel atômico preto, no bolso do uniforme verde.

Passei umas boas duas páginas descrevendo as patrulhas de Decência Pública que vagam pelas ruas. Eu tinha medo delas. Me cagava de medo, para falar a verdade. E se eu conseguisse ser um escritor de verdade e descrever esse tipo de sentimento? E se eu não precisasse me limitar a apenas um caderno de diário?

Escrevi no blog:

A mulher esmagou uma quarta barata e a arremessou pela janela. A poluição acobertava a cidade dali até as montanhas Elburz.

— Que cidade! — murmurou para si mesma. — O lado sul abrasa a terra e o lado norte sufoca o céu.

Então ela parou na frente do espelho para tirar o batom. Depois, aplicou um pouco de blush e amarrou o cabelo em um rabo de cavalo. Na sequência, antes que se desse conta, havia calçado os sapatos de salto alto, colocado um véu amarrotado de cores vívidas e um manteau cavado, e saía pela porta. A porta do albergue tinha cheiro de urina. Ela passou pela estátua de Razi e ficou parada do outro lado da rotatória. Os faróis piscavam por todo lado, e o som monstruoso do caminhão de lixo era ensurdecedor. Ela observou os homens recolhendo o lixo.

— Coitados!

Um Paykan branco surrado parou diante dos seus pés. O sujeito botou a cabeça pela janela e disse, com um cigarro na boca:

— Onde é que vai a esta hora da noite, mocinha?

— Lugar nenhum.

O cigarro caiu da boca do homem.

— Se quer alguém com um carro melhor, devia se mudar pros bairros ricos — o homem debochou. — Eu mesmo te levo e te largo lá em alguma esquina mais lucrativa, se quiser.

— Cuide da sua vida. Só vim pegar um ar fresco, ok? — Ela teve que rir de suas palavras... pegar um ar fresco no meio de todo aquele lixo!

O carro partiu e ela pôde ouvir a voz do motorista

dizer algo sobre como os tornozelos dela pareciam de mármore.

Os homens do departamento sanitário mostraram-lhe onde ficava o parque, e um gato de rua parecia querer guiá-la mais ou menos naquela direção também. Pelo visto, era só um parque pequeno, com uns abetos velhos e poucos pinheiros com cara de coitadinhos. Havia diversos bancos de metal em torno de uma pequena fonte vazia. O gato pulou ali dentro e miou.

Ela conversou com o gato:

— Você é menino ou menina?

O gato continuou miando. Ela foi e se sentou em um banco. Em algum lugar por ali, uma voz dizia:

— Você vai ficar tão chapado que em um minuto vai estar rastejando no chão. — Depois de um tempo, a mesma voz acrescentou. — Fodam-se as patrulhas de Decência Pública.

O gato tinha se aproximado dela, balançando o rabo.

Ela falou com o bicho de novo:

— Perguntei se você é menino ou menina?

Uma voz diferente respondeu:

— Esse gato é eunuco, moça. —Era um policial alto, de cassetete na mão. — O que faz aqui a esta hora da noite?

— Só estou sentada.

— Identidade?

— Deixei na recepção do albergue.

— Volta pra casa. Agora!

— Casa? Quer dizer o albergue?

— Qualquer que seja o antro de onde você veio, volta já pra lá. Não fique vagabundeando.

— Mas eu vim aqui pegar um ar.

Ela estava sangrando muito hoje e pôde ver os olhos do policial acompanhando o rastro do sangue que gotejava da sua virilha até os tornozelos e sujava os saltos.

Ela se levantou e foi arrastando os pés de volta pelo mesmo caminho de onde tinha vindo. O gato a seguiu.

— Que foi? Parece que você está tão solitário quanto eu. Quer me fazer companhia esta noite?

Ela apanhou o animalzinho peludo e lhe deu um beijo no focinho antes de subir as escadas do albergue.

Depois de terminar a postagem no blog, enviei meu currículo e saí da Coffee Net sem me dar ao trabalho de me despedir. A rua saindo do bulevar Komeyl era tomada pelos militares. De um lado havia os alojamentos do exército e do outro se espraiava um quartel protegido por uma dupla fileira de arame farpado. Nos muros, até onde dava para enxergar, haviam pintado retratos de mártires da guerra. Os mártires e suas palavras de sabedoria antes de seguirem, felizes, rumo à morte.

Continuei caminhando até voltar à praça Razi. Nem sinal daquela sentinela na frente do buraco. Nem sinal da mulher e de seus gritos e gemidos.

Era hora. Cheguei a um albergue ali perto. Dava para ver que a construção era das antigas. Não era um desses trecos de papelão que constroem hoje em dia. A fachada de tijolos e janelas com treliças definitivamente a distinguiam de seus arredores. Fui conversar com o atendente na recepção, pensando que talvez me desse um desconto na diária. Falei da minha busca por emprego e de alguns anúncios ridículos dos classificados daquele dia. Contei uma história sobre o portão de Qazvin, um dos doze portões originais da velha Teerã, e como no século passado costumavam botar um sujeito sentado lá o dia inteiro, anotando os cortejos fúnebres que passavam, para relatar à corte real.

— O portão Qazvin ficava por aqui — ele concordou. — Agora se perdeu, que nem todo o resto. Provavelmente está escondido dentro da estação central de trem ou coisa assim.

Ele parecia ter uns cinquenta anos, mas era mais novo. Bem-humorado e gordo. O tipo de sujeito de quem você gosta de cara. Também era careca que nem bunda de bebê e ficava coçando a cabeça com os dez dedos. Acho que percebeu que eu estava para baixo, porque logo já emendou:

— Não se preocupe com nada aqui, amigo. Nossa hospedaria é segura pra todo mundo. Vem gente do país inteiro. Soldados, oficiais, operários, funcionários de escritório, universitários. Outra coisa: todos os quartos têm escrivaninha. Sim. Vou cuidar de você. Pode deixar.

Além da janela do saguão, meu olhar foi fisgado por uma dupla de corvos. Perguntei:

— Tem alguma chance de alguém conseguir algo para molhar o bico por aqui?

— Nem pense em bebida por estas bandas. Se te pegarem, são setenta chibatadas. E aí te jogam na cadeia com os viciados e alcoólatras. — Apontou com o indicador. — O centro de detenção deles fica bem ali, dobrando a esquina, atrás da estação de trem.

Fazia um calor sufocante naquela noite, e as baratas não me deixavam em paz. Do quarto à minha esquerda, podia ouvir o som de alguém usando uma máquina de costura. Várias vezes pensei em espiar pelo buraco da fechadura para ver quem era, embora já soubesse que era só mais um pobre afegão, com um monte de mortalhas fúnebres para terminar logo. O atendente na recepção tinha comentado, prestativo:

— Tem um afegão num dos quartos vizinhos ao seu. O sujeito costura dia e noite. Se fizer muito barulho com a máquina, me avisa que eu corto a luz dele.

As luzes do outro quarto ao lado já estavam apagadas. Mas eu conseguia ouvir alguém ofegante lá. Depois de um tempo, não aguentei mais e fui olhar pelo buraco da fechadura. Estava escuro. Ainda assim, com muita dificuldade consegui distinguir dois corpos enroscados, rolando pela cama.

Talvez eu estivesse sonhando tudo isso. Não, não estava. Simplesmente havia caído no precipício dos meus pensamentos e não tinha saída. Me imaginava caminhando pelas ruas dessa cidade infinita, com o jornal na mão, procurando por um serviço que não existia. Eu era um designer têxtil e um homem que, ainda, após todos esses anos, fugia do serviço militar. Se tivesse cumprido logo aqueles vinte e sete meses de serviço militar obrigatório e me livrado disso quando era jovem! Mas estávamos em guerra na época. E se vissem o menor indício de penugem sobre os lábios, te mandavam para um treinamento rápido e, de lá, para as linhas de frente.

Mesmo assim, eu devia mesmo ter me entregado no dia em que apareceram na nossa fazenda. Não importava o quanto eu temia. Por acaso já não tinha visto cadáveres o suficiente? Todo dia eles traziam mais soldados mortos e enterravam na nossa aldeia. Pensei naquele soldado do fosso na praça Razi, devem ter trazido o cadáver dele durante aquela década de guerra sem fim.

Agora esse buraco negro de conjecturas me fazia subir pelas paredes. E era só a minha primeira noite ali. Quantas noites eu ia aguentar desse jeito? O que eu devia fazer durante o dia? A quantos anúncios de emprego ainda deveria responder? E se voltasse para a aldeia de mãos abanando e encarasse os fantasmas errantes dos mortos naqueles campos desertos? Meu pai costumava dizer: "Não saia vagando, meu filho. Deixe que o pássaro dos seus sonhos faça o ninho em sua própria casa. Mesmo que seja uma casa que você não possui ainda". Esse era o seu bordão: "Aproveite o momento. Não deixe o tempo escapar".

Mas a única coisa que me restava era o tempo, tempo para deixar tudo escapar. Talvez eu pudesse arranjar um emprego naquela outra fábrica exploradora que tinha visitado hoje. Aquela com os quatro afegãos. Três homens e uma mulher. Todos em transe no trabalho com o carretel, o fio e a agulha, e todos aqueles pedais das máquinas de costura com a algazarra interminável que faziam. Os afegãos também trabalhavam dia e noite fazendo mortalhas. Por algum motivo, ver todo aquele pano branco encomendado para os mortos tinha me dado tontura e quase vomitei. O que, por sua vez, inspirou o chefe da fábrica a tentar me ressuscitar com uma limonada asquerosa.

O sujeito gaguejava feio.

— Você é engenheiro, d-designer. Você s-sabe um pouco sobre t-tecidos e as normas p-para enterro, certo?

— Não.

— Olha! Os m-muçulmanos precisam ser enterrados com v-vários tecidos. Um *l-long* e uma túnica. O *l-long* precisa c-cobrir do umbigo até o joelho. E é m-melhor se for do p-peito até os pés, que assim você...

Eu o interrompi:

— Mas o modelo que propus não acompanha...

Ele nem quis ouvir o que eu tinha para dizer e continuou gaguejando:

— A t-túnica deve cobrir o corpo inteiro. Tem que ser comprida o suficiente para f-fazer um n-nó lá embaixo...

Eu estava prestes a tentar vomitar de novo só de ouvi-lo tagarelar daquele jeito. E que Deus abençoe os ancestrais do alfaiate afegão que prendeu o dedo na máquina de costura bem na hora e começou a gritar. O chefe se voltou para ele e eu saí dali correndo — para bem longe daquele porão mofado, cheio até o ladrão de rolos e rolos de fios e tecidos para os mortos.

Minha cama! Ela fedia a álcool industrial e havia gotas de sangue seco por todo o lençol. "O pássaro dos seus sonhos", meu pai havia dito. Ah, se ele pudesse me ver agora. Comecei a imaginar que estava saindo da cidade pelo antigo portão Qazvin quando o meu amigo, dono da Coffee Net, apareceu de repente na minha cabeça:

— Vem comigo.

— Pra onde?

— Pro escritório do cemitério central, em Behecht-e Zahra.

Eu o imaginei andando alguns passos à minha frente, esvaziando uma bebida goela abaixo como se não houvesse amanhã.

— Numa noite que nem esta, você não iria querer *não* ficar de porre. Precisamos esquecer o mundo, meu amigo. — Ele havia dado meia-volta e encarava o par de coturnos militares velhos que eu havia acabado de comprar... aquelas mesmas botas que tinham ido para a guerra, mas acabaram no distrito de Gomrok hoje. Estávamos agora parados diante de um prédio enorme em algum lugar ao sul da cidade. — Escuta, aqui é o lugar onde guardam as máquinas mais sofisticadas para encontrar cadáveres desaparecidos. Sabe, as mesmas máquinas que usaram na guerra para encontrar soldados mortos. Vá olhar os arquivos, talvez encontre o seu nome lá.

Eu nos imaginei entrando no prédio e subindo as escadas rolantes. Havia uma sala cheia de livros fiscais e arquivos de metal. O vento soprava forte pela janela.

— É isso mesmo, amigo, todos os nossos nomes estão aqui. O meu, o seu, o de todo mundo.

Chega de devaneios!

Rolei para fora da cama fedorenta e joguei água gelada no rosto no banheiro. Surpreendentemente, havia de fato uma barra de sabonete importado na pia. Feito sob medida para uma punhetinha rápida. Arremessei o sabonete pela janela. E aí os meus olhos pousaram numa foto que alguém tinha pregado no espelho do banheiro. Era Marion Crane, do filme *Psicose*. Sem dúvida, obra de algum aluno de cinema sem um puto no bolso que tinha vindo à cidade procurar trabalho, mas acabou que nem eu aqui.

O sujeito queria ser lembrado.

Matei mais algumas baratas com minha sandália, de tédio. Ouvia-se o apito dos trens a uma curta distância. Meu estômago doía, por conta de tanto gás preso na barriga. De volta ao banheiro, o bidê tinha um parafuso solto e assim que o acionei, a água acertou o teto. Não consegui desligar, então tentei deixar do melhor jeito que dava e voltei para o quarto.

Espiei de novo pelo buraco da fechadura.

O soldado M. R. da rua. Havia uma luz avermelhada lá dentro agora e dava para vê-lo nitidamente sobre a cama. Segurava o corpo de uma mulher debaixo do seu. Ela estava com os olhos abertos.

Não sei como peguei no sono, mas peguei. E voltei imediatamente ao meu diário mais uma vez. Voltei para aquela mulher. Parecia ter decidido chamá-la de Chin, igual à letra árabe.

Então acordei de novo e colei na fechadura mais uma vez. Eu tremia. Primeiro, tinha o soldado M. R. E aí tinha os outros. Ou, pelo menos, era o que eu imaginava, que havia outros e que derramavam álcool sobre o corpo nu da mulher. Tinha certeza de ter visto todo mundo. Inclusive as mãos inconfundíveis do atendente da recepção, que em certo momento havia começado a amarrar uma mortalha sobre o umbigo da defunta. Pensei ter visto até mesmo o gerente da fábrica: o gago das mortalhas brancas. Suas palavras ainda ecoavam na minha cabeça: "Para uma m-muçulmana, precisa cobrir tudo. Os j-joelhos. Os s-seios". E depois tinha o meu amigo dono da Coffee Net: "Escuta, irmão, nesta cidade demente, quem sabe o que é real e o que não é. quem está morto e quem não está? Onde fica aquela linha tênue entre a vida e a morte? Sabe, eles levaram o corpo dela à sala do legista. Confirmaram que foi estupro. Ainda estão atrás do assassino...".

Dormi.

De manhã, acordei com o som de sirenes policiais e alarmes de ambulância. Corri até a janela. Vários homens fardados conduziam o soldado M. R. e o atendente da recepção para fora do prédio e os enfiavam na traseira da viatura. Depois, levaram o corpo da mulher numa maca e o colocaram na ambulância. Eu estava febril, meu rosto encharcado de suor. Em alguns minutos, os homens de farda iriam vasculhar o restante do prédio e começariam a fazer perguntas. Iriam bater na minha porta. Iriam querer as impressões digitais e assinaturas de todo mundo. Talvez me convocassem como testemunha. Seja lá o que fosse acontecer, precisava me livrar do caderno. Era a primeira coisa que precisava fazer, jogar o diário fora. Tinha que descartá-lo em algum lugar bem, bem longe. Algum lugar atrás do antigo portão Qazvin, onde, por mil e uma malditas eras, ninguém se daria ao trabalho de procurar.

* *Conto escrito originalmente em farsi.*

UM APEDREJAMENTO ANTES DO CAFÉ

AZARDOKHT BAHRAMI

Salehabad

Depois do que aconteceu, as pessoas viriam discutir comigo que havia mais de vinte anos que não se matava ninguém por apedrejamento em Teerã. Claro que ainda acontecia vez ou outra nas províncias. Ainda apedrejavam adúlteros em lugares distantes da capital, longe desta metrópole culta e sofisticada onde vivemos. Você leria notícias sobre um homem ou mulher embrulhado num saco comprido e colocado dentro duma vala escavada no chão. Então cobriam a cabeça da pessoa e convidavam a vizinhança a se reunir e apedrejá-la a partir de uma distância designada, até ficar bem morta. Sim, sei tudo sobre as leis do apedrejamento. Estudei o assunto. Mas estou aqui para lhe perguntar duas coisas. Por acaso importa mesmo se esse apedrejamento específico aconteceu vinte anos atrás ou na semana passada? E será que faz diferença se aconteceu no meio de Teerã ou a cem quilômetros daqui?

Não importa.

Apedrejaram a minha Elika.

E a apedrejaram aqui mesmo.

E foi assim que aconteceu:

Um jovem grita no meio da multidão: "Matem essa imprestável!". Mas o povo fica só se entreolhando e acaba desviando o olhar. Na última meia hora, cerca de quarenta pessoas se juntam num semicírculo ao redor dela.

Uma mulher pergunta em voz alta por que não cobriram o rosto da Elika. Ela insiste que é a lei. É como se a mulher fosse algum tipo de ministra do Apedrejamento. De novo, pergunta por que a levaram até ali numa mortalha branca. Ela não devia estar no saco de sempre? Não devia estar com as mãos dentro do buraco também? De novo, ninguém responde. Depois de um tempo, a mulher recua e se afasta dali, resmungando baixinho, decepcionada com aquela execução de apedrejamento cheia de falhas tão cedo pela manhã.

Vejo os lábios da Elika se movendo. Ela conversa consigo mesma. Em silêncio. Deve estar exausta. Talvez ainda tenha esperança, como eu tenho, de que a Liza possa chegar. A Liza vai chegar. Mas isso não vai mudar nada.

Agora outra especialista em apedrejamentos, a segunda, se pergunta o porquê de o cabelo da Elika ainda estar úmido. Dá para ver sob a touca branca que lhe puseram na cabeça.

Uma senhora em um xador preto sussurra do meu lado:

— Sabe, antes de jogarem a pessoa no buraco, tem que lavar o cabelo. Tenho certeza de que é lei. Precisa lavar o cabelo com cedro em pó e cânfora. — Então ela gesticula para a mulher que questiona sobre o cabelo úmido da Elika, acrescentando com voz desdenhosa. — Bem, ninguém trouxe um secador de cabelos pra ela, né?

Um jovem apanha duas pedras e arremessa uma contra a Elika. Não a atinge. De imediato, um dos dois policiais corre até o homem e diz algo no seu ouvido. Então ele aponta para o *hajj agha* e o jovem faz que sim com a cabeça, dá um passo para trás, solta a outra pedra e espera.

A Elika corre o olho pela multidão. Tenho certeza de que procura a Liza, que a visitou faz uns meses na cadeia e jurou que ia encontrar a menina. Se encontrou, não sabemos, porque não vimos a Liza desde então.

Agora uma voz estridente atrás de mim pergunta o que estamos esperando:

— Vamos acabar logo com ela!

Outra mulher se une ao coro:

— Que você queime no inferno por fazer dos nossos homens pecadores!

Uma idosa acrescenta:

— Que você queime duplamente no inferno!

O que arranca risadas de alguns. Mas a maior parte não diz nada.

Ela deve estar com dor nas costas. Ou talvez esteja com uma coceira dos infernos. Ela sempre se coçava quando saíamos de casa juntos. Dava risada e brincava que eram todas aquelas roupas islâmicas que davam alergia. Eu queria poder ir até a vala e dar um jeito de coçar as costas dela e conferir os ferimentos. Sempre nos revezávamos, uma coçando as costas da outra, enquanto uivávamos que nem cães. Geralmente fazíamos isso no sofazão. O mesmo sofá que nós quatro usávamos com nossos clientes. A Kati não gostava muito do serviço. Dizia que preferia que os homens se apressassem, fodessem e fossem embora. Mas a Elika dizia que não era justo. Alguns deles nos davam atenção de verdade. Precisávamos valorizá-los. Insistia que havia clientes e *clientes*. De manhã, a gente se encontrava no infame sofá e dava risada das besteiras que os homens tinham feito na noite anterior. Os tipos nervosos; os que tinham medo da esposa; os que não conseguiam manter a ereção. A lista era tão longa quanto a vizinhança.

A corte deu o veredito de que ela também levaria cem chibatadas. Gostaria de saber quando foi a surra. Será que ela ainda tem as feridas nas costas? Queria que alguém se apressasse em pegar umas pedras bem grandes para acabar logo com ela.

Há sessenta ou setenta pessoas aqui agora, todas de olho no *hajj agha* e naquele homem da promotoria. Mas o *hajj agha* não tem pressa. Talvez esteja esperando reunir mais gente. Talvez queira que todos os quatorze milhões de habitantes de Teerã venham até aqui, no extremo norte da rua Khorsandi, no distrito de Salehabad Ocidental. Ao dar as caras pela manhã, ele fez um longo discurso. Algo sobre a lei e a religião e sobre manter firmes as bases da família. Então essa multidão devota se reuniu perto do anel viário na intersecção entre as rodovias Tondguyan e Azadegan para firmar as bases das famílias. Famílias que ganham a vida, em geral, no ramo das drogas e cujas filhas desaparecem de casa antes dos quatorze anos, e, se derem muita sorte, acabam se vendendo a uns xeiques árabes ricaços lá no Golfo Pérsico, ao sul.

Me pergunto quem são essas criancinhas. São novas demais para saber o motivo de estarem aqui. Talvez tenham só vindo acompanhar o show com os pais. Há vários rapazes também, que nunca vi antes por estas bandas. É como se tivessem chegado para uma festa.

Usam jeans caros e sapatos impecáveis. Os bajuladores especiais do *hajj agha*. Pegaram as maiores pedras que conseguiram encontrar e estão prontos. Acho que não estavam aqui quando o *hajj agha* deu outro sermão sobre o tamanho lícito das pedras. Não devem ser maiores do que uma noz. Conto com esses caras. Espero que comecem e terminem o serviço o quanto antes. Pedras menores só prolongarão o tormento.

Bem, parece que o *hajj agha* enfim deu a liberação. Ele gesticula para o homem da promotoria que, por sua vez, diz para os fardados saírem do caminho. Depois, manda um *salevat* bem alto e a multidão repete. É a hora. De repente, há energia renovada, que pulsa pela multidão. Três pedras voam simultaneamente na direção da Elika. Nenhuma delas a atinge, no entanto. Todos se voltam para ver quem as arremessou. No tribunal, disseram que as testemunhas que deram seu depoimento contra ela deveriam ser as primeiras, então o restante da multidão poderia vir na sequência.

A quarta pedra enfim atinge bem o meio da testa da Elika. Agora há sangue entre as sobrancelhas. Ela nem pisca direito. Seu olhar mantém-se fixo nas mulheres e nos homens que a encaram.

Sei o que está pensando: ela torce para que a Liza não apareça, no fim das contas. O apedrejamento já começou e agora é tarde demais para tentar salvá-la. Veja, o vídeo que foi a sentença de morte para Elika não tinha nada a ver com a mulher naquele buraco. Não era ela no vídeo. O casal naquela cena pornô estava mascarado. Só eles podem provar que a mulher não era a Elika. Mas como iam saber o que o filminho deles havia causado? E mesmo que soubessem, por que iriam se pronunciar? Para ficarem no lugar dela? Acho que não! A Liza prometeu que moveria montanhas para encontrar aquele casal e obrigá-los a depor. Mas já sabíamos que era só uma fantasia.

E a essa altura, tenho certeza de que a Elika só quer que termine logo.

E eu também quero.

A mira da multidão está melhorando. Uma pedrinha atinge a orelha esquerda. Outra bate no ombro. A lei diz que, se a pessoa condenada conseguir sair da vala, será libertada. É exatamente igual a quando enforcam alguém e a corda não aguenta: todos são obrigados a deixar que vá embora. Tenho certeza de que ela conseguiria sair dali se tentasse com afinco. Então desabrocharia como uma planta nova que irrompe da terra. Como o seu próprio nome, na verdade. Jamais vou me esquecer da vez em que estávamos todas sentadas no parque, fumando, quando ela enfim nos contou o significado real do seu nome: "Mãe da Terra".

Elika, erguendo-se e arrancando suas raízes do solo.

A mão da maioria dos homens treme. Não conseguem olhar um nos olhos do outro. Muitos não queriam estar ali, tenho certeza. Mas todos precisavam dar as caras por conta do *hajj agha*. Precisavam provar, um para o outro, que são pios. Mal conseguem, no entanto, olhar na direção dela. E é por isso que a maioria das pedradas erra o alvo.

No entanto as pedras ficam maiores. Uma delas, enfim, atinge a mão da Elika com tamanha força que dá para ouvir o som do osso do pulso quebrar. É o mesmo pulso em que sempre pendurava sua pulseira caríssima de ouro, que havia me dado naquele dia quando os homens do *hajj agha* vieram atrás dela.

— Pode levar. Não quero que fique com eles.

Então chamou a Kati e entregou seu anel também, o anel que ganhara do *agha* Ali. Ela sabia o quanto a Kati amava aquele anel, e é claro que ela o amava porque amava o *agha* Ali, o carpinteiro do nosso bairro. Mas o homem era só trabalho, nada de diversão. Tínhamos feito uma aposta nele. A Kati insistia que não havia um só homem em toda a Terra capaz de manter-se fiel por muito tempo. Exceto talvez o profeta Adão, mas aí era porque no seu triste caso específico sequer havia opção. Assim Kati tentou todos os truques possíveis, mas *agha* Ali nunca mordia a isca. Até que um dia a Elika o convidou para ir lá em casa dar uma olhada na nossa mesa de jantar "quebrada".

Tem um menininho que parece quase fora de si de tanta empolgação. Sua pedra aterrissa na testa da Elika, de novo. Mais sangue. As mãos dela não se mexem para proteger o rosto. A mulher tinha razão: aquelas mãos não deviam nem mesmo estar fora da vala. Por que isso? Este é um apedrejamento realizado de forma incompetente. Não fizeram nada direito. Ao que parece, não conseguem matá-la com qualquer grau de eficiência e compaixão.

Procuro em toda parte para ver se o *agha* Ali deu as caras. Não deu. Depois da primeira vez com a Elika, ele reapareceu várias outras vezes. E toda vez com uma desculpa diferente — havia esquecido a trena, precisava lixar a perna da mesa um pouco mais, precisava garantir que o móvel estivesse firme. Deixou mais dinheiro depois. A Liza fez a piada de que era provável que tivesse consultado os outros homens do bairro e descoberto que a gente só dava desconto na primeira vez. Só que a Kati não gostava das piadas com o *agha* Ali. Teve uma vez que ela pegou o dinheiro que ele deixou para a Elika e o esfregou delicadamente nos próprios olhos antes de devolver para ela.

— Você deu duro por isso, meu amor. Aproveita.

A Elika está com os olhos cansados. Ninguém os atingiu ainda. Na mosca. As crianças pequenas, no geral, ainda estão ao redor do Taher. Elas apontam para os arremessos desperdiçados dos pais e riem. O Taher cresceu de verdade nesse último ano. Foi a pedrada dele na nossa porta que nos avisou que estavam vindo pegar a Elika. Essa pedra que ele arremessa hoje só atinge a orelha dela de raspão. Uma pedra pela outra. Estamos quites agora. Lembro da primeira vez que a Elika reparou no Taher lá fora, na frente de casa. Era um dia de luto pela morte de algum imã. Havia bandeiras pretas em todo o bairro. A Elika estava em pé lá fora, esperando chegar um mensageiro de bicicleta, quando o Taher passou. Eu estava dentro de casa, observando pela janela, sem obter o menor sucesso na minha tentativa de estudar para as provas de fim de semestre na faculdade. A Elika disse alguma coisa, e eu vi os olhos do Taher colarem nas unhas pintadas dos pés dela. A vantagem dos meninos de dezesseis a dezessete anos era que terminavam rápido e saíam correndo. Amávamos sua inocência. Para eles saía de graça, e cobrávamos o dobro dos seus pais. Lembro de pensar na época como a Elika bem que podia ensinar algumas coisas ao Taher. As coisas que o *agha* Nosrat, pai do Taher, jamais poderia ensiná-lo.

O próprio *agha* Nosrat vinha nos visitar uma vez ao mês, pelo menos. E a sua esposa, para quem éramos apenas universitárias das províncias, nos trazia *aach* algumas vezes. A Elika amava a comida que ela fazia e passava a língua na tigela toda, até limpar o último restinho. A Kati sempre ria disso:

— Ah, se ela soubesse que outra coisa que pertence a ela que você já chupou, ela ia esganar você com aquelas mãozonas.

Agora o Taher apoia a mão no pai e lhe diz alguma coisa. Com relutância, o *agha* Nosrat se abaixa para apanhar uma pedra. Ele a examina com cuidado, provavelmente certificando-se de que não tem nenhum canto cortante. Ele parece exausto e frustrado. Não aplica nenhum esforço em arremessar a pedra, que cai longe da Elika. O Taher abaixa a cabeça e começa a se afastar. O *agha* Nosrat vai até o *hajj agha* e se despede dele antes de ir atrás do filho. Pai e filho parecem uma dupla acometida por uma ressaca terrível. Mal conseguem andar em linha reta enquanto desaparecem de vista.

Reparo numa nova figura que chega à cena e imediatamente sei que é a Liza. Ela veste um xador que parece caro e tenta não chamar atenção. Mas como eu não saberia que é ela? Consigo até perceber que, sob o xador, seu corpo treme e ela está aos prantos. Não, ela não conseguiu encontrar as testemunhas, não poderia salvar a amiga. O que foi que a fez pensar que conseguiria? Volto minha atenção para a Elika. Parece haver uma pausa entre as pedradas. O véu na sua cabeça está grudento de sangue e ela parece prestes a desmaiar. Mas então ela também repara na Liza e, de repente, estica o pescoço e arregala os olhos, como se para mostrar para Liza que não deve ter medo.

Será possível que o austero *hajj agha* está repensando a decisão? Agora ele decidiu lembrar a todos que a lei diz que a pessoa condenada pode se salvar e ser perdoada se sair da vala. Mas por que a Elika iria querer ser perdoada? Para poder voltar àquele mesmo marido, o Sayan, que desapareceu há oito anos e só mandou os amigos de volta agora para testemunharem contra ela como adúltera? A segunda vez que se encontraram, ela nos contou, ele a levou ao terraço da casa dele e fingiu que precisava de ajuda para consertar o ar-condicionado. Uma coisa levou à outra e quando a mãe e a irmã de Sayan flagraram os dois lá em cima, era tarde demais para vestirem as roupas. A mãe de Sayan abriu um sorrisão e disse algo ridículo sobre as molecagens de sempre dos garotos e que, por ela, não fazia mal. Do jeito que a Elika descreveu tudo, *maman joon* parecia tão orgulhosa do filho naquela hora que era capaz de pegar na coisa dele e beijar ali mesmo, ainda por cima.

Um dos homens na parte de trás da multidão se dirige ao *hajj agha*. Ele pergunta algo, mas o *hajj agha* não escuta. Por isso, o homem repete a pergunta. Algo sobre o número de pedras que a lei permite à multidão usar. O *hajj agha* apanha o microfone e dá mais uma palestrinha, afirma que não há nada definitivo quanto ao número de pedras. Alguns dizem que deveria ser limitado, outros que as pessoas deveriam usar quantas pedras fossem necessárias para dar cabo do condenado. Ao dizer isso, o *hajj agha* enfim apanha uma pedra. Ele age de maneira tranquila e paciente. Parece fazer uma prece em silêncio antes de arremessar. A pedra atinge a orelha da Elika. O nível de energia da multidão de imediato sobe mais alguns pontos. Outros reúnem mais pedras e as arremessam com vigor renovado.

As mulheres não jogam nada. Mas para as crianças já virou um esporte a esta altura. Apostam entre si, e uma encoraja a outra. E aí tem aquele menininho que nunca erra. Um de seus arremessos quebra o nariz de Elika e o menino faz uma dancinha depois. É como se estivesse se descobrindo pela primeiríssima vez.

Elika, ou o que sobrou dela, desvia os olhos de Liza e me lança um olhar desesperado. O que ela quer me dizer? Que tem medo de que, mesmo a essa altura alguém possa chegar e mandar parar tudo antes que acabe? Essa foi a maldição do seu casamento também — uma chegada inoportuna. Na época, Sayan já estava desaparecido da sua vida fazia nove meses, então de repente um dia reaparece e insiste para que enfim se casem. Acredito que toda mulher precise recomeçar do zero pelo menos uma vez na vida. E, para Elika, essa vez foi a proposta de casamento de Sayan. Em meio ano ele gastou tudo que a mulher havia economizado e, depois de seis meses, desapareceu de vez da sua vida. Só para reaparecer oito anos mais tarde com um vídeo pornô e um falso testemunho.

Aquele menino não para de jogar pedra, uma atrás da outra, a pontuação quase perfeita. Mal consigo ver o rosto de Elika agora. Parece algum fruto estranho intumescendo para fora da terra, cercado de moscas a zumbir, incansáveis ao se fartarem do sangue que cobre a terra ao seu redor. A multidão do bairro dá um passo para trás. Mesmo os sujeitos que não são daqui pararam e se divertem tirando fotos com o celular.

Ela sempre quis estar cercada de gente que não conseguiria parar de tirar fotos dela. Dizia que chegaria o dia em que seria uma supermodelo, então cuidaria de nós, suas melhores amigas, suas irmãs. Ela comia pouco, sempre preocupada com a silhueta. E, às vezes, na casa, desfilava para nós, fingindo arremessar flores para os fãs e assinar autógrafos. Nunca se cansava disso, e a gente nunca se cansava de rir com ela quando se pavoneava de um lado ao outro do salão, acenando para todos os admiradores invisíveis.

Os cliques de uma orquestra de celulares tirando foto dela continuam. Elika enfim teve o desejo realizado.

Aquele mesmo menino não parou e acerta uma pedrada na boca de Elika. Sua cabeça é jogada para trás com o impacto. Esse garoto tem um dom. Deveriam levá-lo a todos os apedrejamentos na região.

O rosto dela agora está escabroso. E quando se vira um pouco e tenta sorrir para mim, reparo que há um buraco amplo em sua boca sangrenta. Quebraram todos os dentes da frente. Olho na direção de Liza, que não está mais lá. Não a culpo por ter ido embora. Mas quero ficar até o fim, até o último momento. Quanto à Kati, ela disse que não seria testemunha de uma coisa dessas por nada no mundo.

O *hajj agha* também mandou avisar que não faz sentido eu, Kati e Liza continuarmos em Salehabad depois disso.

Mas olha o arremesso desse menino! Quanta coragem. Acabaram as suas pedras e agora ele faz algo que cala a multidão: vai em direção à Elika. O *hajj agha* levanta a mão e manda a multidão não atirar nada. Uma voz chama o menino e pergunta aonde ele pensa que vai. Mas o menino continua, como se estivesse em transe. Ao redor de Elika há uma pilha de pedras de todos os formatos e tamanhos, muitas delas molhadas com seu sangue. Sua cabeça parece a de um fantoche, frouxa e vacilante, o rosto um véu obsceno de sangue através do qual talvez ainda consiga enxergar. Algo como um sorriso parece brotar ali e os dedos esmagados se movem levemente e apontam a maior pedra perto do seu rosto. O menino apanha a pedra para examiná-la, mas a descarta de imediato. Está toda ensanguentada. Ele recua um pouco, mas depois volta a se aproximar. Senta-se sobre as próprias pernas e encara a Elika. É como se um de seus brinquedos de repente fizesse algo esquisito. O sorriso dela não está mais lá. Ela aguarda, apenas semiconsciente. O menino seleciona as pedras que quer, pegando apenas as secas. Faz a barra da camiseta de saco, apanha um punhado delas e volta para onde estava. Dispõe as pedras aos seus pés; depois, olhando para a Elika, escolhe a maior, cospe nela e se prepara para arremessá-la. Ela ergue a cabeça ao máximo. Está pronta. Os dois estão.

O braço do menino vai para trás. Mas naquele momento um homem dá um tapa tão forte na mão da criança que a pedra sai rolando até onde está o *hajj agha*. Ele dá mais um tabefe bem forte no pescoço do menino e o arrasta para longe dali pela orelha. A multidão observa os dois indo embora, a princípio com deslumbre e depois com decepção. É como se, com a partida do menino, suas últimas esperanças fossem embora com ele; agora a multidão não tem ideia do que fazer na sequência. Todos se entreolham, em confusão. Ninguém sabe como agir. Por isso, ninguém faz nada.

O vento começa a soprar forte, e vem um cheiro estranho no ar. Ninguém mais arremessa pedra alguma. Não há mais vida na multidão. Talvez estejam só esperando o serviço acabar para completar a prece para os mortos atrás do *hajj agha* e depois ir embora. Talvez estejam apenas cansados e com fome. A maioria das pessoas chegou logo depois da prece matinal. Ainda nem tomaram o café da manhã. Os comerciantes devem estar loucos para chegar à casa de chá local e pegar sua dose matinal de pão, ovos e chá antes de abrir a loja e começar o novo dia. Mas parece que ninguém quer ser aquele que vai jogar a última pedra.

O que resta da Elika se volta para mim. Não posso mais ver seus olhos, mas sei o que ela me pede. Já perdeu a esperança de que o povo de Salehabad vá acabar com isso. Por que é que ninguém nessa multidão faz alguma coisa — um desses cidadãos de bem, determinado a manter firmes as bases da família e da religião? Por que é que ninguém tenta provar ao *hajj agha* a sua devoção e masculinidade? Por que é que ninguém, qualquer pessoa que seja, aceita o arremesso final?

Eu me abaixo e apanho a maior pedra que consigo encontrar. É imensa, muito maior do que a lei permite. Minha pontaria é certeira. Nunca erro quando é o que importa de verdade.

---

* *Conto escrito originalmente em farsi.*

PARTE 4:
A CANÇÃO DO CARRASCO

A PONTE DE SIMÃO
YOURIK KARIM-MASIHI
Narmak

O povo de Narmak e Zarkech era muito desconfiado quanto ao canal que atravessava os dois bairros. Ainda mais depois daquele ano, quando as chuvas fizeram subir o nível da água uns bons dois metros. Foi o ano em que o irmão de Rafik caiu lá dentro e, mais tarde, encontraram seu corpo dezenas de quilômetros ao sul de Teerã. O irmão mais velho de Rafik havia sido um jovem bonito. Bonito e inteligente. Por isso era ainda mais estranho ele ter se comportado de modo tão impensado naquele canal traiçoeiro. Ao avistar a namorada chegando pelo outro lado da ponte de Simão, tentou se exibir, pendurando-se no guarda-corpo. Desnecessário dizer que nunca conseguiu chegar até ela.

Dali em diante, o pai de Rafik se recusou a deitar os olhos sobre o canal e aquela ponte maldita. Implorava ao filho mais novo para que fizesse o mesmo. Mas Rafik não queria nem saber. Era absurdo. A ponte de Simão era o caminho mais rápido e fácil para chegar ao quarteirão de Narmak onde moravam o seu primo Edvin e o melhor amigo de ambos, Kamran.

Ainda assim, havia alguma coisa naquele canal, algo como um tipo de fronteira. Em uma das pontas, morava o povo de Narmak, com uma população considerável de cristãos armênios, como o primo de Rafik, Edvin. Narmak também era uma vizinhança muito mais bonita do que Zarkech. Mas Zarkech podia ostentar que ser de lá era poder dar a palavra como garantia, pois alguém de Zarkech nunca traía um parceiro. Para os três amigos, no entanto, tudo isso não passava de um punhado de palavras vazias. Eram inseparáveis. E agora que o verão chegava ao fim e não tinha muito o que fazer exceto esperar pelo próximo ano escolar, os três estavam mais inseparáveis do que nunca.

Numa daquelas manhãs de fim de verão, Rafik foi, como sempre, encontrar os amigos. No dia anterior, o pai de Edvin não parava de tagarelar sobre todas as melhorias que haviam sido implementadas no Anel Viário 62, em Narmak, e como não dava para comparar com mais nada no bairro. Então os três meninos finalmente decidiram ver qual era a desse alarde todo.

Caía uma chuva pesada naquela manhã. Rafik hesitou por um minuto. Depois, simplesmente fechou até o pescoço a sua jaqueta com capuz impermeável e partiu para a ponte de Simão. Não tinha ido muito longe quando, à esquerda do canal, as luzes piscantes de várias viaturas policiais chamaram sua atenção. Estavam todas estacionadas na frente de uma casa com a porta aberta. Homens fardados entravam e saíam. Alguma coisa tinha acontecido ali. Era um dia de chuva e vento e ninguém nem reparou em Rafik enquanto abria caminho até o lugar. Já estava próximo a uma das janelas da casa quando um policial botou a cabeça para fora e começou a gritar:

— Agente Ahmadi! Vem logo. Isso tá uma zona. Preciso de você.

O policial desapareceu no interior da casa. Rafik se aproximou mais da janela. A princípio, só dava para ver pessoas paradas conversando. Depois, quando duas delas se mexeram, deu para ver algo no chão que não era possível distinguir direito. Ele esfregou o rosto para tirar a chuva dos olhos.

O que tinha lá dentro era um corpo.

O corpo solitário de uma mulher, curvado sobre um único degrau ou algo que era mais como uma plataforma elevada que separava dois cômodos. Seus cabelos pretos desgrenhados cobriam a maior parte do degrau, mas ainda dava para ver a mancha de sangue do lado da cabeça. Rafik deu um passo para trás, boquiaberto. Um arrepio passou pelo seu corpo. Naquele mesmo momento, viu o policial que havia chamado o agente Ahmadi voltando com pressa à janela.

— O que está fazendo aqui, menino? Você mora nessa casa? Senão, vai, circulando. *Yalla*, circulando... já!

Rafik saiu correndo. Mas não até Edvin e Kamran. Ele correu todo o caminho de volta para casa.

Tentou de novo no dia seguinte. Sua mente estava concentrada numa coisa só: 12 + 1. Não sabia em que momento do dia anterior havia reparado no número da casa da defunta. Era como se alguém estivesse aprontando uma pegadinha na vizinhança. Treze! Por que esse número azarado? Tão azarado que o município deixa usar 12 + 1 na porta, em vez dele. A curiosidade o impeliu a voltar até lá. A porta estava fechada hoje. Mas, ao espiar pela janela, ainda dava para ver nitidamente a mancha de sangue. Ninguém tinha se dado ao trabalho de limpar.

— Cuidado para o óleo não cair em você, rapaz!

Rafik olhou ao redor e viu o vendedor de óleo, que ia de porta em porta, passando com seu carrinho decrépito na frente da casa. Do outro lado da rua, as pessoas os observavam com curiosidade.

Rafik começou a correr de novo.

Claro que nem Edvin, nem Kamran acreditaram nele quando contou a história. Imaginaram que tivesse ficado com preguiça ontem e que não queria se molhar na chuva. Porém Rafik insistiu.

— Vamos lá ver, então.

— Não quero nunca mais ver aquilo de novo.

— Uma poça de sangue seco não tem como lhe fazer mal.

— Mas se você tivesse visto o cadáver...

Assim retomaram o plano original de visitar o Anel Viário 62. E acabou sendo verdade o que tinha dito o pai de Edvin: a passagem estava ótima, como se alguém tivesse aplicado tinta de alta qualidade nas fachadas de todas as construções e plantado árvores novas pelo bulevar. Naquele dia, Rafik ficou ouvindo os seus amigos falarem sobre como o anel viário tinha ficado legal. Mas sua mente não estava presente e ele não disse quase nada até os amigos o pressionarem:

— É, é bonito aqui. Faz muito tempo que não vejo algo tão bonito assim.

Dali em diante, Rafik fez questão de evitar a casa 12 + 1 ao máximo. Passou-se um tempo e, na próxima ocasião em que se viu naquela rua, reparou que já estavam fazendo obras na casa. Desta vez havia pedreiros por lá, em vez de policiais. E quando foi espiar pela janela, viu que já tinham instalado novos azulejos no chão e pintado as paredes. Logo haveria outra pessoa morando lá e não teriam a menor ideia do passado da casa.

Passou-se mais de um ano. Muitos dos cristãos estavam se mudando para o exterior, especialmente para os EUA. E um dia Edvin contou para Rafik e Kamran que os documentos da sua família já estavam prontos e logo se mudariam também.

Então Edvin foi embora. Simples assim. E com a partida dele, nem Rafik, nem Kamran tiveram a coragem de encontrar alguém para substituí-lo. Mas a amizade entre os dois ficou mais forte. E, conforme os anos passaram, também ficou mais forte a fixação de ambos por uma menina da vizinhança chamada Hengameh. O curioso quanto a Hengameh era que ela também morava numa casa 12 + 1, mas num quarteirão diferente. Rafik tentava tirar da cabeça esse pequeno fato a respeito de Hengameh. Mas tinha outra coisa: nos quinze anos desde a partida de Edvin, nem ele, nem Kamran tiveram coragem, sequer uma vez, de trocar duas palavras com a menina. Então, em algum momento, o irmão de Hengameh foi mandado para o exterior também, e os pais dela o seguiram. Assim, ficou só Hengameh na cidade, recém-casada. Ela ficou com o andar térreo da casa 12 + 1 e tinha inquilinos no andar de cima.

Não demorou muito para que Hengameh se enfastiasse do marido notoriamente preguiçoso e o expulsasse da casa. Ela havia estudado administração na faculdade, mas seu coração queria fotografia e ela logo começou a levar isso a sério o suficiente para conseguir fazer algum dinheiro. Ia para lá e para cá, parecendo não prestar atenção em ninguém nem nos boatos cruéis que corriam a vizinhança a respeito de uma bela divorciada. Ela era dona de si agora. O que deixou Rafik e Kamran ainda mais loucos por ela do que quando eram adolescentes. Imaginavam o seu corpo firme, porém deliciosamente voluptuoso, com aqueles cabelos pretos esvoaçantes — que lembravam do tempo que ela ainda não tinha idade obrigatória para usar o véu. Quando não estavam trabalhando, os dois passavam horas a fio sentados na mesma velha praça pela qual ela passava todos os dias. Ela tinha virado o hábito deles. Um hábito do qual jamais conseguiam se aproximar. Com aqueles acessórios perenes, a bolsa à tiracolo e a câmera pendurada de lado, ela parecia um personagem daqueles filmes estrangeiros clássicos em que ambos eram viciados.

Kamran tinha as suas próprias ideias a respeito de quais personagens Hengameh lhe lembrava:

"Ela ri que nem a Anouk Aimée em *La dolce vita*."

"Ela anda que nem a Elizabeth Taylor em *Gata em teto de zinco quente*."

"Ela mexe a cabeça que nem a Rita Hayworth em *Gilda*."

"Seus olhares são como os da Brigitte Bardot em *E Deus criou a mulher*."

"Ela seduz que nem a Marilyn Monroe em *Quanto mais quente melhor*."

"O modo como ela cativa os homens é idêntico ao da Vivien Leigh em *...E o vento levou*."

É claro que Rafik enxergava Hengameh sob uma perspectiva completamente diferente, muito mais suave. E dizia coisas como:

"Não, ela é mais tipo a Greta Garbo em *Ninotchka*, quando dá risada."

"A Grace Kelly em *Mogambo*, quando se senta."

"Audrey Hepburn em *A princesa e o plebeu*, do jeito que segura a bolsa."

"Kim Novak em *Um corpo que cai*, quando põe as luvas."

"Anna Karina em *Vivre sa vie*, quando assiste a um filme."

"A inocência da Judy Garland em *O mágico de Oz*."

Uma coisa era certa — muita gente na vizinhança tinha inveja de Hengameh. Ela era independente e isso incomodava as pessoas. Mas, para Rafik e Kamran, ela havia se tornado uma representante de todas as coisas que não tinham e todos os lugares que nunca haviam visitado. Às vezes o anseio de desejá-la parecia destruí-los e não conseguiam entender por que nenhum dos dois tinha dado em cima dela ainda. Era como se, ao se livrar do marido, Hengameh tivesse se tornado ainda mais inacessível do que antes.

Kamran dizia:

— Cara, essa garota é tão gostosa. Se eu dormir com ela uma única noite, nunca vou envelhecer.

Rafik se contorcia de constrangimento quando ouvia o amigo falar assim de Hengameh:

— Que idiotice!

— Idiotice por quê?

— Se dormir com ela uma única noite, vai ter que ser o escravo dela pra sempre.

— E aí você acha que não vale a pena?

— Não sei. Ela é angelical demais.

— Então se um dia ela te der o sinal verde, manda pra mim. Por favor! Diz pra ela que tem um pobre coitado chamado Kamran que está morrendo de vontade de ficar com ela já faz mais de uma década.

— Ela é uma obra de arte. Não dá pra falar de uma obra de arte desse jeito.

— Aí o que é que eu faço com a Mona Lisa ali? Só fico parado olhando? É o que a gente tem feito desde criança.

Mas o que Kamran acabou fazendo, de fato, foi se casar, finalmente. Sua família empurrou uma prima distante para cima dele. Em todo caso, mesmo o casamento de um dos amigos não foi capaz de curar a coceira que afligia os dois. Todos os dias, após Kamran terminar de dirigir seu caminhão de distribuição de alimentos pela cidade e Rafik terminar o serviço na oficina de molduras para quadros, os dois voltavam para o mesmo banco e esperavam Hengameh passar. Era uma doença que enfim fez a mãe de Kamran se pronunciar.

Foi o momento em que caiu a ficha. A fome de ambos os tinha transformado em alvo do deboche da vizinhança. As coisas aconteceram rápido depois disso: um tio da esposa de Kamran se ofereceu para dar um desconto aos recém-casados num apartamento bem longe do quarteirão de Hengameh. Kamran não teve escolha, senão aceitar. E mal passou-se um ano e ele já tinha uma filha e disse a Rafik que estava trabalhando dois turnos para sustentar a família. Rafik também tentou mergulhar no seu trabalho na oficina de molduras. As tardes lânguidas no banco onde matavam o tempo esperando Hengameh passar — que muitas vezes até sorria, mas nunca, jamais, tinha dito uma única palavra — eram coisa do passado.

Era outra vida. Outra época.

Então aconteceu. Um dia Rafik estava andando pelas mesmas velhas ruas de sempre, cuidando da sua vida, quando deu de cara com Hengameh. Estavam a centímetros de distância. Cara a cara. Não era como todas aquelas vezes no passado quando ele e Kamran ficavam de lado, observando-a deslizar por eles. Rafik parecia ter enfiado os dedos na tomada. Não conseguia se mexer.

Hengameh quebrou o gelo:
— Rafik, diga alguma coisa. Você é mudo?
— Hm, sim. Estou aqui.
Ela sorriu:
— Por que é que você sempre foge de mim?
Ele mal conseguia falar:
— Eu não fujo.
— Você sabe o que quero dizer. Todos esses anos...
Rafik estava com a boca seca. Ficou ali parado, boquiaberto.
— Certo, então. Amanhã à noite, venha me visitar. Às nove em ponto. Sei que você sabe onde me encontrar — ela sorriu.

Ela o deixou ali, no meio da rua, incapaz de acreditar no que acabara de ouvir. Hengameh? Convidando-o para sua casa? Como dar essa notícia para Kamran? Será que devia contar para ele? O amigo estava casado agora, isso só ia transtornar a cabeça dele. Mas também... será que não seria a mesma coisa que não dividir uma refeição com seu melhor amigo? Apesar de que Hengameh não era algo que duas pessoas pudessem dividir, não é? Em sua frustração, confusão e empolgação, Rafik precisava ficar se lembrando que Kamran era casado. *E ele não.*

Do momento em que esbarrou em Hengameh até as nove da noite seguinte, era como se uma vida toda tivesse passado. Rafik não tinha ideia do que fazer. Às sete, já tinha se banhado, barbeado, colocado roupas limpas e passado uma boa quantidade de água-de-colônia. Estava pronto, com mais duas horas impossíveis para matar.

Era o fim da primavera e demorava para escurecer nessa época. Quando saía de casa, a mãe de Rafik o examinou de cima a baixo. Ela sabia que ele estava saindo para encontrar uma mulher, isso era óbvio, mas se soubesse quem era, ia infernizar a vida dele! Precisava se acalmar. Não queria andar muito e começar a suar. Talvez ficasse fedido, o que mataria o clima com Hengameh. Não, ele ia só ficar sentado nos bancos do parque Baharestan até umas dez para as nove e tentar espairecer um pouco.

A caminhada o levou a um lugar pelo qual não passava fazia muito tempo, a velha casa 12 + 1. O lugar onde a mulher havia sido assassinada todos aqueles anos atrás. Mas será que tinha sido assassinada mesmo? Saíram várias matérias nos jornais sobre isso na época, mas nunca anunciaram um culpado. Talvez ela tivesse só escorregado e caído. Rafik não conseguia mais lembrar se tinham sequer identificado um suspeito.

Ele se flagrou ali, simplesmente parado em pé, encarando a mesma janela pela qual tinha espiado naquela época. Não demorou para uma mulher se aproximar da janela e olhar para ele, intrigada. Não disse nada, só ficou ali imóvel, observando-o observar a casa. Dava para ver que tinham acarpetado o chão inteiro. Apenas a beirada daquele único degrau ainda despontava, visível, sob o carpete. Agora a mulher enfim espalmou a mão na janela, como se para afastá-lo. Isso tirou Rafik do seu transe.

Ele murmurou, mal abrindo a boca:

— Peço desculpas — e deu meia-volta.

Oito da noite.

Pensou que tivesse se passado só um minuto desde que tinha parado ali. Foi quase uma hora inteira.

Sentou-se no parque, sem pensar em Hengameh agora, mas sim na casa e na mulher que o havia encarado de volta. Sentia-se completamente desorientado.

— *Agha*, compra a sorte comigo, por favor?

Era um daqueles pivetes sujos que você costuma ver nos semáforos vendendo tiragens da sorte com poesia persa. Sem nem pensar, Rafik tirou dinheiro do bolso e entregou para o menino. Então fez algo inexplicável para si mesmo: enquanto o menino mostrava a sorte em papel para ele, Rafik deliberadamente contou os envelopes e apanhou o décimo-terceiro das suas mãos.

— Não vai ler, *agha*? É bom ler na hora.

— Não, filho. Vou ler depois. Prometo.

Ele sabia que não ia ler depois também. Não queria. Não queria ligar Hengameh e aquela senhora da casa 12 + 1 e essa sorte em papel. De repente desejou nem ter comprado aquilo.

Exatamente às oito e cinquenta da noite, ele finalmente se levantou. Para chegar à casa de Hengameh, precisava passar de novo pela ponte de Simão. Ficou ali enrolando e observando aquela correnteza brusca da primavera que corria sob os seus pés. Pensou no irmão falecido. Se Razmik não tivesse sido tão inconsequente anos atrás... Rafik ficou ali olhando, até lhe bater uma tontura e fraqueza nas pernas. A mão de alguém o puxou de volta da beirada.

— O que está fazendo? Quase caiu do guarda-corpo.

Era uma mulher que falava com ele. Olhava-o como se fosse um louco. Ele pediu desculpas várias vezes e agradeceu. Ela o olhou com suspeita e depois foi embora.

E se tudo isso fosse um jogo? Por que a mulher mais bonita em toda a região de Narmak e Zarkech queria ver logo *ele*? E na sua própria casa? Rafik começou a duvidar de si mesmo. Queria não ter jogado o papel com a sorte na correnteza. Será que o poema seria capaz de revelar se este convite de Hengameh era real? Ele duvidava.

A maioria dos postes na rua de Hengameh estava apagada. Ele ficou diante da porta do prédio dela e viu que já estava entreaberta. Passou para dentro do corredor e estava prestes a bater na porta do apartamento quando ela a abriu.

— Que pontual da sua parte — disse com a voz baixa e o deixou entrar.

A iluminação era fraca e Rafik não conseguia enxergar direito onde pisava. Nas paredes dava para ver algumas fotografias emolduradas. Provavelmente tiradas pela própria Hengameh. O som dos saltos altos dela o acompanhava. Esse som o deixava empolgado. Ela se aproximou dele; ficaram um em frente ao outro. Agora seus olhos conseguiram focalizar. O vestidinho preto sem mangas que ela usava. O batom vermelho e as unhas vermelhas. O colar delicado e os brinquinhos vermelhos contra a sua pele alva e fresca. Ela sorriu e ele sentiu os joelhos querendo ceder. Ficou tonto e queria se agarrar a essa sensação para sempre. Ela o pegou pela mão e o conduziu até a namoradeira da sala de estar.

— Cuidado com o degrau. Eu deixo a luz baixa assim de propósito. Prefiro desse jeito.

— Eu também.

Ela tinha um cheiro tão gostoso. Ele queria absorver aquilo tudo.

Ela disse:

— Então, se eu não tivesse ido falar com você aquele dia, você nunca teria chegado em mim?

— Eu mataria para fazer você reparar em mim.

— Então por que nunca fez nada?

Não era uma desculpa muito boa, mas Rafik apontou para o seu olho direito.

— Tenho um probleminha aqui. — Havia uma manchinha no seu olho, e ele tinha passado a vida inteira com vergonha daquilo. Assim como Kamran, que ainda se preocupava com a marquinha do lábio leporino de quando era pequeno. — Simplesmente nunca acreditei que você teria interesse em alguém como eu — acrescentou.

Hengameh suspirou:

— Quando alguém tem algo que é único, essa pessoa deveria é se orgulhar.

— Se orgulhar?

— Sim. Seu *probleminha* faz uma mulher querer você ainda mais.

Ela se levantou e acariciou o ombro de Rafik:

— Que tal um café? Sei que vocês armênios adoram um cafezinho. Não?

— Não tomo café de noite. Mas hoje... é uma noite especial.

— Especial? Quer dizer que você só quer me ver esta única noite?

Ela nem esperou a resposta e já foi para a cozinha. Rafik a acompanhou com os olhos.

— Nome?

— Rafik Mahmudi.

— Que tipo de nome é *Rafik*?

— Armênio.

— Então como é que você tem um sobrenome muçulmano?

— Meus ancestrais eram da região de Salmas no Azerbaijão. Muitos armênios de lá tinham esse sobrenome.

— Escuta aqui, sr. Armênio, eu quero ajudar você. Mas parece que está de brincadeira comigo.

— Não estou de brincadeira com ninguém, seu guarda.

— Admite que assassinou Hengameh Farahbakhch?

Rafik ficou encarando o detetive, inexpressivo. Se havia qualquer sensação no seu corpo, era de amortecimento... se tanto.

— Ela ainda estava de roupa. Imagino que não conseguiu chegar muito longe com ela.

— Estávamos prestes a tomar café.

— E aí?

— Já contei pra você.

— Conta de novo.

Rafik respirou fundo:

— Hengameh foi até a cozinha fazer café. Voltou dizendo que tinha deixado no fogo baixo. Então...

então tocou a campainha. Ela parecia estar com medo. Disse que esperava que não fossem os inquilinos do andar de cima. Conferiu pelo buraco da fechadura e depois correu até onde eu estava e ordenou que me escondesse atrás do sofá. Perguntei quem era. "Alguém que não foi convidado", ela disse. Falou pra eu fechar os olhos, tapar os ouvidos e não me mexer. Dá pra imaginar como foi que eu fiquei. Foi horrível. Depois de um tempo, deu pra ouvir alguém batendo boca com ela, mas não consegui entender o que diziam. Fiquei com a impressão de que precisava fazer alguma coisa. Eu me sentia imprestável. Idiota. Só o que consegui foi me erguer um pouquinho. Dava pra ver a luz na cozinha e as duas sombras se mexendo lá. Hengameh saiu primeiro. Carregava uma bandeja. Eu queria acreditar que ela estava trazendo o meu café. O homem, ele também tinha algo nas mãos. Tipo uma estatueta pequena ou coisa assim. Não tenho certeza. Então, ele... simplesmente deu com aquilo na cabeça dela. Vi com meus próprios olhos. Bateu com tudo na sua cabeça. Com força. A bandeja saiu voando das suas mãos e fez um barulho horrível quando caiu no chão. Horrível! Muito alto. Ouvi as portas se abrindo no segundo andar e os vizinhos correndo pelas escadas, chamando o nome dela. Me encolhi atrás daquele sofá. Não faço ideia de como o homem saiu do prédio. Juro. Não consegui me mexer de onde estava até a polícia arrombar a porta.

— Ora, ora, sr. Rafik. Rafik, o Armênio! Falei que queria ajudá-lo. Mas esse conto da carochinha que está me contando... talvez ande vendo filmes demais.

— Contei tudo que sei.

— Todas as janelas daquele prédio têm grades de metal. E o senhor mesmo disse que, assim que a bandeja caiu, havia pessoas do andar de cima batendo à porta. O senhor não se pergunta como foi que esse fantasma de que está falando conseguiu sair da casa? Se o senhor estivesse no meu lugar, acreditaria em si mesmo?

— Não.

— Que bom. Agora estamos chegando em algum lugar.

— Só sei que sou inocente.

— Talvez o senhor estivesse bêbado e não soubesse o que estava fazendo.

— Não sou de beber.

— Sério? Um armênio que não bebe? Essa é nova.

— A gente só ia tomar café e conversar. Eu era apaixonado por ela.

— A mulher está esparramada naquelas escadas. Com a cabeça esmagada. Sangue por toda parte. Igual àquela cena de quando você era criança. Lembra? A casa do 12 + 1?

— Como sabe essas coisas?

— Como que eu sei? O senhor tem certeza de que não está bêbado ainda? O senhor me contou essas coisas todas não faz nem meia hora. Primeiro, me contou de uma casa 12 + 1, depois de outra casa 12 + 1, a da vítima.

— Seu guarda, eu amo a Hengameh desde os meus quatorze anos.

— Claro que ama. Talvez só tenha se empolgado demais. Admita!

— Eu não matei ninguém. E não estava bêbado. Eu amava ela. E você quer me pintar como um assassino.

— Não me diga que tinha mais alguém lá! Não minta pra mim. Entende, Armênio? Está ofendendo a minha inteligência, Armênio.

O prédio do Departamento de Investigações Criminais estava apinhado de gente. Kamran manteve o pai de Rafik afastado enquanto conversava com o investigador-chefe no caso.
— Detetive, tenho certeza de que houve um equívoco com Rafik Mahmudi.
— Então o senhor é especialista em casos de homicídio?
— Digo, não tem como o meu melhor amigo ter feito uma coisa dessas.
O investigador lhe ofereceu um sorriso tênue:
— Claro, todos sabemos da inocência do seu amigo.
Era assim que as coisas tinham transcorrido ao longo dos últimos dias, desde que o pai de Rafik havia chamado Kamran e perguntado se Rafik estava com ele depois de não voltar para casa na noite anterior. Esperaram e esperaram. E como continuavam sem notícias de Rafik, pegaram um carro e foram juntos à delegacia local. Nada ainda. Foi no caminho de volta da polícia que finalmente veio uma ligação. Rafik estava sob custódia do Departamento de Investigações Criminais. Seria impossível, no entanto, obterem permissão para vê-lo àquela hora. Nem mesmo uma visita ao representante dos armênios no parlamento ajudou. Agora, nos corredores do DIC, Kamran parecia tão exaurido que o pai de Rafik compreendeu não haver mais chance para o filho.

— É péssimo, não é? — disse o velho. — O que aquele policial falou pra você?

A voz de Kamran falhou e ele não conseguiu olhar o velho nos olhos.

— Vamos lutar, tio Garnik. Faremos tudo que for preciso pelo Rafik.

— Vou colocar a escritura da minha casa como garantia até a data da audiência.

— É muito mais sério do que isso, tio Garnik. Não vão soltar ele nem sob fiança. O senhor já sabe disso.

O velho gemeu:

— A mãe dele não vai sobreviver a uma coisa dessas.

— Eu sei — disse Kamran, desviando o olhar.

Aconteceu conforme o previsto: pouco após sair o veredito de Rafik — culpado —, a mãe dele faleceu. Haviam feito tudo que podiam para salvar a vida dele. Até o investigador-chefe do caso havia conversado com o irmão da vítima, assim que voltara da Europa para a audiência. Sendo o seu familiar mais próximo, o irmão de Hengameh insistiu no tribunal que fosse aplicado o *qesas*, olho por olho. E quando o detetive perguntou como era que um sujeito que morava numa parte do mundo onde não se acreditava em pena de morte podia vir aqui e insistir nisso, o irmão disse que as fotos da cena do crime não lhe deixavam escolha. Isso e o fato de que Rafik sequer admitia o que tinha feito.

E assim a execução de Rafik foi marcada para o ano seguinte.

Foi um ano durante o qual Kamran fez de tudo que não fosse invadir a prisão e soltar o amigo. Agora faltavam apenas dois dias para a data de execução. Kamran estava sentado no sofá, inexpressivo, assistindo aos rodopios do vapor que subiam da xícara de chá. Começou a chorar baixinho. Sua esposa reparou e foi se sentar do lado dele.

— Não tem nada que você não tenha feito por ele.
— Vão matar Rafik depois de amanhã. — Ele fungava feito uma criança. — Falei com todo mundo que conheço. Juntei dinheiro suficiente para a indenização. Mas o irmão de Hengameh não cede. Diz que não está atrás de indenização. Quer justiça. Pensei que, já que todos crescemos juntos na mesma vizinhança, talvez ele demonstrasse alguma piedade pelos velhos tempos. Não sei quem foi o filho da puta que mostrou pra ele as fotos da cena do crime. Ai, se... sei lá. Falhei com meu melhor amigo.

Kamran encolheu-se num canto do quarto e continuou chorando em silêncio até o amanhecer. De manhã, deu um sorriso para a esposa ansiosa, um beijo na filha e, com uma expressão que transparecia um recém-descoberto senso de missão, saiu pela porta.

Demorou um tempo, enquanto rodava de mesa em mesa no gabinete do promotor, até enfim encontrar o homem certo com quem conversar.

— Meu nome é Kamran Abrichami. Vim confessar o homicídio de Hengameh Farahbakhch.

O promotor-assistente encarregado da execução de veredito encarou Kamran, desconcertado. Enfim disse:

— Ora, ora, sr. Abrichami! Então está dizendo que Rafik Mahmud é inocente?
— É, sim.

— Diga-me, há quanto tempo vocês dois se conhecem?
— Desde sempre.
— Certo. Então devem ser como irmãos de verdade se está disposto a fazer esse sacrifício por ele.
— Não é um sacrifício. Estou dizendo a verdade. Estou disposto a fazer minha confissão e assiná-la agora mesmo.
— Escuta, cara. Imagino que tenha uma família. Não tem? Mas esse sujeito, ele é solteiro. E armênio, ainda por cima. Por que você quer se destruir por causa de uma criatura dessas?
— Porque ele não é o assassino. Eu sou. É a minha última chance de acertar tudo. Amanhã vão passar a corda num homem inocente.
— Sei que o seu amigo é de Zarkech. Já ouvi coisas sobre esse bairro. Dizem que o pessoal de lá é fiel aos seus.

Kamran encarou o chão.
— Mas eu não sou de lá. Sou dali do lado, do bairro de Narmak.
— Dá na mesma.
— Não dá, não.

O promotor pareceu perder a paciência nessa hora:
— Certo, vamos fazer assim: em vez de perder o tempo um do outro com palavras vazias como *honra* e *sacrifício*, que tal partirmos para o que é importante de verdade? Vou lhe fazer uma pergunta simples. Se responder corretamente, continuamos. Senão, quero que vá pra casa e deixe que a gente continue nosso trabalho.
— Estou pronto.
— Estes são os fatos. Primeiro, todas as janelas da vítima tinham grades de metal. Segundo, os vizinhos

apareceram atrás da porta dela quase imediatamente após ela ter sido morta. Terceiro, além do seu amigo, a polícia não encontrou mais ninguém naquela casa.

— Sei disso tudo, sim.

— Então pode me dizer como foi que conseguiu sair de lá sem ser visto?

Kamran encarava o jovem promotor, que retribuía o olhar com uma expressão de "peguei você". Mais alguns segundos se passaram até Kamran finalmente responder:

— Na despensa próxima ao quintal dos fundos, tem um armário com carpete de parede a parede. Mas se puxar o carpete, vai ver um alçapão escondido que dá para a sala das caldeiras.

Menos de meia hora depois, veio a confirmação de que o relato de Kamran Abrichami era verdadeiro. A primeira coisa que o promotor fez foi revogar a ordem de execução de Rafik Mahmud. Depois, abriram um novo processo para Kamran.

— Por que você matou Hengameh Farahbakhch?

— Eu queria ver ela. Mas ela disse que não queria me ver mais. Não pude resistir. Fui na casa dela naquela noite. Não precisava ter aberto a porta. Mas eu sabia que ia abrir se eu fizesse barulho. Ela sempre teve medo de os vizinhos meterem o bedelho na vida dela.

— E aí?

— E aí... eu vi tudo. Vi o café passando na cozinha. As duas xícaras. Devia estar recebendo visita ou esperando alguém. Estava zombando de mim. Disse que eu lhe dava nojo. Nem fazia muito tempo que a gente estava se vendo. Pedi um último beijo. Um último beijo e sairia da vida dela pra sempre. Ela mencionou aquele talho antigo no meu lábio. Como lhe dava vontade de vomitar. Isso vindo de uma mulher que sempre dizia o quanto adorava a minha cicatriz. Perdi as estribeiras ali. Hengameh usava aquele vestidinho preto e parecia mais bonita do que nunca. Mas agora eu e o meu lábio lhe dávamos nojo. Ela me disse pra vazar de lá. E começou a andar com a bandeja até a sala de estar. Eu ainda não sabia se tinha mais alguém ali ou não. E a última pessoa que eu imaginava encontrar era o Rafik. Não estava mais pensando direito. Peguei uma estatueta de samurai que eu mesmo tinha dado pra ela e acertei a cabeça dela com toda a força. A bandeja saiu voando e fez um barulhão. Só aí me dei conta do que tinha feito. Ouvi passos descendo as escadas. As pessoas chamando pelo nome dela, batendo na porta. Fiquei com medo. Na primeira vez em que estive lá, ela tinha me mostrado o alçapão de fuga para a sala das caldeiras. Chegou até a acariciar esse meu lábio horroroso quando disse: "Só para o caso de algum dia eu precisar que você saia daqui com pressa". Peguei o samurai que tinha usado pra bater nela e fugi. Sei lá onde está a estátua agora. Arremessei ela da ponte de Simão naquela mesma noite.

A confissão de Kamran estava concluída. Houve uma grande comoção, com gente indo e voltando durante toda a hora seguinte até o promotor chegar e encará-lo.

— Bem, sr. Abrichami, isso muda um tanto as coisas, não é? Estamos liberando o seu amigo, o tal do seu "irmão", que deixou ficar preso durante um ano inteiro e quase morreu por sua causa.

Com uma expressão completamente exaurida, Kamran perguntou se poderia ver Rafik por apenas um minuto.

— Está fora de questão. Foge do protocolo.

— Mas já fiz minha confissão — ele implorou. — Posso me encontrar com ele na sua presença, se quiser. Por favor... aceite este último pedido de um homem que já está morto. Não quero partir deste mundo sem que ele escute da minha própria boca. Somos irmãos e estávamos apaixonados pela mesma mulher.

Mandaram trazer Rafik. Assim que seus olhos pousaram sobre Kamran, ele foi até o amigo e o abraçou. Então, com uma voz baixa que mais ninguém na sala conseguia ouvir, sussurrou no seu ouvido:

— Eu sabia que hoje era o dia que você viria aqui por mim.

---

* *Conto escrito originalmente em farsi.*

NEM TODA BALA TEM UM REI COMO ALVO

HOSSEIN ABKENAR

Chapur

CENA 1

O que empunhava a arma gritou:
— Todos vocês, seus filhos da puta, deitados no chão agora!

Os clientes do banco começaram a berrar e a se amontoarem uns sobre os outros antes de se atirarem no chão. Havia um soldado jovem e gorducho no serviço de segurança, com um copo de chá quente numa das mãos e um velho fuzil G3 no ombro. Assim que tentou se mexer, o líder do bando o acertou em cheio na cara com uma coronhada da pistola. O soldado foi ao chão com o chá, a bandoleira do G3 ainda em punho. Levou um chute nas costas e logo soltou a arma.

Era uma dupla de assaltantes. Ambos com meia preta enfiada no rosto para esconder os olhos. Uma das figuras era magra e tinha um cabelo comprido embolado embaixo da meia. O assaltante 1 (A1), responsável por toda a gritaria e por brandir a arma, praguejou mais um pouco, pegou o fuzil do soldado e o repassou para o assaltante 2 (A2). Enquanto isso, o soldado, com o nariz sangrando, foi se arrastando devagar até o lugar onde os outros estavam esparramados. A2 parecia mancar de uma perna e não sabia segurar o fuzil direito. Em todo caso, conseguiu quebrar a câmera de vídeo do banco com uma coronhada do fuzil; a coisa fez um barulho como que rachando, depois ficou pendurada pelo suporte. Além da mulher lá do fundo, na mesa de cofres alugados, três outros funcionários continuavam paralisados atrás das janelinhas dos caixas. A1 então gesticulou para que se juntassem aos demais, e eles obedeceram.

Já que o gerente do banco estava de férias, quem se sentava na cadeira ao lado das janelinhas dos atendentes era o seu vice. Os joelhos do sujeito tremiam violentamente e ele tentava encontrar o botão do alarme embaixo da mesa, desesperado. Apertou alguma coisa com o pé, mas nada aconteceu. Agora, enquanto o A1 o observava, foi se levantando devagar, feito uma criança flagrada no pulo, e saiu andando na ponta dos pés até onde estavam os outros cativos. Sentado ao lado dele, havia também um homem barbado, talvez de uns sessenta anos, que tinha em mãos um rosário de contas vermelhas. O homem não parava de apertar a lateral do seu paletó quando se levantou para seguir o vice-gerente. Os dois agora estavam em pé, juntos, acima de um outro sujeito sentado no chão que parecia prestes a pegar sua marmita e almoçar ali mesmo. Esse outro homem, que estava perplexo e perdido, tinha a cabeça recém-raspada, que coçava com força usando a pontinha do seu carnê de hipoteca.

A mulher dos cofres alugados era a única pessoa do quadro de funcionários que ainda estava do outro lado da divisória de vidro. Ela começou a empurrar, mecanicamente, para dentro da gaveta, as pilhas de dinheiro acomodadas sobre a sua mesa. Era como se estivesse em transe. O vice-gerente percebeu o que ela estava fazendo e suas sobrancelhas se ergueram, de surpresa. Que bom que a dupla de assaltantes não olhou para ela nessa hora.

CENA 2

Zahra disse:

— Aperta o botão, mas que diabo!

E então ela mesma amassou o botão do elevador. Ainda dava para ouvir a música de dentro do apartamento. Dois jovens saíram dali e foram correndo até o elevador. Quando a porta fechou, deram meia-volta e seguiram pela escadaria.

Dentro do elevador, a outra menina, Samira, mal conseguia manter os olhos abertos. Então se encostou em Zahra e disse:

— Você dançou que nem uma rainha esta noite. — Aproximou seu rosto do dela, para beijar seus lábios, mas Zahra a repeliu.

— Quanto você bebeu? Que cheiro de privada na sua boca. Porra, Samira!

Samira continuou rindo e tentando beijá-la com os olhos fechados. Quando a porta do elevador se abriu, Zahra a puxou de lá enquanto tirava o seu *hijab* de dentro da bolsa. O som dos passos dos jovens foi se aproximando mais e mais. Ela soltou Samira e botou o *hijab*.

Um dos sujeitos reclamou:

— Zahra, você acabou de chegar aqui. Não são nem nove e meia.

— Pra mim é tarde. Preciso ir, Ali *jaan*.

Arach sussurrou:

— Por acaso o Milad disse alguma coisa que te irritou?

Zahra desviou o olhar.

— Obrigada por tudo. Manda um abraço pro Rasul também. O táxi já está esperando.

— Quer que eu mande o motorista embora? — voluntariou-se Arach. — Um de nós pode levar você de carro depois.

Samira deu um risinho e se agarrou no braço de Zahra.

— Fala sério! A gente estava só começando a se divertir. Vamos ficar.

A voz de Zahra transbordava de irritação:

— É a minha mãe. Já tenho uma dezena de ligações perdidas dela.

— Uuuh, o escritório da primeira-dama da prefeitura! — Samira riu de novo.

— Cala a boca, Samira.

— Você precisa de chiclete, pelo menos? — perguntou Ali.

— Mas a Zahra nem bebeu nada — disse Samira, aos risinhos.

O telefone na bolsa de Zahra começou a vibrar.

— Até mais, rapazes.

CENA 3

A alça frágil da sacola de compras rasgou-se na mão de Puri, e várias das laranjas rolaram pela rua. Antes que pudesse apanhá-las, uma moto na pista esmagou uma delas e seguiu à toda velocidade.

Puri suspirou, depois riu, resignada, ao ver que Milad a tinha alcançado e já estava resgatando as laranjas ainda intactas.

— Deixe-me levar as sacolas pra você — disse ele.

— É como se você tivesse descido do céu, Milad *jaan*. — Ela lhe entregou as sacolas, mas agarrou-se aos dois pães achatados, grandes e redondos. — Obrigada.

Foram caminhando e passaram pela barbearia local. Milad diminuiu o ritmo, chamou a atenção do sujeito e apontou para a própria cabeça. *Já volto*, disse, via pantomima.

O barbeiro assentiu e voltou ao serviço. Puri disse:

— Por que você quer cortar? O seu rabinho de cavalo está ótimo.

— Já cansei dele, pra falar a verdade.

Caminharam várias outras quadras num silêncio confortável até que Puri parou na frente de uma caixa de esmolas e depositou uma cédula pequena ali.

— Daqui pra frente eu dou conta.

— Não, me deixa ajudar. Não moro muito longe.

— Por acaso, você e o seu irmão não moram bem pro outro lado?

— A gente morava. Mas me mudei pra cá recentemente, pra rua Vazir Daftar. É aquele prédio grande e antigo logo ali. Estou alugando só uma quitinete.

— E quanto ao seu irmão?

— Ele tem a família dele.

— Hmm. E ele também quer cortar o cabelo? Vocês dois são tão parecidos.

— Na verdade, sim. Ou talvez já tenha cortado a essa altura. Diz que coça demais — ele riu. — Talvez eu deixe o meu cabelo como está, pra gente não ficar tão parecido.

Sua atenção agora se voltou para o outro lado da rua, onde vários homens vestidos de preto estavam parados em frente a uma mesquita. Dava para ouvir os sons de uma *noha*, uma lamentação, que vinha do interior do local.

Puri o cutucou com o pão.

— Pegue um pedaço. Está fresquinho.

Milad rasgou um pedaço do pão e o pôs na boca. Voltaram a caminhar. Na frente do prédio dela, ela parou por um segundo e deu um chute em uma das rodas da frente do seu carro.

— Você precisa encher esse pneu, sério mesmo — Milad comentou.

— Eu sei — disse ela.

— É perigoso deixar assim. É seu?

— Isso é mais uma banheira beberrona de gasolina do que um carro, vou te falar. Era do pai do Chahin. Acho que você ainda não conheceu o meu filho, Chahin.

Milad fez que não com a cabeça.

Puri estava prestes a tocar a campainha, mas lembrou que Goljaan, sua empregada afegã, já devia ter ido embora a essa altura. Demorou um tempo para encontrar as chaves.

Os dois subiram, degrau por degrau, a escadaria escura e úmida.

— Entre por um minuto — ela ofereceu.

Ele olhou de relance as próprias botas enlameadas.

— Não quero incomodar.

— Não é incômodo nenhum. Entra.

Enquanto ele colocava as compras para dentro, as mãos dos dois se roçaram, muito suavemente. Seus olhos se cruzaram.

— Só se você quiser entrar — ela acrescentou.

Veio um ruído lá de dentro, e os dois se viraram para olhar. Um menino de dez ou onze anos, baba escorrendo da boca, os encarava com os olhos vidrados. Puri de repente ficou nervosa.

— Desculpa, eu... eu sei que você está esperando um empréstimo do banco. Mas o meu chefe lá ainda não chegou aos pedidos de empréstimo recentes. Está de férias.

Milad voltou a encarar as próprias botas.

— Certo. É assim mesmo.

— Aquele último empréstimo que você pediu, quantas parcelas faltam?

— Duas.

— Pague essas parcelas primeiro. Acho que é melhor. Daí eu posso falar com o gerente do banco.

— Claro. Você que manda. — Ele recuou devagar da porta e se virou para a escada.

CENA 4

— Você se acha esperta, né? Eu sabia. Eu sabia, porra. Você tem andado meio esquisita faz um tempo. Sempre me pentelhando com alguma coisa. Me fazendo passar vergonha. Eu cuspo em mim mesmo. Pois é, em mim mesmo, por ter uma esposa que me enfia uma ordem judicial após seis anos à sua disposição o tempo todo, todos os dias. Cala a boca! Cala essa matraca e para de chorar. Que foi que você falou pra eles? Que o seu marido é um viciado? Que sou maluco? Que bato em você? Que não te dou dinheiro suficiente? O que você falou, vagabunda? Fala comigo! Caralho, e daí se eu dou uns tragos no fim do dia? Bebo pra conseguir continuar trabalhando. Você sabe o quanto as minhas costas doem? É cada pontada. Eu trabalho pra botar comida na mesa. Tem que ser homem, um homem de verdade, pra ficar dezesseis horas todo dia atrás do volante de um ônibus daqueles. Acha que qualquer um encara? Acha que esse bando de filho da puta sentado nesses escritórios de corretoras imobiliárias mexendo com milhões por aí e engordando cada vez mais todos os dias... acha que esses merdas seriam capazes de fazer o que eu faço, por um dia sequer? Olha pra mim. Olha esse carnê que vivo carregando e sem um centavo no meu nome. Vou te dizer o que vou fazer: vou raspar a cabeça. Foi o que eu decidi. Meu couro cabeludo está coçando de nervoso, e esse carnê idiota do banco serve pra uma coisa só: pra coçar a cabeça. Peraí, como é? Para de murmurar. Acha que o seu próprio marido não tem o direito de perguntar pra onde você vai quando estou no serviço? Sempre deixando o seu neném de um ano com as vizinhas e saindo pra Deus sabe onde. Acha que não sei? E não é pra eu perguntar? Cuspo nessa minha vida de merda! Não vale porra nenhuma. Trabalho dois turnos por dia e o que isso me rende? Porra nenhuma. Nada. Lhufas. Zero. Fico só fazendo aquela rota do caralho pra cima e pra baixo nesta desgraça desta cidade filha da puta, sem folga, sem fim de semana, nem uma hora pra mim. E de repente o vilão sou eu? O juiz quer que *eu* me explique? Vai todo mundo à merda. E vão à merda também aqueles passageiros que sempre me enchem a porra do saco. Um sujeito diz que não tem o dinheiro trocado. Outro quer descer antes do próximo ponto. Outro não quer pagar. Outra pragueja e diz que passei do ponto dela, diz pra eu arder no fogo do inferno, eu e os meus por sete gerações. Este é o meu quinhão neste país miserável. Eu cuspo em todos os iranianos que já andaram sobre a terra. Você quer o divórcio, né? Quer sua liberdade? Fique à vontade. Vai! Vai ver o que te espera lá fora. Tem um monte de puta de rua lá pra onde você vai. E sabe de uma coisa? Elas até ficam felizes em dar um passeio com um ninguém como eu. Eu sei, porque vejo isso toda noite a caminho do terminal. Mulheres de dezesseis, quarenta anos, não faz diferença. Não têm onde ficar. Não querem descer do ônibus. Falo pra elas: "Irmã, é hora de descer. Vai pra casa". Mas elas não têm casa. Não têm lugar nenhum. Está chorando agora? Hoje você chora, amanhã vai botar a polícia no meu rabo. Eu conheço o seu tipinho. Só porque não sou rico, só porque não tenho casa própria, não troco de carro todo ano, não tenho uma casa de campo, não tenho... não tenho onde cair morto. O que quer que eu faça? Vá roubar um banco? Faz esse bebê calar a boca, pelo amor de Deus! Ou você é boa demais pra cuidar do seu filho agora também? Quando veio pra Teerã, era humilde. Nada de batom isso, batom aquilo. Eu devia ter ficado esperto, mas esperei. Falei pra mim mesmo que você ia cair em si. Que era só uma nova fase com toda aquela maquiagem, foi o que pensei. Você ia sossegar, falei. Mas piorou. Primeiro, você pentelhou o coitado do meu irmãozinho, tanto que ele fugiu. O moleque é só um universitário. Mas você se importa? Claro que não. Você não liga que ele tenha que pagar trezentos paus por mês pra morar num muquifo a duas ruas daqui. E ainda não fica satisfeita, né? Para de chorar. Juro que vou dar na sua cara. Ai! O que aconteceu? Não foi minha intenção. Deixa eu ver. Está feliz agora? Agora tem ainda mais provas pro juiz, né? Pode falar pra eles que o seu marido deu na sua cara com o chaveiro. Quem vai acreditar que não foi por querer? Ninguém. Mas sabe duma coisa? Estou pouco me fodendo também. Você vai pro teu lado, eu vou pro meu. O que é que um pobretão que nem este que vos fala tem pra se preocupar... que eles vão levar o meu pão? Tenho uma novidade pra você: já levaram o meu pão. Muito, muito tempo atrás.

CENA 5

O homem estava no meio da prece da tarde quando seu celular tocou. Manteve o olhar colado na tela e seguiu em frente. Conforme o som aumentava, sua esposa apareceu e parou do lado dele, que continuava orando, mas gesticulou para que ela não se preocupasse e continuasse com seu serviço. Ela obedeceu.

Ele prosseguiu com as preces mecanicamente e terminou o mais rápido possível.

Conferiu o celular enquanto a esposa perguntava da cozinha se já devia começar a servir a janta.

— Vou pra casa do Kamali hoje à noite — ele respondeu.

Ela voltou para a sala de estar:

— Mas... eu fiz um monte de arroz. Por que não comentou isso mais cedo?

O homem nem se deu ao trabalho de responder. Parecia irritado com alguma coisa e perguntou:

— Cadê aquela sua filha? Está no quarto dela lá em cima? Fala pra ela que, se roubar a chave do meu carro e sair desse jeito de novo, quebro as duas pernas dela. Não estou de palhaçada.

A mulher brincava, nervosa, com o botão da saia.

— Hajj, por favor! Ela é uma meninona. Não foi por mal. Ela se arrepende.

A voz do homem ficou mais alta:

— Não foi por mal? Onde ela estava na noite de sexta? Por que chegou em casa tão tarde?

— Estava na casa de uma amiga. Estudando.

— Ah, estudando, é? Anote: se eu flagrar ela mais uma vez...

O celular começou a apitar de novo. Ele parou por um segundo antes de responder, com um tom de voz equilibrado.

— *Assalamu alaykum, hajj agha.* — Ele riu. — Não, com certeza, sim. Estarei lá. Só preciso passar no escritório no caminho e pegar uns documentos. É uma honra para nós, *hajj agha*. Ficaríamos felizes se viesse para cá e pudéssemos ser seus anfitriões, para variar. — Enquanto falava ao celular, foi dobrando devagar o tapete de oração e o guardou na frente do espelho do hall de entrada. — Com certeza. Mas amanhã o gabinete do prefeito está fechado. Sim, porque é o quadragésimo dia de luto do comandante Jafari. Sei que é difícil de acreditar. Quarenta dias desde que ele morreu já. Que descanse em paz. Sim, sim, sem dúvida.

Encerrada a ligação, foi até o mancebo perto da entrada e vestiu o sobretudo.

Sua esposa estava em pé, no limiar da cozinha, observando cada movimento seu. Ela disse:

— Mandei o empregado vir de manhã para limpar a casa. Posso dar a ele aquele outro casacão preto que você não quer mais?

— Dê os tênis também. Aqueles que o Yasir mandou de Londres. Eu não uso essas coisas.

Ela fez que sim com a cabeça.

Ele manteve os olhos sobre ela por uns segundos.

— O que é isso que você está vestindo? Já se viu no espelho? Parece uma faxineira.

A mulher imediatamente ficou ansiosa e recuou um pouco para a cozinha.

— Eu... eu não sei. Só engordei um pouco. Essa saia me deixa mais confortável.

— Eu trouxe uma mala cheia de roupas pra você da Turquia. Já estão todas apertadas?

Uma mensagem de texto o distraiu e ela ficou olhando para as costas dele enquanto ele mexia no celular, desajeitado. Calçou os sapatos e, sem sequer virar para ela ou se despedir, murmurou um *bismillah* e saiu de casa.

Demorou mais um minuto para a mulher se mexer. Depois ela foi até o armário da cozinha e pegou um frasco de tarja preta. Valium. Suas mãos tremiam. Encheu um copo de água e pegou dois comprimidos.

— Sua majestade já foi embora finalmente?

A mulher deu um pulo.

— Zahra! Que susto você me deu. Acho que já ouviu o quanto o seu pai estava bravo com você.

— Não se preocupe com aquele homem.

— Não se fala do próprio pai desse jeito. — Ela examinou a filha. — Por que está toda arrumada?

Zahra tinha um espelhinho na mão e aplicava um pouco de *gloss*.

— Ele acha que tem o direito de falar o que quiser pra você. E você nunca responde. Tem medo do quê?

— Eu perguntei por que é que você está usando roupa de sair.

— Porque eu vou... sair.

— Zahra, por favor! Não tem prova? Devia aprender um pouco com o seu irmão, Yasir.

Zahra debochou.

—Yasir? O sujeito mal conseguiu se formar na escola aqui. Agora de repente a gente recebe notícia de que vai fazer doutorado em Londres. Quem foi que meu pai subornou desta vez? E quanto foi?

— Seu pai passou trinta e um meses na guerra, no *front*. — A mãe passou voando na frente da menina rumo à sala de estar, onde começou a procurar freneticamente pelo controle da TV. Zahra a seguiu. — Trinta e um meses — repetiu. — Nunca se esqueça disso!

— Bem, esses trinta e um meses estão rendendo bem para o seu *hajj agha*. Em troca, ele só precisa ostentar um rosário de contas idiota e deixar crescer um pouco a barba. Todo mundo sabe que ele transformou o distrito Doze da cidade num covil de ladrões.

— Dobra essa sua língua, menina.

— Por que é que você deixa ele te fazer de gato e sapato desse jeito?

— É meu marido. É o homem da casa.

— Não se faça de sonsa. Você sabe que ele anda tendo um caso com uma mulher casada. Não finja que não sabe.

— Zahra!

— Você estava chorando no telefone enquanto falava com Aziz sobre isso.

— Eu estava falando de outra pessoa com Aziz.

— Claro que estava. Vocês não dormem juntos há mais de um ano.

— Isso não é da sua conta.

— É, *sim*, da minha conta. Você tem que parar de ser tão mole. Sei o que é: tem medo que ele peça o divórcio e você tenha que voltar para a província. Quem iria querer abrir mão desse luxo todo, né? O dinheiro, o carro chique, a casa de campo, o endereço metido na parte mais cara de Teerã. Tem medo de virar uma qualquer de novo. Aí você toma esses comprimidos idiotas e não para de ganhar peso. Em vez de tomar esses remédios, devia virar uma dose de uísque toda noite. É bem melhor.

— Para com essa conversa, Zahra. É sacrilégio! Não sei com que tipo de gente você anda. Seu pai tem razão: quando uma menina não casa cedo, dá nisso. — Com o controle da TV na mão, ela suspirou, se sentou no sofá e começou a zapear pelos canais.

Zahra caçoou:

— E fala pra ele parar de me trazer pretendentes. Se continuar insistindo, peça pra pelo menos avisar pra eles antes que perdi a virgindade faz muito tempo.

Sua mãe pôs a mão sobre o rosto:

— Deus nos perdoe por essas profanidades.

— Não se preocupe. Nossa época é diferente da de vocês. Hoje em dia, você não vai achar uma menina da minha idade em Teerã que já não tenha conhecido o amor e algo mais. A virgindade é pra trouxas. — Ela foi na direção da porta.

Sua mãe saltou do sofá:

— Juro que vou ligar pra ele agora mesmo se você sair.

— Liga. Acha que eu tenho medo? Quando ligar, pode falar que a sua filha saiu pra comprar cigarro. Já volto.

CENA 6

Ele deu um tapinha no ombro do mototaxista e disse:

— Aqui é a faixa exclusiva pra ônibus. O que está fazendo? — Ficou firme como se sua vida dependesse disso e estava contente que o sujeito tinha pelo menos lhe emprestado o capacete.

O piloto se virou para ele no vento:

— Sem estresse, conheço o policial da faixa exclusiva hoje. Não vai incomodar.

Um ônibus veio direto contra eles. O mototaxista guinou a moto bruscamente para cima da calçada, onde vários pedestres tiveram que sair da frente, xingando os dois.

Na rua Manuchehri, ele desceu da moto, dando graças, e suspirou de alívio. A área estava repleta de lojas de câmbio e comerciantes de antiguidades e do mercado clandestino. Entregou o valor da corrida para o mototaxista e se enfiou no meio da multidão.

— Vende dólares? — alguém gritou.

— Não.

— E compra?

Não, de novo. Mais adiante na rua havia menos gente. Vários comerciantes de coisas de segunda mão expunham sua mercadoria na calçada — relógios, rosários, anéis, moedas velhas.

Ele parou na frente de um deles. O sujeito vendia bules do século 19, travas e cadeados de aspecto antigo, uma velha câmera Zenith, um par de bandejas de bronze e uma caixa de LPs dos anos 1970.

Alguém passou sussurrando que tinha umas "mata-reis", *chah-koch*, à venda.

E se o sujeito fosse um policial à paisana? Precisava tomar cuidado antes de sair perguntando por aí. Andou um pouco mais e se agachou perto de outro comerciante de rua. Apanhou um soco-inglês e perguntou quanto era.

O vendedor nem olhou para a cara dele.
Tentou de novo:
— Quanto é a faca?
— Oitenta — disse o homem, ainda sem se virar.
Apanhou a faca e tentou abri-la, mas não conseguiu. O homem tirou a faca da mão dele e a abriu com um gesto rápido:
— Canivete.
Ele riu de nervoso.
— Beleza. E quanto pelo soco-inglês?
O homem olhou para ele, inexpressivo:
— Não fica aí de rodeio. Me diz o que é que você está procurando.
— Uma pistola.
O sujeito ficou de olho colado nele, medindo-o de cima a baixo. Então virou-se devagar e gesticulou na direção de um homem robusto com um bigodão grosso, que se aproximou deles devagar.
— Ele está procurando uma mata-reis.
O grandalhão passou a mão no bigode e encarou firme o cliente em potencial:
— Venha!
Ele foi atrás do grandalhão.
Numa rua menor, pararam na frente de uma casa em ruínas e o homem falou:
— Quer uma Colt americana ou uma automática russa?
Ele tinha sotaque curdo.
— Uma mata-reis. É disso que eu vim atrás, uma *chah-koch*.
— Dá pra arranjar. Mas é de segunda mão. Calibre 45.
Ele não sabia o que fazer direito. Ficava com as mãos no bolso, sentindo-se nu ali.

O homem disse:
— Tenho uma Beretta de segunda mão também.
— A mata-reis. Quanto?
— Trezentos e cinquenta. Já vem com cinquenta balas.
— E funciona bem?
— Digna de um rei — o homem esfregou os dedos um no outro, para indicar que era hora de mostrar a grana. Não havia escolha. Precisava confiar no sujeito. Tirou um bolo de cédulas do bolso da jaqueta e contou antes de entregá-las ao curdo. O sujeito contou de novo e tocou a testa com as notas num gesto de apreço.
— Espera bem aqui.

Depois de um tempo, começou a se sentir um idiota. Por que havia confiado naquele sujeito assim? Acendeu um cigarro e começou a fumar, nervoso, sem saber o que fazer direito. O ar parecia seboso. Jogou fora o cigarro pela metade e deu um soco no muro, de frustação.

Mais cinco minutos e o homem enfim deu as caras.

A primeira coisa que fez foi lhe entregar a munição. Depois a mata-reis embrulhada num velho trapo vermelho.

Ele sentiu a coisa em suas mãos, ainda com o trapo que a cobria. Era mais pesada do que o esperado.

CENA 7

"Que seus corações sejam de ouro, seus olhos brilhem e haja um riso em suas bocas, e que esta tarde de outono hoje seja repleta de alegria para você e para sua…"
— Desliga essa puta burra, por favor — disse Puri.

Goljaan, sua empregada afegã, sorriu e desligou o rádio.

— Devo passar estas roupas aqui também, *khanum jaan*?

— Não. Pode ir pra casa. Do resto deixa que eu cuido. Deixei o seu dinheiro do lado do aquecedor. Não esquece.

— Que Deus sempre a proteja. Obrigada. Um amigo está indo para Cabul esta noite. Posso pedir que leve o dinheiro pra minha família.

— Que bom.

O menino estava ali em pé, com os olhos vazios, como sempre, e a baba eternamente a escorrer da boca. Puri botou o moletom sobre a cabeça dele. O menino ficou imóvel, enquanto ela se debatia com as mangas. Impaciente, disse:

— Chahin *jaan*, me ajuda um pouco. Não posso vestir as roupas por você.

O menino ficou parado e mais um pouco de baba escorreu da boca.

Goljaan apanhou o envelope com o dinheiro.

— O que é isso, *khanum*? — Ela apontou o vestido azul sobre o sofá.

Antes que Puri pudesse responder, seu telefone tocou. Ela atendeu:

— Já ligo de volta, *maman jaan*. Não, não posso ir à sua casa. Sei que as escolas estão fechadas, mas os bancos, não. Sim, preciso ir pro trabalho. Certo. Não. — Ela arremessou o celular no sofá e se virou para Goljaan. — O vestido é pra você. Seminovo. Usei apenas uma vez num casamento.

— Você é um anjo, *khanum jaan*.

Goljaan foi até a porta e calçou os sapatos.

Puri estava distraída. Pegou o ferro e começou a passar uma echarpe, falando meio consigo mesma e meio com Goljaan, que já estava quase do outro lado da porta.

— Dois dos funcionários saíram de férias e aí me obrigam a fazer todo o serviço deles. As pessoas dizem que tenho sorte de trabalhar num banco. A sra. Encarregada-dos-Cofres-Alugados. Como se o dinheiro lá fosse meu. Como se tivesse ganhado um prêmio ou coisa assim. O que é que essa gente sabe? Entre a semana passada e esta semana, o preço do leite triplicou e tenho um menino de onze anos que não falou duas palavras desde que nasceu. Claro, eu tenho muita sorte de trabalhar num banco. — Ela espiou o menino, que estava ali olhando pasmo para ela. — E adivinha o que mais? De repente, tudo no mundo é carcinogênico. Aquelas novas lâmpadas chinesas: câncer. A espátula de plástico que acabei de comprar e jogar fora: câncer.

O celular tocou de novo. Ela deixou o ferro em pé e conferiu o número. Respirando fundo, atendeu:

— Salam. Estou em casa. Acabei de dar banho nele. Vou passar o celular. — Ela pediu para o menino se aproximar. — Chahin, seu pai quer falar com você.

A boca do menino se abriu de felicidade. Ele correu até a mãe, que pôs o celular na sua orelha. Alguns sons indistintos saíram de sua boca e ele ficou ouvindo. Ela o sentou no sofá e fez cafuné. Depois de uns momentos, tirou o telefone e começou a falar:

— Sou eu. Bem, que legal da sua parte lembrar do seu filho. Não, não estou sendo sarcástica. Já quase acabaram os remédios dele. Não tem em nenhuma farmácia da cidade. Dizem que é por causa das sanções americanas. Não tem nada entrando no país. Perguntei para um dos clientes do banco. Ele tem um filho que estuda em Londres. Vice-prefeito, distrito Doze. Viaja muito. Dei o nome dos remédios pra ele. Disse que traria duas caixas. O quê? Não, não flertei com o homem, pelo amor de Deus. Além do mais, dá pra dizer só pela cara que o sujeito tem algo a ver com a Ettela'at. Nem gosto dele. Mas que posso fazer?

Ela ouviu mais um tempo, ficando cada vez mais agitada. O menino continuou no sofá, se balançando para a direita e para a esquerda. Por fim, ela gritou no celular:

— Isso lá é da sua conta se estou saindo ou não com alguém? Alguma vez eu já perguntei essas coisas pra você? — Ela desligou na cara dele e desligou o celular completamente, arremessando-o do lado do menino. O menino a encarou com olhos arregalados e ela lhe deu um beijo na testa antes de ir até a janela e acender um cigarro.

CENA 8

Arach sentava-se escondido num canto do quarto de Milad enquanto Milad estava parado na porta, escutando o seu senhorio caduco resmungar em frases truncadas.

— Meu jovem, eu lhe disse desde o começo... há famílias morando aqui... Aquele seu amigo, ele não me parece direito... e as meninas também, muitas meninas entrando e saindo... Digo, não sou tradicionalista... mas os outros inquilinos... se me perguntar, são todos ladrões... mas ainda assim meus inquilinos... Tem que tomar cuidado com essa tal internet... eu pessoalmente prefiro a TV via satélite... são bacanas aquelas novelas turcas... mas nem todas... E você me diz que não pode pagar o aluguel ainda, mas já é o quinto dia do mês... e com as minhas duas filhas na faculdade... Sabe quanto custa uma faculdade hoje em dia?... E aí preciso subir estas escadas com meus joelhos ruins e as costas ruins e tudo ruim... não é certo isso para um senhor de idade como eu... E aqui, toma esta lâmpada para o seu corredor... Você faz... você mesmo rosqueia.

Milad fez que sim com a cabeça, respeitosamente:
— O senhor tem a mais absoluta razão. Me dá só um segundo. — Ele colocou a lâmpada na escrivaninha, pegou um dinheiro da gaveta e o entregou.

O velho contou o dinheiro com as mãos trêmulas:
— Mas isso aqui é só a metade.
— Claro. Logo mais terei o resto.

Lenta, porém firmemente, fechou a porta na cara do velho e entrou, com uma expressão mista de alívio e exaustão.

Arach enrolava um baseado de haxixe sobre uma pequena bandeja cheia de tabaco solto.
— Deviam mandar costurar a boca desse velho. Que falastrão! O filho da puta já é dono de seis prédios na vizinhança e ainda tem que subir aqui e bater na porta. Eu devia mandar ele pro inferno.
— Não seja idiota — Milad estourou. — Tenho sorte que o sujeito me deixou alugar aqui, pra começo de conversa. — Então sentou-se na frente do computador.
— Lá vai ele de novo, o sr. Facebook. "Ai, olha só, meus amigos, meus milhares e milhares de amiguinhos falsos da internet... aqui a minha foto bebendo café preto forte, aqui estou eu usando minha roupinha

verde do ano passado, aqui a minha gata, não é uma fofa? E não é legal pra porra isso de meditar e pensar em coisas zen, pessoal? Vamos todos meditar juntos e bater uma punheta." Meu Deus! As pessoas não têm nada melhor pra fazer nesta cidade.

— Cala a boca, Arach! Este computador deu pau. Fodeu metade dos meus arquivos. Estou frustrado pra cacete.

— Você fala como se a porra da máquina tivesse pegado uma gripe. O quê, vai dar um beijo na tela? Foda-se essa merda e seus arquivos. E de que é que esses arquivos todos e artigos que você entrega no curso de engenharia serviram pra gente, ô ilustre acadêmico? Nada. Ainda estamos pobres pra caralho. — Arach acendeu o baseado, deu uns tragos e ofereceu para Milad. — Puxa aí, irmão, vai te dar uma relaxada.

Milad levou o baseado à boca e deu uma tragada longa e forte, olhando inexpressivamente para o teto. Soprou a fumaça na direção de Arach:

— Então, o que houve com o seu plano de ir embora deste cu de mundo?

— Meu velho diz para não contar com a ajuda dele pra sair do país. Filho da puta! Diz que não tem a grana. E, mesmo que tivesse, não ia me dar. Aquele cuzão!

— Mas esse tipo de dinheiro também não é pouca bosta.

— O homem com quem falei disse que não precisava do dinheiro todo de uma vez. Posso pagar em três parcelas. A última quando o visto sair.

— Se tem que pagar, tem que pagar. Três parcelas, dez parcelas, não faz a menor diferença quando não se tem a bufunfa.

— Eu sei. Pau no meu cu.

— Além disso... — Milad deu mais um trago. — E se o sujeito pegar o seu dinheiro e vazar?

— Nem. É de confiança. Ele ganha a vida com esse tipo de coisa. É seu ganha-pão. Vai perder clientes se me foder. Perguntei sobre ele por aí. Fiz a minha pesquisa. Lembra do sujeito que era apaixonado por si mesmo?

— Conheço muitos cuzões assim. Quem?

— Você sabe, o sujeito que ficava na academia tipo umas quinze horas por dia. Músculos do tamanho da rola do Hércules. Costumava arregaçar as mangas no meio do inverno e se pavonear por aí que nem uma putinha bombada. Meu contato conseguiu fazer ele chegar à Malásia. Agora está esperando pra entrar na Austrália. — Arach tirou o baseado da mão de Milad. — Mas esqueça isso um pouquinho. Vamos falar do seguinte: tenho um plano infalível. Algo bem profundo, bem sério. — Deu um trago. — Seremos milionários se a gente fizer do jeito certo. Uma chance única.

Milad lhe deu as costas:

— Não vai me dizer que é mais um dos seus esquemas de dinheiro fácil.

— Juro, se você recusar, vou ter que pedir praquele jumento do Rasul Perneta, o otário de uma perna só amigo da Samira.

— Você está chapado. Relaxa e cala a boca.

— É pra valer. E se o Rasul recusar, aí eu pergunto pra própria vagabunda, a Samira. Ela está disposta a tudo. Lembra da vez que ela foi no estádio com a gente?

O celular de Milad começou a vibrar.

Arach foi persistente:

— Juro, você é menos que um cuzão se disser não pro meu plano. É infalível. — O celular continuou vibrando no sofá. Arach enfim pegou o aparelhou e conferiu o número. — Vai atender seu telefone ou não? É a sua mina, a Zahra.

— Deixa tocar.

— Está perdendo tempo com ela. Melhor ficar na punheta.

— Cala a boca. — Milad digitava rapidamente no teclado do computador e nem se deu ao trabalho de se virar quando Arach deslizou o celular para ele no chão.

— Ela anda por aí agindo que nem a própria dona Inocência. Ouvi que o figurão do pai dela fez uma limpa no distrito Doze nestes últimos quatro anos. Todo mundo no Doze está recebendo um por fora, todo mundo mesmo. Queria que o arrombado pelo menos me arranjasse um emprego lá.

Sem se virar, Milad esticou a mão e pegou o baseado de Arach.

— Deixa eu adivinhar — Arach prosseguiu —, você provavelmente come ela de quatro, né? Mas por que ela? Digo, a cidade está cheia de vagabundas... tem vagabunda alta, baixinha, com rabos do tamanho de uma rosquinha e com rabos de melancia. A gente pegou a nata, e todas estão correndo atrás de marido. Essas piranhas burras.

O telefone vibrou de novo.

Milad enfim o apanhou do chão, silenciou e meteu no bolso.

— Fala sério! — Arach choramingou. — Deixa eu te contar o meu plano. A gente sai, come alguma coisa e conversa.

— Posso fazer uma omelete pra você aqui mesmo.

— Você vai virar uma porra de um ovo pochê se continuar comendo tanto dessa merda. É só isso que você come. Vamos, a gente sai e, porra, pega um hambúrguer de cachorro pelo menos.

— Beleza, deixa só eu trocar essa lâmpada e a gente já vai.

Um minuto depois, Arach ouviu um baque no corredor e então a voz de Milad resmungando por causa do tornozelo torcido.

— Que ótimo — ele murmurou para si mesmo —, agora eu tenho um Rasul Perneta 2 e lá se vai meu plano infalível.

CENA 9

Estava tudo escuro e molhado lá fora. O homem que dirigia entrou na rua principal. Uma correntinha de ouro de Allah pendurada no retrovisor tremulava para frente e para trás cada vez que ele fazia uma curva.

— Peço desculpas se isso assustou você. Sempre carrego uma comigo.

— Não faz mal — a mulher respondeu baixinho. — Nunca tinha visto uma de perto.

— Não tenha medo. O importante é que o tipo errado de homem nunca anda com uma dessas. É só pra minha proteção. — Ao dizer isso, ele levou a mão, por instinto, à lateral do casaco e sentiu a dureza da arma. Depois passou a mesma mão na coxa da mulher. Ela ficou paralisada.

— Depois que acabar a reforma na minha casa de campo em Lavasan, vai ser bem melhor pra nós. É meio longe, mas é mais seguro.

A mulher nada disse.

Havia uma fila longa na frente da sorveteria Lua Nova. Ele passou reto por ela.

Então a mulher disse:

— Posso descer aqui.

— Muita gente. Vou dar a volta. Você não me disse o que aconteceu com a sua testa.

— Não é nada.

— Quantos anos tem o seu filho?

— Quase um.

— Que Deus o guarde. Você ainda vai tocar adiante o seu divórcio com aquele motorista de ônibus? — Em vez de esperar ela responder, esticou o braço para pegar um pequeno Corão de couro pousado sobre o painel. Dentro, havia um pedaço de papel dobrado. Ele o entregou à mulher. — Isso vai ajudar. É um pequeno bilhete para o juiz da Vara da Família no distrito onde você precisa ir. Entrega para ele e diga que mandei meus cumprimentos. Ele vai saber o que fazer.

— Você é muito gentil comigo.

— Mas não ligue mais no meu celular. Só me mande uma mensagem de texto em branco. Vou saber que é você. Ligo de volta.

— Pode deixar.

Ele puxou um envelope do bolso interno do casaco:

— Leva isto aqui também.

A mulher apalpou o dinheiro no envelope e botou a coisa toda dentro da bolsa.

— Muito obrigada.

Ele passou a mão na coxa dela mais uma vez e ela ficou paralisada de novo.

— Dá para descer aqui?

— Sim. Obrigada.

— Não quero ver você com uma marca na cara de novo. Não lhe cai bem.

Ela fez que sim com a cabeça e saiu do carro às pressas.

— Obrigada, *hajj agha*. Obrigada.

CENA 10

Do fundo do ônibus, uma mulher gritou:

— Vai descer, motorista!

Mal havia espaço para respirar dentro daquele ônibus. Todo mundo se agarrava àquela tira ínfima do corrimão de metal e tentava não espremer demais a pessoa ao lado. Mesmo nos degraus do ônibus havia gente que nem numa lata de sardinha, ombro contra ombro, e mal dava para se mexer. O último a entrar pela porta do meio ficou com a valise meio presa para fora da porta e tentava desesperadamente puxá-la com ambas as mãos.

O semáforo ficou verde e o ônibus começou a andar de novo. A mulher gritou:

— Eu disse que vou descer! Para o ônibus!

Surgiu um coro:

— Para, motorista! Vai descer!

O motorista não prestou atenção nenhuma e seguiu dirigindo. Alguém na frente mencionou que não tinha ponto ali.

Era uma manhã cinzenta. Bem cedo. O ônibus passava veloz pela via expressa. Um homem abriu caminho com dificuldade até a frente.

— Motorista, por favor, abra a porta quando puder. Peguei o ônibus errado.

O motorista nem reconheceu a existência dele. Alguém por perto disse:

— Não tem nenhuma parada até a praça Vanak.

Mais alguém observou:

— O coitado subiu por engano. Por que não pode só parar pra ele?

Da mão contrária, uma moto veio tirando fino, ilegalmente, na direção do ônibus. O motorista não desacelerou nem um pouco. No último momento, o motociclista foi obrigado a fazer um desvio brusco para a calçada e quase bateu em vários pedestres, que se espalharam feito pinos de boliche.

O ônibus seguiu em frente.

Na praça Vanak, as portas enfim se abriram. Vários homens subiram pela frente e passaram seus cartões de transporte pela máquina. Um sujeito teve que comprar a passagem primeiro e estendeu uma cédula para o motorista.

— Aqui.

O motorista só ficava ali sentado, olhando fixo para a frente. Não via ninguém, nem respondia a ninguém.

Então uma mulher grandona foi até a frente, atropelando todo mundo.

— Espero que você apodreça no inferno! — ela berrou. — Agora vou ter que voltar todo esse caminho, porque você não quis parar! — Arremessou as moedas no assoalho do ônibus e saiu fazendo alarde.

O motorista conferiu o relógio de pulso. Quase dez. Apertou um botão do lado do volante e se levantou devagar.

Um dos passageiros disse:

— Aonde é que ele vai?

— Está indo embora. Ei, aonde você vai? Aqui não é o fim da linha.

Os passageiros meteram a cara nas janelas embaçadas do ônibus e observaram o motorista enquanto ele caminhava na direção do prédio da Vara da Família em Vanak, até desaparecer na multidão.

CENA 11

Enquanto cavalgava, ela fazia pressão com as mãos no peito dele, movendo a cabeça para frente e para trás, a fim de acariciar seu rosto com o cabelo comprido. Ele inclinou a cabeça e mordeu seus mamilos, um por vez, depois reclinou e agarrou as bandas da sua bunda, enfiando mais fundo. Ela gemeu. Num movimento rápido, a virou, para que ficasse no colchão de costas, enquanto continuava dentro dela, bombando com mais força.

Ela gemeu de novo e ele também, até gozarem juntos.

Ele rolou para o lado e deitou de barriga para cima. Ela apoiou a cabeça sobre o seu peito suado.

O celular vibrou. Ele tomou um susto, mas não foi conferir. Enquanto mijava, o celular vibrou de novo. Parou diante da janela, ouvindo as mensagens.

Era Zahra:

— Milad, sei que a Samira está aí. Não é da minha conta... — Sua voz falhava, mas ela continuou com a mensagem. — Se cometi um erro e dormi com outros caras, eu estava pensando, que diferença faz? O que importa é o coração. Sabe? Milad, me escuta... estou me lascando em todas as matérias da faculdade por sua causa. Não consigo me concentrar. Juro por Deus, se você não falar comigo, eu vou me matar.

Ele apagou a mensagem e se virou para ver Samira saindo do banheiro. Sentou nua na frente do computador e acendeu um cigarro.

— Era a Zahra — disse ela. — Não era? Coitadinha. Você devia tratá-la melhor. — Ela clicou em alguma coisa e sons de piano emergiram do computador.

— Desliga essa música.

Ela desligou, depois apanhou um livro didático enorme e perguntou:

— O que significa esse título? *Mecânica de fluidos*. É um romance?

Milad não respondeu.

— Então, o que aconteceu com a sua perna? Agora está andando que nem aquele idiota do meu noivo, o Rasul Perneta. Ele diz que quer esperar até a gente ter mais dinheiro pro casório. Mais dinheiro de onde?, perguntei. Ele é tão idiota. — Ela riu. — Você já viu o tanto que cresceu o cabelo dele? Está cada vez mais parecido com você hoje em dia. Talvez queira ser você. Todo mundo quer. Aliás, vi o Arach dia desses. Está com uma ideia doida.

Milad olhava pelo vidro. Disse o nome dela:

— Samira.

Ela nem o ouviu e continuou falando:

— Ele disse que já contou tudo pra você. Digo, estou lá sentada ouvindo ele falar, pensando que o cara está pirado. Devia ter visto a cara do Rasul. Pensei que ele ia infartar ali mesmo só de ouvir o plano. Mas então pensei... por que não? Digo, não é um plano tão ruim assim. Então falei pro Arach: "Você quer que eu vá no lugar do Rasul? Posso até fingir que sou manca que nem o meu noivo. Vou despistar a polícia depois. Vão procurar um ladrão manco".

— Cala a boca, Samira — ele disse, com a voz baixa.

— Milad, pensando bem, você também está mancando, por que não vamos os três, eu, você e o Rasul, todos juntos com o Arach? — Ela riu mais alto agora. — Pensa nisso: Arach e os assaltantes de banco mancos.

— Fica quieta.

— Soa legal, né? Digo...

— Samira!

— Hein? Que foi, amor?

Ele jogou a calcinha e o sutiã de Samira em cima dela.

— Vaza daqui!

CENA 12

O corredor estava um breu só. Zahra espiou dentro do quarto da mãe. Sua cama ficava do lado da janela. Uma réstia de luz iluminava o copo d'água e o frasco de comprimidos sobre a mesa de cabeceira. A mãe estava no quinto sono. Então ela foi na pontinha dos pés até o quarto do pai. A porta estava fechada. Respirou fundo, prendeu e girou a maçaneta. Ficou ali parada por um segundo. Nenhum ruído, exceto pela respiração pesada do pai. Sua mão roçou as roupas penduradas do lado da porta. O bolso da calça. As chaves do carro tilintaram ao pegar nelas. Fechou o punho da mão suada com as chaves dentro e saiu de lá na ponta dos pés, sem terminar de fechar a porta.

No andar debaixo, botou a echarpe laranja e o *manteau*. Respirou fundo mais uma vez e saiu da casa.

CENA 13

Já passava das duas da manhã. Exceto por alguns letreiros em neon aqui e ali, tudo parecia estar fechado. Puri não lembrava qual farmácia estava aberta a essa hora da noite. Passou por vários agentes de saneamento com seus macacões alaranjados. Um homem em pé, segurando uma mochila, tentou acenar quando ela passou por ele. Pisou no acelerador e seguiu adiante.

Seu celular tocou. Não atendeu. Ao longe, avistou um vendedor de cigarros. Estava sentado do lado de um contêiner de metal surrado e tinha acendido uma fogueira com maços de cigarro vazios. Abaixou a janela alguns centímetros.

— Tem Marlboro Light?

O homem fez que sim com a cabeça e ela passou um dinheiro pela janela. Ele entregou o maço de cigarro.

— Tem alguma farmácia vinte e quatro horas por aqui?

Ele ficou encarando.

— O que procura? — Quando ela disse que não era nada, ele perguntou: — Metanfetamina? Crack? Comprimidos...

Nem esperou que ele terminasse de perguntar. Vários semáforos adiante, desacelerou o carro e acendeu um cigarro. Suas mãos tremiam. A essa hora da noite, a maioria dos semáforos ficava no amarelo, piscando sem parar. Seu celular tocou de novo. Desta vez ela atendeu.

— O que você quer de mim? Já falei que não estou em casa. — Ela ouviu por um minuto e depois retrucou. — O menino está com febre! Vim atrás de uma farmácia. Não, *você* me deixe falar! Se está tão preocupado com ele, vai lá, então, pode pegar. Pegue ele e veja se consegue cuidar do menino por um dia que seja. — Ela parou para ouvir de novo e então respondeu com uma voz embotada e exausta. — Estamos divorciados há quatro anos e você ainda não me deixa em paz. Vai pro inferno! O que o faz pensar que pode ligar pra mim às duas da manhã, afinal? — Ela acelerava e gritava no celular. — É isso mesmo! Na verdade, meu plano é dar pra um universitário vinte anos mais novo. Ele mora no meu bairro. Está feliz agora?

Ela arremessou o celular no banco do passageiro e seguiu dirigindo cada vez mais rápido. O pneu esquerdo da frente estava murcho, o que dificultava controlar o carro. Ainda assim, passou por vários outros semáforos amarelos sem desacelerar. E embora não tivesse terminado o cigarro, já estava pegando o próximo.

Ela viu sim o que estava à sua frente. O Toyota branco, chegando pela rua transversal numa velocidade normal, a princípio. Puri pensou que ia conseguir passar por ele antes de ambos chegarem ao cruzamento. Mas então parece que o Toyota tentou fazer o mesmo que Puri, acelerando, e num instante ela bateu com tudo no carro branco, levantando-o e fazendo-o rodopiar na mesma direção de onde tinha vindo. O rosto de Puri bateu contra a janela lateral por conta do impacto, mas ela não perdeu controle do volante. Pisou no freio e ouviu, ao mesmo tempo, o som de metal no asfalto e vidro quebrando enquanto o outro carro adernava e derrapava, de ponta-cabeça, até enfim parar do lado oposto do cruzamento.

Quando ela enfim se virou, viu o que parecia ser uma echarpe laranja do lado do carro em meio aos cacos de vidro. Não era uma cor diferente da dos macacões daqueles agentes de saneamento pelos quais havia passado mais cedo. Sentiu vontade de vomitar. O cigarro havia caído no assoalho ao lado dos pés, ainda aceso. Acendeu o outro que estava entre os dedos e deu uma longa tragada. Nem de relance olhou para o Toyota capotado de novo. Não havia nenhum outro carro em lugar algum. Ninguém tinha testemunhado aquilo. Seu motor ainda rodava. Engatou a primeira e foi saindo dali devagar.

CENA FINAL

O A1 não parava de andar em círculos, brandindo nervosamente a arma no ar. Gritou:

— Se apressem, todos vocês! Não veem o que eu tenho na mão? Não chamam isso de *chah-koch* à toa. E se mata um rei, com certeza mata uns merdas que nem vocês. Agora botem pra fora tudo que tiverem nos bolsos.

Ele se voltou para a mulher encarregada dos cofres de aluguel.

— Quero todo o dinheiro que você guarda nessa mesa, vagabunda. — Ele bateu com a mão na mesa e se voltou para os clientes. — Rápido!

As pessoas esvaziavam os bolsos, com nervosismo, abrindo bolsas e revirando valises.

O A1 estava com a atenção voltada para o careca que ainda coçava a cabeça com o carnê da hipoteca. Demorou-se por um segundo no homem antes de decidir se dirigir ao vice-gerente:

— Toma aqui. — Atirou um saco preto para ele. — Quero tudo que está no chão aqui dentro desse saco. Dinheiro, celulares, anéis, tudo.

O A2 estava de guarda na saída, com um olho no banco e outro na rua. Houve um momento em que tudo pareceu parar, e então o A1 correu de volta para a mulher dos cofres alugados.

— Não falei pra você colocar todo o dinheiro da mesa?

A mulher o observou com uma expressão perplexa. Havia um hematoma na lateral do seu rosto do tamanho de uma bolinha de pingue-pongue. Esse fato pareceu irritar o A1 ainda mais. Ele puxou o cabelo dela e a arrancou do seu assento. A mulher começou a gritar tão alto que foi preciso que o A2 corresse até lá e tirasse o A1 de cima dela.

Os dois ladrões de banco sussurraram alguma coisa entre si, enquanto a mulher, chorando, arrastou os pés até onde os outros estavam empenhados em se livrar de seus itens de valor.

Foi então que um celular tocou. O som de uma lamentação *noha* saía dele. O celular pertencia ao homem com o rosário de contas vermelhas que estava em pé junto do vice-gerente.

O A1 foi caminhou furioso até ele.

— Seu velhote, não falei pra entregar tudo? — Acertou o homem na testa com a arma. O celular caiu da mão do sujeito, mas a nênia infernal que saía dele continuou.

— Corta esse barulho! — gritou o A1. — Que tipo de toque idiota é esse? Desliga. — Ele apontou a mata--reis para o teto e puxou o gatilho. Fez-se um clique constrangedor, mas nada aconteceu. A munição tinha emperrado. — Merda! — Tentou de novo. Nada.

O homem que havia acabado de atingir, com o rosto sangrando, de repente pareceu ganhar vida. Meteu a mão na lateral do casaco, lançou um breve olhar para a câmera quebrada, sacou e destravou a própria arma. O A2, que ainda estava em pé ao lado da mesa dos cofres alugados, veio correndo, com o fuzil na mão, e recebeu imediatamente uma bala na garganta.

— Minha filha... hospital... — murmurou para si mesmo o homem do rosário que havia acabado de disparar a arma. Ninguém o ouviu, claro. Era um pandemônio lá. Por um segundo, o homem até pareceu querer se abaixar e apanhar o celular que havia parado de tocar naquela hora. As pessoas gritavam. Uma mulher desmaiou.

— Clemência! — gemeu o A1, que agora se tremia todo.

O celular voltou a tocar. O mesmo cântico de lamentação. As pernas do A1 fraquejaram e ele caiu de joelhos do lado do corpo do A2.

— Clemência — ele repetiu, desta vez mal conseguindo sussurrar.

O homem manuseou o rosário de contas vermelhas e seu rosto assumiu uma feição sinistra. Pôs a arma na testa do homem mascarado.

— Clemência? Clemência, você diz? Por acaso não sabe que uma mata-reis que realmente funciona nada sabe a respeito desta palavra?

---

* *Conto escrito originalmente em farsi.*

O RETORNO DO NOIVO
MAHAK TAHERI
Cemitério de Behecht-e Zahra

Ele falou para o homem no lava a jato que queria o Peugeot impecável para o casamento.

O homem comentou:

— Parece que você andou um bocado na estrada. — Behdad concordou com a cabeça enquanto o sujeito contornava o carro, arrancando a lama seca das rodas traseiras. — Vou caprichar tanto na lavagem que vai parecer recém-saído de fábrica.

Behdad concordou de novo com a cabeça.

O homem quis começar pelo interior do carro. Juntos, tiraram do banco de trás a caixa enorme cheia de jornais velhos e recortes de jornal. Então Behdad se afastou um pouco e acendeu um cigarro. Uma gralha se empoleirou ali perto e o encarou. Havia desprezo no olhar da ave, como se tivesse testemunhado e pudesse relembrar tudo o que há de errado na cidade. Ele pensou: "Esta ave é o oposto de Teerã. A memória de Teerã está vazia. Sequer existe". Após cinco anos na estrada, disso Behdad tinha certeza. Achava inacreditável que um assassino pudesse voltar tão facilmente à cena do crime e ninguém lembrar dele. O sujeito do lava a jato disse algo que não deu para ouvir. Quando terminou o cigarro, começou a folhear os jornais velhos na caixa, sem procurar nada em particular, só olhando por cima mesmo: "Na quarta-feira, o inspetor do distrito relatou que o corpo de uma mulher fora encontrado em sua própria residência, próximo à rua Si-e Tir".

O sujeito trabalhava no topo do carro agora, ensaboando-o e esfregando com força. Chamou Behdad de novo, dizendo que ele poderia esperar lá dentro, se quisesse. Behdad respondeu que não e voltou aos recortes de jornal com as fotos dela. Elahe parecia uma estrela de cinema naquelas audiências iniciais no tribunal. Era linda e mal precisava de maquiagem. A maioria das fotos posteriores era boa também. Mas nelas a sua aparência era mais a de uma estrela de cinema em luto. Behdad não gostava tanto delas. Dava para ver um pouco de cabelo escapando do véu, mostrando as raízes brancas do cabelo preto. Bem no começo, quando primeiro havia reparado nela indo ao banco, era loira. Mas o loiro desapareceu depois de um tempo na cadeia. Behdad sabia que isso também era parte da nova performance dela. O cabelo preto e branco. O olhar de luto. Elahe sempre havia interpretado papéis como ninguém; amava atuar. Amava bordões e frases de efeito. O tempo todo, após o veredito, enquanto esperava a execução, não parava de dizer aos repórteres o quanto o amava. "Vocês precisam ver ele da minha perspectiva", insistia. Mesmo nessa época, ele pensava como a mente de Elahe era capaz de transformar o fedor de uma privada numa fragrância de rosas.

> Uma mulher que sacou dinheiro da conta bancária do marido da vítima no dia do assassinato foi presa. O juiz Jafarzadeh, da Vara Criminal, declarou que a assassina também confessou ter tido um caso ilícito com o marido da vítima pelos últimos

quatro anos e meio. O marido vinha alugando um apartamento para ela na zona norte da cidade.

Após cinco anos, o azul natural da pintura do carro finalmente começava a aparecer debaixo de toda aquela terra e sujeira. O sujeito não parava de anunciar todos os serviços adicionais que fazia no carro, cantando uma boa gorjeta. E Behdad continuava fazendo que sim com a cabeça para tudo. Com Elahe tinha sido a mesma coisa. Seu empenho pelo amor que partilhavam aparecia no modo como fazia perguntas de sim/não. "Você me ama? Sim. Estou bonita hoje? Sim. Você nunca vai me deixar, não é? Não." Ela batizou o apartamento que ele alugou para ela de "Nossas Tardes de Teerã". Ela o chamava de seu homem. Mas sempre fazia questão de lembrá-lo que não queria roubar o lugar da esposa. "Não, não sou dessas. Não quero virar um fardo para você. Nunca vou deixar que ela descubra. Só me diz quando não quiser mais e vou embora. Nem pergunto nada."

Ela havia falado desse jeito também na cadeia. Não havia nenhuma parede separando as palavras de amor que dedicava a ele e as palavras que dizia aos jornais: "Meu único crime é amar. Esta é a história do nosso amor, minha e dele. O amor não é uma ilusão. É real. Meu cativeiro pela liberdade dele. Estou em paz. Nada disso é fantasia".

— Agora sim dá para ver o carro — anunciou o homem, com satisfação. Dever cumprido. Behdad enfim se voltou para ele, e o olhar de ambos acompanhou a gralha que tinha começado a se mexer no telhado do lava a jato.

— Só um pássaro desse tamanho é capaz de sobreviver à poluição dessa cidade — disse o sujeito. — Os pardais não aguentaram isso aqui. Não tem mais pardal; não tem mais nada.

Behdad também havia ido embora dessa cidade. Mas não por vontade própria. A ordem tinha vindo de cima. Tinham mandado um dos seus mensageiros para não deixar dúvidas: "Desapareça e não volte nunca mais se sabe o que é bom para você". Mas quem eram *eles*? Ainda não sabia. Só sabia que Teerã era deles. O país era deles. O povo comum chamava esse tipo de gente de "governo das sombras". Você não os via. Só recebia ordens. Depois que caía na órbita deles, não tinha mais como sair.

Behdad sabia que havia sido capturado desde a primeira vez que lhe pediram para falsificar documentos bancários. Depois, quando encerraram com ele, foram para cima da sua esposa. "Seu marido anda saindo com uma mulher chamada Elahe; passa as tardes com ela. Quando vem para casa, é o perfume dela que está nele." Sua esposa nunca lhe contou como soube daquilo. Foram incontáveis brigas. Ela não tinha ideia de que essas brigas eram o objetivo dos sujeitos das sombras, que vinham preparando tudo para o dia em que seria morta.

E ele nunca descobriu onde esses homens estavam: em toda parte e parte alguma. Mandavam apenas os capangas. Mandavam uns sujeitos de moto com instruções, comandos, ameaças, avisos. Até a sua vida inteira virar um ciclo de ansiedade permanente. Até você ter medo de abrir a janela, no caso de um capanga de moto passar por ali.

Behdad perscrutou o norte da cidade, a região das montanhas que mal dava para ver através da neblina de poluição. Cinco anos atrás, havia abandonado este lugar pela rodovia Karaj, só para retornar pela mesma estrada. Passou a noite em centenas de lugares sem nome que sequer apareciam na maioria dos mapas. O lugar onde ficou por mais tempo foi uma aldeia não muito distante de Bandar Abbas, próxima ao Golfo Pérsico. Seu lar de verdade era este carro e as casas de chá pela estrada. Se aprendeu uma coisa com as viagens é que não dá para construir um lar sobre as linhas brancas da rodovia. E agora estava aqui, porque... bem, porque os mortos finalmente o haviam convocado.

No corredor do tribunal da Vara Criminal, um repórter perguntara:

— Qual você acha que será o veredito para Elahe?

Ele sequer tinha energia para odiar o repórter, e todas as dezenas de outros que lhe atormentavam naqueles dias. Respondeu:

— Veredito? O veredito que derem será o meu também. Estamos os dois sendo julgados.

— Não — disse o repórter, como se Behdad fosse um tapado. — Pergunto para que você possa dar uma resposta apaixonada para os nossos leitores. Não seja tão frio, senhor.

— Está aí sua resposta. A sua caneta que invente a paixão.

A gralha revoou em círculos e pousou em cima do carro. O homem do lava a jato a espantou.

— Como novo — ele disse a Behdad. — Só ficaram alguns arranhões que não consegui tirar. Para isso teria que dar uma boa polida. Ia demorar.

Behdad tirou um bolo de dinheiro do bolso e puxou várias notas gordas. O homem examinou o dinheiro com surpresa. Era muito mais do que o custo da lavagem.

— O resto você pode dar para os outros — disse Behdad.

Não havia ninguém mais, claro. O homem sorriu.

— Vou comprar uns bolinhos e levar para a esposa e para as crianças. Deixar todo mundo feliz. O senhor é muito generoso.

Ele queria contar para o homem que dinheiro sujo nunca trazia sorte para ninguém. E esse dinheiro — esse mesmo dinheiro que havia acabado de tirar do bolso — havia passado pela mão *deles*, essa gente que transformava tudo que tocava em escória. Mas o que esse homem do lava a jato sabia? O que os olhos não veem, o coração não sente. Sete anos! Foi o tempo que havia trabalhado no banco antes de ser abordado. "Abordar" é uma palavra muito leve para o que aconteceu. Foi mais tipo receber uma proposta que não poderia recusar. Fizeram parecer fácil e, de fato, era fácil mesmo criar cartas de crédito falsas para importação. As importações eram inexistentes. Assim conseguiam receber taxas de câmbio com subsídio do governo e tirar os preciosos dólares do país sem trazer nada em troca. O esquema era perfeito. Ele foi comprado por uma bagatela porque dizer "não" estava fora de questão. Depois, quando começou a entrar o dinheiro dos trabalhos extras, acostumou-se fácil demais com os confortos da vida boa, em particular com o apartamento Nossas Tardes de Teerã.

Colocou mais algumas notas na mão do homem.

— Faz algo por mim, então. Compra uns bolinhos bem bacanas mesmo para a sua família. Os melhores.
— Que Deus nunca deixe faltar nada para o senhor. Que o seu casamento traga ao senhor e à sua noiva muita sorte.

> A assassina tentou negar envolvimento no crime. Mas logo confessou, declarando que foi por amor que cometeu o ato hediondo. Tendo pegado a chave do bolso do marido da vítima, entrou na casa sem ser vista e matou a vítima com múltiplas facadas.

Os jornais dedicaram páginas inteiras de matérias a ela. A história vendeu bem. E vendia ainda mais quando incluíam fotos dela. Sempre havia uma lista de espera de repórteres para entrevistá-la. E ela sempre concedia as entrevistas. Sentia-se em casa assim e fez até o fim o papel da amante arrasada, parecendo cuidadosamente frágil e deprimida nas fotografias. Ele lembrou de como Elahe sempre adorava ser fotografada, tantas vezes insistindo para que fossem até esse ou aquele estúdio onde poderiam tirar fotos românticas com fundos de fantasia. Engraçado como a sua esposa era o exato oposto. Uma mulher sem frescuras. Nunca gastou dinheiro que não fosse seu. Mesmo quando percebeu que as condições de vida deles haviam melhorado para muito além do que um simples funcionário do banco com quase trinta anos poderia bancar, ainda assim se recusava a esbanjar. Talvez suspeitasse desde o começo que era dinheiro sujo e não quisesses encostar nele.

O homem do lava a jato apanhou a caixa de jornais e a colocou no banco do passageiro.

— O senhor obviamente gosta de ler jornais.

— Jornais velhos.

— Bom pra limpar janela.

Behdad não respondeu. No fundo da caixa, havia cópias de todos os documentos falsos que já tinha utilizado no banco. Estava tudo ali. E naquela manhã havia enviado cópias digitalizadas para todos os jornais que já tinham publicado matérias sobre Elahe. Caso os jornais ficassem assustados demais para publicá-los, havia tomado a precaução de publicá-los online, encaminhando o link por toda parte. Será que morderiam a isca? Não sabia, mas havia feito a sua parte. Até que enfim.

Assim que se sentou de volta no carro, por todos os lados se ouvia a voz de Elahe. Ela acompanhava o trânsito e se demorava por trás da buzina dos carros congestionados na ponte Hafiz. Ela era uma sinfonia que nunca o abandonava, confessando-se para todos que escutassem: "Sim, eu o amava. E, sim, eu matei. Mas quem eu matei? Matei nosso próprio filho. O bebê de um mês na minha barriga. Foi quem eu matei. Vocês aí, com o dever de coletar provas, por que não vão atrás da verdade? Eu não matei a esposa dele, eu matei a NÓS".

Um motociclista parou perto dele no semáforo vermelho. "Deve ser um mensageiro deles", pensou. Behdad nem se virou para olhar, mas abriu a janela para saber o que o homem tinha a dizer ou entregar. Uma bala, talvez? Mesmo antes de terem matado sua esposa e botado Elahe atrás das grades, eram sempre esses motoqueiros que lhe traziam as mensagens. "Faça isto, faça aquilo... desapareça e nunca mais mostre a cara nesta cidade outra vez."

Sempre foi fácil assim para eles. Fácil que nem criar documentos bancários fictícios. No fim, criaram uma assassina fictícia também, e se cansaram dele.

A moto foi embora, sem qualquer mensagem ou comando.

> O advogado da ré insiste que a confissão não foi obtida por métodos lícitos e que as pistas reais encontradas na cena do crime não correspondem à confissão original de culpa extraída de Elahe sob coerção. Em particular, como acrescenta o advogado, os fortes golpes de faca no corpo da vítima não poderiam ter sido desferidos por uma mulher do tamanho e da força de sua cliente.

O túmulo de Elahe nem havia esfriado ainda. Ele tinha certeza disso. As pessoas mentiam quando diziam que a terra ao redor dos mortos esfria. Cinco anos haviam se passado e ele ainda não conseguia tirá-la da cabeça. Para ele, Elahe estava viva. E quando dobrou na avenida Jomhuri, onde mil telas de TV nas vitrines das lojas de eletrônicos piscavam na sua direção, imaginou que todas mostravam a mesma coisa ao mesmo tempo: a audiência de Elahe. Todas aquelas telas de LCD, pequenas e grandes, tinham que estar a par do seu segredo. Mas é claro que, no geral, mostravam desenhos de peixes nadando no oceano ou gatos e ratos caçando um ao outro. Ele pensou em como os batimentos verdadeiros de uma cidade estavam sempre logo abaixo dessas imagens de papel de parede. Você só precisava mudar o canal, do de desenhos para o de notícias, e aí saberia a verdade. Saberia mesmo. "Quem sou eu para tirar a vida de outra pessoa? A vida vem de Deus e apenas Ele pode tomá-la de volta." Elahe tinha chorado e chorado quando dissera essas palavras ao juiz.

Mas ela nunca havia chorado, nem mesmo uma única vez, quando estavam os dois em casa, no Nossas Tardes de Teerã.

Ele estacionou na frente de uma floricultura e disse ao velho de aspecto sábio que queria prender flores, dessas de casamento, na lataria do carro. Muitas flores.

— Alguma em particular?
— Um pouco de tudo.

O velhinho sorriu:

— Eu poderia fazer e cobrar bem caro. Você é o freguês e o freguês tem sempre razão. Mas é de um casamento que estamos falando. As flores no carro precisam harmonizar. Tem arte aí. Não devíamos exagerar.

— Você decide, então. Só precisa ser bem colorido. Quero bastante cor.

Era a única coisa que sua esposa e Elahe haviam tido em comum: ambas amavam flores. As duas diziam que conseguiam entender a linguagem das plantas. Perguntava-se se algum dia havia compreendido de fato alguma dessas mulheres. Não tinha mais a esposa e mal pensara nela nos últimos cinco anos. Quanto a Elahe, jamais tinha conseguido superar as memórias dela no tribunal, dizendo: "Eles escrevem que eu gosto de assistir a filmes violentos. Alguém me diga, então: ...*E o vento levou* é violento? *Doutor Jivago* é violento?".

Elahe criou um burburinho com essas palavras, e o juiz às vezes olhava para ela como se quisesse enforcá-la ali mesmo. Seu advogado protestou ao tribunal por ela ter sido chamada, desde o primeiríssimo dia, de "assassina" em vez de "acusada". Era a estigmatização de alguém cuja culpa ainda não havia sido provada. Foi esse mesmo advogado que insistiu em uma terceira apelação. Mas a essa altura a Elahe que apareceu diante do juiz estava longe de ser a mulher do Nossas Tardes de Teerã. Sua pele estava macilenta, e ela fazia o papel de uma amante completamente derrotada. "Já disse antes e digo de novo, não fui eu. Já provei a vocês o meu amor. Não poderia vê-lo sofrer daquele jeito."

Ele a visitou na cadeia e disse:

— Se você confessar o assassinato, esses caras vão me deixar em paz. Prometo que depois eu mesmo tiro você de lá. Vai ser fácil. Era eu o marido, tenho o direito de pedir ao tribunal para que a soltem. É a lei.

Mas não era tão simples assim. Eles tinham lhe dado uma escolha: assumir a culpa pessoalmente ou deixar que sobrasse para Elahe. Mas estavam blefando, como sempre. Não queriam que ele assumisse a culpa. Se assumisse, então haveria uma investigação no seu trabalho e talvez descobrissem os documentos com as importações falsas. Não, queriam Elahe de bode expiatório, um caso bem típico da amante abandonada e vingativa. Ele teve muito tempo desde então para pensar nessas coisas. Havia sido feito de otário. Quando a preparavam para a forca, lhe falaram que seria inútil: iriam matar os dois se ele pedisse clemência à corte. Os jornais foram à desforra nesse período: MULHER CIUMENTA MATA A ESPOSA DO AMANTE [...] ASSASSINA RETRATA

SUA CONFISSÃO [...] ELAHE DIZ QUE FARIA QUAL-QUER COISA POR ELE. Cinco anos já morando com aqueles recortes de jornal. Era por isso que estava de volta. Porque nada mais importava.

O homem da floricultura lhe dizia algo:
— Dá uma olhada nesse álbum, filho. Talvez você goste de alguns dos arranjos.
— Não importa.
— Importa, sim. Deixa eu falar uma coisa para você. Estou há mais de trinta anos no ramo. Pode ficar tranquilo que, daqui a uns anos, a sua noiva sortuda vai lembrar você de como eram bonitas as flores que colocou no carro. Essas mãos velhas dão sorte aos jovens.

Behdad torceu o nariz.
— Não sou mais tão jovem. Mas, tudo bem, como quiser. O arranjo que você achar que é o melhor está bom para mim.

Ele correu os olhos pela rua enquanto o florista começava a trabalhar. Havia dois motociclistas do outro lado da rua, perto de uma barraca de sucos. Ambos vestiam uma jaqueta de couro preta e estavam sem capacete.

Os jornais haviam perguntado: "Elahe, tem mais alguma coisa que você queira nos contar?". E ela tinha respondido: "Só isso: não vou parar de comprar flores, só para que o florista não saiba que o meu amor me deixou para sempre".

O carro foi virando, devagar, um festival de cores, bem como o homem havia prometido. Trabalhou nele com paciência, prendendo flores, fitas e folhas em dois círculos perfeitos sobre o capô e o porta-malas. Behdad saiu e ficou do lado de fora observando o homem trabalhar. Transeuntes fizeram comentários e ofereceram seus parabéns. Mas os dois homens de jaqueta de couro do outro lado da rua mal se viravam na sua direção.

— Gostou? — O velho passou a mão pelos cabelos brancos e sorriu para Behdad. Parecia contente com o seu trabalho.

— Você é um artista. — Ele tirou outro bolo de notas do bolso e começou a contá-las. Quando o florista reclamou que era dinheiro demais, colocou mais um punhado na mão do homem. — Reze por mim.

— Que esta ocasião feliz lhe traga cem anos de felicidade.

Behdad saiu dirigindo.

A execução havia acontecido num dia de fim de outono, na prisão. Ele estava lá, e lhe deram ordem de ir embora. Ele precisava estar lá como o marido da vítima que insistia num *qesas*. A mãe de Elahe estava lá também, e um de seus parentes a mantinha de pé com dificuldade. Behdad mal conseguia olhar para eles.

— Minha filha cometeu o erro terrível de ficar com um homem casado — ela reclamava —, mas conheço minha filha: ela não é uma assassina.

Sua memória parava aí. Não conseguia lembrar do momento em que puxaram o banquinho de sob os pés de Elahe. Não conseguia lembrar se ela disse qualquer coisa. Elahe estava lá em cima pendurada no ar e ele ainda aqui embaixo na terra, seus olhos colados ao chão. Imediatamente depois disso, sua vida estava anulada — demitido do emprego por ter um caso ilícito, trazendo assim desonra ao banco e aos seus colegas.

Um grande carimbo de anulação sobre a sua vida. A estrada era sua única opção.

Até hoje.

Ele foi conduzindo o carro, cada vez mais longe rumo ao sul, até chegar à rodovia que dava no cemitério Behecht-e Zahra. Não haviam enterrado sua esposa neste local. Em vez disso, fora levada ao cemitério dos pais na cidade onde tinha crescido. O boletim de ocorrência havia indicado que a vítima fora encontrada nua, deitada na cama. Era mentira. Sua esposa nunca dormia nua.

Um carro branco passou por ele e um passageiro gritou parabéns ao noivo. Behdad abaixou o vidro e buzinou de volta. Queria que o som de seu casamento ecoasse por toda a cidade que havia acabado de deixar. Enquanto isso, como esperado, os dois motoqueiros estavam lá nos seus retrovisores. Ficaram em cima dele como um par de asas, um de cada lado, mantendo a distância exata de um carro. Ele pisou no acelerador e viu que aceleraram também. As fitas brancas penduradas nos arranjos de flores esvoaçavam. Era um noivo que havia chegado com cinco anos de atraso. Mas hoje estava com pressa. O motoqueiro à sua direita gradualmente foi se aproximando até quase roçar na porta traseira. Acelerando de novo, Behdad esticou a mão, abriu a porta do passageiro e empurrou a caixa para fora do carro. Nisso, perdeu o controle do volante e o veículo fez uma curva brusca na direção da caixa e do motoqueiro. O som do metal no asfalto. O carro seguia rumo às barreiras de segurança. Ele rapidamente apanhou o volante e jogou na outra direção, então esticou o braço e fechou a porta aberta sem desacelerar. A outra moto tinha continuado na cola dele, embora tivesse recuado um pouco agora. No retrovisor, viu que a moto acidentada havia trombado com a barreira, mas não se via o motoqueiro por perto.

Os jornais e recortes dançavam e esvoaçavam no ar sobre a rodovia dos mortos.

Ele pressionou o pedal com mais força. Na saída para Behecht-e Zahra, pisou com tudo nos freios e engatou a ré. A segunda moto vinha na direção dele com rapidez, seguida ao longe por um caminhão. A coisa toda não levou dois segundos. A moto bateu com tudo na traseira do carro. Behdad observou o homem voar como um personagem de desenho animado e desabar no chão do lado da moto rodopiante. O motorista do caminhão, nesse meio-tempo, havia parado no acostamento em choque, e o som infernal da sua buzina não parava.

Quando o carro de Behdad voltou a andar, o porta-malas arrebentado se abriu, fazendo com que algumas flores soltas caíssem. Não dava para ver mais nada no retrovisor. Era avassalador o cheiro de lixo queimado nessa região. Ele fechou a janela e partiu rumo à entrada do cemitério.

Queria estar nos trinques para ela hoje. Se arrumou no estacionamento. A lápide minúscula que havia encomendado estava no porta-malas, ilesa. Ele a tirou de lá e a segurou embaixo do braço, como uma valise. Precisava encontrar a fileira duzentos e cinquenta e três. A cidade dos mortos tinha crescido muito nos últimos cinco anos. Na época, o jazigo dela havia sido o último da sua fileira, mas agora as tumbas estavam coladas nos muros, de uma ponta à outra. Ele caminhou rápido, quase correndo, apanhando fragmentos de poesia nas outras lápides enquanto passava. Para ela, porém, havia encomendado uma lápide simples apenas com seu nome entalhado: *Elahe Sattari*.

Então começou a correr, como alguém tentando apanhar um ônibus saindo do ponto. Foi fácil achar o jazigo dela: era o único naquela área que ainda não tinha lápide. Ia resolver isso agora mesmo. Colocou a pedra em cima de Elahe e pegou a caixinha de música que tinha comprado para ela quando os dois se conheceram. Deu corda. Nunca havia feito essa parte antes. Era sempre Elahe quem gostava de dar corda nesse negócio. Em todo anoitecer ela se sentava na sacada, puxava um xale sobre os ombros nus e deixava a coisinha tocar uma única vez. Era parte da sua performance. A romântica nela.

A música começou a tocar. *Plim-plim-plim...* ele não fazia ideia de qual música era. Mas o seu som trouxe de volta a fragrância do incenso de Elahe e o cheiro do seu apartamento. Nossas Tardes de Teerã. Aproximou o rosto dela. Dava para ouvi-la respirar agora. Ela estava aqui, sim. Se deitou sobre ela e ficou escutando, correndo o dedo sobre o nome Elahe Sattari. Havia mandado o lapidador gravar o nome maior do que o sobrenome. Que frio aqui! Será que os mortos não exalam calor algum? Mas Elahe respirava por ele, e Behdad ficou perfeitamente parado, lembrando o quanto ela detestava o frio. Deu corda na caixinha de música pela segunda vez. Escutou passos vindo em sua direção. Passos pacientes, passos que tinham todo o tempo do mundo naquela seção deserta do vasto cemitério.

Behdad olhou para cima e viu aquele primeiro motoqueiro em que havia batido, ali em pé, observando-o. Havia sangue no homem. Sangue e paciência. Não raiva, mas determinação. O sujeito levantou a mão, apontando alguma coisa para ele. Behdad repousou a cabeça na terra e abraçou o nome da amada. Um estrondo feroz ressoou pelo cemitério e várias gralhas escuras, com expressão de tédio, saíram em revoada de onde estavam empoleiradas.

* *Conto escrito originalmente em farsi.*

O CANTO FÚNEBRE DO COVEIRO

GINA B. NAHAI

Teerangeles

Foram as carpas as primeiras a morrer, ficando desorientadas e com o olhar baço, dando voltas no lago em padrões lentos e canhestros, desenvolvendo úlceras nas guelras e nos rins até pararem, acabadas, nas margens. Depois as gaivotas começaram a ficar cegas e a se chocar contra as coisas, ou então caíam, em pleno voo, na água ou na grama, ou paravam de se alimentar até morrerem de anorexia. Em junho, as criancinhas que estendiam as mãos nos pedalinhos a fim de sentir a água voltavam para casa com a pele queimada, e os velhos russos e iranianos que se sentavam à sombra e jogavam gamão o dia inteiro reclamavam de dores de cabeça e náusea; e os poucos pescadores que eram burros o suficiente a ponto de cozinhar e comer as percas-sóis de guelras azuis e tilápias que haviam pescado e congelado, mesmo antes da praga, precisaram ser levados às pressas ao hospital.

Os transeuntes, em suas corridas diárias, suspeitaram de uma calamidade ambiental. Ligaram e mandaram e-mails para o departamento responsável pelos parques, para os gabinetes dos vereadores, para a prefeitura. Começaram uma campanha de "Salvem o lago" nas redes sociais, enviando vídeos de pássaros atordoados ou de peixes podres para sites que cobriam os acontecimentos no vale e na própria Los Angeles.

Se fosse um laguinho em Beverly Hills, diziam, todos os recursos da cidade estariam sendo empregados a essa altura. Se fosse uma piscina em Santa Monica, sete grupos ambientalistas diferentes teriam aberto um processo nos tribunais a nível estadual e federal. Mas aqui era Van Nuys — os 60% de latinos e os 40% de negros, armênios, asiáticos ou iranianos enfrentavam problemas maiores do que um lago poluído no parque. Já tinham sorte de ter um parque, para começo de conversa.

A boa notícia era que, fazia uns anos, os donos de propriedades ao redor do parque haviam forçado a prefeitura a rebatizar parte da área como "Lago Balboa" — o que, para falar a verdade, soava consideravelmente mais chique do que o velho e sem graça Van Nuys —, e não foram poucos os compradores que se deixaram levar por essa presunção e pagaram um extra pelo nome, chegando até a investir um bom dinheiro para reformar casas antigas ou derrubar para construir novas, o que significava que, para eles, havia mais coisa em jogo e não dava para deixar o seu investimento virar um bolo de câncer. Entre esses residentes, havia um casal, Donny e Luca Goldberg-Ferraro, que passara os últimos nove meses reformando e redecorando a casa. Luca, o mais jovem, tinha um temperamento tranquilo e havia obtido bastante sucesso em sua carreira como produtor de cinema. Assim como qualquer pessoa com alguma conexão que fosse com o ramo em Los Angeles, ele acreditava que não deveria estar sujeito às mesmas limitações impostas aos outros mortais. Por algum tempo, acompanhou as notícias sobre o lago com uma curiosidade distante, confiando que, como dizia a Donny, "o município vai cuidar disso". Então reparou no cheiro de lixo que o vento às vezes soprava e confessou ter ficado "um tanto aborrecido". Algumas semanas depois, quando uma gaivota desorientada bateu de cabeça contra a janela e deixou marcas de sangue, penas e tecido cerebral no vidro, ele declarou, com um tom de voz muitíssimo dócil:

— Acabou-se a minha paciência com esse lago.

Donny era escritor, com umas boas duas décadas de vida a mais do que o marido e nenhum interesse, absolutamente, pelo parque, pelo lago ou, na verdade, por qualquer coisa que tivesse acontecido no mundo desde o julgamento de O. J. Simpson em 1994. Ele tinha publicado duas dezenas de romances e ainda continuava escrevendo nos seus quase oitenta anos, mas não conseguia se lembrar da última vez que havia saído de casa que não fosse para ir numa consulta médica ou a um jantar chique com Luca. Havia comprado a casa com o dinheiro ganho ao vender o seu primeiro livro, em 1962. Lá dentro, pendurou imensos pôsteres em preto e branco de estrelas do cinema das antigas, Garbo, Dietrich e Bette Davis, em todas as paredes. Havia flores de seda no hall e gramado sintético no jardim. Ele mantinha as cortinas fechadas e instalou apenas lâmpadas de tons amarelados ou cor de pêssego no lustre e nas luminárias de chão. Sua parte favorita da casa era uma mesinha de centro de vidro que chamava de "o cemitério", porque ficava coberta por estatuetas de cristal Lalique e Daum, "à la Tennessee Williams". A mesinha ficava próxima à janela onde a gaivota havia encontrado o seu fim brusco, o que era a única parte da questão toda pela qual Donny tinha interesse:

— Já imaginou se a janela estivesse aberta?

Isso foi num domingo de manhã, 21 de julho de 2013. Na segunda-feira, mais três pássaros tiveram o seu fim prematuro do lado de fora do cemitério de cristal de Donny, o que levou Luca a se perguntar em voz alta se não devia "mandar meu estagiário dar uma olhada na questão do lago".

Donny deixou passar um minuto inteiro e então anunciou:

— Meu querido, foda-se o lago.

No entanto, na manhã seguinte, o jardim da frente estava abarrotado de restos mortais aviários, e Luca percebeu que precisaria ajudar a resolver a infestação ou aprender a conviver com o cheiro e a visão de vísceras de pássaros.

Na quarta-feira, o estagiário, um rapaz formado em administração em Harvard que estava "começando de baixo" — isto é, trabalhando de graça — com Luca, relatou que o lago, à verdadeira moda angelena, era "encenado". Em vez de ser uma ocorrência natural, era um buraco de onze hectares e três metros de profundidade que havia sido preenchido, em 1992, com duzentos e setenta e dois milhões de litros de água de esgoto reciclada de uma estação de tratamento próxima. O parque onde ele se situava tinha começado como parque Balboa, mas havia recentemente sido rebatizado parque Anthony C. Beilenson — em homenagem a um ex-congressista do distrito 24.

Para Luca, o próximo passo era, naturalmente, ligar para a casa do congressista.

Na quinta de manhã, um caminhão parou na frente do lago e dois homens com uniformes de aparência oficial começaram a coletar amostras. Voltaram no dia seguinte com trajes de proteção para coletar mais amostras e instalar grandes placas de cor laranja, que brilhavam no escuro, em que se lia: *Perigo Para a Saúde! Não Toque!*. No sábado, o representante do distrito na câmara municipal apareceu pessoalmente no parque. Usava um par de Ray-Bans novinhos em folha, um terno safári excessivamente engomado e protetor solar com mais fragrância do que devia. Apesar do seu gosto para moda, ele parecia genuinamente atento ao relatório que lhe havia sido repassado aos sussurros pelos "investigadores das reclamações de poluição" e "agentes de controle de qualidade da água" da cidade. Mal ele tinha ido embora em seu Subaru preto sobre preto, acompanhado pelos dois assistentes de idade universitária, que não paravam de digitar em seus smartphones, quando o site do *LA Daily News* estourou com a manchete: "Ouro descoberto no lago Balboa".

A multidão instantânea que se formou na sequência moeu o solo do parque e transformou em sucata as bicicletas, barcos e caiaques de aluguel. Dentro do espaço de uma hora, as flores de cerejeira japonesas foram depenadas, a trilha de corrida ficou esburacada com valas e tantas pessoas convergiram para o lago e vadearam a água com suas pás e bateias e baldes, que o departamento de bombeiros teve que chamar a tropa de choque para separar as brigas. As rodovias 101 e 134 tinham quilômetros de engarrafamentos nos dois sentidos, as ruas se transformaram em estacionamentos e os helicópteros da polícia e dos noticiários disputavam o espaço aéreo sobre a área. Seu ruído, combinado com o som dos carros buzinando e as vozes dos pedestres, despertou Donny de seu sono, induzido por uma dose de Ambien com Xanax e o auxílio da escuridão total no quarto, além de uma máscara preta sobre os olhos, o que ele comparava, com carinho, ao sono de um defunto. Lá embaixo, na sala de estar, encontrou Luca na janela, com binóculos nas mãos, escutando o estagiário fofocar os detalhes da história no viva-voz.

As amostras do solo e da água coletadas no lago indicavam não a existência de ouro puro, mas uma concentração extraordinariamente alta de uma série de compostos químicos encontrados no ouro. Segundo a Wikipédia, os compostos eram conhecidos como "sais de ouro". A uma concentração razoável, se refinados e misturados com outros elementos, eram às vezes usados para tratamento de doenças e em certos medicamentos. Em doses mais elevadas, causavam intoxicação por ouro.

Pela primeira vez desde que podia se lembrar, Donny se interessou pelas notícias. Foi até a janela e pegou os binóculos de Luca, depois chamou o seu "mordomo", Mehdi, para que trouxesse um café da cozinha.

— Ele está atrasado — relatou Luca. — Já ligou quatro vezes para o meu celular.

Iraniano, de meia-idade, dotado de uma beleza um tanto surrada e um desejo patológico de agradar, Mehdi "estava com" (era assim que eles gostavam de falar, porque soava mais elegante do que "trabalhava para") Donny e Luca já fazia quase três anos. Tinha começado como chofer temporário de Donny em 2010, a fim de conduzi-lo para suas consultas de fisioterapia após uma cirurgia de prótese no joelho, e aos poucos foi passando para um cargo em tempo integral como caseiro, cozinheiro, *personal shopper* e aquele tipo de empregado amorfo que é de *rigueur* para qualquer aspirante ardoroso ou fracassado desempregado em L. A., que chamam de "assistente pessoal". Era tão educado e deferente, tão completamente modesto e complacente, que bem podia virar um incômodo se não fosse mantido sob controle. Era pontual ao ponto da obsessão, sincronizando o seu relógio de pulso com o relógio que Donny e Luca tinham na sala de jantar, fazendo questão de não chegar nem mesmo um minuto mais cedo ou mais tarde. Nas raras ocasiões em que alguma calamidade era capaz de detê-lo por qualquer fração de hora, ele entrava num estado semelhante ao de um ataque de ansiedade que só poderia ser suprimido por um coquetel de benzodiazepínicos de alta potência.

Havia ligado mais duas vezes naquela manhã para dizer que ainda estava preso no trânsito, e sua voz parecia tão abalada e transtornada que Luca sugeriu "encerrar o expediente, pra você ir pra casa e descansar". Só que isso também não era uma opção, porque o engarrafamento se estendia em ambas as direções, por isso Mehdi aguentou o quanto pôde, depois simplesmente desligou o motor, deixou a chave na ignição e foi caminhando o restante do trajeto até o serviço.

Ele apareceu com a camisa encharcada de suor e as mãos visivelmente trêmulas, tão desolado pela sua apreensão que gaguejava como se tivesse nascido assim. No minuto em que começou a pedir desculpa pelo atraso, Donny levantou a mão e gesticulou para que calasse a boca.

— Meu caro homem, a sua humilhação está me irritando.

Donny ainda estava na janela com os binóculos, e tinha posicionado Luca no computador e deixado a TV ligada na CNN para não perderem nem um segundo de nada.

Demorou um minuto, mais ou menos, para entenderem, dado o seu silêncio e óbvio estado de confusão, que Mehdi não sabia do lago. Estarrecido, Donny abaixou os binóculos e se voltou para ele.

— Vem aqui — disse, e Mehdi foi na sua direção com pernas vacilantes. Seu rosto reluzia por conta de uma nova camada de transpiração e as palmas da mão deixavam rastros ao limpá-las nas calças. Estava virando a esquina do cemitério Lalique quando Donny acrescentou:

— Você não ouviu? Encontraram ouro no lago Balboa.

Isso ele disse com um entusiasmo pouco característico, como se o ouro tivesse sido descoberto em sua própria propriedade, e esperava que Mehdi ao menos fingisse empolgação, como ele fazia, só por educação, sempre que Donny ou Luca compartilhavam alguma notícia boa de suas vidas. Em vez disso, Mehdi soltou um ganido baixinho e truncado, depois caiu de joelhos e deixou os binóculos caírem da sua mão.

Seu pai tinha-lhe dito que estavam indo comprar sapatos. Em vez disso, tomaram um táxi até Vanak, na zona norte de Teerã. A neve cobria tudo, mas seu pai insistiu para que o motorista os deixasse a algumas ruas de distância do seu destino, para que seus sapatos e meias, até mesmo a barra das suas calças, estivessem úmidos e congelados quando chegassem em casa. Tocaram a campainha e esperaram, depois atravessaram os grandes portões de metal e a longa entrada da garagem. Mehdi tremia de frio, mas seu pai vinha transpirando desde antes de saírem de casa, e agora precisava parar a cada tantos minutos para limpar o rosto com a lateral da lapela. Em ambos os lados havia árvores altas e desnudadas, com galhos polvilhados de neve, erguendo-se como fantasmas sobre os canteiros de flores congelados.

A porta da frente estava destrancada, de modo que Alireza, o pai de Mehdi, só precisava empurrar a maçaneta de latão para baixo para poderem entrar. Porém, já havia começado a tremer, e suas mãos estavam escorregadias por conta do suor, por isso desistiu após duas tentativas e pediu a ajuda de Mehdi. Lá dentro, a casa estava escura, fria e em completo silêncio, como se há décadas ninguém morasse lá, mas Alireza parecia saber aonde estava indo. Descendo o longo corredor e passando por uma escadaria preta de mármore, ele foi guiando Mehdi até uma sala de jantar redonda, com uma mesa circular e doze cadeiras.

— Fique aqui — disse ele. — Não saia vagando por aí e não venha me procurar.

Mas Mehdi o seguiu mesmo assim, porque estava com medo de ficar sozinho nessa casa estranha e com medo de que Alireza não voltasse para buscá-lo. Conseguiu chegar até a base da escada quando Alireza se virou e o viu.

— Volte e feche a porta — ele vociferou —, ou eu acabo com você. — Mas a essa altura já era tarde mais.

Golnessa Hayim — descalça, peito de tábua e de pele escura — estava apoiada no corrimão do segundo andar, trajando um vestidinho púrpura de cetim com uma rosa a desabrochar decorando a parte da frente e uma única fenda aberta na bainha, que subia até a ponta de sua liga de renda branca e a boca de sua vagina vermelha e nua. O cabelo era uma tempestade de cachos pretos e os olhos eram de um verde musgo e transparente como vidro. Quando ela sorriu para Mehdi, ele pôde ver um único dente de ouro e percebeu, num estado de completo êxtase e horror agudo, que era essa a judia rameira, desavergonhada e destruidora contra a qual sua mãe tantas vezes tinha vituperado ao longo dos últimos meses.

Enfeitiçado, Mehdi sentiu uma vontade de seguir o pai pelos degraus até os braços e peito e os lugares ocos e macios de Golnessa, embora tivesse apenas oito anos e ainda pensasse que seu pênis era só para urinar. Seus olhos não cediam, estavam presos no verde do olhar de Golnessa, de modo que foi preciso andar de ré para escapar, enquanto Alireza, que já havia se esquecido do filho, subia a escada dois degraus por vez e se atirava em Golnessa com um gemido alto e dolorido que ecoou pela casa e fez as pernas de Mehdi vacilarem.

Ficou esperando, sozinho, na sala de jantar. Estava nervoso demais para conseguir se sentar e agitado demais para andar sem sentir que seus joelhos cederiam. A cada tantos minutos, pensava ter escutado um ruído — passos se aproximando, alguém chamando o seu nome —, quando então percebia que era apenas um eco em seus ouvidos. Quando não conseguiu mais aguentar a tensão, se aventurou de novo pelo corredor.

O restante da casa dava a impressão de estar desabitada há décadas, mas Mehdi pensou ter sentido um calor emanar do batente da porta de um dos quartos no andar de cima. Então ouviu uma canção:

— *Dar in hâl-e masti safâ karde-am.*

A voz de Golnessa se derramava pelos degraus que nem água morna.

— *To-ra ey khodâ man sedâ karde-am.*

Era uma ode a Deus, uma súplica de uma súdita devota perdida em sua euforia e clamando a Ele para que se aproximasse — por mais que, naquele momento, não houvesse o menor equívoco quanto a quem Golnessa chamava.

Ela cantava tão habilmente e com tamanho envolvimento, diziam as pessoas a respeito de Golnessa, sem dúvida graças aos seus ancestrais, que eram músicos judeus viajantes de Xiraz — uma cidade de bons vinhos e moral duvidosa, cujas mulheres eram, na prática, consideradas prostitutas. Difamada desde o nascimento, a mãe de Golnessa era escura e igualmente reta e descarnada como um desenho de palitinhos feito com carvão numa calçada. Sua única opção de matrimônio era o filho de um coveiro do mais pobre dos guetos judaicos, o *mahalleh* em Yazd. Golnessa era a quarta criança dela e a primeira filha, e acabou sendo a última também, porque a gravidez desequilibrou alguma simetria essencial na mãe, afinou seu sangue ou drenou o leite dos músculos de modo que, mesmo após seu corpo expelir a criança e se livrar dos fluidos adicionais, suas pernas continuaram com uma sensação de peso, frouxidão e relutância, resistindo-lhe quando ela tentava caminhar e bambeando se ficasse em pé, não importando o tanto de emplastros de vinagre, sal, sementes de mostarda, sálvia e cúrcuma que aplicava, nem o quanto de alho e coentro usava para temperar a comida, nem o tanto de prepúcios recém-cortados que engolia nas festas de circuncisão. Ela passou de mancar a arrastar uma das pernas a usar bengalas de madeira a, quando Golnessa tinha uns seis anos de idade, se arrastar pelo chão.

Pensando pelo lado positivo, Golnessa já havia chegado a este mundo com o seu próprio dote, ainda que sem qualquer substância — seu incisivo inferior esquerdo, já crescido e permanente desde o nascimento, era de ouro puro.

Tamanho havia sido o maravilhamento causado por esse bebê — uma criaturinha barulhenta e miúda, com uma fonte de cabelos pretos encaracolados já mais longos do que o próprio corpo infantil, uma pele escura brilhante, olhos verdes-musgos e aquele único dente reluzindo na boca sempre que abria o berreiro —, que as pessoas faziam fila no pátio da casa do coveiro só para o vislumbrarem, chegando até mesmo a botar a mão na sua boca e tentar amolecer ou arrancar o dente, ou colocar um ímã pertinho para ver se era ouro de verdade, e depois iam embora com a convicção redobrada de que Deus era mesmo cheio de surpresas.

Os pais queriam deixar o dente em sua boca como um tipo de poupança — algo de valor que levaria à casa do marido —, mas conforme ela foi crescendo e a saúde da sua mãe foi declinando, decidiram fazer esse saque mais cedo. Certa noite, quando Golnessa tinha seis anos, o pai a amarrou em uma cadeira, virou um copo cheio de arrack na goela da criança e iniciou um ataque completo com um par de alicates de aço. Puxou o dente até dar bolhas nas mãos; agarrou os cabos da ferramenta enrolados numa toalha e puxou de novo. Quanto mais forte puxava, menos a mandíbula cedia. Lubrificou as gengivas de Golnessa e tentou de novo, soprou fumaça de ópio nas suas narinas para ela pegar no sono e fez incisões na gengiva do seu maxilar inferior por toda a extensão do dente até onde imaginava estar a raiz. Tentou até discutir com a boca dela: "Isso é só um dente de leite; um maior e mais forte vai crescer no lugar se você só abrir mão desse aqui".

O tempo todo, Golnessa ficou sentada, imóvel, na cadeira, com os olhos arregalados e os sentidos imunes ao vinho e ao ópio, encarando o pai sem fazer um único ruído.

No dia seguinte, seu pai trouxe para casa um dos carrinhos de madeira com três rodas que usavam para carregar os corpos no cemitério, botou a esposa na caçamba e prendeu uma amarra nos braços do carrinho. Depois, como se fosse um castigo por ter-lhe negado o dente, ele botou Golnessa na amarra e disse que ficaria ali até que abrisse mão do dente ou se casasse e fosse embora de casa.

Seu primeiro marido, quando ela mal tinha quatorze anos, foi um zoroastrista de sessenta e sete anos, um *bache baaz* — molestador de meninos —, que era um apelido educado dado a homens que não gostavam de ser considerados homossexuais, mas não achavam que passar um tempinho de qualidade com rapazes fosse uma afronta à sua masculinidade. Havia se casado com Golnessa porque estava ficando velho e queria uma esposa jovem para cuidar dele. Considerando o seu bem conhecido desinteresse pelo sexo feminino, não era esperado que consumasse o casamento. Na noite de núpcias, entrou na "câmara conjugal" pelo bem da formalidade, tirou as meias e sapatos e pediu à esposa para que massageasse seus pés enquanto dormia. Gritou aos parentes reunidos do lado de fora para que fossem logo para casa, pois nenhuma virgem seria deflorada naquela noite e nenhum lenço de chifon e renda ensanguentado com a prova seria apresentado. Mas como ele se enganou, e feio!

Ela deve ter "chiz-khorado" o velho — dado a ele, em segredo, uma poção que o deixou, inadvertidamente, enfeitiçado por ela —, porque não só ele emergiu, uma hora depois de se despedir, com um aspecto radiante, satisfeito e muito, muito viril, para apresentar o lenço, bem como o vestido da noiva, todos lambuzados com a prova do defloramento dela, como também nunca mais demonstrou o menor interesse por meninos. Em vez disso, passou a se dedicar, de corpo e alma, a explorar as profundezas da gratificação carnal com Golnessa, mantendo uma dieta estrita de uma dúzia de ovos crus no café da manhã, vinte e quatro tâmaras sem caroço recheadas de nozes no almoço e figos maduros com cabeça de bode ou videira da punctura para o jantar. Qualquer que fosse o veneno que ela punha na sua comida ou bebida, às escondidas, servia não apenas para melhorar a sua constituição, como a sua sorte também, porque do dia em que ela pisou na casa dele até a sua partida, certa manhã no meio de uma tempestade, seis anos mais tarde, o velho *bache baaz* deixou de ser completamente impecunioso e se tornou mais do que moderadamente abastado.

Foi assim que ela comprou sua liberdade do velho, foi assim que viria a convencer os outros a lhe concederem um divórcio célere: prometendo que poderiam continuar desfrutando da sorte que ela lhe trouxera.

–

Seu segundo marido foi um vendedor de tapetes muçulmano, com quarenta e poucos anos, de Chemiran, que já tinha uma esposa e meia dúzia de filhos.

O terceiro foi um judeu de trinta e dois de Teerã. Havia se casado fazia dois anos e não tinha filhos, só uma esposa para abandonar por Golnessa.

A questão era que ela não tinha medo algum. O pior destino que podia recair sobre uma mulher — o de ser considerada meretriz — já havia lhe acontecido ao nascer, por conta da profissão herdada pela família. Os próximos itens da lista das piores coisas — pobreza, ter uma mãe que não podia cuidar dela e uma aparência tão desinteressante a ponto de ser descartada como candidata plausível a casamento com qualquer pessoa que fosse — também tinham lhe ocorrido antes de abrir aqueles seus olhos verdes para este mundo. Os olhos, na verdade, chegavam a enganar algumas pessoas, que acreditavam que ela podia ser a mais rara e mítica das criaturas — uma mulher de boa sorte —, porque eram, de fato, marcantes em sua clareza e vivacidade; mas aí vinha o corpo mongol, o cabelo berbere e os lábios grossos, além do fato de ter transformado sua mãe perfeitamente saudável numa aleijada e nascer de um homem que ganhava seu pão lavando cadáveres. Assim, não importava o quanto fossem radiantes os seus olhos, já dava para saber que a menina era encrenca.

Qualquer outra mulher do seu calibre teria engolido o escorpião, como diz o provérbio, e se resignado a valer menos do que um tapete careca de cânhamo na soleira da porta do caravançará de um homem pobre. Golnessa, em vez disso, tornou-se o escorpião.

Ela não tinha medo, nem vergonha, nem (parecia) necessidade ou desejo por aquilo que era a mais valiosa das commodities na sociedade iraniana — um bom nome. A única qualidade que parecia valorizar nos homens era sua juventude, e a única compensação oferecida por levá-los a traírem suas famílias e se tornarem párias sociais era uma certa euforia sobre a qual ela cantava, e a boa sorte inegável, ainda que apenas financeira, que a acompanhava de casa em casa.

Não que o dinheiro — tão repentino, fácil e abundante quanto a sorte de Golnessa o tornava — não pudesse induzir a essa euforia, mas a ganância por si só, não importa o quão terrível, dificilmente explicaria a profundidade da devoção que ela inspirava em seus homens, nem as distâncias às quais estavam dispostos a ir por ela. Seu quarto marido, Davud Hayim, a "roubou" de um empregador que havia tratado Davud com mais generosidade e uma ternura mais genuína do que o seu próprio pai.

O pai de Davud, Moshe Hayim, foi um judeu que se converteu ao islã para tirar proveito da lei que dava os direitos exclusivos de herança a qualquer *jadid al-islam* — um muçulmano recém-convertido —, não importava quão tênue pudesse ter sido a conexão com sua família ou quantos herdeiros homens houvessem na fila. Dados os benefícios e a facilidade da conversão — só era necessário ter certeza de que se queria ser muçulmano (e xiita, aliás) e dizer as palavras *La ilaha ila Allah, Muhammad rasul Allah, wa 'Aliyyun waliyyu-lLah* (Não há deus senão Deus e Muhammad é Seu enviado, e Ali Seu vice-regente). Era possível recitar essas palavras com ou sem testemunhas, depois fazer uma ablução e acabou. Moshe Hayim tornou-se um *jadid al-islam* em questão de minutos, mudou seu nome para Muhammad Hakim, acrescentou um *sayyed wa 'Aliyyun waliyyu-lLah* — descendente do Profeta — como bônus e até desposou uma mulher muçulmana. Sua nova esposa ficava em uma casa separada da primeira. Ele as visitava em noites alternadas e deixou que cada uma criasse seus filhos segundo a sua própria religião.

Moshe Hayim, também conhecido como Muhammad Hakim, tinha muitas esposas, mas apenas dois filhos: Davud, da esposa judia, e Alireza, da muçulmana.

Tocado pela boa sorte de Golnessa, Davud tornou-se cada vez mais rico. Deliciava-se tanto com o dinheiro quanto com o status social que o acompanhava. Desejava mantê-lo, mas, quanto mais rico e popular ficava, mais fácil era desafiar Golnessa, deixá-la de lado, esquecer que devia ser venerada. E foi por isso que ela "chiz-khorou" Alireza.

Durante semanas após a visita a Vanak, Mehdi rezou para que Alireza o levasse de volta àquela casa. Sonhava com Golnessa mesmo acordado, e ouvia a sua voz, as palavras da sua canção, mesmo dormindo. Em casa, saía farejando feito um sabujo, procurando aquela fragrância fria e amarga que, em certas noites, seu pai trazia para casa na pele e nas roupas. Era o cheiro da casa de Golnessa — seu quarto, seus lençóis, talvez apenas o seu hálito — e grudava em Alireza feito uma cicatriz, fazendo sua esposa estourar de raiva, acusando-o de ter menos honra que um *dayus* (um homem cuja esposa sai vadiando por aí). Para Mehdi, no entanto, a fragrância era tudo que o separava da absoluta depressão. Algumas vezes, nos meses que se seguiram, ele fugiu da escola e subiu num ônibus com destino a Vanak, tentando em vão encontrar a casa. Chegou até a perguntar a Alireza se podiam "visitar de novo a moça com o dente de ouro", mas a única resposta que a sua pergunta evocou foi um tabefe de mão firme e um lábio inferior machucado. Havia quase desistido de rever Golnessa quando aconteceu de Alireza brigar com a esposa de forma definitiva, cuspir no chão para marcar a importância daquele momento e declarar que ia embora para se casar com a esposa do irmão.

Para a sua mãe e irmãos, essa foi uma calamidade impossível de superar; para Mehdi, era prova de que Deus existia mesmo e de que Ele, de fato, ouvia as preces dos menininhos.

—

Donny e Luca tinham colocado um anúncio no Craigslist e entrevistado duas dúzias de candidatos antes de Mehdi ligar. Era difícil conquistar a confiança de Donny, que havia se criado na pobreza e não dava nada de graça. Ele gostou da timidez de Mehdi, o modo como esperava ser convidado antes de entrar em algum cômodo ou se sentar. Gostou que Mehdi era bonito sem ser insolente e que não perguntou qual seria o salário ou a carga horária de trabalho. Ele disse que morava sozinho e não tinha família, nem conexões amorosas. Quando lhes contou que não tinha um smartphone, os dois presumiram que não tinha dinheiro para comprar um, mas ele explicou, sempre com toda a reverência do mundo, que não era isso, que ele também não tinha TV nem rádio, nem mesmo no carro. Não tinha lido um jornal desde o Ano-Novo de 2000 e mesmo assim foi só para ver se o mundo tinha acabado ou não, como prometido. Fazia uma refeição por dia, não fumava nem bebia, mas era um exímio cozinheiro e entendia de bebidas tão bem quanto qualquer barman.

Sua tendência à reclusão e desinteresse deliberado pelo mundo convenceram Donny e Luca de que ele era gay e incapaz de aceitar o fato — "quase literalmente no armário". Disseram-lhe que teria que arranjar um celular se quisesse trabalhar para eles, mesmo que fosse para se comunicar só com eles, e que teria que conduzir o carro durante o serviço. Não lhes incomodava que fosse estrangeiro — os iranianos, para eles, eram um povo maravilhoso. De fato, o cabeleireiro deles era um assírio do Irã, que abria o salão no domingo só para cortar o cabelo de Donny.

Mehdi era um funcionário tão bom que aumentaram o valor das suas horas sem que pedisse, mas todas as muitas tentativas de conversar sobre a vida pessoal ou seu passado foram um completo fracasso. Sabiam que ele havia nascido no Irã e vindo para os Estados Unidos em 1992, que tinha morado na zona oeste de L. A. antes de se mudar para o vale, que não tinha religião, parente próximo, amigos e que também não queria ter nenhum.

Às vezes, quando estava particularmente cansado ou ansioso, cantarolava baixinho umas palavras em persa.

— Era para ser uma canção de amor — contou ao Donny certa vez, quando ele perguntou —, mas na verdade é o canto fúnebre de um coveiro.

—

Alireza não tinha dinheiro para dar à esposa e aos filhos quando os abandonou, e não esperava ganhar nenhum depois que a sua perfídia se tornasse pública. Até ser *chiz-khorado* por Golnessa, ele era o gerente da loja de um vendedor abastado de antiguidades que tinha como principais clientes turistas estrangeiros. Depois disso, nem que pagasse seria capaz de encontrar um empregador que o deixasse cuidar de qualquer coisa que fosse, que dirá itens de grande valor monetário. Tampouco seria capaz de convencer até mesmo o mais ingênuo dos mercadores a entrar numa parceria com um homem em quem não dava para confiar nem para ficar perto da esposa do próprio irmão. Sua duplicidade com Davud reacendeu na comunidade a lembrança da conversão de Moshe Hayim e como ele havia surrupiado as heranças das velhas viúvas e das crianças. Depois Davud tentou se matar bebendo uma quantidade considerável (ainda que não o bastante, obviamente) de álcool puro destilado, o que lhe rendeu uma cegueira total e abriu uns rombos de bom tamanho em seu estômago e intestinos, mas não terminou o serviço, e quaisquer vestígios de perdão ou confiança que pudessem ser direcionados a Alireza já não valiam de mais nada.

Porém, embora ele e Golnessa pudessem ser capazes de viver à base apenas de sexo e música, sua esposa e filhos ainda precisavam de pão e arroz, e sapatos talvez. Para isso, a mãe de Mehdi o tirou da escola quando ele tinha nove anos e o botou na rua para vender bilhetes de loteria, chicletes e cigarros doze horas por dia. Ela pegava as colchas e os lençóis imundos dos outros, lavava tudo em banheiras enormes de peltre até as mãos ficarem em carne viva por conta da água fervente e do sabão abrasivo. Implorava à própria família por itens de segunda mão e ia até a polícia a cada tantas semanas exigir que prendessem Alireza e o trouxessem para casa, a fim de que alimentasse os filhos. Um ano depois, com a família ainda faminta, mandou Mehdi até a casa de Golnessa para pedir ajuda dela e de Alireza.

Uma vez por mês, desde a época em que tinha dez anos de idade, um estômago vazio e uma cabeça que, volta e meia, precisava ser raspada por conta dos piolhos, o pequeno Mehdi Hakim bebia da mesma fonte de arrebatamento que havia envenenado o seu pai, e vivia para querer mais. Golnessa não encostava nem um dedo nele; isso poderia ter arrefecido um pouco da fúria que fora acesa em seu âmago naquela noite em Vanak e se tornava mais esmagadora conforme crescia. Porém, ao passo que Alireza tratava Mehdi com despeito, desdém e crueldade, ao passo que sua própria mãe o elencava como um dos grandes fardos de sua vida, um pedaço dos destroços que persistiam de seu casamento naufragado, Golnessa lhe concedia toda a magnanimidade de um conquistador.

Quem disse que a ternura não é mais mortífera que o amor?

À beira do desespero para conseguir encontrar trabalho novamente, Alireza havia batido à uma última porta, a de um judeu convertido à fé *bahá'í*, vendedor de cosméticos femininos, meias-calças e roupas de baixo, que se apiedou dele o suficiente para arriscar onze tubos de loção para as mãos.

— Venda isso aqui pra quem conseguir — ele disse a Alireza —, e vai poder ficar com 10% do que me trouxer de volta.

A loção era pesada, branca e aromática. Vinha num tubo tipo pasta de dente, com letras em inglês de um lado e hebraico do outro. Era feita em Israel, por uma companhia chamada Ahava, com minerais extraídos do mar Morto, abacate e avelã. O judeu *bahá'í* havia comprado a loção em Tel Aviv e decidido testar seu potencial de mercado criando um expositor atraente em sua loja e empurrando o produto em todas as clientes que apareciam, mas conseguiu vender apenas um único tubo em seis meses. Alireza vendeu o resto do estoque em meio dia.

Ele vendeu outros itens para o judeu *bahá'í* e pegou uma porcentagem maior. Depois começou a encomendar a loção diretamente de Israel, alugou uma barraca na avenida Chah-Reza e abriu seu próprio negócio. Um ano depois, era dono de uma loja de verdade. No ano seguinte, estava distribuindo no atacado para outras lojas em Teerã. Ainda era devotado de Golnessa, mas não podia mais passar seus dias em casa e não gostava quando ela usava seus encantos para prendê-lo. Ele adorava Golnessa, mas também adorava ser rico e importante, sentar-se num escritório, atrás de uma mesa, e dar ordens em vez de executá-las. Assim como os outros homens antes dele, começou a acreditar nas mentiras que ela lhe havia contado — que era especial, melhor e mais merecedor, mais digno do que os outros.

Nos dias de suas visitas, Mehdi ficava de guarda do lado de fora da porta de Golnessa até Alireza ir embora. Depois tocava a campainha e esperava, feito um cachorro molhado na soleira da porta do dono, até que Golnessa o deixasse entrar. Às vezes ela o levava até a sala de estar, às vezes até o quarto.

— Venha, *chazdeh kuchulu*, meu principezinho — ela dizia enquanto enfiava a mão na bolsa ou catava moedas numa vasilha que ficava em cima da mesa. — Vamos ver o que podemos encontrar pra você.

Ela o chamou de principezinho até ele chegar a 1,90 m e dezessete anos de idade, mas conforme envelhecia, deixou que ficasse mais tempo na sua casa e passou a lhe oferecer chá, a princípio, depois arrack e ópio.

— Sente-se, principezinho, e me conte o que acontece fora dessas paredes. Meu marido não gosta de contar histórias.

Nunca se referia a Alireza pelo nome, e não importaria mesmo que fosse o caso. Isso não faria com que Mehdi a desejasse menos, ou julgasse "o marido" menos digno dela, porque — e Mehdi estava convencido disso — nenhum outro homem poderia amá-la tanto quanto ele amava. Se ainda não havia se atirado aos seus pés, implorando para que fugisse com ele e prometendo arrancar o próprio coração e fígado para entregar a ela numa bandeja caso recusasse, era apenas porque estava esperando guardar dinheiro o suficiente para comprar um terno de verdade e um par de sapatos de couro para si e um anel de diamante para ela, por menor que fosse. Da venda de bilhetes de loteria ele tinha passado a trabalhar numa mercearia a alugar um espaço no bazar central, oferecendo alpargatas e casacos de lã com um aspecto étnico exagerado, feitos à mão — em meados de 1970, quando Teerã fervilhava com turistas estrangeiros. Trabalhava até a quase exaustão e vivia à base de uma refeição por dia; ainda assim o dinheiro que levava para casa mal bastava para pagar o aluguel e manter sua mãe e irmãos alimentados. Aí fez dezessete anos, e Golnessa o deixou entrar em seu quarto muito mais vezes do que deveria.

—

Longe de onde Mehdi poderia ouvi-los, Donny e Luca discutiam o que fazer com ele agora. A longo prazo, concordavam que ele teria que "encontrar outro cargo". Sempre havia sido neurótico, mas suas outras qualidades, no passado, compensavam esse único defeito. Claramente, sua condição tinha piorado nos últimos tempos.

Enquanto Donny ficava quietinho na cozinha ("O homem está doente; não dá para adivinhar se vai ficar violento do nada"), Luca se aventurou a sair com um copo de Gatorade para colher algumas informações básicas.

Mehdi tentou, mas não conseguiu se sentar ereto, nem formular frases inteiras enquanto respondia. "Sim, estou bem." "Não, obrigado, não preciso de uma ambulância." "Sim, provavelmente caiu a minha glicose." "Não, receio que eu não tenha plano de saúde." "Sim, vou fazer um checape na primeira oportunidade."

De volta à cozinha, o casal Goldberg-Ferraro decidiu não levar Mehdi até o Harbor-UCLA ou o L. A. County ou qualquer um daqueles hospitais que aceitavam pacientes sem plano de saúde. Mesmo que conseguissem vencer o trânsito, Luca teria que conduzir o carro durante uma hora inteira em qualquer dos sentidos, depois sentar com Mehdi num pronto-socorro lotado com legiões de pessoas, cada uma trazendo um ou outro germe consigo. E não dava para deixá-lo em casa o dia inteiro, porque se tornaria um inconveniente muito grande caso sua condição piorasse ou (quem sabe?) ele ficasse violento. Não que estivesse em condições de dirigir também, mas a essa altura o seu carro havia sido roubado ou confiscado onde o deixou. Então Luca vestiu os seus ares de "Sou um produtor, é o meu dever aparar as arestas, nenhum problema é grande ou desafiador demais para mim" e voltou à ideia de oferecer a Mehdi uma carona para casa.

Era de se imaginar que estivessem tentando levá-lo a um abatedouro.

Ele protestou e agradeceu a Luca, depois protestou mais um pouco, reuniu uma força diabólica para se levantar e até conseguiu caminhar até a porta, insistindo que pegaria um ônibus ou pediria carona, nunca sonharia em ser uma inconveniência para os seus empregadores, ainda mais num fim de semana. Ele só cedeu quando Donny o "convidou" a sossegar:

— Não quero tomar um processo mais tarde porque você não estava bem e eu te deixei sair.

Decidiram que iam esperar até a polícia evacuar o parque e liberar o trânsito. Para incomodar menos, Mehdi retirou-se para a lavanderia, onde se sentou num canto do chão, que nem um filhote de cachorro de três dias de idade com um resfriado, aceitou todas as ofertas de comida e água, mas não tocou em nada. Entre os surtos de pedidos de desculpa para Luca e Donny cada vez que apareciam para ver como estava, Mehdi apertava as pernas contra o peito, repousava a testa nos joelhos e soluçava em silêncio.

—

Por dez amargos e desesperadores meses após a sua primeira união, Mehdi fazia uma peregrinação semanal, depois diária, até a casa de Golnessa com a esperança de revê-la. Uma década de fome e vontade, uma década de ciúmes, suspeita, raiva e impotência havia chegado de repente ao fim e, ah, tão primorosamente, quando ela tinha aberto as pernas naquela tarde abençoada de quinta-feira, minutos antes de o sol se pôr, e permitido a Mehdi adentrar aquelas terras baixas sombrias e os enclaves selvagens da sua pele escura e fria. Ela fez amor com ele uma única vez, depois deu as costas e o mandou embora. Da próxima vez que ele veio, ela não abriu a porta.

Isso foi em 1977. Alireza mal ficava em casa, demasiadamente preocupado em administrar sua empresa cada vez mais próspera, a ponto de sequer prestar atenção em Mehdi enquanto ele ficava parado em pé, desamparado e agitado, na calçada do outro lado da rua da casa. Observava "o marido" sair cedo e voltar tarde naquela sua BMW de pintura azul-metálica, último modelo, usando ternos caros de alfaiataria e óculos de sol escuros e espelhados, enquanto ele — Mehdi — não conseguia senão ficar convicto de que "aquele ali" — o marido — era o culpado pelo distanciamento súbito de Golnessa. Alireza era mais velho, mais limpo, mil vez mais confiante e imponente do que Mehdi. Sem dúvida era um companheiro melhor também. Não gaguejava nem tremia na presença de Golnessa, não se perdia tão inteiramente em seus braços. Ele não era um ninguém, um mercadorzinho que penhorava os trapos imprestáveis de camponeses num beco poeirento; era um empresário com inúmeros funcionários que dependiam das suas boas graças, e colegas que queriam apertar a sua mão.

Quanto mais tempo ela deixava Mehdi na berlinda, mais determinado ele ficava a remover o que se interpunha entre os dois. E aí a revolução chegou.

Os mulás deram a ordem de que era o dever virtuoso de cada fiel informar-lhes quanto aos *taaghutis* — aqueles que pertenciam ao velho regime — reais ou potenciais: os sionistas e os antirrevolucionários. Tribunais revolucionários foram organizados em cortes improvisadas, sem advogados de defesa para os acusados, com uma janela de quinze minutos para se ler as acusações e emitir um veredito. Depois disso, o prisioneiro era levado ao terraço e executado por um pelotão de fuzilamento.

Ao longo da década de 1970, Alireza tinha seguido o exemplo de muitos outros iranianos ricos que acreditavam muito mais no poderoso dólar do que no rial iraniano e que, por isso, haviam transferido grandes somas de dinheiro para bancos americanos. Entre 1977 e os dias derradeiros de 1978, quando os "transtornos" no bazar central de Teerã cresceram e se espalharam para outras partes da capital e do país, ele vendeu tudo que podia de seus bens e ou mandou o dinheiro para o estrangeiro, ou o usou para comprar pedras preciosas que ele e Golnessa poderiam esconder com facilidade. Em 1978, pegou um voo para Nova York e escondeu a maioria das joias num cofre de aluguel numa filial americana da Credit Suisse. Ao voltar, mandou Golnessa decorar o número de todas as contas, depois queimou cada um dos papéis associados a elas. "Caso tenhamos que fugir com pressa", explicou.

Qual seria a dificuldade, em meio àquela atmosfera saturada de morte e destruição, de convencer um tribunal de que Alireza, filho de judeu (e quem poderia dizer que ele não se tornara *jadid al-islam* só no nome?), que havia enriquecido vendendo produtos feitos na Palestina — enriquecendo portanto não apenas a si mesmo, como também o governo sionista — era um espião sionista, merecedor de pelo menos uma estadia prolongada na prisão de Evin?

Mehdi apenas apontou o dedo. Falou tudo, exceto a parte sobre Golnessa saber onde estava escondido o dinheiro deles e como acessá-lo. Alireza foi preso em casa no dia 4 de julho de 1980. Meses depois, enviaram um aviso a Golnessa para que fosse buscar o corpo no necrotério central, onde seria cobrado dela o valor de todas as sessenta e oito balas usadas na execução.

Ele tinha vinte anos, e Golnessa cinquenta. Ele era muçulmano, e ela judia de nascença. Ele havia entregado o próprio pai, deixado a mãe idosa e os irmãos desamparados para que virassem pedintes, morressem de fome ou vendessem seus corpos; não importava, contanto que nunca mais tivesse que vê-los. Em qualquer outra época da história recente, essas transgressões teriam, inquestionavelmente, resultado em tempo de cárcere para Golnessa e, para Mehdi, exílio obrigatório. Mas em 1980, crimes mais graves estavam sendo cometidos todos os dias em todas as esquinas do país, e poucos se importaram ou mesmo notaram que uma velha havia *chiz-khorado* mais um jovem. Mehdi foi liberado para o tsunami de adoração fervorosa e sexo imprudente de Golnessa, que o deixaram exaurido, consumido e ainda assim querendo mais. Uma dezena de vezes ao dia, Golnessa entoava baixinho a ode a Deus que Mehdi a ouvira cantar naquela primeira noite para Alireza.

Nahâdam sar-e sajde bar khâkat
To-ra ey khodâ man sedâ Karde-am.

Ela se prostrava ao Senhor e rezava aos Seus pés, clamando por Ele, penitente fiel que era, clamava porque Ele era "a Razão e a Fonte, a Chave e a Causa".

Ele estava tão contente naquele ninho de amor dos dois, tão maravilhado e tornado humilde e grato pelas cartas que o destino havia posto em sua mão, que demorou quase um ano para reparar naquele modo pronunciadamente claudicante de Golnessa caminhar. Quando perguntou, ela lhe disse, num tom que soava mais do que uma mera bronca, que nada do que fazia ou sentia jamais seria da sua conta. Em algum ponto de um passado que não reconhecia mais como seu, Mehdi tinha ouvido histórias sobre a mãe com os membros atrofiados, Golnessa amarrada a um carrinho, puxando a mulher doente feito um cadáver. Mas nem naquela época e muito menos agora ele poderia considerar a possibilidade de Golnessa ser qualquer coisa que não uma mulher perfeita, nem equivaler a menina na amarra do carrinho àquele epítome da beleza à sua frente.

—

Às oito horas da noite de sábado, Luca meio que carregou Mehdi até o Lexus azul conversível que vinha com o título de produtor no estúdio.

— Para onde? — Luca tentava afetar entusiasmo na voz, por mais apavorado que estivesse com a ideia de ficar trancado num espaço confinado com Mehdi naquele momento. Sentia o cheiro de suor, lágrimas e amaciante da lavanderia do casal Goldberg-Ferraro. Embora o homem tivesse se acalmado um tanto desde aquela manhã, parecia poder facilmente ter outro surto histérico, o que seria problemático na estrada, pensou Luca, por isso decidiu seguir apenas pelas ruas da cidade. Esforçou-se para fazer todo um show de estar concentrado na telinha de navegação do carro.

Mehdi sussurrou um nome — Pacoima —, mas não o endereço. Luca tinha uma vaga ideia de que Pacoima era uma cidade ou bairro em algum lugar do vale. Pensou ter ouvido mencionarem esse nome no contexto de gangues de latinos — as mais de vinte gangues — que rondavam pelas ruas. Digitou o nome, letra por letra, na tela de toque da navegação e esperou até que Mehdi lhe desse um endereço.

— É longe para você — disse Mehdi, em vez disso. — E não é muito seguro a essa hora da noite. — Eram 20h15. — É possível que o seu carro chame atenção.

Nos três anos em que havia trabalhado para Donny e Luca, Mehdi nunca lhes deu motivo para duvidarem de sua honestidade. Agora, sentindo sua relutância de revelar onde morava, Luca se perguntou se ele e Donny não tinham confiado demais.

— Só me diz logo! — estourou com Mehdi. Luca nunca perdia a calma; foi assim que conseguiu sobreviver no ramo do cinema sem desenvolver um câncer ou ter um ataque do coração ou um derrame. Mas sabia quando agir com impaciência ou com raiva. Era esse o outro segredo do seu sucesso.

O bulevar Glenoaks tinha 35 quilômetros de comprimento e se estendia de Sylmar até Glendale. Próximo ao bulevar Van Nuys, ele seguia em paralelo (e colado demais) à rodovia Golden State. O bloco 11000, onde Mehdi morava, era quase todo de conjuntos residenciais de um ou dois andares. Uns poucos eram superpovoados por famílias de imigrantes, mas a maioria estava em pós-execução hipotecária, em mau estado ou desocupado. Nenhum estava num estado tão precário quanto a casa de Mehdi.

O terreno, pelo chute de Luca, tinha no máximo 180 metros quadrados, separados da rodovia por uma barreira baixinha de cimento. A porta da frente ficava literalmente na beirada da calçada e as janelas eram protegidas por barras de metal.

— Só um minuto. — Ele se forçou a dar um meio sorriso para Mehdi. — Eu levo você lá dentro.

Viu Mehdi entrar em pânico, o que era incriminador para ele e assustador para Luca. Já era ruim o bastante estar num carro com um homem que havia ficado transtornado sem nenhum motivo compreensível, mas cair por vontade própria no que poderia muito bem ser uma arapuca, aí já era outra história. Luca mandou uma mensagem de texto para Donny. Deu o endereço da rua, apertou *enviar* e depois mandou mais uma: "Vou entrar. Se não tiver notícias minhas de novo em 15 minutos, chame a polícia".

—

Mehdi nunca soube quando deixou de ser o amante de Golnessa e passou a ser seu cuidador. Imaginava que tinha acontecido devagar, durante os anos 1980, quando eram só os dois sozinhos em Darband, naquela casa com as janelas que davam para o rio. A casa foi tudo que a República Islâmica permitiu que Golnessa recebesse dos espólios de Alireza — a casa, as joias que escondeu no corpo quando os *pasdars* vieram despejá-la de sua residência principal na avenida Pahlavi, e os números das contas que havia decorado. Mehdi nem precisou perguntar quanto era o total, em tomans ou em dólares; tinha certeza de que bastava e que, graças à sorte de Golnessa, haveria mais todo ano. Abandonou seu pequeno negócio sem nem pensar duas vezes, decidiu que venderiam as joias, uma por uma, quando surgisse a necessidade e empenhou-se no trabalho de venerar Golnessa do modo adequado e em suficiente quantidade. Não queria repetir o erro de Alireza — deixar sozinha uma mulher com um apetite e ardor como os dela, dar-lhe motivos para se sentir desvalorizada e permitir a outros homens o tempo e o espaço para se aproximarem dela.

Nenhum outro homem subiria à cama de Golnessa depois de Mehdi, disso tinha certeza. Ele usava a amarra de bom grado e sem arrependimentos.

A perna direita dela mal funcionava quando os dois se mudaram para Darband, por isso era fácil ignorar a fraqueza que havia começado a se espalhar para o restante dos membros. Em meados dos anos 1980, ela já tinha dificuldades para atravessar um cômodo de uma parede a outra sem se segurar na mobília, usando a força da parte superior do corpo para propelir as pernas para a frente. Foram casados por um mulá assim que saiu o certificado de óbito de Alireza, mas nem a essa altura ela deixava que Mehdi passasse uma noite inteira no seu quarto. Tampouco ele a via sem ser com a cara pintada e as unhas e cabelo feitos, ou usando roupas caseiras simplórias ou envolvida em alguma atividade doméstica. De manhã ele esperava, às vezes até as onze horas, para levar-lhe a bandeja com o café da manhã no quarto. Ela já estava banhada e vestida, com a ajuda de uma criada, mas comia numa cadeira do lado da cama e passava a maior parte das horas do dia dentro de casa, com as cortinas fechadas. Ao anoitecer, trocava a roupa por um vestido formal e se encontrava com Mehdi na sala de jantar. Então seus braços começaram a falhar.

O cozinheiro havia preparado cordeiro grelhado com arroz de açafrão e groselhas azedas para o jantar, mas Golnessa praticamente não encostou no prato e suas mãos ficaram dobradas uma sobre a outra no colo. Estava sentada ereta na ponta da mesa, com Mehdi à sua esquerda, jogando conversa fora sobre o DVD pirata dublado de O poderoso chefão III, que haviam assistido na noite anterior.

Ela deve ter pressentido que Mehdi estava prestes a lhe perguntar o porquê de não conseguir levar uma única colherada até a boca, pois ergueu o tom de voz e fixou o olhar nele com seus olhos verdes e continuou falando até que o momento passasse. Depois chamou a criada para tirar a mesa e trazer o chá. Assim que a menina passou por Golnessa com a bandeja, Mehdi disse:

— Vamos ver um médico esta semana.

Passaram-se três anos inteiros entre a noite em que ele declarou que veriam um médico "esta semana" e o dia em que ela finalmente chegou ao consultório de um doutor. Havia perdido toda a função motora das pernas e precisava ser conduzida numa cadeira de rodas, seus braços ficavam pendurados ao seu lado como objetos estranhos e só conseguia mexer uma única mão. Ela mandava vir um cabeleireiro três vezes por semana, havia treinado a empregada para maquiá-la e pagava uma costureira para comprar tecido e fabricar vestidos que Golnessa escolhia de revistas de moda europeias contrabandeadas.

Para conseguir tirá-la de casa em Darband e se submeter a um exame médico por uma equipe de profissionais da saúde, Mehdi precisou brigar com Golnessa pela primeira vez desde que os dois haviam se conhecido. Até esse momento, ele não fazia ideia do quanto tinha medo de sua desaprovação, nem do quanto era completamente dependente dela para tomar todas as decisões pelo casal.

Ela tinha sessenta anos, e ele trinta. Fazia vinte e dois anos que havia sido possuído por ela e continuaria a ser — disso ele sabia — até o seu último suspiro.

Os médicos em Teerã já tinham visto outros pacientes com atrofia muscular do tipo que afetava Golnessa, mas não tinham um nome para a doença e acreditavam que não havia uma cura possível. Talvez fosse esclerose múltipla ou lateral amiotrófica, diziam. Talvez não. Talvez progredisse e afetasse outras partes do corpo, talvez não. Talvez soubessem mais disso nos Estados Unidos, talvez não.

—

"Ruínas imaculadas" é como Luca mais tarde viria a descrever a casa de Mehdi para Donny.

Não havia como dizer a idade da casa, porque sua feitura era tão barata que era capaz de ter começado a se desintegrar com menos de um ano de uso. O quintal, que Luca viu primeiro, porque a porta da frente estava emperrada, estava tão poeirento e ressecado quanto um deserto ao meio-dia num *set* de filme de faroeste. Os postes tinham as lâmpadas queimadas e não havia iluminação do lado de fora, por isso Luca precisou confiar inteiramente em Mehdi para evitar tropeçar ou, como vinha se preocupando cada vez mais, cair no abismo de uma falha geológica. Donny sempre dizia que aquelas falhas geológicas, tão onipresentes na paisagem, eram o modo da natureza lembrar os angelenos de sua imbecilidade — querer morar numa parte do planeta que eles sabiam que ia se abrir e engolir todo mundo.

Passaram por uma porta de metal maciço com três trancas separadas que Mehdi precisou abrir com chaves diferentes, depois uma porta de madeira fortificada com bandas metálicas e duas trancas e então um painel de alumínio oscilante com dobradiças que rangiam com um guincho fantasmagórico, como se para avisar de invasores. Mehdi entrou na casa primeiro e rosqueou a lâmpada numa luminária de chão, murmurou alguma coisa sobre economizar energia e acendeu uma segunda luminária.

Era uma sala pequena, sem janelas, mas era o *set* mais limpo e mais perfeitamente esquisito, tipo "estou-pronta-para-o-meu-close-up-agora, sr. DeMille", em que Luca jamais tinha posto os pés. As duas cadeiras, uma mesinha de centro, a mesa de canto e a estante de livros, tudo coberto por lençóis engomados, reluzindo de tão brancos, com aspecto caro. Uma pilha de quase um metro de revistas em persa estava apoiada contra a parede, bem arrumada. Uma bandejinha de prata com um par de copos de chá limpos e um bule de porcelana para dois se encontrava sobre o lençol, exatamente no centro da mesinha. O lençol, assim como todos os outros no cômodo, não tinha a menor marca de mão ou corpo humanos.

— Você passa esses lençóis todo dia? — perguntou Luca, incrédulo, porém já ciente da resposta.

—

Após a visita desastrosa à equipe médica dos sonhos reunida por Mehdi em Teerã, Golnessa reimpôs a lei do silêncio acerca de sua condição física. Mas também desistiu dos esforços para escondê-la de Mehdi. Quando faziam amor, ela o deixava conduzir. Se ele pegasse no sono ao som do seu canto, ela não o despertava para mandá-lo para o seu quarto. Ele assumiu o trabalho de alimentá-la, depois de banhá-la e vesti--la. Fazia tudo isso porque ainda a amava tanto quanto sempre, e porque sentia o sangue gelar com a ideia da ausência dela em sua vida. Talvez, também, porque ela assim o exigia.

Ela não precisava pronunciar as palavras para que ele soubesse o que ela queria; já havia passado muitos anos se esforçando para agradá-la. Nunca havia pagado para ver, mas tinha certeza de que o preço por desagradá-la seria o seu completo e permanente banimento. Foi o que aconteceu com Alireza e, sem dúvida, com os homens que o antecederam. Ela devia ter feito planos para largar o velho desde o começo, mas com os outros, havia arranjado um amante para substituir um marido que não lhe prestava atenção total.

E assim tinha passado de cada homem para um mais jovem porque, como Mehdi agora imaginava, ela tinha se dado conta do que a aguardava. Tinha visto sua mãe tornar-se uma completa inválida e se preparava para o dia em que também precisaria ser carregada da cama para uma cadeira.

As notícias viajavam com mais rapidez vindas da Europa e da América, em parte graças à dúzia de estações de televisão e rádio via satélite que mandavam o sinal para o Irã. Em 1997 e 1998, dois irmãos judeus em Los Angeles, ambos médicos, que sofriam de sintomas semelhantes aos de Golnessa, alegaram ter identificado a doença e estavam se esforçando muito para encontrar uma cura. Foram entrevistados em alguns programas e todas as vezes pediam aos pacientes para que entrassem em contato. Certo dia, Mehdi ligou na estação de rádio em L. A. e falou com os médicos no ar:

— Vamos encontrar uma cura — o irmão mais franco garantiu a Mehdi e aos outros ouvintes.

Mais do que a esperança que oferecia, foi a confiança do médico, a postura e a certeza na voz ao fazer suas previsões de sucesso, que transformaram Mehdi. Ele percebeu que essa era uma característica majoritariamente americana — a atitude "daremos um jeito" que era ou a causa ou o resultado da força e da prosperidade do país. Os iranianos sempre haviam admirado essa qualidade. A maioria deles invejava os americanos por causa dela. Mas poucos, se tanto, acreditavam-se capazes de possuí-la. O mundo girava sobre um outro eixo no Oriente, em comparação com o Ocidente. O horizonte era mais próximo, mais modesto e nem de longe tão brilhante.

Porém aqui estava este médico iraniano, já incapacitado e certo de que sua condição iria piorar ainda mais, e ele soava tão "daremos um jeito" quanto Ronald Reagan dizendo a Gorbachev onde era para enfiar o seu muro. Se as notícias que circulavam na mídia persa eram confiáveis, muitos exilados iranianos haviam conseguido no exterior o que teria sido impossível no Irã. Sem dúvida, as circunstâncias — melhor economia, infraestrutura, oportunidades — explicavam isso. Por outro lado, talvez a confiança gerasse sucesso.

Sem contar para Golnessa, Mehdi contratou um professor particular de inglês para vir à casa todas as tardes, na hora da sesta dela, a fim de ensiná-lo expressões básicas que imaginava serem necessárias para se comunicar. Tinha ouvido histórias de que era possível viver uma vida plena e completamente conectada em L. A. sem falar uma palavra de inglês, e que alguns dos melhores médicos da cidade eram nascidos no Irã e falavam persa. Metade dos taxistas eram iranianos também, bem como lojistas, professores, terapeutas, videntes, cientistas e pessoas bem-sucedidas no geral. Mesmo assim, Mehdi achou que seria uma boa ideia saber umas palavras e frases no idioma da maioria dos angelenos. Não conseguiu encontrar ninguém para lhe ensinar espanhol, por isso ficou com a segunda língua nativa mais popular.

O professor de inglês, um iraniano que estudava no Oregon quando estourou a revolução, tinha uma ex-namorada com quem ainda mantinha contato. Não fosse pelo fato de que ele quis voltar ao Irã para participar do estabelecimento do *velaayaat e faghih* — o governo islâmico —, os dois provavelmente teriam se casado. Em vez disso, ela se mudou para L. A., virou corretora imobiliária e usou as poucas palavras e expressões que ele tinha lhe ensinado em persa para atrair o interesse das multidões de refugiados que procuravam, a princípio, apartamentos para morar de aluguel, depois casas e condomínios para comprar.

Kat Cohen, nascida Catherine Payne, era uma metodista tornada budista tornada cientologista que havia se convertido ao judaísmo para se casar com um judeu sul-africano. Já tinha vendido mais de trezentas casas na zona oeste para iranianos e ficaria feliz em ajudar Mehdi, em arranjar um lugar para ele e sua esposa alugarem por três meses, mas se sentia obrigada, pela sua consciência e ética profissional, a revelar o tamanho do erro que seria isso da parte dele. Para ver os profissionais dos centros médicos da UCLA ou Cedar Sinai, era preciso estar na zona oeste. Um apartamento de dois quartos semi-habitável em Beverly Hills ou Brentwood — Santa Monica ficava longe demais e tinha muito nevoeiro; Holmby Hills era caro demais; Bel Air não tinha problema se você quisesse se perder no caminho para casa todas as noites, porque as ruas eram todas emaranhadas, e as placas, inúteis — custaria um mínimo de doze mil dólares por mês. Com uma pequena entrada e um compromisso um pouco mais a longo prazo, dava para comprar uma casa em L. A. por essa média de valor mensal. Aí ele podia alugar a casa e ficar com a renda, ou usá-la como casa de veraneio ou, quem sabe, ficar tentado a morar em L. A. e parar de respirar o ar poluído de Teerã. Kat Cohen sugeriu "algo numa faixa modesta de uns seis milhões". Como Mehdi não tinha histórico de crédito nos EUA, ela lhe disse que teria que pagar tudo em dinheiro.

Não foi preciso pedir dinheiro para Golnessa. Ela havia previsto, com meses de antecedência, essa viagem a Los Angeles. Sabia que ele ficava horas fora de casa, fazia ligações secretas e estudava inglês. Certa noite, enquanto estavam os dois deitados, um do lado do outro na cama, ela perguntou se ele se dava conta do que significava ir embora.

— É bom você saber, também, que a minha sorte não vai junto na viagem.

—

Antes que Luca pudesse impedi-lo, Mehdi tinha arrancado todos os lençóis de cima da mobília, e feito um guarda-bandeira dos fuzileiros navais, dobrado cada um deles treze vezes, formando um triângulo "In God We Trust". Colocou os lençóis numa caixa na prateleira de cima da estante e fez um gesto com a mão para Luca, como quem diz, "este lugar não é digno da sua presença, mas fique à vontade, por favor", depois correu até a pequena cozinha que se acessava pelo lado do quintal do cômodo. Luca pensou ter ouvido o clique de uma das bocas do fogão acender. Seu celular vibrou pela enésima vez desde que havia enviado a última mensagem a Donny, por isso o pegou e encontrou várias mensagens de texto e de voz, todas exigindo que ele *Saia AGORA* e avisando que *Eu vou LIGAR PRA POLÍCIA se não tiver notícias suas em SESSENTA SEGUNDOS.*

Está tudo bem, ele respondeu. *Este cara é PIRADO.*

Ele ouviu uma porta de armarinho de cozinha fechar, então se inclinou para espiar lá dentro.

— Está fazendo chá?

Luca se deu conta de que sua pergunta mais parecia uma acusação — tipo: "Você é biruta de fazer chá numa hora dessas?" — e se sentiu péssimo. Então viu a expressão de constrangimento na cara de Mehdi e ficou com vergonha.

Sim, mesmo numa hora dessas, Mehdi não havia esquecido os seus modos, a graciosidade de um anfitrião iraniano que nunca sonharia em receber alguém em casa, nem mesmo um estranho, sem oferecer comida, docinhos e fruta ou, no mínimo do mínimo, um chá.

Mehdi estava mexendo nas folhas de chá e despejando água do bule. Rasgou o embrulho de uma caixa de chocolates See's Candies que Luca achou suspeitosamente idêntica àquela que ele e Donny haviam dado para todos os empregados no Natal, colocou uma tigelinha de açúcar repleta de cubinhos de cristal clarinhos na bandeja e a levantou.

— Por favor, Luca, sente-se. Não é digno da sua presença, mas fique à vontade.

Não estava particularmente quente para o mês de julho, mesmo para o vale, onde as temperaturas faziam uns bons dez graus a mais do que na zona oeste, mas Luca percebeu que estava suando. Foi até a pia para jogar água gelada nas mãos e deixar o corpo esfriar. Ergueu a alavanca para a direita, para a esquerda e para cima.

— A torneira quebrou? — falou para trás, na direção de Mehdi.

Deu-se uma pausa. Então Mehdi já estava do lado dele, tremendo de novo. Sem pedir a opinião de Luca, apanhou um copo de um armário e começou a despejar água nele de um garrafão de plástico comprado em loja, mas suas mãos estavam bambas demais. Luca reparou que a pia era impecável, como se não fosse usada fazia um tempo, e não havia um secador de louças do lado. Por instinto, botou um dos joelhos no chão e olhou embaixo da pia.

Desejou não ter impedido Donny de chamar a polícia.

—

A casa na Sunset com a Alpine, Kat Cohen informou a Mehdi, estava listada bem abaixo do preço de mercado por oito milhões à vista porque os donos originais eram um chefão da máfia russa, sua esposa sueca negra e seus três filhos. O marido havia sido morto a tiros enquanto tomava banho na suíte principal e, embora isso fosse claramente apenas uma decisão de negócios, a esposa tinha botado a casa no mercado e se mudado com os filhos para um condomínio com segurança de ponta no Wilshire Corridor. Mas parecia que os americanos tinham umas frescuras com isso de comprar uma casa em que alguém tinha morrido. Por lei, o dono precisava revelar a morte aos novos compradores, o que era meio bobo se você parasse para pensar — onde que é para a pessoa morrer, senão em sua casa? Por que a morte seria notícia para um estranho? Ainda assim, Mehdi sentia-se grato pelo medo que os americanos têm de fantasmas e outros resquícios desagradáveis dos vivos, então aceitou o conselho de Kat Cohen e agarrou a oportunidade "com as duas mãos".

Aceitou seu conselho de novo quando ela lhe disse que, em Beverly Hills, se alguém o pegasse dirigindo um carro valendo menos que cinquenta mil dólares, seria confundido com um empregado. As pessoas lhe cortariam na estrada e os manobristas de restaurantes chiques se recusariam a estacionar o seu carro — e nem se dê ao trabalho de nutrir esperanças de ser convidado para qualquer festa depois de ser visto entrando ou saindo de um Camry.

Ele não precisava se preocupar com dinheiro, nem mesmo pedir permissão de Golnessa para gastá-lo: estavam nos EUA com vistos concedidos a pacientes que procuram auxílio médico. Para obter os vistos, Mehdi precisara apresentar cartas de médicos no Irã e em Los Angeles, além de provas de que ele e Golnessa poderiam bancar suas despesas médicas. Talvez ela estivesse desesperada para melhorar, talvez temesse que, caso não fosse com ele, Mehdi partiria sozinho para a América. Em todo caso, ela lhe passou todos os números das contas e, uma vez em L. A., mandou transferirem o dinheiro de Nova York, fazendo de Mehdi o signatário.

Ele comprou uma Mercedes Classe S por oitenta mil dólares. Por indicação de Kat, contratou um decorador que ela ficou feliz em recomendar, além de um casal filipino que também ficou feliz em recomendar. Por mil dólares por semana, o marido fazia o trabalho pesado e comprava comida, enquanto a esposa cozinhava e cuidava de Golnessa. Foi só então que Mehdi entrou na areia movediça do sistema médico sem plano de saúde.

Os médicos do Cedars examinaram Golnessa e anunciaram que ela sofria de um caso avançado de miopatia com corpos de inclusão hereditária (MCI) — um transtorno genético raro de distrofia muscular para o qual não havia cura nem tratamento, por ora. Graças aos dois irmãos médicos e às famílias dos outros pacientes, uma cura estava sendo pesquisada com afinco, e provavelmente seria encontrada, como prometera um irmão "daremos um jeito", durante o seu período de vida. Mas ele ainda tinha quarenta e poucos anos; Golnessa tinha setenta e um.

Ela tinha se submetido aos exames, os testes de sangue, as ressonâncias e todos os procedimentos invasivos, com uma calma sinistra que havia deixado até mesmo Mehdi preocupado. Ela não entendia inglês e não estava interessada em falar em persa com os doutores iranianos, nem com os tradutores fornecidos pelo centro médico. Suas mãos estavam completamente incapacitadas a essa altura, mas seus órgãos seguiam ilesos, e sua voz era forte. Até Mehdi corrigi-los, os médicos tinham a impressão de que ela era mãe dele. Depois, presumiram que fosse um gigolô. Acharam que deviam abordá-la para pedir uma doação em prol da pesquisa pela cura, se não para ela, então talvez para seus filhos ou netos, que poderiam ser afetados sem ainda nem saberem. Quem senão uma viúva riquíssima com multidões de descendentes lá em seu distante país natal, só esperando que ela morresse, poderia fisgar um homem jovem e bonito, com quase metade da sua idade? Então ligaram para a equipe de "desenvolvimento" do centro médico, que ligou para os seus doadores iranianos frequentes. Será que outras pessoas da comunidade conheciam Golnessa Hakim?, o pessoal do desenvolvimento queria saber. Seria seguro presumir que ela deveria ser "cultivada", possivelmente para um planejamento de espólio? Será que daria para contar com os doadores frequentes para agir como intermediários? De repente, o telefone na casa dos Hakim começou a tocar.

Mehdi não conhecia ninguém que ligava, mas pareciam conhecer ele e Golnessa. Conheciam seus irmãos também, e ficaram felizes em lhe atualizar. E embora se lembrassem com clareza de Alireza e de Davud, e soubessem como Mehdi tinha se envolvido com Golnessa, não pareciam guardar mágoa dele.

As coisas tinham mudado bastante entre os iranianos no Ocidente desde a revolução. As memórias estavam mais curtas e as pessoas tinham uma tolerância maior a maus comportamentos. O status social de uma pessoa ou família não dependia tanto de seu pedigree e reputação como era antes no Irã. Aqui, o principal era quanto dinheiro achavam que você tinha. Em comparação com o que acontecia todos os dias em L. A., a história que tinha feito de Golnessa uma pária social durante a maior parte de sua vida não parecia tão revoltante. Comparado com os crimes cometidos durante e após a revolução, o parricídio virtual de Mehdi não era um pecado imperdoável.

Havia festas na zona oeste cinco noites por semana, ou mais, e não demorou até Mehdi ser convidado para todas elas. Os judeus, que sabiam que Golnessa era judia, presumiam que Mehdi também fosse. Os muçulmanos, que tinham ouvido falar de Alireza, presumiam que ele fosse um deles. Por um tempo, quando o chamavam, convidavam "você e a *khanum*" — a patroa —, mas ele sempre ia sozinho e pararam de mencionar a esposa. Ainda era um homem de boa aparência. A timidez que, caso fosse pobre, teria explicado "o porquê de ser tamanho fracassado", era considerada classuda e refinada porque era rico. O fato de que aparecia nas festas sem a esposa, o que indicaria um "babaca desleal, cruel e covarde" caso fosse pobre, era sinal de sua coragem moral por se submeter à solidão enquanto cuidava de uma esposa inválida. Poderia tê-la deixado no Irã ou a internado num asilo custeado pelo governo em L. A. Poderia ter desposado outra mulher e tido filhos enquanto ainda havia tempo, desfrutado do seu dinheiro. Essas coisas sobre Mehdi não diziam apenas entre si, mas na frente dele também.

Não tinha ideia de como interpretar essa mudança súbita de posição social. Já vinha tendo bastante dificuldade para lembrar os nomes das pessoas que ligavam e as explicações sobre como eram aparentados. A primeira vez que alguém o convidou para sua casa, quase vomitou de terror. Quando insistiram, disse o que lhe veio à mente: "Não sou sofisticado e não saberia o que vestir". Mas os convites continuaram chegando e os iranianos nas diretorias de instituições de caridade e o pessoal do desenvolvimento dos centros médicos e várias organizações municipais em Beverly Hills continuavam insistindo que ele estava ótimo "como está. Não precisa vestir nada especial. Vai estar entre amigos, somos todos um pessoal pé no chão aqui".

Essa última alegação não era verdadeira. Quando ele, enfim, se aventurou a sair por uma hora, certa noite, depois de haver se sentado com Golnessa enquanto a filipina lhe dava de comer na cama, Mehdi ficou enfeitiçado pela elegância e pelo excesso que viu na confraternização. Era uma casa palaciana e decorada com bom gosto, as mulheres eram esbeltas e elegantes, quase todas loiras. Havia comida, música, flores e álcool suficiente para manter um navio inteiro de marinheiros felizes durante um ano numa ilha deserta. Era tudo tão intimidante que Mehdi ficou uns dez minutos encostado em uma parede, depois correu para pegar o carro antes que o manobrista tivesse tido a oportunidade de estacioná-lo.

Mas já havia sido iniciado, e depois disso só ficou mais fácil.

Ele não gostava de deixar Golnessa sozinha com os criados, porque ela não falava inglês e mal deixava que tocassem nela. Quase inteiramente imobilizada, precisava ser movida na cama ou na cadeira a cada três horas para evitar a formação de escaras. Não era difícil, pois nem chegava aos quarenta quilos e continuava perdendo peso. Mehdi cozinhava todos os seus pratos favoritos e até os ensinou à filipina, mas não adiantava. Ela comia com o apetite de uma criança pequena e nunca parecia gostar de nada. Tinha a capacidade de falar, mas não a vontade, pelo que ele percebia. Sabia que ela estava com raiva dele por tê-la trazido até L. A., que se sentia traída por ele, mas diferente de como era no passado, quando não ousava questionar seus sentimentos, ele falava para si mesmo que não faria diferença para Golnessa o país onde moravam — uma cama era uma cama em qualquer lugar, e a vista da sua janela, embora não fosse tão marcante quanto as vistas em Darband, era um tanto idílica. E ele não a tinha abandonado aqui; mal saía de casa durante o dia e ia nas festas apenas à noite, quando ela deveria estar dormindo. Ainda ficava sentado com ela por horas a fio, só segurando a sua mão e acariciando o seu cabelo, correndo o dedo pela extensão de suas sobrancelhas e têmporas, descendo pela ponte do nariz até a boca, do jeito que ela gostava. Como ela não cantava mais para ele, ele cantava para ela:

Sabab gar besuzad, mosabeb to hasti,
Sabab sâz in jahân tow-i...

Aos poucos, começou a participar de reuniões durante o dia. Depois havia almoços e jantares que tinham como anfitriões voluntários muito solícitos, jantares de Chabat, aniversários, formaturas e, contando os feriados americanos, iranianos, muçulmanos e judaicos, algo para se comemorar semana sim, semana não. Era estranho, pensava Mehdi, como ele estava fazendo amizade com seu próprio povo pela primeira vez com quase cinquenta anos de idade. Aqueles outros que havia conhecido no Irã — as famílias de classe trabalhadora, os aldeões que tinham migrado para a capital em busca de empregos, os pivetes de rua que, como ele, trabalhavam doze horas por dia vendendo chiclete e cigarro, lavando as janelas dos carros nos engarrafamentos de horas de Teerã, por qualquer coisa que os motoristas atirassem para eles — haviam se tornado estranhos e estrangeiros para ele durante as duas décadas de confinamento autoimposto em Darband. Possuía dinheiro à época, mas não tinha como gastá-lo para além das necessidades básicas. Os iranianos que conhecia em L. A. eram amistosos, hospitaleiros e generosos até demais. Raramente mencionavam seu relacionamento com Golnessa e, quando o faziam, era para dizer que percebiam que ele era uma vítima — um jovem menino *chiz-khorado* por uma madrasta "encantadora".

Em 2004, dois anos e meio depois de chegarem aos EUA, a madrasta estava severamente desnutrida e precisava ser alimentada por via intravenosa de tempos em tempos. Sofria de múltiplas infecções recorrentes, que exigiam internações no hospital ou a presença vinte e quatro horas de uma enfermeira em casa. Quanto mais doente ficava, mais parecia pôr a culpa em Mehdi. Ele preenchia o vazio ficando "mais envolvido" com a comunidade, mas o "envolvimento" não saía barato e Mehdi, que há décadas não precisava prestar atenção no quanto gastava, não sabia quando parar.

Em 2005, após ter gastado ou doado a maior parte de seus ativos líquidos, Kat Cohen o ajudou a hipotecar a sua casa. Em 2006, fez uma segunda hipoteca. Em 2008, vendeu a casa e, após pagar o banco, ficou com pouco menos de um milhão. Desta vez, Kat Cohen achou para ele um apartamento de aluguel no arranha-

-céu Wilshire Manning, perto de Westwood. Golnessa estava com oitenta anos, toda encolhida e dura e inflexível feito uma escultura em madeira. Encarava Mehdi com um ressentimento tão feroz que ele mal conseguia ficar no mesmo cômodo que ela. Vendeu seu carro caro e comprou um Toyota, parou de passar cheques, comprar roupas de marca e sair para comer fora, mas não conseguia cuidar de Golnessa sozinho.

Continuou pagando as enfermeiras e os empregados que moravam na casa, mesmo depois de se mudar de Manning em 2009 para um lugar menor alugado atrás da fileira de restaurantes persas no bulevar Westwood. Continuou pagando quando se mudaram de novo, em 2010, para um apartamento no Valley Vista, em Sherman Oaks. Em 2011, quando só tinha dinheiro para um quarto e sala em Glenoaks, ele passou a ser o único cuidador dela.

—

Luca tinha pensado em conferir a válvula principal embaixo da pia, ou esse era o pretexto, em todo caso, porque dava para ver que Mehdi escondia alguma coisa (talvez um monte de coisas), e a cozinha era um lugar tão bom quanto qualquer outro para começar a procurar. Havia uma pilha de canos, conexões, parafusos e arruelas, todas as peças arrancadas, desmontadas e jogadas numa pilha. Fosse metal ou plástico, o lado de fora de cada uma delas parecia normal, mas o interior — Luca esticou a mão para apanhar uma lanterna no canto frontal do armário, acendeu ela e então ficou encarando, incrédulo — era da cor do ouro.

Atrás dele, dava para sentir o cheiro da angústia que subia de Mehdi que nem vapor. Sem olhar para ele, Luca foi até a sala e passou dela para o único quarto da casa. Lá havia uma cama *king* com um edredom desfiado e um conjunto de travesseiros que já haviam sido caros, uma cadeira de balanço de um lado e uma cadeira de rodas fechada do outro. Luca foi até o banheiro e tentou ligar a torneira da pia, depois o chuveiro.

— Por acaso você fechou o registro? — perguntou.

Mehdi fez que sim com a cabeça.

— Onde você toma banho?

Mehdi pigarreou.

— Tem um lugar aberto vinte e quatro horas, uma acade...

— Você toma banho na academia? — Luca quase gritou. — O quê? É por dinheiro?

Não parecia que Mehdi ia responder.

— O que é aquilo nos canos embaixo da pia?

Desta vez, Mehdi não estava reticente. Andou até a privada e levantou a tampa, depois gesticulou com delicadeza para que Luca se aproximasse. Não havia água ali dentro, mas a porcelana estava pintada de ouro.

— Olha — disse Mehdi, apontando com o queixo para o piso do chuveiro. Ali, o rejunte entre os azulejos era dourado.

— Isso é...? — Luca mal conseguia encontrar as palavras.

Mehdi fez que sim com a cabeça.

— Da água?

Mehdi fez que sim de novo.

— Tipo... a do... lago?

—

Ele não sabia como usar um computador, nem o suficiente de inglês para pesquisar na internet, mas tinha que encontrar um emprego porque ele e Golnessa precisavam de dinheiro. Um jovem que trabalhava na mercearia persa de um centro comercial em Glenoaks o ajudou procurando no Craigslist. Mehdi não havia contado que era casado nem para o rapaz, nem para o dono da loja; também não contou para Donny e Luca. Ele não tinha vizinhos porque as poucas casas na sua rua estavam abandonadas, com tábuas pregadas nas janelas. Tampouco tinha amigos. Todas aquelas pessoas com quem havia brindado e feito amizade em Beverly Hills, que ligavam três vezes por semana só para ver se ele estava disponível para almoçar, que esticavam a mão do outro lado da mesa para pousá-la em seu braço, dar um aperto firme e dizer: "Você é um bom homem, Mehdi, é uma honra mesmo", sempre que assinava um cheque —, ele nunca mais teve notícia de qualquer uma delas desde que tinha vendido a casa na Alpine.

Certo dia ele se deu conta de que ninguém que o conhecia ali no vale tinha ciência de que era casado.

O serviço na casa dos Goldberg-Ferraro era de apenas algumas horas por semana a princípio, quando só precisava conduzir Donny até o consultório do fisioterapeuta em Encino e voltar. Mehdi alimentava e trocava a roupa de Golnessa antes de sair, depois voltava correndo para casa assim que terminava o trabalho. Mas aí Donny aumentou seu salário e lhe deu mais trabalho, e Luca o botou para resolver perrengues do estúdio, de modo que, às vezes, Golnessa passava o dia inteiro sozinha. Ela agora tinha escaras e infecções que quantidade alguma de antibiótico no mundo resolveria; porém, como não havia dinheiro para médicos, tudo que ele podia fazer era levá-la ao pronto-socorro do hospital Tarzana a cada tantos dias.

Ela não queria morrer, disso Mehdi tinha certeza. Recusava-se a comer porque queria castigá-lo, e era por isso que estava determinada a não morrer também.

E isso — de não morrer — ela seguiu fazendo até a manhã de 20 de março de 2012. Às 5h41 daquele dia, Mehdi levantou da cama, lavou o rosto, escovou os dentes, voltou para o quarto e colocou um travesseiro no rosto de Golnessa. Esperou, mas o peito dela subia e descia no mesmo ritmo de antes. Fez pressão para baixo com o travesseiro e o segurou ali, mas a respiração dela seguia tão constante quanto um metrônomo. Ele subiu em cima dela, colocou um joelho no ponto onde o travesseiro subia e descia bem suavemente. As juntas da mão já tinham ficado brancas e suas costas doíam, mas ela continuava respirando.

Ele deixou o travesseiro sobre o rosto dela e soltou os lençóis do colchão, dobrou tudo em torno do corpo feito uma mortalha e prendeu com fita isolante. Ainda tinha barras de ferro restantes de quando tinham se mudado para a casa e precisaram fortificar as janelas. Colou duas com fita em Golnessa.

Havia meses que passava pelo lago, de carro. Chegou ao parque um pouco antes das sete. Havia um pessoal correndo na pista, um casal de mulheres mais velhas andando com o cachorro. Ele ergueu Golnessa do porta-malas e a carregou em seus braços, feito um manequim embrulhado em papel, até o lago, soltou-a na água e observou ela descer até o fundo. Depois caminhou de volta ao carro e esperou pela polícia.

A pista de corrida dava a volta no lago. Um por um, os corredores terminaram seus exercícios, se alongaram e pegaram seus carros para ir embora. O pessoal andando com o cachorro tinha ido para casa. Ninguém sequer olhou na direção de Mehdi.

Ele nem tinha parado para pensar a respeito — o que faria depois de matar Golnessa. Presumiu que não lhe caberia fazer esses planos. A voz de prisão e o interrogatório, a delegacia e a penitenciária e o que quer que viesse depois. Não lhe ocorreu que ninguém ia reparar, que ele poderia desovar um cadáver no lago em plena luz do dia sem ser visto.

Talvez os policiais estivessem atrasados, detidos por algum grande evento — Obama pegando um avião até L. A. para arrecadar dinheiro, gerando um engarrafamento. Ele ligou o rádio na estação 670 AM, o canal que falava persa. Uma mulher com uma voz clara e fluida cantava: "*Dar in hâl-e masti safâ karde-am...*"

Era uma gravação antiga, com uma qualidade péssima, da cantora clássica iraniana Elaheh, e aquilo o espantou tanto que saiu do carro e recuou alguns passos. Eram oito e meia, quase hora de ir para a casa de Donny e Luca, e ainda não havia sinal da polícia.

Naquela noite, decidiu que talvez demorasse algum tempo até o pegarem, por isso começou a botar sua vida em ordem. Fez uma faxina na casa, cobriu a mobília com lençóis, esvaziou a despensa e a geladeira. Lavou as janelas, o chuveiro, a privada. Limpou e esperou, limpou e esperou. Após a recessão, a vizinhança vinha se tornando mais decadente a cada ano, por isso ele travou de vez a porta da frente e instalou uma barreira de metal nos fundos. Depois instalou as trancas. E instalou mais trancas.

Reparou que a água estava vindo amarelada e tentou fingir que era ferrugem dos canos velhos. Seu cabelo ficava grudento depois de tomar banho, sua pele coçava e ele sentia náuseas cada vez que se servia um copo d'água da pia. Certo domingo, decidiu conferir a válvula principal.

— É a minha esposa, entende? — ele confessou a Luca com toda a seriedade. — Ela tinha um dente de ouro que não dava para extrair.

O dente havia poluído a água e se acumulado nos canos enquanto Golnessa morava na casa. E o dente havia poluído a água do lago Balboa após ela ser enterrada nele.

— Tínhamos um pacto, entende — ele disse a Luca —, de que eu não iria abandoná-la. Ela me amarrou com o amor a princípio, depois com o medo e agora, entende, ela me amarra com este ouro.

---

* *Conto escrito originalmente em inglês.*

GLOSSÁRIO

Aach: um prato parecido com uma sopa. Há várias receitas de *aach* no Irã.

Achura: data celebrada pelos muçulmanos xiitas como um dia de luto pelo martírio do imã Hossein, neto do Profeta Muhammad.

Agha: significa "senhor". É uma palavra muitas vezes usada como cortesia diante do nome de um homem, para demonstrar respeito.

Arrack: bebida alcoólica quase sempre feita à base de uva-passa. Em outros países, como na Turquia e em todo o mundo árabe, é feita de anis e tem um sabor totalmente diferente.

Assalamu alaykum: uma das formas mais comuns de saudação no mundo muçulmano. Significa literalmente "Que a paz esteja com você", mas é entendida como uma saudação. *Salam* é a versão abreviada, de uso mais comum no Irã.

Ayyar: classe de guerreiros que existiu na Pérsia e na Mesopotâmia entre os séculos IX e XII.

Azan: a convocação para a oração islâmica, recitada na mesquita em certos horários prescritos durante o dia.

Azeri: refere-se a um grupo étnico turcomano da República do Azerbaijão ou do Azerbaijão Iraniano.

Baba: pai.

Baha'í: a fé baha'í é uma religião sincrética fundada no Irã no século XIX (onde até hoje sofre perseguição) e disseminada em todo o mundo, com vários milhões de seguidores e um corpo governamental situado em Haifa. Seus três princípios centrais são a crença na unidade de Deus, da religião e da humanidade.

Basij: uma milícia voluntária paramilitar estabelecida após a Revolução Islâmica. Os *basiji* recebem suas ordens e são subordinados ao Sepah (Guarda Revolucionária).

Bazaar: um extenso mercado, semelhante ao *souq* do mundo árabe.

Behecht-e Zahra: o maior cemitério no Irã, localizado na zona sul da região metropolitana de Teerã.

Bismillah: significa "em nome de Deus". Fórmula pronunciada em voz alta antes de se começar qualquer coisa.

Chaharchanbe Suri: comemoração que literalmente significa "banquete da quarta-feira". Acontece na última quarta do ano no calendário persa, em março. É um festival do fogo do zoroastrismo que remete ao Irã pré-islâmico. Muitas vezes as pessoas acendem fogueiras nas ruas.

Chah-koch: refere-se às pistolas vendidas nas ruas do Irã, mas costuma ser mais associada a miniautomáticas menores. O termo *chah-koch*, ou "mata-reis", deriva de *chah*, que significa "rei" e de *koch*, do verbo "matar".

Charia: código moral e religioso do islã.

Daach: forma abreviada e mais coloquial da palavra *dadach*, que significa "irmão" ou "amigo".

Diyye: na lei islâmica, é a compensação financeira paga aos herdeiros de uma vítima.

Eid: geralmente se refere ao Eid-e Nowruz, o Ano-Novo, que no Irã começa no primeiro dia da primavera e é celebrado ao longo de um período de 13 dias.

Eid-e Ghadir: festival observado pelos muçulmanos xiitas para celebrar o apontamento do imã Ali pelo

Profeta Muhammad como seu sucessor imediato. Ali era primo e genro do Profeta.

Inchallah: expressão esperançosa que significa "se Deus quiser" ou "a vontade de Deus".

Ettela'at: a principal agência de inteligência do Irã.

Haft-sin: "os Sete Esses", um arranjo de mesa tradicional para a celebração da primavera do Ano-Novo persa. Um arranjo de *haft-sin* inclui sete itens, todos começando com a letra "S" (*sin*) no alfabeto persa.

Hajj agha: um *hajj* é um muçulmano que já completou uma peregrinação bem-sucedida a Meca e que, por isso, recebe esse título honorífico. A expressão *hajj agha* combina o título de *hajj* com o de *agha* ("senhor"), a fim de transmitir respeito pela pessoa; muitas vezes alguém do clero, alguém em posição de autoridade ou, como é mais comum, simplesmente um homem mais velho — os homens são muitas vezes chamados de *hajj agha* só por respeito, sem a necessidade de terem feito a peregrinação de fato.

Hijab: lenço de cabeça usado por mulheres muçulmanas.

Imã: posição de liderança muçulmana, que costuma se referir àquele que conduz a oração em uma mesquita. Porém, no islã xiita, o título tem um peso maior, referindo-se muitas vezes aos doze sucessores políticos e espirituais do Profeta, descendentes da sua família.

Imã Hossein: neto do Profeta Muhammad e filho do imã Ali, Hossein é uma das figuras mais importantes do islã xiita. A comemoração anual de seu martírio é um evento significativo.

Imã Reza: o oitavo imã do islã xiita. Seu santuário fica na cidade de Machhad, na região nordeste do Irã.

Jaan: termo afetuoso em persa usado por toda parte. Literalmente significa "vida", mas costuma acompanhar o nome de alguém para indicar intimidade e amizade com aquela pessoa e pode ser interpretado como "caro", "querido", "amado", "irmão" ou "amigo".

Joon: variação de *jaan*, que sugere uma intimidade ainda maior com a outra pessoa.

Kaffiyeh: acessório tradicional do Oriente Médio, usado por homens na cabeça e muitas vezes, atualmente, como cachecol.

Khakham: rabino.

Khanum: dependendo do contexto, pode significar "sra." ou "dona", muitas vezes servindo como título respeitoso junto do nome ou sobrenome de uma mulher adulta.

Lur: grupo étnico iraniano que vive principalmente na região sudoeste do Irã.

Maman: mãe.

Mujahedin: grupo de resistência à invasão soviética do Afeganistão. Após a retirada das tropas soviéticas, eles passaram a lutar entre si e, depois, sob a liderança carismática de Ahmad Shah Massoud, comandante da Aliança do Norte, lutaram contra os fundamentalistas do Talibã. No Irã, refere-se à organização dos Mujahidin do Povo Iraniano, um movimento islâmico-marxista que a princípio lutou contra a monarquia iraniana e depois contra a República Islâmica do Irã. Durante a Guerra Irã-Iraque dos anos 1980, o grupo ganhou refúgio de

Saddam Hussein, disparando ataques contra o Irã a partir do território iraquiano.

NAJA: a força policial fardada do Irã.

Nim-e Chaban: o dia em que os muçulmanos xiitas celebram o nascimento do 12º e último imã, também conhecido como *mahdi*, ou messias.

Noha: uma expressão de luto e lamentação xiita.

Paykan: um modelo de carro produzido em massa no Irã desde a década de 1960, baseado no design inglês do Hillman Hunter.

Qajar: a dinastia Qajar governou o Irã de 1785 a 1925.

Qalyan: mais conhecido no Ocidente como "narguilé", um tipo de cachimbo à base d'água para fumar tabaco saborizado.

Qesas: termo islâmico que significa "igual retaliação", seguindo o princípio de "olho por olho". No caso de um assassinato, significa que os parentes da vítima têm o direito de exigir a execução do assassino.

Qibla: a orientação na direção da Caaba, em Meca, na Arábia Saudita, para a qual o muçulmano se volta ao orar.

Salevat: a prática religiosa formal no Irã. No islã xiita e no Irã, em particular, fazer um *salevat* é saudar o Profeta e sua família em uma única frase simples e muitas vezes repetida.

Sepah: conhecida no Ocidente como Guarda Revolucionária, é um braço importante e poderoso do exército iraniano, fundado após a Revolução Islâmica.

Xador: traje externo ou capa, usado por mulheres iranianas mais tradicionais.

Xiita:* adepto do xiismo, o segundo maior ramo do islã, depois do sunismo. A maioria da população do Irã é xiita, embora haja uma população significativa de sunitas também.
Yalla: uma expressão que significa "Vamos!".

---

* *Importante deixar claro, para o público leitor brasileiro, que xiita não é sinônimo de "fundamentalista islâmico". No período pós-11-de-setembro, o termo se popularizou equivocadamente em português com esse sentido, mas as diferenças entre sunitas e xiitas, na verdade, dizem respeito a discussões quanto à questão da linha sucessória do Profeta Muhammad, e um grupo não é, por si só, mais radical do que o outro, assim como o islã, no geral, não é necessariamente mais radical do que outras grandes religiões mundiais.* [N. T.]

Dados Internacionais de Catalogação na Publicação (CIP)
T258

    Teerã noir / organizador Salar Abdoh ; tradutor:
    Adriano Scandolara. – 1. ed. – Rio de Janeiro:
    Tabla, 2024.
    448 p. ; 21 cm. – (Série Noir)

    Tradução de: Tehran noir.

    ISBN 978-65-86824-70-4

    1. Literatura persa. 2. Ficção noir.
    3. Teerã (Irã) – Ficção. I. Abdoh, Salar, 1965-
    II. Scandolara, Adriano, 1988- III. Série.

                                        CDD 891.553

Roberta Maria de O. V. da Costa – Bibliotecária CRB-7 5587

título original
Tehran Noir

© 2014 by Akashic Books
Livro publicado originalmente pela Akashic Books,
New York (www.akashicbooks.com).
Série concebida por Tim MacLoughlin e Johnny Temple.

Editores
Laura Di Pietro
Lielson Zeni

Preparação de texto
Ricardo Santiago

Revisão
Gabrielly Alice da Silva

Capa e projeto gráfico
Tereza Bettinardi

Diagramação
Balão Editorial

Foto de capa
© Borna_Mirahmadian/Shutterstock

[2024]

Todos os direitos desta edição
reservados à
EDITORA ROÇA NOVA LTDA
+55 21 997860747
editora@editoratabla.com.br
www.editoratabla.com.br

Este livro foi composto em Druk e Nyte,
e impresso em papel Avena 80 g/m² pela
gráfica Exklusiva em março de 2024.